GAYLEEN FROESE

LA FILLE QUI N'AVAIT PAS EU DE CHANCE

GAYLEEN FROESE

LA FILLE QUI N'AVAIT PAS EU DE CHANCE

REAMSPINNER
PRESS

Publié par
DREAMSPINNER PRESS

5032 Capital Circle SW, Suite 2, PMB# 279, Tallahassee, FL 32305-7886 USA
www.dreamspinnerpress.com

Copyright de l'édition française © 2023 Dreamspinner Press.
Titre original : The Girl Whose Luck Ran Out
© 2022 Gayleen Froese.
Première édition : juin 2022
Traduit de l'anglais par Manda Lorient.

Illustration de la couverture :
© 2022 Tiferet Design.
http://www.tiferetdesign.com
Conception graphique :
© 2023 L.C. Chase.
http://www.lcchase.com

Édition e-book en français : 978-1-64108-545-8
Édition imprimée en français : 978-1-64108-546-5
Première édition française : janvier 2023
v 1.0

Édité aux États-Unis d'Amérique.

À mon agence domestique d'enquêtes privées, dont Laird Ryan States, romancier, Nero, Archie et Molly, de la brigade canine, le Scooby Gang de varans et Marlowe, le tégu. Tu salis pas mal notre maison, mais avec toi, on ne s'ennuie jamais.
À la mémoire de Spenser et Dashiell.

Remerciements

Toute ma reconnaissance à tous ceux et celles qui ont lu ce livre durant sa création une fois, deux fois, sinon plus. Merci à Noreen, Tanya, Tyler, Deb, Tarra, Meshon et Sarah.

Merci aussi à Andi et au personnel de DSP pour leurs questions intelligentes, leur travail acharné et leurs yeux attentifs.

Merci aussi à Ryan et Cori, dont le soutien et les conseils me sont toujours indispensables.

CONCERNANT CE LIVRE

Après que Ben Ames avait résolu sa première grosse affaire, il reçut de nombreuses demandes pour écrire son histoire. Il fut aussi contacté par des producteurs télévisés, des journalistes, des écrivains et même trois maisons de production qui parlaient d'acheter les droits de ses écrits et d'en faire un film.

En tant que détective privé professionnellement actif, il ne pouvait se mettre sur liste rouge et disparaître. Alors, exaspéré de ces appels continuels, il décrocha son téléphone... pour me contacter.

J'ignore pourquoi il m'a choisie, peut-être parce que vivant à Edmonton, loin de Toronto, je n'avais pas les connexions des autres agents ou le même pouvoir de pression. En revanche, je savais des choses qu'eux ignoraient. Par exemple que Calgary possédait des rues pavées et des lignes électriques, et que ses habitants ne portaient pas constamment un chapeau de cow-boy pour sortir. C'est un détail qui a son importance, tous ceux qui ont vécu dans l'ouest vous le diront. Il est donc possible que Ben m'ait téléphoné pour cette seule raison.

— Je veux raconter mon histoire à ma façon, m'a-t-il dit. Et en faire un livre.

N'ayant jamais écrit, il voulait savoir si j'étais prête à tenter le coup avec lui, total néophyte en ce domaine.

En temps normal, j'aurais demandé qu'il me rappelle une fois le livre terminé, mais Ben Ames était un cas particulier. Son histoire était passionnante, je le savais, et j'appréciais sa détermination à contrôler sa parution. J'ai donc accepté de travailler avec lui, lui promettant même un accès à des amis à moi susceptibles de lui donner des conseils pendant qu'il tenterait de coucher son expérience sur le papier. Pour être franche, cela n'a pas été facile, il y a eu pas mal de faux départs, mais il a persévéré et le résultat est le livre que vous avez entre les mains, un mélange de roman policier, d'aventure et d'amour assorti d'une visite du pays de Kananaskis [1].

Ben et moi espérons qu'il vous plaira.

Gayleen Froese
Agent littéraire de Ben Ames

---

1 Parcs situés à l'ouest de Calgary (Alberta, Canada), au pied des Rocheuses canadiennes

I

Pendant que ma cliente parlait, je jetais des regards furtifs au magazine posé sur mon bureau et je pensais aux yeux de Jesse. En particulier, je me demandais s'ils étaient plus beaux avec du mascara ou sans. Son visage en gros plan faisait la couverture de *sCene*, édition week-end, et le regard de Jesse affrontait le mien. Il portait une bonne couche du mascara. Le mieux se trouvait peut-être entre « trop » et « pas du tout ».

Peut-être ferais-je mieux d'écouter Lauren Courtney.

— Que des proches agissent de façon déconcertante est assez courant, dis-je.

Les clients, pour la plupart, venaient chez Ames Enquêtes Privées parce qu'ils ne comprenaient pas ce qui leur arrivait.

Lauren fronça les sourcils, ce qui creusa des ridules autour de sa bouche et de ses yeux comme des fissures dans la glace printanière.

— Jamais Kim ne ferait une chose pareille !

Du coin de l'œil, je voyais encore le visage de Jesse. Ses yeux d'un vert scintillant étaient l'incarnation même de la jalousie [2]. Pourtant, je doutais qu'il en ait jamais ressenti. Les pommettes étaient hautes et ciselées, le maquillage accentuait les contrastes entre les traits acérés et la peau d'albâtre. Jesse n'était pas le genre d'homme qu'on imaginait en tee-shirt délavé et boxer au petit déjeuner occupé à manger des corn-flakes à même la boîte tout en faisant ses mots croisés. Mais moi, je gardais cette vision en tête parce que j'avais vu Jesse agir ainsi d'innombrable fois.

Sur le papier glacé, Jesse arborait un air dur, presque méprisant. Était-ce délibéré ? Il paraissait critique en tout cas.

Je jetai des flyers publicitaires sur le magazine.

— Excusez-moi, Lauren, dis-je. Si j'ai bien suivi, vous venez me voir parce que vous n'avez plus de nouvelles de votre sœur depuis… quatre jours et que c'est la première fois qu'elle coupe ainsi le contact avec vous, c'est bien ça ? Les gens changent, madame, les habitudes évoluent pour

---

2 « La jalousie ! C'est le monstre aux yeux verts… », citation de William Shakespeare dans *Othello* (1604).

une raison ou une autre. Je comprends votre inquiétude, mais d'après mon expérience, la plupart de ces situations se résolvent d'elles-mêmes.

Elle baissa la tête, le regard fixé sur le sac posé sur ses genoux. Les mèches épaisses de ses longs cheveux brun doré aux reflets de miel lui cachèrent le visage. Âgée d'une trentaine d'années, Lauren Courtney ressemblait à ces mères de famille qu'on croise au supermarché, habillées simplement, mais à la mode. Je scrutai les ongles vernis en beige et le fond de teint appliqué d'une main un peu lourde. Sans doute ma cliente avait-elle tenté un look irréprochable ce matin, mais la mascarade craquait de partout. Un brin de laine était tiré sur la manche du cardigan, un léger renflement marquait la taille au-dessus de la ceinture de son pantalon plissé.

Je repris avec patience :

— Si le silence de votre jeune sœur vous inquiète vraiment, Lauren, avez-vous signalé sa disparition à la police ? C'est la première étape, il me semble.

Elle releva la tête et plissa les yeux.

— M. Ames…

— Appelez-moi Ben, coupai-je.

— Ben, je vous en prie, ne me dites pas de laisser les flics se charger de cette affaire ! Oui, je les ai prévenus, oui, ils ont ouvert un dossier, mais vous savez comme moi qu'ils ne feront rien. Au mieux, ils reconnaîtront Kim s'ils tombent sur elle par hasard et cela ne me suffit pas.

Elle avait probablement raison. Il était plus que douteux que la police perde du temps à creuser la fugue d'une étudiante. Kimberley Moy était de race blanche, c'était plus… disons incitatif que le cas d'une Indienne, mais quand une jeune personne absentait quelques jours, la police se contentait de poser quelques questions de routine, avant d'oublier le dossier dans une pile de cas semblables : les centaines d'adultes qui s'étaient volatilisés un jour ou l'autre sans prévenir leurs proches.

Pour la police, il n'y avait que deux options : soit la jeune étudiante reviendrait d'elle-même sous peu, soit elle était déjà morte.

Et je préférais ne pas exprimer cette vérité à haute voix à ma cliente. D'après moi, ce serait probablement une erreur.

— Avez-vous collé des affichettes ? demandai-je plutôt. Ou posé des questions sur les réseaux sociaux, ou passé une annonce dans les journaux locaux ?

— Oui, répondit-elle, d'un ton excédé, j'ai tout fait. Les médias sont aussi inefficaces que la police. J'entends partout la même réponse : *vous*

2

vous inquiéterez quand elle aura disparu depuis un mois! Les étudiants font régulièrement des fugues, c'est bien connu! À croire que ces gens-là ne travaillent pas ou qu'ils n'ont pas de famille!

— Ne coupez pas les ponts avec les médias, Lauren, insistai-je. Dans le meilleur des cas, vous n'en aurez pas besoin, mais sait-on jamais. Les journalistes ont bonne mémoire et se montrent facilement rancuniers…

— Ne vous inquiétez pas, rétorqua Lauren. Je ne leur ai pas dit ce que je pensais d'eux. Le problème, c'est que je ne parviens pas à me faire entendre, personne ne m'écoute ou ne me comprend. D'abord, ma sœur n'est pas du genre à disparaître, mais ce n'est pas tout. Elle adore garder ma fille. Et Emmy la trouve bien plus «cool» que moi. À dire vrai, Emmy ne me trouve pas cool du tout.

— Ce n'est pas le rôle d'une mère, dis-je d'un ton apaisant.

Ma réflexion fit fondre une partie de la rigidité de son expression.

— Kimberly dit souvent à Emmy : *oh, n'écoute pas ta mère, Petit-Oiseau, toi et moi, nous nous comprenons…* Alors, Emma a décidé que sa tante et elle étaient cool, tandis que sa mère et ses grands-parents ne l'étaient pas. Dans quelle catégorie nous met-elle au juste? Les ennuyeux? Les nullards? Je n'en sais trop rien.

J'étais à peu près certain que pour les gosses d'aujourd'hui, «cool» n'avait pas le même sens qu'autrefois, mais je n'en fis pas part à Lauren.

— Quel âge a votre fille?

— Onze ans, mais à l'écouter parler, elle se croit déjà adulte. Elle est presque ado, je pourrais la laisser sans baby-sitter, je crois. Pourquoi cette question?

— Pour avoir une vue d'ensemble, répondis-je. Mme Courtney…

— Oubliez le «madame», dit-elle. C'est le nom de mon ex-mari. Je vous ai déjà demandé de m'appeler Lauren.

— Très bien, Lauren, mon tarif de base est cent dollars de l'heure et pour une disparition, même un début d'enquête risque d'être long et donc onéreux, surtout si la jeune personne ne tient pas à être retrouvée. En plus de mes heures, je facture aussi mes frais. En principe, l'argent ne compte pas quand on s'inquiète d'un proche, je le sais bien, mais êtes-vous certaine de vouloir vous engager dans une telle dépense? Je vous signale que votre investissement ne garantira pas nécessairement des réponses.

Lauren fronça les sourcils.

— Que voulez-vous dire?

— Quand un adulte disparaît, il agit très souvent de façon délibérée. Certains pensent avoir rencontré l'amour et s'envolent pour Las Vegas pour un mariage express, d'autres y vont aussi avec des amis pour oublier une rupture difficile ou noyer leurs soucis dans l'alcool. Oui, Vegas est une destination appréciée. Si vous me payez pour que je vous apporte une réponse de ce genre, cela sera aussi onéreux qu'inutile et votre sœur risque de ne pas apprécier votre geste.

— Les vraies disparitions, ça existe aussi ! insista Lauren. Aucun des amis de Kim ne l'a vue depuis des jours !

Mon regard tomba sur les flyers qui cachaient le magazine. Même sans voir le visage de Jesse, j'imaginais sans peine son amusement, ou pire encore, sa tendre indulgence : sans doute se demandait-il pourquoi j'insistais tant à refuser une rentrée de fonds !

Parce que j'ai une conscience, répondis-je en silence.

— Pardon ? s'enquit Lauren.

Apparemment, je n'avais pas été aussi silencieux que je le pensais.

— Si vous tenez à ce que j'enquête, je le ferai, déclarai-je. Je tenais juste à vous éviter une décision précipitée. Prenez le temps de réfléchir.

Avant qu'elle ouvre la bouche, je devinai sa réponse, car elle bougea en même temps les mains et ouvrit le fermoir de son sac à main.

— Combien dois-je vous verser d'avance ? demanda-t-elle.

— Trois mille dollars, ce qui correspond à trente heures.

Je sortis une carte de visite fournie par ma compagnie d'assurance. Elle était en plastique, imitation bois. Si j'avais davantage de style, j'aurais dû la remplacer depuis longtemps.

Je tendis ma carte à Lauren en ajoutant :

— Je vous contacterai tous les jours pour vous indiquer l'état de mes recherches et vous pouvez m'appeler quand vous voulez. Au moment de la facture définitive, si votre acompte dépasse les frais, je vous rembourserai la différence.

— D'accord, dit-elle. Auriez-vous besoin d'autre chose ?

Je jetai un coup d'œil à ma montre.

— Je commencerai demain à la première heure, indiquai-je. En rentrant chez vous ce soir, envoyez-moi un mail récapitulant tout ce que vous savez concernant votre sœur, des photos et une description d'elle aussi précise que possible. Je veux savoir où Kimberley vivait, le nom de ses amis, ses routines. Possède-t-elle un véhicule ? Porte-t-elle des vêtements particuliers ou des bijoux spécifiques ? A-t-elle des tatouages ou des piercings ? Vous souvenez-vous qu'elle ait dit ou fait quelque chose d'inhabituel au cours des dernières semaines ? J'aimerais aussi le nom du policier qui a pris votre déposition de disparition inquiétante. Le moindre détail peut être important, alors, n'hésitez pas. Plus votre compte-rendu sera complet, plus nous éviterons de perdre du temps.

— Je ferai de mon mieux, répondit Lauren

Pendant mon laïus, elle avait pris des notes sur un petit carnet posé sur mon bureau, à côté de son chéquier. Parce qu'elle avait un chéquier. À l'heure actuelle, c'était rare, la plupart des gens se contentaient de sortir un chèque isolé d'une poche de leur portefeuille.

Peu après, je raccompagnai Lauren Courtney jusqu'à la porte.

En revenant dans mon bureau, je m'affalai dans mon fauteuil et regardai le chèque. Trois jours de travail payés d'avance, plus quelques frais. Je pourrais déposer le chèque sans attendre, certes, mais si je retrouvais la jeune personne en quelques heures seulement ? Ou s'il s'avérait qu'elle n'avait pas du tout disparu et qu'elle était juste au pieu avec un mec ? Kimberly pouvait porter plainte pour atteinte à sa vie privée et Lauren annulerait le chèque. J'avais déjà connu ce genre de situation avec de précédents clients.

J'ôtai les flyers qui couvraient mon magazine.

— Qu'en penses-tu, Jess ? demandai-je.

Le regard vert me sembla flamboyant. À qui Jesse l'adressait-il ? À moi, au monde entier ou à celui qui prenait les photos ? Avait-il essayé de draguer le photographe ?

Pourquoi demander à un millionnaire son avis sur ma misérable situation financière ?

Je sortis mon téléphone et regardai le e-billet que j'avais acquis :

Jack Lowe,
Spectacle à vingt heures,
Ouverture des portes à dix-neuf heures.

J'irai à vingt heures, décidai-je. Cela me donnait quatre heures pour décider quoi porter, quoi boire… et même si je devais y aller.

Mon téléphone vibra, annonçant un texto.

Je pensai d'abord qu'il venait de ma cliente. Peut-être Lauren vérifiait-elle qu'elle avait bien mon numéro ou tenait-elle à m'apporter une précision oubliée lors de notre entretien.

Je faillis lâcher mon téléphone en lisant le contenu du message.

Ça te dit qu'on se voit avant le spectacle ? Jess

Ma main s'engourdit. Mon estomac, nauséeux toute la journée, me sembla soudain contenir un hérisson. Ma vision devint floue, l'écran se brouilla et je me revis, malade à crever, allongé sur le carrelage froid de la salle de bain, certain que j'allais mourir sans que cela me préoccupe vraiment. Jesse s'était mis à rire, « tu ne tiens vraiment pas l'alcool ! » avait-il dit avant de tirer la chasse d'eau et de s'agenouiller pour me passer une serviette humide sur le visage.

En ce temps-là, il n'était pas Jack Lowe. Il ne portait pas encore ce nom de scène qu'il s'était choisi après m'avoir quitté pour devenir riche et célèbre.

Ce texto venait du Jess d'autrefois.

D'une main tremblante, je parvins à éteindre mon téléphone sans envoyer une réponse accidentelle ou pire encore, un selfie de mon visage ébahi. Je rangeai l'appareil dans ma poche et avançai jusqu'à la porte de derrière. Frank y grattait. Je l'avais laissé dans la cour à l'arrivée de ma cliente.

— Rentre, enfoiré, ordonnai-je.

Franck prit mon ordre pour une suggestion et passa devant moi d'un pas nonchalant. Il s'était roulé dans des feuilles mortes et paraissait encore plus crade que d'habitude, ce qui n'était pas facile pour un chien qui avait tout d'un rottweiler en costume de wookie.

— Tu te souviens de Jesse ? demandai-je.

Frank me jeta un regard par-dessus son épaule.

— Je sais, repris-je, tu ne l'as jamais connu, mais tu m'as entendu lui parler devant mon ordinateur, pas vrai ? *Qu'est-ce que tu fous, Jess ? Tu peux trouver mieux que ce connard ! Jess, arrête de délirer sur BuzzFeed[3], tu te fais du tort !* Oui, ce Jesse !

Franck devina que mes paroles n'avaient aucun rapport avec son dîner, aussi perdit-il tout intérêt pour moi et se dirigea-t-il péniblement vers son bol de nourriture.

Je le suivis en ramassant les feuilles qu'il semait dans son sillage.

— À ton avis, dois-je accepter de le rencontrer ce soir ? Il y a sept ans qu'il m'a plaqué, Franck. S'imagine-t-il vraiment que je vais rappliquer au galop dès qu'il m'envoie un texto ? Au fait, comment s'est-il procuré mon numéro de portable ?

---

3 Site d'information américain devenu un média mondial de divertissement sur les réseaux sociaux.

Frank s'assit à côté de son bol et inclina la tête sur le côté. Nous étions dans la cuisine. Nous savions tous les deux que ce bol était vide. Nous savions aussi ce qui allait suivre.

— Si je n'y vais pas, concédai-je, je vais devenir fou en me demandant ce qu'il me voulait.

D'une énorme patte boueuse, Frank poussa son bol vers moi.

— Oui, oui, je vais te nourrir. Je n'ai pas oublié comment était Jesse. Pas question de perdre la tête et de suivre son bus en tournée !

Pendant que Frank mâchonnait ses croquettes, je rallumai mon téléphone et regardai l'écran. Pas de nouveau message.

Je pouvais y aller… et filer s'il se montrait désagréable. Aucune loi ne m'en empêchait, après tout. Je n'étais pas obligé de rester.

Et je ne risquais pas grand-chose à passer un moment en compagnie de Jesse, vingt minutes peut-être, ou moins. Peu importe. Nous nous échangerions trois banalités en nous racontant ce qui s'était passé dans nos vies depuis notre rupture.

Je tapai une brève réponse :

Où ?

Je posai le téléphone sur le comptoir le temps de remplir d'eau le bol de Frank. Il s'en mit plein la bouche et s'éloigna sans rien avaler, laissant un ruisseau sur le sol derrière lui.

Je me penchai et étudiai mon reflet sur le côté du grille-pain en inox. Mes cheveux n'étaient pas mal. Ils étaient même plutôt bien, d'un brun chaud, trop courts pour être ébouriffés. Ma tronche n'était pas mal non plus. J'étais moins satisfait du reste : j'étais grand, trop grand, un peu gauche. Au moins, je faisais du sport et j'avais forci depuis l'université.

Tant que la compétition ne comportait ni star de cinéma ni idole de la pop musique, je pouvais m'en sortir avec les honneurs.

La vibration de mon téléphone ranima le hérisson niché dans mon estomac.

Le Baxter, 17 heures

Je ne m'attendais pas à cette réponse. Ce pub immense et caverneux, situé dans un ancien entrepôt, partageait le centre-ville avec quelques-uns des meilleurs hôtels de Calgary. Plutôt sympa, l'endroit était souvent bondé le week-end et tard le soir, mais ce n'était pas le coin préféré des arrivistes branchés après le travail. Jess le savait-il ? me demandai-je. Essayait-il de sortir incognito ?

Je jetai un coup d'œil à ma montre et décidai que j'avais le temps.

D'accord, on se voit là-bas

— Je te laisse garder la maison, annonçai-je à Frank.

Il était couché sur le tapis près de la cheminée à gaz. Elle était tombée en panne deux ans plus tôt, mais Frank gardait l'espoir qu'un jour, elle se remettrait en route. Il leva la tête et me fixa quelques secondes avant de la laisser retomber dans ses pattes, ce que je considérai comme un accord de sa part.

Muni de mon téléphone et de mon portefeuille, je pris les clés de ma Jeep et une veste en cuir avant de sortir. En vérité, je n'aurais pas eu besoin de cette dernière, car cette soirée de septembre était agréablement tiède.

EN PÉNÉTRANT au Baxter, j'attendis un moment que mes yeux s'adaptent à la pénombre ambiante. Chaises et tables étaient agglutinées en petits groupes afin de tirer le meilleur parti possible de la salle immense et des stalles, installées le long des murs, permettaient aussi des conversations privées. Je compris mieux pourquoi Jess avait choisi cet endroit.

En avançant, je notai la déco basée sur des containers en acier et des caisses en bois. C'était habile, car le client avait vraiment l'impression que tout, aussi bien la nourriture que le mobilier ou les lecteurs de cartes de crédit, venait d'un artisan installé dans l'arrière-salle.

Ma vue s'étant améliorée, je vis un homme débraillé en tee-shirt Baxter seul à une table devant un hamburger. Probablement un des serveurs qui prenait sa pause repas. Plus loin, un groupe de gosses d'environ vingt ans se disputait la palme de la plus belle coupe mohawk. Dans une stalle au fond de la salle, il y avait une mince silhouette solitaire, le visage dissimulé sous la capuche d'un sweat gris bien trop grand. Les manches lui cachaient la moitié des mains. Quand j'approchai, je vis du noir sur les doigts, peut-être du vernis. Encore un pas, et j'aperçus une mèche de cheveux noirs sortant de la capuche au niveau des épaules.

Pendant quelques secondes, mon cœur se mit à battre très fort. J'étais de retour à Toronto, ou plutôt à North York, dans un bar qui ressemblait à celui-ci, sauf qu'il y avait des musiciens et bien plus de monde. Jesse faisait partie du groupe et jamais je n'oublierai cette première fois où je l'avais vu et entendu sur scène. Il avait une voix qui était aussi brûlante et inexorable qu'un feu de forêt. Le groupe, encore jeune, jouait essentiellement des airs archiconnus et personne n'était venu spécifiquement pour lui, mais très vite, la clientèle devina en Jesse une future star.

Affichant un air décontracté, je continuai à avancer et faillis trébucher sur une inégalité du sol en béton. Je me rattrapai de justesse et pris place en face de Jesse. Il releva la tête et sourit. Le spot au-dessus de la table éclaira son visage en plein.

— Ben…

— Jack Lowe en chair et en os ! persiflai-je.

Il ferma les yeux un instant.

— Arrête !

En vérité, ce n'était pas Jack Lowe dans cette stalle. Il ne portait pas de mascara, il n'était même pas maquillé d'après ce que je pouvais voir. Loin d'être vêtu de façon voyante et ostentatoire, il se cachait plutôt sous son sweat à capuche et son simple jean. Les seuls détails qui dénotaient étaient le vernis noir, le visage trop pâle et la lueur étrange qui brillait dans les yeux verts.

Et puis, Jesse était d'une beauté troublante et contre ça, il ne pourrait jamais rien faire.

Je jetai un coup d'œil à la salle par-dessus mon épaule.

— Personne ne t'a reconnu ?

— Si la serveuse, admit-il. Mais elle ne dira rien.

Je ne pus l'empêcher de siffloter.

— Tu as dû la payer cher !

— Oui, bien sûr. Comment vas-tu, Ben ?

Comment j'allais ? Je haussai les épaules.

— Pas mal, je dirais.

J'affichai un grand sourire et pris une voix gaie et totalement artificielle pour enchaîner :

— Et toi, Jesse, qu'as-tu fait de beau depuis l'université ?

Jesse soupira.

— S'il te plaît, arrête.

— Que j'arrête quoi ?

Il resta silencieux un moment.

— Revoir ton ex te fait un effet bizarre, je comprends, souffla-t-il. C'est pareil pour moi, alors, n'en rajoute pas.

Je gardai le même sourire faux.

— Bien sûr !

Jess baissa les yeux et fixa ses mains, serrées autour d'une tasse de café. Le voir dans un bar sans un verre d'alcool était plutôt rare.

9

— Tu es devenu détective privé, déclara-t-il. Tu n'es pas resté flic très longtemps.

Je n'avais jamais essayé de cacher mon passé, mais si Jesse savait ces détails, il avait dû fréquemment consulter Google à mon sujet.

— Je n'ai pas vraiment eu le choix, admis-je, on m'a demandé de démissionner. Ils ont prétendu que c'était à cause de mes activités extra-professionnelles.

Jess releva la tête et haussa un sourcil de façon suggestive.

— Vraiment ? Ces activités, les pratiquais-tu avec quelqu'un que je connaissais ?

Bien sûr que non, car il ne connaissait personne à Calgary, mais je compris ce qu'il voulait dire.

— Il ne s'agissait pas de ça, expliquai-je. Pas vraiment.

Il haussa les épaules. Il paraissait fatigué tout à coup et ses yeux étaient tristes. Quand nous étions ensemble, il m'avait souvent dit que mon idée d'entrer dans la police était absurde, parce qu'il fallait être un voyou ou un rustre pour apprécier ce genre de milieu. Je n'étais ni l'un ni l'autre, mais ma réponse habituelle était : « dans ces conditions, comment espérer que la police s'améliore ? »

Après une brève hésitation, j'ajoutai :

— Un de mes supérieurs tenait vraiment à se débarrasser de moi.

— Oh, merde ! grinça Jesse. Ça craint !

À ma grande surprise, je n'entendis pas dans son intonation : « Je te l'avais bien dit ». Et Jess ne m'interrogea pas sur ce qui s'était passé, il ne me demanda pas non plus pourquoi je n'avais pas demandé l'assistance de mon syndicat.

Il changea complètement de sujet :

— Et ça te plaît d'être détective privé ?

— Ça ne ressemble pas à ce qu'on voit à la télé. Et toi, ça te plaît d'être une rock star ?

Jess souriait, mais ses yeux restaient tristes.

— Je crois avoir fait le tour.

Il repoussa ses cheveux sous son capuchon. Sa main tremblait. En moins d'une minute, il semblait être passé de fatigué à épuisé.

— Jess ? m'inquiétai-je.

Très vite, il reprit sa tasse en main. Je compris alors pourquoi il la tenait si fort serrée : pour éviter que je le voie trembler.

— C'est rien, mentit-il.

Il ferma les yeux et respira plusieurs fois. Poussé par un vieil instinct, je posai la main sur la sienne. En vérité, je le pensais en manque, aussi m'attendais-je à lui trouver la peau froide. Bien au contraire, elle était desséchée et brûlante. Saisi, j'effleurai son front. Jesse ouvrit les yeux et tenta de s'écarter, mais il n'en eut pas le temps.

— Merde ! m'écriai-je. Qu'est-ce que tu as, Jesse ? Tu es malade ?

Il jeta un regard affolé par-dessus son épaule, puis me toisa en disant :

— Chut !

Penché vers lui à travers la table, je demandai d'un ton plus bas :

— Qu'est-ce que tu as ?

— Une pneumonie atypique, répondit-il. Rien de bien méchant.

En l'examinant de plus près, je vis que la fièvre lui marbrait le visage de taches rouges.

— Tu es con ou quoi ? Une pneumonie, par définition, c'est grave !

— La mienne est *atypique*, insista-t-il. Je tousse pas mal, j'ai du mal à m'en débarrasser. Je suis juste fatigué.

Il referma les yeux, je ne crois pas qu'il le fit exprès.

Je posai la main sur son bras, ou plutôt sur l'épais tissu de son sweat.

— As-tu consulté un médecin ?

Il acquiesça et répondit sans ouvrir les yeux. I

— Oui. Il y a deux jours.

J'en restai sur le cul.

— Et tu continues tes spectacles alors que tu as une pneumonie ?

Cette fois, il rouvrit les yeux, l'air horrifié, il regarda à nouveau autour de lui.

— Baisse la voix !

— Comment diable arrives-tu à chanter ?

— Il ne me reste que deux spectacles à assurer, ce soir, ici, et demain à Vancouver. Je m'en sortirai.

La serveuse revenait vers nous. Elle avait la quarantaine bien sonnée, des traits burinés et un air intelligent. J'appréciai la façon dont sa silhouette trapue transformait son uniforme – jupe courte et tee-shirt blanc – en costume d'Halloween. À trois mètres de notre table, elle sentit l'atmosphère tendue entre nous deux et s'esquiva discrètement, sans que Jesse ait remarqué sa présence.

— Jess, ne sois pas idiot, insistai-je. C'est un concert de rock, pas un thé dansant. Annule tout.

Jesse eut un sourire que je connaissais bien, ce sourire qui disait : « tu es bien gentil, Ben, mais tu ne comprends rien ».

— Ça coûte une fortune d'annuler un concert.

— Et alors ? rétorquai-je. Tu en as les moyens.

J'ignorais le montant exact de ses gains et avoirs, mais ce devait être conséquent

Après avoir respiré plusieurs fois, Jesse reprit :

— Je ne suis pas le seul en cause. Je ne suis qu'un rouage dans une grosse machine très onéreuse.

— Je me fous de savoir… commençai-je.

Il me coupa la parole pour ajouter :

— Et avec le Covid, nous avons déjà beaucoup perdu pendant cette tournée.

— Ce n'est pas le plus import…

— En plus, l'adulation des foules, la gloire, c'est comme une drogue. Je suis accro. Je ne peux pas tomber malade.

Avant que nous nous séparions, Jesse s'était drogué à toutes les substances connues, il avait aussi bu, beaucoup. Ce n'était pas ce qui avait torpillé notre couple. Je n'avais rien d'un puritain, mais ses addictions avaient aggravé une situation déjà tendue.

— Oui, bien sûr, dis-je, sans cacher mon amertume, la drogue et l'alcool, pour toi, c'est une question d'image, hein ? Si j'en crois les journaux, n'es-tu pas censé être un sybarite [4] de niveau olympique ?

Dans le noir, il m'était difficile d'en être certain, mais je crus le voir tressaillir. Il répondit cependant d'une voix parfaitement maîtrisée :

— Mon image et ma réputation sont deux choses différentes.

Je ne compris pas ce qu'il voulait dire par là, mais je n'insistai pas pour avoir des explications.

— N'as-tu pas un agent artistique censé gérer ta réputation ?

— J'avais, dit Jess, je l'ai viré il y a deux jours.

— Putain ! Tu n'en rates pas une ! Toujours aussi caractériel, à ce que je vois !

— Il était… laisse tomber, c'est sans importance. Il ne reste que moi, Gia, mon assistante, mes musiciens et les techniciens et régisseurs. Je vais tenir le coup, je n'ai plus que deux concerts à donner.

4 Se dit d'une personne qui recherche les plaisirs de la vie dans une atmosphère de luxe et de raffinement.

— Tu ne crois pas que tu devrais au moins te mettre au lit ? Jusqu'au spectacle ?

Son visage afficha une autre expression que je connaissais bien : la culpabilité.

— J'étais au lit, reconnut-il. J'ai filé en douce.

Je retombai dans mon siège, sidéré.

— Je ne comprends pas. Pourquoi as-tu fait une connerie pareille ?

Il haussa les épaules.

— Parce que je voulais te voir.

— Tu aurais pu… commençai-je.

Je faillis lui dire que nous aurions pu nous retrouver en coulisses, mais alors, il aurait été Jack Lowe, la rock star, pas Jesse.

Me redressant, je fis le tour de la table. Une fois devant Jesse, je lui tendis la main.

— Viens, dis-je. Lève-toi.

Il haussa les sourcils sans bouger.

— Jess, insistai-je, lève-toi.

Il quitta enfin sa banquette, il perdit l'équilibre et je dus le retenir par le bras pour le stabiliser.

— À quel hôtel es-tu descendu ? demandai-je.

— Ben…

— Arrête ! Tu es prêt à t'écrouler ! Nous parlerons plus tard !

Pour lui démontrer le bien-fondé de mon point de vue, je lâchai son bras une seconde. Dès qu'il s'affaissa contre moi, je le soutins par la taille. Il portait des talons, des bottes probablement, parce que le sommet de sa tête m'arrivait à l'épaule.

Avoir Jess dans les bras me semblait incroyablement naturel, comme si les sept années de notre séparation venaient de s'effacer.

Je le sentis bouger et baissai les yeux pour vérifier ce qu'il fabriquait : il sortait son portefeuille. Alors, je changeai ma façon de le soutenir, une main sous son bras gauche. De sa main libre, Jesse put déposer un billet de cinquante dollars à côté de sa tasse de café.

Je résistai à l'envie de lui dire que pour un tarif pareil, moi aussi j'étais prêt à garder ses secrets, aussi nombreux soient-ils. Je m'en abstins, car je craignais qu'il me tende un billet de mille. Et là, je me serai senti vraiment très mal.

— À quel hôtel ? répétai-je.

Cette fois, il répondit. C'était juste à côté, aussi décidai-je de le raccompagner. Ou plutôt, je le traînai à mes côtés, le portant à moitié. À chaque pas, il s'appuyait davantage contre moi.

EN ENTRANT dans l'ascenseur de son hôtel, il repoussa sa capuche en arrière. Je constatai alors que ses cheveux avaient le même parfum qu'autrefois, mélange de Kool-Aid au raisin et de chèvrefeuille. Ainsi, il utilisait toujours ce shampoing australien bon marché ? Pourquoi en devenant millionnaire n'était-il pas passé à des produits plus luxueux ? D'un autre côté, pourquoi changer une formule qui gagne ?

Quand les portes de l'ascenseur se refermèrent, Jesse sortit de sa poche une carte magnétique qui lui donna accès à une rangée supplémentaire de boutons : les étages que les simples mortels n'atteignaient jamais. Je fis la grimace.

Il dut le remarquer, car il expliqua :

— Les fans tentent constamment de pénétrer dans ma chambre.

Il s'appuyait désormais contre la paroi de l'ascenseur, plus contre moi. Je l'examinai de la tête aux pieds. En fait, il n'était pas si surprenant qu'il n'ait pas été reconnu pendant que nous revenions à l'hôtel. Ce n'était pas seulement grâce au capuchon qu'il avait baissé pour cacher son visage, c'était surtout que dans son état d'épuisement, Jesse n'était pas en état de projeter son charisme légendaire, cette aura spéciale qui l'avait démarqué bien avant de devenir célèbre. Il mesurait un mètre soixante-cinq et semblait fragile, sa délicatesse faisant partie de son charme, mais une telle volonté émanait de lui qu'il semblait toujours le centre d'une tornade. Privé de cette force, il disparaissait presque.

D'instinct, j'ouvris les bras et, sans se faire prier, il fit un pas en avant et s'appuya contre moi, le visage pressé contre ma poitrine. Je refermai mon étreinte sur lui et caressai du pouce la peau échauffée de sa nuque.

En principe, j'aurais dû le désirer très fort, jusqu'à la douleur, et c'était un peu le cas, mais plus encore, je m'inquiétais qu'il soit aussi mal en point. Je me demandai aussi pourquoi il était bien plus maigre que durant cette dernière interview que j'avais vue de lui, le mois passé. Au vu des circonstances, je ne pouvais lui poser ces questions, cela ne me regardait pas.

— Les gens qui sont avec toi à l'hôtel connaissent-ils ton vrai nom ?

Ce n'était pas un secret. Jesse Serik était sorti diplômé de l'Université de Toronto et il avait chanté sous ce nom avant de devenir célèbre. Mais justement, c'était parce que ce n'était pas un secret que la plupart des fans s'en désintéressaient complètement.

Jesse garda le silence un instant.

— Non.

— D'accord.

Il s'écarta de moi lorsque l'ascenseur s'arrêta. La porte s'ouvrit, mais pas sur un banal couloir d'hôtel, non, sur un salon qui faisait presque la moitié du hall palatial du rez-de-chaussée. Plusieurs *hipsters* y faisaient les cent pas, tous agrippés à leur téléphone. Par miracle, ils ne se télescopaient pas, car ils parvenaient à s'écarter les uns des autres à la dernière seconde avant la collision. Sans doute planifiaient-ils le spectacle du soir… À moins qu'ils cherchent leur rock star fugueuse. Je doutais d'avoir déjà vu ce groupe, en tout cas, je ne reconnus personne. Jack Lowe était un artiste solo qui s'entourait de musiciens différents à chaque tournée. Jesse avait un caractère de cochon, m'étais-je dit, aussi ses musiciens ne le supportaient-ils pas longtemps et devaient-ils être souvent remplacés. C'était peut-être injuste de ma part. Je demanderai plus tard à Jesse la vraie raison de ces mutations permanentes.

Notre arrivée finit par être remarquée, tout le monde se figea, le calme retomba. Les jeunes me fixaient, aussi immobiles que des vaches devant un train. Ils ne paraissaient ni agressifs ni effrayés, juste attentifs. Je m'écartai de Jesse, assez loin de lui pour démontrer à ses fidèles que je n'étais ni un kidnappeur ni un dangereux aliéné, mais assez près pour le rattraper s'il vacillait et s'écroulait. Ou pour le retenir si sa meute de *hipsters* tentait de le piétiner.

— Lui, c'est Ben, déclara Jesse.

Il inspira un grand coup et reprit d'une voix plus ferme, presque autoritaire :

— C'est un vieil ami. Nous avons pris un verre ensemble.

Une petite femme en veste de cuir noir et dotée d'épaisses lunettes à monture noire se rua vers Jesse. Elle avait une masse de cheveux de toutes les couleurs – une gamme impressionnante de teintes auxquelles la nature n'avait pas pensé – empilée sur sa tête dans un chignon désordonné.

— Jack, comment as-tu pu filer comme ça ! Tout notre horaire se trouve chamboulé ! Tu as une interview dans un quart d'heure et nous ne pouvons pas la reprogrammer à cause de la vérification du son…

— Peux-tu continuer ce réquisitoire quand je serai au lit? s'enquit Jess.

D'après son rictus, la question était de pure rhétorique. Et son ton était à peine aimable, sinon pas du tout.

Bon, il s'était barré en douce, aussi était-il compréhensible qu'ils soient tous stressés et contrariés. Je leur aurais même donné raison, d'une certaine façon, si je n'avais pas senti combien cela coûtait à Jesse de rester debout, de garder les épaules droites et de tenir son rôle.

— Bien entendu, répondit la jeune femme. Tu as entendu le docteur ? Tu es censé rester allongé le plus possible en dehors du spectacle – ou de la vérification du son. Tu peux même donner une interview depuis ton lit ! En revanche, tu n'as pas de temps à perdre en papotant avec une vieille connaissance ! La régie est enragée !

Une colère authentique flamba brièvement dans les yeux de Jess, puis disparut. Avais-je rêvé ? Me demandai-je. Le connaissais-je encore assez bien pour saisir cette émotion fugace ? Il avait toujours eu un don pour éteindre ce feu intérieur bien avant que ses interlocuteurs le perçoivent.

— Bien sûr, répondit-il platement.

Quand il se tourna vers moi, je constatai qu'il s'était délibérément positionné de façon à présenter son dos aux autres. Aucun de ses *hipsters* ne vit donc son visage s'adoucir et ses yeux posés sur moi briller d'affection et de lassitude.

— À plus tard, Ben.

J'attendis de le voir entrer dans sa chambre pour tourner les talons.

II

UNE FOIS en bas, dans le hall, je vérifiai mon téléphone. Comme je m'y attendais, Lauren Courtney n'avait pas perdu de temps à répondre à ma requête. Elle partageait un Google Drive contenant des tas de renseignements sur sa sœur, Kimberley. En partie ce que je lui avais demandé, mais bien plus encore. Le Drive en question était partagé avec d'autres personnes dont je ne reconnus pas les noms, sans doute des amis de Kimberly. Je ne cachai pas mon admiration à cette initiative. C'était une bonne idée que tous ces gens aient ainsi le moyen de nous informer de leurs idées et théories, ce pouvait même être une tactique efficace. Un des documents ouverts s'intitulait : «différences de comportement ou autres signes inquiétants récemment remarqués». C'était sans doute ainsi que Laurent organisait une *baby shower* pour une future maman.

Elle avait également créé une page Facebook pour que les amis de Kim puissent s'exprimer concernant sa disparition. Pour l'instant, il n'y avait rien. J'ignorais si les étudiants actuels se donnaient encore la peine de consulter Facebook, mais en toute justice, il fallait se lever de bonne heure pour laisser une trace visible sur *TikTok*, aussi n'était-ce pas aussi simple à créer.

Sur Twitter, je vis des réponses sous le hashtag *OùestKimMoy*, mais après consultation, c'étaient seulement les amis de Lauren et de Kim qui demandaient à leurs connaissances de partager d'éventuels renseignements. Beaucoup d'émoticônes indiquaient la surprise et la tristesse, il y avait aussi pas mal de mains jointes.

Avant d'en lire davantage, je pris le temps de demander un service à une amie. Ensuite, j'étudiai les données que Lauren m'avait transmises.

Kimberly Moy était en deuxième année à l'Université du Mont Royal, elle préparait un diplôme en Histoire et en Arts ou, comme le prétendaient ses médias sociaux, en Histoire de l'Art. Elle maniait le pinceau, ce qui lui avait obtenu une bourse universitaire et divers stages rémunérateurs comme instructeur sur Paint Nite [5] ou coach d'alcooliques pour apprendre à ses élèves à capturer l'ineffable beauté d'un coucher de soleil.

Sur Internet, Kimberley avait utilisé K-Tel [6] en abondance. Les paillettes disco entourant ce logo saluant la maison de disques du même nom alors qu'en principe, Kimberly était beaucoup trop jeune pour ce genre de souvenirs rétro. Était-ce ce que les étudiants apprenaient en Histoire de l'Art ? Me demandai-je, perplexe.

Je cliquai sur quelques-uns de ses innombrables albums de photos : Kim avec ses amis à l'université ; Kim au restaurant ou dans des bars ; Kim dans sa chambre, exhibant ses dessins placardés sur les murs. Elle ressemblait un peu à sa sœur, mais se singularisait délibérément avec une teinture de cheveux d'un noir presque violet, un fond de teint blafard et des yeux aussi maquillés que ceux de Cléopâtre. La plupart du temps, elle portait une robe des années 60, à pois ou vichy, avec la taille cintrée et une jupe évasée. Son allure me faisait penser à Mercredi Addams dans le rôle d'Annette Funicello [7].

Elle avait un tatouage – mais de nos jours, quel jeune n'en avait pas ? Le sien, du moins le seul que je vis sur ses photos, était un merle chanteur avec le mot « MOI » marqué sur l'aile. L'oiseau était perché sur le biceps gauche de Kim, juste en dessous de l'ourlet de la manche courte. Je devinai que Kim avait tenu à exposer son tatouage quand elle portait ses tenues habituelles. Elle était du genre à ne rien laisser au hasard, cela se voyait à son look : les chaussures étaient toujours assorties au maquillage, au vernis à ongles et au ruban qui lui attachait les cheveux.

Au moins, elle n'arborait pas sur ses photos la moue boudeuse dans laquelle la plupart des adolescentes se complaisaient en espérant avoir l'air sexy. Chez Kim, les expressions étaient authentiques : rire, lassitude, surprise ou déception, joie à l'arrivée d'un visiteur inattendu. Si j'en jugeais à ce que je voyais, Kim riait beaucoup. Elle ne cherchait pas à atteindre la perfection sur ses clichés. Elle avait un regard vif et intelligent.

Bien entendu, je découvrais seulement l'image qu'elle affichait sur les réseaux sociaux. Ce n'était pas l'idéal, car j'aurais préféré déterrer les passions secrètes ou les vices ayant pu la pousser à disparaître. Mais

---

5 Formule nord-américaine qui consiste à se regrouper pour peindre grâce aux explications d'un instructeur.

6 Société canadienne spécialisée dans la vente de produits de consommation.

7 Actrice et chanteuse américaine (1942/2013).

sans doute ne mettrait-elle pas ce genre de renseignements sur des sites où n'importe qui pouvait s'en repaître. Malgré tout, j'espérais trouver des indices cachés, aussi passai-je du temps à étudier les posts de Kim, photos et vidéos, comme si l'un d'eux cachait une cure miracle contre le cancer.

J'étais si concentré sur cette tâche que je fis un bond d'un mètre quand je sentis un effleurement au centre de mon front.

— J'espère que vous n'êtes pas en planque, Ames.

Je glissai mon téléphone dans ma poche et relevai la tête pour croiser le regard du Dr Luna Fares.

— Docteur ! Vous êtes censé sauver vos patients, pas leur coller une crise cardiaque !

Luna me toisa, les mains sur les hanches. Le rouge vif de ses ongles vernis tranchait étrangement sur le vert mat de son uniforme de chirurgien.

— J'aurais pu vous passer devant sans que vous me remarquiez. Êtes-vous sûr que vous êtes fait pour le travail que vous exercez ?

Je connaissais Luna depuis mon passage dans la police, à une époque où dans le cadre de mes fonctions, il m'arrivait fréquemment de faire irruption aux Urgences. Elle aimait le rouge à lèvres brillant et était accro à l'adrénaline. Un jour, elle avait délibérément renversé son jus de cranberry sur la plaie d'un détenu que j'escortais sous prétexte qu'elle en avait assez d'entendre les conneries qu'il déversait sur nous.

— Je n'étais pas en planque, me justifiai-je. En fait, je travaillais, oui, mais sur Internet pour une cliente qui a réclamé mon aide. Merci d'être venue si vite.

— Comme vous l'avez mentionné au téléphone, je vous devais un service, désormais, nous serons quittes. Où est la personne que je suis censée ausculter ? Je n'ai que quarante minutes à vous accorder avant ma prochaine garde, alors ne perdons pas de temps.

Luna jeta un coup d'œil à sa montre.

De son enfance passée au Royaume-Uni, elle avait gardé un accent britannique qui s'accentuait dès qu'elle parlait vite, qu'elle était en colère, excitée, ou ivre.

Je lui fis signe de me suivre et l'entraînai jusqu'aux ascenseurs.

— Le problème, expliquai-je, n'est pas « où » il est, mais « qui » il est.

En attendant l'arrivée de la cabine, Luna étudia son reflet sur les parois métallisées des portes. Même sous la lumière froide des tubes fluorescents, ses yeux sombres et sa peau dorée donnaient l'impression que Luna brillait de l'intérieur. Elle passa les doigts dans ses longs cheveux, repoussa une boucle derrière son oreille et soupira.

— Je vois. C'est un de vos ex ?

— Je… En fait, oui. Mais là n'est pas…

Quand les portes de l'ascenseur s'ouvrirent, je me précipitai avec Luna à l'intérieur et pressai le bouton pour empêcher que d'autres clients montent avec nous. Ensuite, je sortis la carte-clé de Jesse que j'avais subtilisée dans sa poche.

— Il s'agit de Jack Lowe, soufflai-je.

Luna en béat de stupeur. Elle se reprit vite, cligna des yeux et me frappa de toutes ses forces au centre de la poitrine. Merde, quoi, ça faisait mal !

— Je n'y crois pas ! s'emporta-t-elle. Vous avez interrompu ma pause-dîner pour me faire une blague stupide ?

— Non, non, c'est la vérité, je vous assure. Nous nous sommes connus à Toronto, nous étions étudiants et nous sommes restés ensemble un moment. Je vous raconterai tout cela une autre fois, c'est promis. Jess… euh, Jack a une pneumonie depuis son passage à Winnipeg. Il n'est pas bien du tout, il doit absolument voir un médecin. Je m'inquiète pour lui.

Dans un geste fébrile, Luna frotta son ongle sur sa lèvre inférieure.

— Oh, mon Dieu ! Vous êtes sérieux !

— Oui. Il prétend donner ses deux derniers concerts, ce soir et demain, mais dans son état, je crains qu'il finisse aux Urgences. J'aimerais que vous l'auscultiez et que vous me donniez un avis éclairé.

— Une visite à domicile ?

Luna sortit un stéthoscope de sa poche et le plaça autour de son cou. Ce simple geste la transforma, c'était désormais le docteur Fares.

Elle soupira et enchaîna :

— Je n'ai pas grand-chose pour établir un diagnostic, par chance, je ne sors jamais sans un oxymètre et un thermomètre dans mon sac. Combien de temps pensez-vous que j'aurai avec lui ?

— Cela dépend s'il coopère ou pas, dis-je.

Le regard de Luna refléta son incrédulité et sa résignation. Dans un autre contexte, sans doute m'aurait asséné son discours habituel sur la difficulté de soigner correctement des patients récalcitrants, mais dès qu'elle ouvrit la bouche, elle fut interrompue par l'ouverture des portes de l'ascenseur.

Elle n'eut pas besoin que je lui explique son rôle. Elle jaillit de la cabine avec le pas décidé que seuls appliquaient à ce niveau les urgentistes et les tout-petits. Je lui ouvris la route et la dirigeai vers la chambre de Jesse. Le troupeau de *hipsters* me parut moins dense que lors de mon premier passage et personne ne s'interposa pour nous demander ce que nous fichions là.

J'ouvris la porte de Jesse. C'était une suite, en vérité, car nous entrâmes dans un salon avec une cuisine d'un côté, une salle à manger de l'autre, une cheminée sur le mur du fond et un petit piano à queue situé près de l'immense porte-fenêtre allant du sol au plafond. Je devinai que dans cet aménagement sophistiqué, Jesse n'avait réclamé que le piano, la seule chose dont il avait réellement besoin.

Deux employés de Jesse étaient assis près de la cheminée, l'un tapait frénétiquement sur le clavier de son ordinateur portable, l'autre était au téléphone. Tous deux se retournèrent en nous entendant entrer.

Luna passa devant moi et avança avec autorité. Elle pointa du doigt la porte close qui se trouvait devant nous et demanda :

— Mon patient est-il là ?

L'un des hommes cessa d'écrire et hocha la tête. Le second se redressa en disant :

— Excusez-moi, mais qui...

Sans lui accorder un regard, Luna se rua en avant, je la suivis et entrai derrière elle dans la chambre de Jesse. Plus grand que Luna, je vis par-dessus sa tête Jesse étendu sur son lit, tout habillé. Au lieu de se reposer ou de dormir, il était au téléphone et faisait un gros effort pour s'exprimer de façon aussi vive et alerte qu'à son habitude. Sa voix donnait peut-être le change, mais son visage révélait l'entendue de la supercherie. Le teint était pâle, presque blafard, le front moite, les yeux enfoncés et cernés.

Son assistante aux lunettes à monture noire était debout de l'autre côté du lit, elle le regardait. Jesse aussi portait des lunettes à monture métallique, un autre signe indiquant qu'il n'allait pas bien du tout. Il avait une forme atypique de presbytie et d'hypermétropie. En général, il pouvait forcer sur ses yeux et voir sans lunettes, sauf quand il était fatigué. Il était rare de le voir avec ses lunettes.

— ... super de terminer la tournée ici au Canada, déclara-t-il. Vancouver me manquait. J'ai passé quelques années dans l'Ouest.

Il s'interrompit pour écouter la réponse de son interlocuteur et en profita pour nous jeter, à Luna et à moi, un regard interrogateur. Son austère assistante, les yeux féroces, leva la main pour nous intimer le silence. Peu habituée à se laisser intimider, Luna ouvrit la bouche. Je posai la main sur

21

son épaule et secouai la tête, lui demandant en silence de patienter le temps que Jesse finisse son appel.

Toujours au téléphone, Jesse éclata de rire.

— Oh, allez ! Quand un salarié quitte son bureau le vendredi soir, qui manquerait assez de cœur pour évoquer le travail qui l'attendra lundi matin à son retour ? Je suis sur la route depuis bien trop longtemps. Je compte faire une pause.

La fille brune se renfrogna, manifestement furieuse. De toute évidence, ce n'était pas ce qu'elle avait prévu après la tournée. Jesse avait-il pris sa décision sans la consulter ? D'après la hargne de cette fille, c'était bien possible.

Jesse reprit la parole, sa voix était plus lente et il respirait lourdement. La représentation était terminée.

— Merci, les gars. À demain, au spectacle.

Il raccrocha, jeta son téléphone sur le lit et se mit à arpenter la pièce.

Son assistante-garde-chiourme ne lui laissa pas une minute de répit.

Elle pointa Luna du doigt et aboya :

— Je ne sais pas qui c'est, mais qu'elle attende. Qu'est-ce qui t'a pris ? Tu étais censé enregistrer le single de ZZGold ! C'était ce que nous avions décidé, Jack. Tu chantes, tu enregistres. Et quand on te demande tes projets, tu parles en priorité des disques que tu vas produire, putain ! C'est quand même pas sorcier !

Jess ferma les yeux et soupira.

— J'ai oublié.

Je sentis des picotements sur ma nuque. Je savais qu'il mentait. Jess gardait un visage impassible quand il racontait des bobards, mais moi, je le sentais toujours.

Il ouvrit les yeux et adressa à Luna un sourire las.

— Je ne pense pas vous connaître, madame.

Luna ne joua pas à la groupie devant une rock star.

— Je suis le Dr Fares, répondit-elle. Aujourd'hui, je serai votre médecin, si vous êtes d'accord.

— Non, coupa l'assistante, nous n'avons pas le temps.

Luna l'ignora. Elle s'adressa directement à Jesse.

— Vous êtes malade, annonça-t-elle. Ce n'est pas une déclaration qu'un praticien fait à la légère. J'aimerais vous examiner. Allez-vous accepter ?

— Non… dit encore sa gardienne de prison.

Jesse la coupa d'un simple mot.

— Oui.

Luna sourit, elle posa son sac médical et l'ouvrit.

— C'est vrai? insista-t-elle.

— Oui. Merci.

L'assistante ne se tint pas pour battue.

— Jack, nous n'avons pas le temps. Tu es attendu pour la vérification du son dans une demi-heure. Je te rappelle ce que t'a dit le docteur de Winnipeg : tout va très bien, tu es en état de continuer la tournée. Ce matin encore, tu affirmais ne pas vouloir annuler tes concerts.

Cette fois-ci, Luna se tourna vers elle.

— Je vais vous demander de sortir.

La jeune femme brune sursauta.

— Quoi? Non!

Exaspérée, Luna en appela à Jesse.

— Écoutez, vous êtes mon patient, cet examen serait bien plus rapide sans ces interruptions. Faites-la sortir que nous puissions respirer.

Jesse n'hésita pas.

— Gia, sors, dit-il. Je n'en ai pas pour longtemps.

Elle hésita en le fusillant des yeux, puis elle céda et sortit d'une démarche raide. Elle claqua délibérément la porte derrière elle.

— Seriez-vous une amie de Ben, docteur? demanda Jesse.

Luna lui sourit.

— Oui. Et vous?

— Demandez-le-lui.

— Voilà une réponse intrigante. Ne bougez plus, s'il vous plaît.

Pendant que Luna prenait la température de son patient et ses autres signes vitaux, je me positionnai à la porte, prêt à défendre l'intimité de Jess si son assistante ou un *hipster* s'avisait de vouloir entrer.

— Vous devez penser que Gia est une vraie garce, déclara Jess. Mais ce n'est pas le cas, je vous assure. Son rôle est de tout coordonner et ce n'est pas toujours facile quand…

Il s'interrompit quand le thermomètre bipa. Luna vérifia le résultat, les sourcils froncés, puis elle plaça les embouts de son stéthoscope dans ses oreilles.

— Pourriez-vous enlever votre chemise, s'il vous plaît.

— C'est une demande que j'entends souvent, railla Jesse en s'exécutant.

Luna éclata d'un rire tonitruant. Je fus certain que les autres allaient l'entendre dans la pièce d'à côté, sinon à l'étage du dessous.

Suivant les instructions de Luna, Jesse se mit à respirer fort.

— Gia a dit vrai, haleta-t-il. Je dois assurer mes spectacles. L'alternative serait nettement pire.

À moitié assise sur la table de nuit, Luna fouillait dans son sac

— J'en doute. Où est passé mon oxymètre ? Ah le voilà ! Donnez-moi votre main.

Quand il obtempéra, elle accrocha une sorte de pince à son index. Très vite, un « *bip* » retentit et le nombre 93 clignota sur le petit écran.

— Ce sont des acryliques ? demanda Luna.

J'ignorais de quoi elle parlait. Quand Jess hocha la tête, Luna décolla prestement la couche noire d'un de ses ongles.

Jess retira sa main.

— Hé ! protesta-t-il.

— Ne faites pas l'enfant, le tança Luna. Laissez-moi regarder.

Il s'exécuta à contrecœur. Elle se pencha pour regarder sa main, je fis pareil. Sans le vernis noir, l'ongle de Jesse avait une teinte bleuâtre.

— Ce n'est pas bon du tout, annonça Luna. Le taux de saturation de votre sang en oxygène est inquiétant. Je ne compte pas vous envoyer à l'hôpital, mais je dois vous dire qu'en quelques jours, votre pneumonie s'est nettement aggravée.

Elle lui retourna le bras et étudia le creux de son coude.

Jess roula des yeux.

— Je ne me shoote pas, affirma-t-il. Et si j'avale pas mal de pilules ces derniers temps, c'est sur prescription médicale.

— Désolée, déclara Luna, un peu tristement, mais votre réputation vous précède.

Jess hocha la tête.

— Oui, bien sûr. Je comprends.

Il ôta le clip de son doigt et le rendit à Luna. Il enfila ensuite le tee-shirt noir qu'il portait sous son sweat quand nous nous étions vus au bar. Personnellement, j'aurais préféré qu'il reste torse nu, mais sans doute valait-il mieux que je ne sois pas distrait en l'évoquant nu dans le lit que nous partagions autrefois…

— Vous avez une forte fièvre, annonça Luna. Trente-neuf cinq, c'est sérieux, mais une fois encore, cela ne nécessite pas une hospitalisation d'urgence. Je présume que vous êtes gavé d'ibuprofène, ce qui maintient votre température à ce niveau. Vous avez une pneumonie bactérienne. La bonne nouvelle est qu'un traitement devrait vous soulager assez rapidement. La mauvaise, c'est qu'il faudra vingt-quatre heures aux antibiotiques pour faire effet et je ne vois pas comment, dans votre état actuel, vous pouvez espérer rester trois heures sur scène. Et je ne parle pas à la légère d'une annulation, vous savez, parce que j'avais acquis des tickets pour votre spectacle !

Jesse s'étendit sur son lit, la tête sur son oreiller. Il inspira un grand coup – du moins, il essaya.

— Je n'annulerai pas ! s'entêta-t-il. Ça coûterait trop cher à trop de personnes.

— Oh, ces gens-là ont-ils pris une assurance-vie sur vous ? railla Luna. Dans ce cas, si vous décédez sur scène, ils toucheront le gros lot !

— Mais enfin, intervins-je, annuler deux spectacles, ce n'est pas la fin du monde, quand même ! Si les personnes impliquées avaient deux sous de bon sens, elles verraient bien…

Jesse s'étrangla avec un son qui ressemblait à la fois à une toux et à un rire.

— Oui, il y a une assurance-vie, admit-il. Mais ce n'est pas uniquement une question d'argent. Je te l'ai déjà dit, Ben. Internet ne pardonne rien.

— Vous avez eu des problèmes récemment ? demanda Luna.

Jesse roula sa tête sur l'oreiller pour la regarder.

— Pas encore.

Elle posa la main sur son front et le dévisagea avec empathie.

— Vous devez annuler, insista-t-elle. Ce soir et demain soir. Vous êtes très malade.

— Non, je vais tenir le coup.

Luna secoua la tête.

— Vous n'êtes pas mon premier patient artiste, vous savez. Vous êtes tous plus fous les uns que les autres. Oui, je présume que vous avez une petite chance de faire bonne figure. Si votre pneumonie n'avait pas empiré, peut-être même vous recommanderais-je de continuer.

Elle me pointa du doigt et enchaîna :

— Ben ne serait pas content et j'avoue que j'aurais des doutes, mais connaissant votre milieu, je pourrais me laisser circonvenir. Mais pas dans les conditions actuelles. Je vous certifie que vous ne parviendrez pas à monter en scène.

Quand Jess ferma les yeux, Luna retira ses doigts de son front.

Jess respirait lourdement, difficilement, et il ne cherchait plus à s'en cacher. Sa main reposait sur son ventre, molle et abandonnée, et le bleuté de son ongle nu attirait mon regard comme un aimant.

— Si tu veux, Jess, proposai-je, je me charge de mettre ta meute au courant. Et tu n'auras pas à rester ici avec eux. Tu peux aller à l'hôpital par précaution, pour mettre toutes les chances de ton côté. Sinon, je peux aussi t'accueillir chez moi.

Je n'avais pas prévu cette invitation, aussi fus-je très étonné d'entendre ces paroles émaner de mes lèvres.

Jess entrouvrit les yeux et me fixa d'un regard vide. Luna, occupée de ranger ses instruments dans son sac, nous laissa régler la question entre nous.

Jesse me dévisageait toujours.

— Tu es sérieux ? dit-il enfin. J'ai d'autres options, tu sais. Tu n'es pas obligé de jouer les bons samaritains.

Je haussai les épaules.

— Oui, bien sûr que je suis sérieux. J'ai une chambre d'amis. Et je pense que Frank apprécierait avoir de la compagnie.

Jesse ne cacha pas sa surprise. Bien entendu, il ne pouvait savoir que Franck était un chien, alors, d'après lui, qui était-ce ? Mon colocataire ? Mon amant ? Ou les deux à la fois ? Je ne parvins pas à déterminer si la réponse à cette question l'intéressait. D'ailleurs, quelle importance cela avait-il, hein, franchement ?

Je me tournai vers Luna pour demander :

— S'il s'installe chez moi, que dois-je prévoir comme soins spécifiques ? Et comme diète ?

— Il lui faut avant tout du calme et du repos, répondit-elle. Il devra aussi manger des plats simples et roboratifs, même s'il n'a pas d'appétit. Je vais vous faire une ordonnance pour les antibiotiques. Surveillez sa température, si elle monte et dépasse quarante, appelez-moi... Oh, je vais aussi vous laisser mon oxymètre. Vérifiez sa saturation. Pour le moment, elle est à quatre-vingt-treize, c'est la limite acceptable. En dessous de quatre-vingt-douze, vous devrez l'emmener aux Urgences.

Tout en parlant, elle ressortit de son sac le petit clip qu'elle avait utilisé sur Jesse et me le lança.

— Je suis là, vous savez, grogna Jess.

Comme il avait les yeux fermés et une voix spectrale, Luna et moi ne lui prêtâmes aucune attention.

— Bref, continua Luna, il faudra avant tout le surveiller, Ben, et vous assurer que son état n'empire pas, je fais confiance à votre bon sens.

J'ouvris la porte de la chambre. Gia était toujours là, aux aguets. Je lui fis signe de revenir dans la pièce. Elle obtempéra et me fusilla des yeux en passant devant moi.

— Alors ? aboya-t-elle.

— C'est foutu, Gia, répondit Jesse.

Il esquissa péniblement un sourire contraint qui disparut très vite. Il avait un mal fou à garder les yeux ouverts.

Gia se raidit, comme si elle venait d'avaler du béton.

— Juste ce soir ? tenta-t-elle.

Jesse secoua la tête.

— Non, demain aussi.

Luna intervint :

— Il a une pneumonie bactérienne, je doute fort qu'il puisse chanter avant un mois.

Gia fit la grimace.

— D'accord, je vais tout annuler. Ça va faire du dégât !

Jess ferma les yeux.

— Oui. Je sais.

— Tu vas à l'hôpital ? demanda Gia.

— Non, je m'installe chez Ben.

Gia me jeta un regard éberlué.

— Quoi ? Ben, merde alors ! Quelle drôle d'idée !

Je ne répondis pas. Qu'aurais-je pu dire ? J'étais tout aussi choqué qu'elle par la décision de Jesse.

Le silence retomba. Je me sentis tenu de me justifier.

— Nous sommes de vieux amis. Dans son état, il peut encore éviter l'hospitalisation, mais de justesse. Je le surveillerai de près.

— Il n'a qu'à rester ici, déclara Gia. La suite est payée jusqu'à demain.

— Non, s'entêta Jesse, je vais chez Ben. La tournée étant annulée, que tout le monde rentre au bercail !

Gia fronça les sourcils. Elle commençait à me gonfler.

— Hé, intervins-je. Il n'est pas prisonnier à ce que je sache, ni assigné à résidence, hein ?

— Non, grinça Gia, manifestement à contrecœur. Mais je suis la coordonnatrice de la tournée…

27

— Plus maintenant, coupa Jesse, les deux dernières représentations sont annulées.

— Je dois veiller à ce que tous les musiciens rentrent à bon port, insista Gia.

— Je n'en fais pas partie, contra Jesse.

Gia céda d'un coup.

— D'accord, d'accord, fais ce que tu veux, tu es un adulte, après tout. Je me charge de régler les détails pratiques de ta décision et d'essuyer les plâtres.

— Merci, souffla Jess.

— C'est mon travail, déclara Gia. Au fait, tu es conscient que les frais inhérents à ces annulations ne seront pas couverts par l'assurance ? Une maladie n'est pas considérée comme une catastrophe naturelle et cette tournée était censée éponger les pertes des mois Covid.

— Je sais, oui, admit Jess.

L'expression de Gia s'adoucit.

— D'accord. Où puis-je te joindre en cas d'urgence ?

— Tu as mon numéro de portable, répondit-il.

Je sortis de mon portefeuille une carte professionnelle et la tendis à Gia.

— Mon bureau est attenant à la maison, indiquai-je.

Elle lut la carte et haussa les sourcils. Elle se tourna vers Jess, mais lui voyant les yeux fermés, elle reporta son attention sur moi. Je compris la question qu'elle se posait.

— Non, dis-je, je ne suis pas intervenu à titre professionnel.

— En revanche, c'est mon cas, déclara Luna. Et voici ma carte.

Après l'avoir empochée, Gia tourna les talons et fila vers la porte.

— Bien, je vais vous laisser, j'ai des coups de fil à passer.

Luna la regarda sortir. Une fois la porte fermée, elle secoua la tête.

— Elle est très en colère, annonça-t-elle.

— Elle va affronter un sacré tombereau de merde, intervint Jesse. Et j'en suis le seul responsable.

Les problèmes de Gia ne m'intéressant pas, je demandai à Jesse :

— Tu as des bagages à préparer avant de quitter cet endroit ?

Il secoua la tête et récupéra son téléphone posé sur la table de nuit.

— Va chercher ma trousse de toilette dans la salle de bain, déclara-t-il, c'est le plus urgent. Pour le reste, je demanderai qu'on me le dépose plus tard chez toi.

Je passai dans la salle de bain attenante. Une fois la trousse de toilette récupérée, j'ouvris un placard, pris un petit sac de voyage et y empilai quelques vêtements. C'était bien plus simple qu'attendre « plus tard », me semblait-il.

Quand je revins dans la chambre, Luna avait aidé Jess à se lever. Il tremblait de la tête aux pieds, pourtant, il tenait à marcher seul. Et cela me convenait parfaitement : autant ne pas attirer l'attention des autres clients en quittant l'hôtel.

Je laissai Jesse avec Luna et partis de mon côté chercher ma voiture que j'avais laissée devant le Baxter, à peu de distance de là.

Quand je revins me garer devant l'hôtel, j'aidai Luna à installer Jesse sur le siège passager.

— Les billets seront-ils remboursés ? demanda Luna.

— Oui, affirma Jesse. Même si la régie rechigne à le faire, j'y veillerai personnellement. En attendant, vous pouvez vous torcher avec.

Elle se mit à rire.

— Rétablissez-vous vite, souffla-t-elle.

III

À PEINE une heure plus tard, Jess était dans le lit de ma chambre d'amis, son téléphone et son chargeur posés sur la table de chevet d'un côté, un verre d'eau, les antibiotiques, l'oxymètre et tout le matériel médical que Luna m'avait conseillé d'acquérir à la pharmacie de l'autre.

Frank montait la garde au pied du lit. Au premier regard, il avait décidé qu'il préférait Jesse à moi.

Jess m'avait paru soulagé en découvrant que Franck était un chien. En être certain m'était difficile parce qu'en voyant mon chien, Jesse avait affiché un sourire niais. « Mon tout beau ! » avait-il dit. De toute évidence, la fièvre lui gâtait le jugement. Sans doute délirait-il.

Je m'installai dans un fauteuil au coin de la chambre, avec mon ordinateur portable et mon téléphone.

Jess me jeta un regard torve.

— Je n'ai pas besoin de baby-sitter.

Je consultai ma montre.

— Possible, mais je suis censé vérifier toutes les heures l'évolution de ta température et de ta saturation en oxygène. Si tu préfères que je travaille dans une autre pièce, pas de problème, je repasserai.

— Si tu as à faire, c'est bon, concéda-t-il. Je ne voulais pas que tu te sentes obligé de rester à mon chevet.

Sortir tous ces mots lui demanda du temps et un gros effort.

— Tu peux rester, ajouta-t-il.

— Merci.

Les yeux sur mon écran, je vérifiai les sites d'actualités pour vérifier si l'un d'eux parlait déjà de la disparition de Kimberley. Ce n'était pas le cas. Tous les médias locaux consacraient leur Une à l'annulation des deux derniers spectacles de la tournée de Jack Lowe. Gia n'avait pas perdu de temps.

Je vis aussi qu'un carambolage venait d'avoir lieu au sud de Calgary, malgré d'excellentes conditions routières. D'après le journaliste, c'était encore un drame de l'alcoolémie. Les spots publicitaires citaient le mercredi comme « le jour du Gros Lot » et un billet vendu à Calgary était sorti au dernier tirage. L'heureux gagnant ne s'était pas encore manifesté, sans doute ignorait-il sa bonne fortune. Le lendemain commençait le procès du gosse qui avait tiré une fusée l'an passé à la fête estudiantine, tuant un de ses copains. Ce serait au jury de décider s'il avait eu conscience des éventuelles conséquences de son acte insensé. Je n'aurais pas voulu parier sur le verdict.

Ensuite, je recommençai à passer au crible les réseaux sociaux de Kim Moy. Le premier stage d'une enquête était assez mou, d'accord, mais frustrant. Pour le moment, je ne savais pas ce que je cherchais, je suivais des pistes ne menant à rien de probant, j'ignorais sur quoi je risquais de tomber. L'arrière-plan d'une photo allait-il me révéler où était Kim et pourquoi elle avait disparu ? Merde, je n'en savais fichtrement rien.

Quand mon alarme bipa discrètement, j'abandonnai mon ordinateur et regardai Jesse. L'air endormi, il cherchait à récupérer le thermomètre et l'oxymètre sur sa table de chevet.

— C'est bon, marmonna-t-il, ne bouge pas.

Je le laissai faire. Il utilisa mon thermomètre, une antiquité avec du mercure dans un tube de verre que j'avais emprunté chez mes parents alors que je souffrais d'une mauvaise grippe sans jamais penser à le leur rapporter.

Quand Jesse brandit l'oxymètre vers moi, je hochai la tête. Les chiffres restaient stables.

Il vérifia ensuite le thermomètre.

— Trente-neuf.

— D'accord, dis-je. Pour le moment, pas d'aggravation.

Du menton, Jesse désigna mon ordinateur.

— Tu travailles sur quelque chose ? s'enquit-il.

Je reportai mon attention sur les photos qui s'affichaient sur mon écran. Aucune d'elles ne m'avait fourni le moindre indice.

— Peut-être, dis-je sans conviction. L'affaire n'est pas très claire.

— Tu peux m'en parler ?

— En guise d'histoire pour t'endormir ? plaisantai-je.

Il sourit.

— Pourquoi pas ?

Je ne vis aucun mal à lui exposer les faits. Parfois, cela aidait d'en parler à voix haute. Il m'arrivait souvent de raconter les aléas d'une enquête à Frank, pour m'éclaircir les idées. Bien entendu, j'étais aussi assuré de sa discrétion. Quant à Jesse, je doutais fort qu'il soit du genre à colporter mes confidences.

— Une étudiante aurait disparu, commençai-je.

Je racontai à Jess ce que Lauren m'avait révélé et le peu que j'avais appris depuis.

Il releva la tête de ses oreillers.

— Pourquoi n'es-tu pas déjà occupé à la rechercher ?

Je fermai mon ordinateur et le posai sur le sol.

— Je n'aurais probablement pas dû accepter cette requête, reconnus-je. Kimberly Moy est à l'université, elle est majeure. En général, quand un adulte disparaît, c'est un acte délibéré. Parfois, c'est juste un break, parfois, c'est pour échapper définitivement à sa vie actuelle. Chez les étudiants, c'est souvent une lubie d'ordre sexuel et les gosses, pris par leur libido, ne pensent pas à prévenir leur famille. Ils réapparaissent la bouche en cœur quelques jours plus tard.

— Dans ce cas, pourquoi avoir accepté cette cliente ? insista Jesse. Et si elle soupçonne une sombre machination, pourquoi n'est-elle pas allée voir la police ?

— Si Lauren espère me voir sauver sa sœur d'un culte ou la récupérer au fond d'un puits, elle rêve en couleurs. Ça ne se passe pas comme ça dans la vie réelle.

— Et si elle a vu juste et que la jeune fille a vraiment des ennuis ? demanda encore Jesse.

— Dans ce cas, il est déjà trop tard, admis-je. Pour une disparition inquiétante, quatre jours, c'est trop long. J'ignore ce que je vais trouver, mais je doute que ce soit ce que Lauren espère.

Jess haussa les épaules.

— Même si le pire est déjà arrivé, mieux vaut qu'elle le sache, tu ne crois pas ? Sinon, elle passera le reste de sa vie à se demander ce que sa sœur a pu devenir.

— Si Kim est morte, annonçai-je, les flics finiront par la retrouver. D'ailleurs, Lauren a déjà été les voir pour déclarer une disparition inquiétante. Ils ont des moyens que je n'ai pas, ils peuvent même retrouver Kimberly vivante s'ils diffusent sa photo. Parfois, ça marche. Et Lauren n'aurait rien eu à débourser. S'adresser à une agence privée est une démarche onéreuse. Pourtant, c'est ce qu'elle a tenu à faire.

— Peut-être pour se dire qu'elle avait tout essayé, suggéra Jess. Pour se rassurer, quel qu'en soit le prix.

À mes yeux, c'était plus un transfert de responsabilité – ou de culpabilité – pour dormir tranquille en sachant le sort de sa sœur entre mes mains.

Merde !

— Possible, dis-je.

Jess ouvrit la bouche, comme pour ajouter quelque chose. Je lui jetai un regard interrogateur et attendis un moment. Rien ne vint.

— Là, dis-je pour meubler le silence retombé, je cherche à mieux connaître Kim en regardant les réseaux sociaux. Je vais à la pêche en lançant des appâts, en espérant que le poisson morde. J'espère aussi en apprendre plus sur ses goûts et ses habitudes, afin de déterminer où elle aurait pu aller et pourquoi. J'espérais tomber sur une évidence, par exemple un nouveau petit ami, mais pour le moment, rien de rien.

Jesse prit son téléphone posé sur la table de nuit.

— Kimberly Moy, c'est ça ? Et ça s'écrit bien : M-O-Y ?

— Tu es censé dormir et te reposer, protestai-je, pas m'aider à traquer une fugueuse.

— Je me repose, rétorqua Jess. Et même si je m'endors, tu prévois de me réveiller dans une heure pour vérifier ma température.

Je cédai avec un soupir.

— D'accord. Lauren m'a envoyé un lien et des informations sur sa sœur. Je vais le partager avec toi.

Jess hocha la tête, les yeux sur son téléphone, ses doigts tapotant le clavier virtuel.

— Ah, une artiste ! murmura-t-il. Une drama-queen, peut-être ?

D'après sa voix, c'était probablement un compliment.

— Elle adore Paint Nite, admis-je.

— Waouh ! ajouta Jesse. Elle a de bonnes critiques : *une fille sympa, amusante… facile à vivre… patiente.*

— Elle a aussi de bonnes notes et de bonnes appréciations de ses profs, indiquai-je. Jusque-là, elle n'avait jamais fait l'école buissonnière. Bien sûr, je n'ai pas encore vérifié sur le terrain, elle chargeait peut-être ses amis de couvrir ses absences, mais…

Jess termina ma phrase :

— Si c'est le cas, personne ne le reconnaîtra.

— Intuitivement, je dirais que ma cliente a raison : cette disparition ne ressembla pas à Kim.

Jess eut une moue ironique.

— Dans ce cas, elle n'est pas comme moi au même âge, hein ?

Le terrain devenait miné, surtout avec nous deux coincés ensemble dans la même chambre. Quand Jess avait déraillé, il était un peu plus âgé que Kimberly, il ne lui restait qu'un an à l'université avant son diplôme. Et durant les sept années suivantes, il avait continué à faire les quatre cents coups. Mais la question n'était pas là.

Jesse et moi nous regardâmes un instant. Puis il baissa les yeux et nous en revîmes à l'enquête.

— Si tu découvres qu'elle avait un nouveau petit ami, préviens-moi, dis-je. Peut-être s'agit-il d'une fille, je ne connais pas son orientation.

— D'après toi, le sexe est la seule raison qui pousse une jeune fille à disparaître ?

Jess semblait sincèrement curieux. Me croyait-il plein d'expérience dans la recherche des personnes disparues ? En vérité, je n'avais eu que trois cas de ce genre. Mes enquêtes, le plus souvent, concernaient les fraudes à l'assurance, les divorces et la vérification des antécédents d'une personne. Oui, ce dernier point représentait l'essentiel de mon activité. Plus les gens mettaient leur vie en ligne, plus ils étaient certains que les autres avaient des secrets à cacher.

Je répondis d'un ton prudent :

— À mon avis, tout le monde est susceptible un jour ou l'autre d'agir de façon stupide, hâtive ou inconsidérée, mais le plus souvent, la cause est un garçon. Ou une fille. Il y a un millier d'autres raisons, bien sûr, mais le sexe reste mon premier angle d'approche.

— Je pencherai plutôt pour la passion, déclara Jesse, pensif. Toutes les fortes émotions, même la peur ou la colère, vous détraquent le cerveau.

— Tu as raison, admis-je. Ajoutes-y la honte aussi, dans certaines circonstances. Tu n'imagines pas jusqu'où vont certaines femmes pour cacher une grossesse ! Une fille qui envisage un avortement peut avoir besoin d'intimité.

— Si Kim était enceinte sans l'avoir voulu, quelle qu'en soit la raison, tu ne le sauras pas, remarqua Jesse, parce qu'elle ne l'aura pas mis sur Internet. En fait, elle n'en aurait parlé à personne.

— C'est vrai, mais son entourage a pu remarquer un changement dans ses habitudes, par exemple qu'elle a arrêté de boire, qu'elle prend de l'ibuprofène, ou qu'elle a acquis un goût récent pour le fromage à pâte molle ou la caféine…

— Comment comptes-tu le découvrir ? s'enquit Jesse.

Je haussai les épaules.

— Il va falloir que j'interroge ses amis. Ou ses ennemis, si elle en a. Je le ferai demain. J'irai à l'université parler aux filles de sa classe. Et à l'agent de police qui a enregistré la déposition de Lauren concernant la disparition de sa sœur.

— Je vais lancer une recherche de reconnaissance faciale, déclara Jess d'une voix pâteuse. Au cas où elle utilise un faux nom…

— Je peux m'en charger.

— A-t-elle des comptes réservés aux amis ?

— Jess, j'ai l'habitude de fouiller les réseaux sociaux et Internet, c'est mon métier. Pendant la Covid, je n'avais que le cyber harcèlement pour m'occuper. Dors maintenant.

— Non, je suis…

Il se tut d'un seul coup, je le crus endormi.

Je sélectionnai des photos de Kim de face, bien habillée ou en vêtements décontractés, les cheveux lâchés ou attachés en chignon, et lançai une recherche. Je ne trouvai rien de nouveau. Pour une étudiante, Kim Moy était étonnement sage, ça devenait frustrant. Oh, cela ne voulait pas dire qu'elle n'avait pas de secrets, au contraire ! Si c'était le cas, sans doute étaient-ils plus sombres que ceux de ses congénères.

J'avais déposé une demande pour obtenir le casier judiciaire de Kim, sans réellement espérer y trouver des pépites. En plus, je saurais juste si ledit casier était vierge ou pas. Si ce n'était pas le cas, je ne saurais pas quels délits Kim avait commis : excès de vitesse, conduite en état d'ivresse, incidents sur la voie publique ou même maladie mentale… Seul un flic avait accès à ces informations. Je comptais donc contacter dès demain Kent Hauser, mon ancien partenaire. Il était toujours dans la police.

Je continuai à scanner des photos, traquant Kim à travers ses amis sur Facebook, Instagram et LinkedIn. J'appris qu'elle avait travaillé un temps dans une station-service au Manitoba.

Les questions se bousculaient dans ma tête. Kim s'était disputée avec quelqu'un qui l'avait effrayée ? Avait-elle commis un impair qui, selon elle, ne lui permettait plus de regarder ses connaissances dans les yeux ? Avait-elle commis un délit plus grave et filé pour ne pas en être accusée ? Rien ne me laissait le croire.

S'était-elle convertie ? Était-elle entrée au couvent ? Avait-elle rejoint une secte ?

Si Kimberley Moy était ce qu'elle paraissait, une brave gosse tout à fait normale sans sombres secrets, je devais envisager que sa disparition n'ait pas été un acte volontaire. Si elle avait été enlevée contre son gré, quelle chance avait-elle de s'en sortir vivante ? À peine une sur mille, en étant optimiste.

Je continuai à creuser longtemps après avoir abandonné l'espoir d'apprendre du nouveau. Toutes les heures, je réveillais Jesse pour vérifier sa température et son taux d'oxygénation. Au fur et à mesure que la nuit s'écoulait, ils restèrent stables ou en légère amélioration. Peu avant minuit, mon téléphone bipa, annonçant l'arrivée d'un texto.

Il était de Luna.

Comment va mon patient ?

Je répondis en lui donnant les chiffres de ma dernière vérification, température, oxygénation, etc.

D'accord, TVB, laissez-le dormir, je passerai le voir demain avant de prendre mon service. Donnez-moi votre adresse.

Je la lui envoyai. Quelques secondes plus tard, sa réponse me parvint : une émoticône grimace. Parce qu'un immeuble en plein centre-ville ne l'arrangeait pas du tout.

Je répondis :

Envoyez-moi un chèque et je déménage !

Elle m'envoya une émoticône sourire et une heure : 7 heures du matin, en fonction des conditions de la circulation

Je soupirai. La nuit allait être courte. J'activai l'alarme de mon ordinateur et pesai mes options. Soit j'allais dans ma chambre et savourais le confort de mon grand lit, soit je restais dans ce foutu fauteuil à risquer un torticolis, mais au moins j'entendrais si Jesse avait besoin de moi, soit je protégeais mes vertèbres et me couchais à ses côtés, mais là, je ne pourrais pas fermer l'œil. Et puis, Frank avait déjà revendiqué la place.

— Qu'en penses-tu ? demandai-je à Franck.

Son regard posé sur moi était tellement scrutateur qu'il me paraissait évident qu'il avait une opinion sur la question.

— Bien, dis-je. Dans ce cas, c'est décidé, je reviens.

Frank me regarda quitter la pièce sans bouger son menton posé sur ses pattes croisées devant lui. Il me fixait toujours quand je revins en tee-shirt et boxer, avec les coussins du canapé du salon dans les bras. Il ne me quitta pas des yeux tandis que j'enroulai un drap autour des coussins et jetai dessus une couverture et un oreiller.

36

— Je te laisse le lit, dis-je à Frank.

Il bâilla. Je vérifiai que mon portable était branché et l'alarme réglée, puis je m'étendis sur mon lit de fortune et tentai d'occulter le souffle rauque de la respiration de Jesse.

Au moins, il ne ronflait pas.

JE ME revis à Toronto, dans cet appartement minable situé au premier étage d'une maison de Cabbagetown où Jess et moi avions vécu ensemble pendant deux ans et demi. Le lino de la cuisine était dans un état déplorable et moi, les poings sur les hanches, j'apostrophai Jesse en lui demandant où était sa quote-part du loyer. Ce fut là que je compris la vérité. Avant, je n'avais eu que des soupçons.

Je savais que Jess et son groupe avaient organisé une fête après le spectacle. Je savais aussi qu'ils avaient beaucoup dépensé parce que Jess célébrait le fait qu'il était à deux doigts – sinon à un seul – de signer avec une des grandes régies de disques qui tenaient encore la route. Et c'était un contrat solide, pas une foutaise d'asservissement dont il ne cessait de se plaindre au milieu de la nuit, à l'époque où il s'était investi dans l'idée de restaurer l'image de la nation indienne.

Il n'avait rien gardé de la somme touchée pour son concert. Il avait purement et simplement oublié le loyer.

Et moi, par la même occasion.

Je m'entendis dire à Jesse que je voulais ce loyer maintenant, tout de suite, comme si c'était tout ce qui comptait pour moi. Ce n'était pas le cas, bien que la situation financière soit un peu ric-rac. Mon travail d'agent de sécurité à temps partiel ne suffisait pas à couvrir tous nos frais.

Il répondit qu'il avait la gueule de bois et me demanda de repousser cette discussion à une date ultérieure. Quand ? voulus-je savoir, furieux. Le mois prochain ? L'année prochaine ?

Il secoua la tête et s'en alla, avec sa veste en cuir et sa gueule de bois, sans payer le loyer. Comme d'habitude.

Puis l'inattendu arriva : un feuillet tomba de sa poche. Je le ramassai et lus une liste de noms presque tous barrés. Il n'en restait qu'un en bas : Jack Lowe. Sur le moment, je crus que c'était son nouvel agent. Les seules personnes dont Jesse semblait se soucier à l'époque appartenaient de près ou de loin à l'industrie de la musique, artistes, influenceurs, propriétaires de night-clubs, il n'était pas très regardant.

Il ne me vint pas à l'esprit que Jesse s'apprêtait à me quitter, à endosser une autre identité. Et je n'envisageais pas non plus qu'il puisse me tromper : vu le rythme effréné qu'il menait, où en aurait-il trouvé le temps ? Non, vraiment, la vérité m'échappa totalement. Comment aurais-je pu imaginer que mon amant rêvait d'une vie dont je ne faisais pas partie ?

Ce soir, alors que je rêvais, alors que je me souvenais de cet instant enfoui dans le passé, j'avais beaucoup à dire à Jesse. Mes paroles ne l'auraient pas fait changer d'avis, d'accord, mais au moins, je me serais libéré du poids qui m'avait si longtemps oppressé après son départ. En fait, je n'avais pas eu l'opportunité d'ouvrir la bouche. Jesse avait filé, exaspéré, laissant la porte de l'appartement ouverte.

Il n'était jamais revenu payer sa quote-part du loyer. Pour subsister un mois de plus, j'avais dû mettre en gage la vieille guitare qu'il avait laissée derrière lui.

Il y a deux ans, quand j'avais enfin eu de quoi rembourser ce qui restait de mon prêt étudiant, la banque m'avait répondu que tout était déjà soldé.

Par Jesse, bien sûr. Ou plutôt Jack Lowe.

QUAND L'ALARME se déclencha, je me crus à Toronto. Le lit était pourri, j'avais des crampes tout le long de la colonne vertébrale, j'entendais Jesse respirer dans la chambre, je sentais l'odeur de son shampoing.

En ouvrant les yeux, je constatai que le stuc du plafond n'était pas marbré de taches indiquant une ancienne inondation.

Merde, où étais-je ?

Mon premier indice fut la grosse tête de Frank posée sur le bord du lit. Le chien n'avait jamais vécu à Toronto. Pour éviter son museau baveux, je roulai sur moi-même et cherchai à tâtons la barre de mon ordinateur afin de couper cette foutue sonnerie. Et là, tout me revint, j'étais couché à même le sol dans ma chambre d'amis, sur les coussins du canapé. Luna arriverait d'ici une petite demi-heure.

Une fois assis, je jetai un coup d'œil en direction du lit. Jesse dormait encore, étalé sur le dos. Bien que ses cheveux noirs lui recouvrent en partie le visage, son teint me parut moins livide que la veille. Apparemment, l'alarme ne l'avait pas réveillé.

Quand il dormait, il paraissait plus jeune. C'était déjà le cas autrefois. Ses traits évoquaient l'innocence – grands yeux, grande bouche, nez droit et ciselé. Mais ses yeux verts, une fois ouverts, brillaient d'intelligence et de cynisme, ce qui rendait à Jesse son âge réel. Au naturel, ses cheveux étaient d'un châtain très foncé, il s'était mis à les teindre déjà en noir mat peu après notre rencontre. Au saut du lit, ses mèches étaient toutes raides. Alors, Jesse les coiffait afin que leurs pointes encadrent son visage, sous la mâchoire, comme deux grandes ailes recourbées.

Je retins mon souffle un moment afin d'écouter sa respiration. Elle était encore sifflante, mais il me sembla noter un léger mieux. Je regrettai amèrement de ne pas avoir acquis, comme Luna me l'avait conseillé, un thermomètre moderne à rayons infrarouges. Dans ce cas, j'aurais pu prendre la température de Jesse sans avoir à le réveiller. D'un autre côté, il avait le sommeil si profond que j'aurais pu faire jouer une fanfare dans la chambre sans qu'il ouvre un œil. Il me le prouva encore quand Frank quitta sa place sur le lit et décida d'amortir son atterrissage sur mon oreiller. Jesse ne broncha pas.

Notre routine matinale, à Frank et à moi, était plutôt rapide, quinze minutes à peine, aussi aurais-je le temps ensuite de déposer les affaires de toilettes de Jesse dans la salle de bain et de lui préparer un petit déjeuner. La veille avant de se coucher, il avait commencé par refuser d'avaler un morceau. Pour le convaincre de changer d'avis, je lui avais interdit le café avant qu'il ingurgite un demi-bol de quinoa aux légumes.

Cet exploit accompli, j'avais envoyé un texto à Luna pour la tenir au courant. Elle avait été impressionnée par mon menu si bien adapté à un malade. À quoi s'attendait-elle au juste? À ce que je propose à Jess des frites et de la bière? Elle m'avait félicité de connaître le quinoa et de savoir l'écrire. Peuh! On trouvait tout de nos jours dans les supérettes de quartier. Dans celle où je me fournissais, le quinoa – cuisson micro-ondes – était à côté de mes corn-flakes favoris, les Wagon Wheels, ce qui était bien pratique pour moi.

En guise de petit déjeuner, je préparai pour Jesse un bol de flocons d'avoine surmonté d'une demi-banane coupée en tranches. Je savais qu'il mangerait tout et que Luna préférerait cette mixture «saine» à un bol de Froot Loops, les céréales préférées de Jesse.

Je compris que Jesse s'était réveillé en l'entendant s'étrangler sur une quinte de toux grasse. Ensuite, je l'entendis se lever et traîner la jambe jusqu'à la salle de bain. J'écoutai, le cœur battant, m'attendant presque à entendre l'impact sourd de son corps s'écroulant sur le sol, mais pas du tout, il parvint à refermer la porte sur lui.

J'en profitai pour retourner dans la chambre d'ami, refaire le lit et déposer le plateau du petit déjeuner sur la table de chevet, avec une dose d'antibiotiques. J'avais apporté à Jesse un verre d'eau, pas une tasse de café. Comme la veille, il n'y aurait droit qu'après avoir mangé – pourquoi changer une méthode efficace ?

L'eau de la douche coulait dans la douche. Parfait, la vapeur ferait du bien aux poumons engorgés de Jesse. Dans tous les cas, il se serait caché pour ne pas que je le voie. La fièvre, ça allait, il pouvait même la trouver romantique, tout comme son extrême pâleur, mais pas question de cracher ses poumons devant moi. Il faisait la même chose autrefois… Il avait même pris la peine de jeter dans la corbeille le kleenex dans lequel il s'était mouché avant de se traîner dans le couloir.

Dans le salon, Frank aboya en direction de la porte d'entrée. Avec cet excellent système d'alarme, je n'avais même plus besoin d'une sonnette. Mon chien me suivit quand j'allai ouvrir à Luna.

Sans m'adresser ni un mot ni un regard, elle s'accroupit et prit la grosse tête de Franck entre ses mains.

— Oh, que tu es beau !

— Ne lui mentez pas, dis-je. Le jour où il apprendra la vérité, il risque de faire une dépression.

Luna continua à s'adresser à Franck :

— Ne l'écoute pas, tu es magnifique !

Je reculai et ouvris la porte en grand.

— Entrez, docteur Fares.

Elle se redressa avec un sourire et passa devant moi. Une fois au salon, elle regarda autour d'elle, s'attardant sur les hautes portes-fenêtres qui donnaient sur la cour.

— C'est une maison sympa, déclara-t-elle. Avec beaucoup de lumière naturelle. Elle date de la fin des années soixante, je présume ?

— Peut-être. Pour être franc, je ne me suis jamais posé la question. Je ne suis que locataire, vous savez. Votre patient est sous la douche.

— Excellente idée, répondit-elle. Cela lui fera le plus grand bien. Dites-moi, c'est bien du café que je sens ?

Ah, une autre addict. Je lui servais sa dose quand j'entendis Jess retourner dans sa chambre. Luna s'y rendit, Frank sur les talons. Je les suivis quelques pas en arrière, une tasse à la main.

Au premier regard qu'elle lança à Jess, Luna déclara :

— Vous êtes mieux !

C'était le cas, même s'il avait les yeux rougis d'avoir toussé. Ses cheveux encore mouillés étaient brossés en arrière et il portait le tee-shirt blanc que j'avais laissé sur son lit. Bien trop grand, il lui descendait jusqu'aux cuisses, aussi ne pus-je juger si Jess avait autre chose en dessous. Un boxer peut-être ? Le dévorer des yeux n'allait pas me fournir la réponse à cette question existentielle, aussi fis-je l'effort de détourner la tête.

— Je me sens mieux, reconnut-il, d'une voix rauque.

Elle acquiesça.

— Parce que vous toussez, déclara-t-elle d'un ton guilleret, qui me parut des plus déplacés. C'est une chance ! Cette horreur que vous aviez avalée pour bloquer votre toux ne fait plus effet.

— Et j'en suis navré ! grommela Jesse.

Une fois recouché, il découvrit son plateau et agita la cuillère dans les flocons d'avoine. À voir la tête qu'il tirait, on aurait cru qu'il s'activait pour déboucher un évier.

— Mange, dis-je sévèrement. Ensuite, je t'apporterai du café.

Il me jeta un regard noir – ce que mon idiot de cœur jugea adorable.

Je ne précisai pas à Jesse que son café serait du déca.

— Vous devez vider vos poumons, déclara Luna.

Elle braqua son thermomètre et montra à Jesse le chiffre qui s'inscrivait.

— C'est beaucoup mieux, ajouta-t-elle.

Jesse posa la cuillère et clipsa l'oxymètre sur son doigt. Luna sembla tout aussi satisfaite du résultat que l'appareil enregistra.

— Vous êtes en bonne voie de guérison, Jack Lowe.

Il parut brièvement surpris, comme s'il avait oublié avoir un nom de scène. Puis il sourit.

— Alors, j'aurais pu faire le spectacle de Vancouver !

En retirant l'oxymètre, Luna lui pinça délibérément le doigt.

— Aïe ! protesta-t-il.

— Vous le méritez bien pour avoir proféré une ânerie pareille. Vous allez mieux ce matin parce que les antibiotiques commencent à faire effet, mais aussi parce que vous avez dormi et que vous vous êtes reposé au lieu de vous épuiser sur scène. Si vous continuez ce traitement, vous guérirez. Si vous tentez de reprendre le harnais avant votre complet recouvrement, vous rechuterez. J'ai suivi quelques-unes de vos interviews, je vous avais trouvé intelligent, alors, confortez-moi dans la bonne opinion que j'avais de vous et agissez de façon sensée.

41

Il retomba sur ses oreillers et ferma les yeux.

Je me raclai la gorge.

— Quoi ? demanda Jess sans regarder.

— Il faut que tu manges, répondis-je. Si tu veux du café, avale ton petit déjeuner.

— Je n'ai pas le temps de suivre ce petit duel de volontés, déclara Luna, je suis sûre que ça aurait très distrayant, mais le devoir m'appelle. Vous avez tous les deux mon numéro en cas de problème.

Jess ouvrit les yeux.

— Docteur, vous avez fait ce détour dans le seul but de prendre ma température ?

— Je voulais aussi vérifier par moi-même vos progrès, répondit Luna. Mangez.

— Je vous remercie, dit Jess.

— J'espère que vous ne changerez pas d'avis quand vous recevrez ma note d'honoraires. Ben, vous me raccompagnez ? ajouta Luna en se tournant vers moi.

— Bien sûr.

En ouvrant la porte d'entrée, je jetai un coup d'œil au docteur Luna Fares.

— Vous savez, vous devriez réellement lui envoyer une facture. Il a les moyens de vous payer.

— Non, non, sinon, vous et moi ne serions pas quittes.

— Je vois. En tout cas, merci beaucoup. Au fait, dois-je encore faire du baby-sitting aujourd'hui ?

— Non, il peut rester seul tant qu'il se repose et prend ses antibiotiques. Pourquoi, vous êtes sur une enquête ?

— Oui, une disparition, une étudiante de première année. Au fait, je voulais vous demander, si elle avait eu à avorter, à qui se serait-elle adressée ?

— Elle est enceinte ? demanda Luna.

— Je n'en sais, rien, je cherche juste une explication plausible au fait qu'elle ait disparu et ne donne plus de nouvelles à sa sœur.

Luna me regarda fixement. La sentant distraite, Frank en profita pour renifler dans son sac.

Étonné du silence prolongé de Luna, je finis par demander :

— Quoi ?

— Vraiment, Ben ! Vous n'avez trouvé que cela, une femme qui disparaît ne peut qu'être enceinte ?

Je réussis à ne pas rouler des yeux.

— Les disparitions volontaires sont souvent liées au sexe, Luna, c'est vrai pour les garçons et pour les filles.

— Une grossesse ! Franchement ! Bien, je repasserai après ma garde, mais à partir de demain, je travaille la nuit, aussi serai-je assez rapide.

Luna avait beau être pressée, elle ne bougeait pas.

— Autre chose, Luna ? demandai-je

— Ben.

— Oui, c'est moi.

— Vous êtes un homme adorable, vous savez, je ne comprends pas que vous soyez tout seul.

— Luna ! Vous n'allez pas recommencer à tenter de me caser, vous ne l'avez que trop fait.

Je n'avais pas oublié ses efforts en la matière. Elle non plus, assurément. On aurait cru que c'était une quête d'ordre mystique. Pourtant, elle avait échoué.

— Je n'aurais jamais pensé qu'en fait, il vous fallait une étincelante rock star, déclara-t-elle, pensive.

— Je doute qu'il apprécie le terme « étincelante », il porte surtout du noir quand il se produit sur scène.

Elle me lança un regard las.

— Là n'est pas la question.

— Je sais. Il ne faisait même pas partie d'un groupe quand je l'ai connu. C'était ma première année à l'université, je travaillais à temps partiel dans la sécurité, en particulier la nuit dans les locaux universitaires. Jess était en seconde année, il étudiait la musique, ce petit salopiot, et il rentrait en douce la nuit dans le bâtiment pour s'exercer au piano, parce qu'il n'en avait pas chez lui.

— Oh, mon Dieu ! s'écria Luna. Vous l'avez surpris et éjecté ? C'est comme ça que vous vous êtes rencontrés ?

— J'étais payé pour ça !

Elle émit un bruit de protestation. Je levai la main.

— J'ai fait une exception avec lui, admis-je. Je lui ai demandé ce qu'il faisait, il m'a expliqué qu'en principe, les étudiants n'avaient pas libre accès aux pianos, mais qu'il en avait besoin parce qu'il écrivait des chansons et qu'il allait devenir une star.

— Et vous avez senti son potentiel, roucoula Luna. C'est chou !

— Non, la vie n'est pas un roman Harlequin. N'en faites pas trop, Luna. J'ai flashé sur Jesse parce qu'il était beau, parce qu'il avait du charisme. Et aussi du talent, je vous l'accorde, mais c'est le cas de beaucoup de gens. Je n'ai pas réalisé que le sien était exceptionnel. Plus tard, quand il a monté son groupe et qu'il s'est lancé dans le spectacle, j'ai vite compris qu'il était d'une redoutable ténacité pour atteindre ses objectifs. Rien ne devait se mettre sur son chemin…

— C'est fascinant ! Lequel de vous deux a fait le premier pas ?

Je m'appuyai à la console située près de la porte, là où je rangeais mes clés, mon courrier en attente et mes factures à payer.

— Si je ne vous ai jamais parlé de lui, Luna, c'est pour ça. Vous le comprenez, j'espère ? Vous voyez la vie en rose, comme un monde Bisounours où règne le grand amour. En vérité, je m'ennuyais la nuit à faire mes rondes et Jesse a toujours eu de la convivialité à revendre, alors, nous avons pris l'habitude de parler chaque fois qu'il venait. Nous nous entendions bien, il y avait entre nous… disons une bonne alchimie, alors, nous sommes sortis ensemble. À la fin du semestre, il s'est trouvé que nous devions tous les deux déménager, aussi avons-nous décidé de prendre une colocation. Nous avons rompu l'année où j'ai obtenu mon diplôme. Je n'ai plus eu de nouvelles de lui pendant sept ans.

— À vous écouter, dit-elle, ces années ont à peine compté. Bon, maintenant, je dois vraiment y aller, sinon, je serai en retard.

— Bonne journée et encore merci.

Je refermai la porte et retournai vérifier ce que devenait Jesse.

Il avait à peu près terminé sa bouillie d'avoine.

— Bravo ! dis-je.

Il répondit par un autre de ces regards noirs que mon cœur aimait tant.

— Je veux du café, marmonna-t-il, la bouche pleine.

— Quand tu auras fini.

Je m'assis au pied du lit et attendis. La situation me semblait totalement irréelle ! Ce matin, Jesse sentait mon savon et mon shampoing, et il était sous ma couette – du moins, celle de ma chambre d'amis. J'avais du mal à y croire. Peut-être allais-je me réveiller et découvrir que j'avais rêvé – ou que j'étais en camisole dans la cellule capitonnée d'un asile d'aliénés.

Jess me tendit le bol vide.

— Voilà !

— Très bien, dis-je avec un sourire.

— Merci, Ben, répondit-il. Je suis sérieux, tu sais, je te suis très reconnaissant de….

— Laisse tomber, c'est bon.

— Je n'étais pas sûr que tu répondes à mon texto, j'aurais parfaitement compris que tu n'aies pas envie de me revoir.

Je lui tapotai la jambe.

— L'eau a passé sous les ponts.

Il resta silencieux un moment, à me fixer, son bol à la main. Je finis par le récupérer et me levai pour l'emporter dans la cuisine. Comme promis, je préparai du café pour Jesse.

Quand je revins dans la chambre, il consultait son téléphone. Et il n'y avait plus de vie dans ses yeux.

En me voyant, Jess jeta l'appareil, écran caché.

— Ça va ? m'inquiétai-je.

— Oui. Va enquêter et interroger les étudiantes. Si tu acceptes de me donner accès à ton ordinateur, je chercherai Kim pour toi sur Internet, ça m'occupera.

— C'est mon travail, dis-je. Tu ferais mieux de dormir.

— Je ne dormirai pas toute la journée ! protesta-t-il.

— D'accord, comme tu veux.

Je récupérai mon ordinateur et l'apportai à Jesse.

— Le mot de passe, ajoutai-je, c'est mon numéro à Toronto. Si tu as faim, va te servir dans la cuisine, j'ai des provisions. Il y a aussi sur le frigo le nom des livreurs des environs si tu n'as pas envie de préparer quoi que ce soit. Appelle-moi si tu as besoin de moi.

— Bonne chance pour ton enquête !

J'aurais aimé lui dire que la chance ne servait à rien, j'avais juste un travail à accomplir, mais je ne voulais pas lui mentir. Alors je gardai le silence et quittai la chambre avec un hochement de tête.

EN MARCHANT jusqu'à ma voiture, je vérifiai les nouvelles du jour sur mon téléphone. Peu de changement depuis la veille. Les morts n'avaient pas ressuscité par miracle, les bâtiments incendiés restaient des ruines fumantes, le gagnant de la loterie ne s'était toujours pas manifesté.

J'évoquai alors l'expression de Jesse devant son téléphone et vérifiai ce qui se disait concernant l'annulation de ses spectacles, en particulier dans les commentaires.

45

Pneumonie ? Connerie !
Tout le monde sait qu'il a un problème de drogue.

Un mythomane affirmait avoir croisé Jesse ivre mort dans un night-club à l'heure où il mangeait du quinoa dans ma chambre d'ami. Un autre prétendait savoir « de source sûre » que Jesse avait pété un câble pendant la vérification du son – vérification qui, j'étais bien placé pour le savoir, n'avait pas eu lieu.

Et ces commentaires, écrits sur un site de nouvelles locales, devaient être parmi les plus modérés, donc les plus gentils. Je reconnais que quelques fans au moins prenaient la défense de Jesse et lui envoyaient leurs meilleurs vœux de guérison rapide.

Je relevai la tête. Le matin était assez clair pour me permettre de voir les montagnes dans le lointain, leur silhouette en tout cas. Les gens de Toronto, même branchés, n'avaient pas cette chance.

Jesse et moi parlions souvent des Rocheuses quand nous étions étudiants. Il aimait le snowboard. Moi pas, mais comme Calgary n'était pas peuplé de ploucs ne rêvant que de rodéo, j'avais vanté ses avantages à Jesse. *Viens chez moi pour Noël. Tu pourras skier. Les montagnes sont juste à côté.*

Merde, pourquoi ne pensai-je qu'à Jess alors que j'avais une enquête en cours ?

IV

Il était trop tôt pour interroger les étudiants, mais je pouvais néanmoins passer au poste de police et m'entretenir avec l'agent qui avait enregistré la déposition de Lauren. À la réception, je tombai sur Vedette Hodder, un agent administratif redoutablement compétent qui s'était autoproclamé leader du comité LGBT de la police de Calgary. Du coup, je l'admirais autant que je la craignais. J'ai toujours pensé qu'un bon élément administratif valait plus que l'or.

Vedette n'avait pas changé depuis notre dernière rencontre. Avec son nez busqué et ses yeux rapprochés, elle donnait toujours l'impression de toiser son vis-à-vis sans être impressionnée par ce qu'elle découvrait.

— Qu'est-ce qui vous amène ? demanda-t-elle.

Avec son accent des bords de mer, la formule était moitié un salut, moitié un chant de marin.

— Je cherche Kent, répondis-je. Est-il par là ?

Vedette croisa les mains sur le bureau devant elle.

— Votre visite est-elle d'ordre privé ?

Derrière moi, la queue commençait à s'allonger : nombreux étaient ceux qui réclamaient l'attention de Vedette, gardienne des étages verrouillés quand on n'avait pas de badge d'accès. Je sentis des regards meurtriers dirigés sur ma nuque.

— C'est professionnel, admis-je.

Elle fit claquer sa langue avec réprobation.

— Vous pourriez de temps à autre passer le voir pour le plaisir, vous savez, pas seulement quand vous avez à lui soutirer des informations.

Je ravalai mon indignation : bon nombre de fois, Kent et moi avions *échangé* des faveurs. De plus, il m'arrivait aussi de passer lui dire bonjour sans rien attendre, merde !

— Vedette, pourriez-vous le prévenir que je l'attends ?

— Si c'est ce que vous vouliez, vous n'aviez qu'à le demander sans tergiverser, rétorqua-t-elle.

Se fichait-elle de moi ? Gardant un visage impassible, je hochai la tête.

Vedette décrocha son téléphone.

— Salut, c'est moi. Devine qui est ici pour te voir ?

Elle sourit, secoua la tête et enchaîna :

— Non. Non plus. Là, tu chauffes.

Je tentai d'intervenir :

— Pourriez-vous lui dire...

— ... non, tu imagines ? Ce serait le pompon !

— Vedette !

— C'est ton ex-partenaire, il est venu soutirer à la maison mère les miettes d'informations auxquelles le commun des mortels n'a pas accès.

— Merde, Vee !

Elle reposa le téléphone, me sourit et appuya sur le bouton d'ouverture de la porte.

— Allez-y. Vous connaissez le chemin.

— Merci. Je suis sincère, Vedette, merci beaucoup. Je...

Souriant toujours, elle pointa le doigt sur la porte.

— Disparaissez ! Vous me faites perdre mon temps et j'ai du monde qui attend !

Une fois la porte franchie, j'entrai dans une zone sécurisée et dus passer sous un portail détecteur de métal – qui aurait sonné si je ne m'étais pas abstenu de porter une arme. Depuis que j'avais quitté la police, je me contentai le plus souvent d'avoir sur moi un couteau de poche. Je l'avais laissé dans la boîte à gants de la Jeep aujourd'hui.

Mon arrivée ne passa pas inaperçue. Certains me saluèrent verbalement, d'autres en agitant la main. Bien qu'heureux de constater que mes anciens collègues ne me traitaient pas en paria, je ne comptais pas perdre mon temps en papotant avec les uns et les autres. Je me contentai donc d'un sourire sans ralentir le pas. Affable, mais distant, une technique que j'avais passé des mois à perfectionner dans les bars, à l'époque où tous mes amis cherchaient à me faire sortir pour m'aider à oublier Jess. Si mes souvenirs étaient bons, je craignais plus que tout de vomir sur les chaussures du premier mec qui tenterait de me draguer.

— Sauriez-vous où est Kent ? demandai-je à la cantonade.

L'hilarité des visages autour de moi me donna la réponse juste avant que j'entende une voix dans mon dos.

— Kent ? Il est sûrement là, quelque part...

Je me retournai et vis Kent Hauser, mon ex-partenaire, traverser la pièce dans ma direction. Lui non plus n'avait pas changé. Ancien footballeur de l'Alberta, grand amateur de viande rouge, immensément grand, immensément large, avec ses cheveux blonds rasés à la militaire et sa panse déformant l'avant de son uniforme.

En arrivant sur moi, il m'étreignit avec la force d'un grizzli.

— Ben Ames, détective privé! s'écria-t-il. Toujours prêt à appliquer la règle d'or : laisser les flics faire tout le travail!

— C'est la vingtième fois que tu me sors cette vanne, elle est toujours aussi hilarante, mentis-je. Je compte résoudre une affaire de votre ressort, les gars, alors n'oubliez pas de m'envoyer une petite carte.

— Inutile de faire bonne figure avec nous, déclara Kent. Si tu as besoin d'un coup de main, il te suffit de le demander.

— Je pensais plus à un échange équitable de bons procédés.

Kent me frappa l'épaule de sa main charnue.

— Ça te dit de prendre un café? Je t'invite.

Oui, j'avais besoin de caféine. Je réprimai à grande peine mes bâillements malgré les deux tasses que je m'étais octroyées ce matin.

Je suivis Kent et nous sortîmes par la porte arrière du poste pour nous rendre au Starbucks en face de la rue. Si Kent aimait jouer au brave gars sans façon, il ne mégotait jamais sur la qualité de ses cafés et commandait ses chaussettes et sous-vêtements dans une chouette boutique en ligne.

Il régla donc nos « chères » tasses et me conduisit jusqu'à une stalle au coin de la salle.

— Tu as une tronche à faire peur, déclara-t-il, à peine assis.

— Ma nuit a été courte, répondis-je.

Il éclata de rire et fit claquer sa paume sur la table, manquant renverser nos cafés.

— Ha! Ça ne m'étonne pas, vu que ton ex a débarqué en ville et annulé son spectacle… Franchement, la prochaine fois, trouve un prétexte plus plausible qu'une pneumonie!

Je goûtai une gorgée de mon café et me brûlai la langue. C'était sans importance.

— Il a vraiment une pneumonie.

Kent ouvrit de grands yeux.

— Quoi? Tu l'as revu?

— Oui, il m'a proposé de prendre un café. Je présume que c'était pour faire la paix.

— Et alors, ça a marché? Ben, si tu as passé la nuit à baiser une rock star, la moindre des choses serait de tout me dire.

— Dès que je l'ai vu, j'ai compris qu'il était mal en point, alors, j'ai demandé à Luna de venir l'ausculter. C'est tout.

J'avais mentionné Luna. Merde! Pourquoi ce lapsus? Kent l'interrogerait sûrement la prochaine fois qu'il la verrait, parce qu'il aimait autant les commérages que le café. Sans doute lui raconterait-elle que Jess était resté chez moi quelques nuits. Elle risquait aussi de répéter ses rêveries sentimentales à notre sujet...

Kent leva les mains.

— Je plaisante, mec. Ton ex est Jack Lowe. Ce qui se passe entre vous dépasse mon domaine de compétences.

— Quand je l'ai connu, il n'était pas encore une star.

— C'est vrai, admit Kent. Et alors? Que dirais-tu d'apprendre que Vee a sauté Lady Gaga ou une autre star, hein? Même si ça date, c'est sacrément impressionnant.

Je hochai la tête.

— Si tu prends un tel pied à imaginer ma vie sexuelle, vas-y, je ne te retiens pas. Mais si j'ai voulu te voir, c'est pour tout autre chose.

— Oui, je m'en doute, rétorqua Kent. Tu as parlé d'une enquête.

— Une disparition inquiétante. Une étudiante de Mont-Royal est aux abonnées absentes depuis quelques jours alors qu'elle était censée garder sa nièce. La sœur aînée s'est affolée en constatant que sa cadette ne donnait plus aucun signe de vie, ni à l'école, ni sur les réseaux sociaux, ni auprès de ses amis. Elle m'a engagé donc pour savoir ce qui était arrivé à la gamine.

Kent haussa les sourcils.

— Combien de jours?

— Kim a été vue pour la dernière fois mercredi soir, répondis-je.

En voyant la grimace de Kent, j'ajoutai:

— Je sais, je sais. J'ai expliqué à ma cliente que je doutais de pouvoir l'aider, mais elle tenait vraiment à faire quelque chose.

Je retins une grimace en réalisant que je reprenais la théorie de Jesse: il s'était exprimé avec quasiment les mêmes mots! J'en avais le goût sur la langue, c'était assez étrange. Cela me faisait penser au vin blanc sec, parce que je n'avais su si je l'aimais ou pas.

— Nous sommes dans un pays libre, déclara Kent, un adulte est parfaitement en droit de se barrer si ça lui chante.

À sa voix résignée, je devinai qu'il avait souvent répété ces mots à des familles inquiètes qui exigeaient des réponses.

— Je sais. Mais quand même, vous avez probablement vérifié où était sa voiture, vous l'avez même peut-être retrouvée ? Pour le moment, je n'ai rien trouvé d'intéressant à te transmettre en échange de ce tuyau, mais dès que je déniche une piste, je te tiens au courant, c'est promis. Tu sais, je me fiche de savoir qui va retrouver cette gosse, j'espère juste qu'elle sera saine et sauve.

Kent sortit son téléphone et un stylet. Il prétendait avoir des doigts trop gros pour utiliser un clavier virtuel sur un téléphone. D'après moi, c'était juste pour se donner un genre.

— Donne-moi ce que tu as, dit-il. Je verrai ce que je peux faire. Tu as raison, nous devrions au moins retrouver la voiture.

Je lui donnai les renseignements en ma possession, Kim conduisait une Mitsubishi Mirage de 2015, couleur lilas avec une fleur blanche collée sur l'aile arrière, côté conducteur.

— Elle est immatriculée en Alberta, ajoutai-je.

Je sortis mon téléphone pour envoyer à Kent par SMS la plaque d'immatriculation de Kim.

— Hier soir, insistai-je, j'ai vérifié son casier, il est vierge, Kim n'a jamais commis ni infraction ni excès de vitesse. Elle s'appelle Kimberly Moy, au fait. Sa sœur est Lauren Courtney.

Kent hochait la tête et griffonnait avec son stylet.

— Autre chose ?

Je haussai les épaules.

— Ma cliente m'a donné les contacts de Kim sur les réseaux sociaux, je travaille encore dessus. Je cherche quelque chose que Lauren ne sait pas, ou ne veut pas que je sache, mais pour le moment, je n'ai rien trouvé.

— Je regarderai ce que nous avons de notre côté, déclara Kent.

— Merci, tu me tires une belle épine du pied.

Kent soupira.

— Je suis heureux de te voir, tu sais, parce que je tenais à te le dire en face, histoire de voir ta tête : je me suis tapé une cheerleader.

Pour lui, c'était un accomplissement. Pas étonnant qu'il en paraisse aussi fier.

— Comment as-tu fait ? demandai-je.

— J'ai été enquêter sur un vol dans les vestiaires de McMahon. Ensuite, mon charme a agi.

— Très pro ! persiflai-je. As-tu au moins épinglé le voleur avant de baiser la cheerleader ?

— Non, reconnut Kent. Je vais peut-être y retourner et m'intéresser aux autres filles du groupe.

Je tentai de ne pas rouler des yeux, mais sans doute n'y parvins-je pas totalement. Kent sourit.

— Hé, elle était majeure et vaccinée ! Et elle m'a contacté directement une fois l'enquête terminée. Nos ébats ont été… acrobatiques. Du coup, ça n'a pas duré, elle était sympa, mais un peu trop compliquée à mon goût. Nous n'étions pas… euh, compatibles.

— Pitié, ne me donne aucun détail !

— Tu sais que je suis toujours partant pour de nouvelles expériences sexuelles ?

— Je ne veux rien savoir ! insistai-je.

Il soupira.

— Je parie que tu étais moins coincé à l'université quand tu vivais avec un dieu du sexe ! Je le trouve adorable quand il s'habille en fille, ajouta Kent en soufflant un baiser au bout de ses doigts.

Je lui envoyai une tape.

— Arrête !

— Bien bourré, reprit Kent, je pense que le sauter ne me déplairait pas.

— Les amateurs ne l'intéressent pas, grinçai-je.

La main sur le cœur, Kent fit semblant d'être blessé, puis il rit.

— D'accord. C'était sympa de passer un moment avec toi, mais maintenant, je suis censé retourner bosser. Bonne chance avec ton enquête !

Il se leva et fit quelques pas, puis s'arrêta et tourna la tête vers moi.

— Bonne chance aussi avec ton mec, ajouta-t-il.

— Je n'ai pas de mec.

— Je parle du gars qui séjourne actuellement chez toi.

Je ne sus quoi répondre. D'ailleurs, avais-je seulement à répondre ? Sans doute pas. Mon expression fut plus que révélatrice, si je dois en juger au braiment de rire qu'elle arracha à Kent.

— Je savais tout, jeta-t-il. Luna m'a envoyé un texto. Croyais-tu vraiment qu'elle garderait pour elle une info aussi juteuse ?

Il s'était foutu de moi ! Il s'était foutu de moi depuis le début !

Ulcéré, je sirotai mon café en pesant mes options.

— As-tu dit à Luna que tu étais au courant depuis des années ? Je parle du fait que je sortais avec Jess à l'université ?

— Non, bien sûr que non ! Elle m'en aurait trop voulu de ne pas le lui avoir dit plus tôt !

Avec un sourire entendu, je sortis mon téléphone de ma poche.

— Eh bien, nous allons vérifier ce qu'elle pense de tes cachotteries.

Kent ne riait plus du tout. En vérité, il paraissait très inquiet.

— Non, mec, déconne pas. Je ne veux pas que Luna ait une dent contre moi. Elle me terrifie.

— Elle est beaucoup trop bavarde, dis-je avec amertume. Mais après le service qu'elle m'a rendu hier soir, je ne peux lui en vouloir.

— Ça, c'est bien parlé, déclara Kent. Ben, j'ai un truc à te dire…

— Je t'écoute.

— Jamais une de mes ex ne m'a invité à dormir dans sa chambre d'ami.

— Très bien, dis-je. C'est noté.

Kent secoua la tête.

— *C'est noté,* qu'il dit ! s'exclama-t-il. Comme je te le disais, bonne chance !

Il s'en alla et je restai attablé à finir mon café tout en scannant les médias sociaux pour vérifier ce qui se disait sur Jess. C'était dans la continuation de ce que j'avais lu ce matin : des rumeurs, des spéculations, de sombres avertissements que sa maison de disques allait le larguer. Quoi ?

Ça, c'était nouveau. En repensant à ce que j'avais vu et entendu la veille au soir, sans doute Jess se posait-il la même question.

Que se passerait-il si son contrat était rompu ? Était-ce comme un licenciement – comme ce que j'avais connu ? Toucherait-il encore des royalties sur ses anciens tubes ? J'ignorais totalement les règles qui régissaient la jungle de la musique. En plus, il me semblait bien que Jesse m'en avait parlé autrefois, au cours de ces longues discussions nocturnes que nous avions dans le bâtiment de musique, à l'université. Je nous revoyais tous les deux assis à même le sol, les jambes croisées. J'ignorais le bavardage des autres gardes sur la radio et toutes les heures environ, j'abandonnais Jesse pour une ronde de routine. Parfois, il m'accompagnait, comme si c'était pour lui un jeu d'attraper les voleurs.

Mon téléphone sonna, une vraie sonnerie au lieu du « *bip* » qui annonçait un texto. Je jetai un regard méfiant à l'écran. Jesse ? Curieux timing.

— Tout va bien ? demandai-je à peine l'appel accepté. Ton état n'a pas empiré, j'espère ?

Jesse rit, ce qui le fit tousser, mais de façon moins terrible que quelques heures plus tôt.

— Toujours aussi optimiste à ce que je vois ! Non, ça va, je t'appelle parce que j'ai des informations pour toi. Je ne devrais pas être au courant, alors, ne me demande pas comment je sais ce que je sais, d'accord ?

— Oui. Vas-y.

— Kimberly Moy avait un billet pour mon spectacle d'hier soir. Elle l'a payé le mois dernier avec sa carte de crédit. C'était une place tout en haut des gradins, de là-haut, on ne voit pas grand-chose, alors, c'est une zone moins chère réservée à ceux qui n'ont pas le vertige. J'ignore si elle avait l'intention d'y aller seule ou avec des amis et comme trouver la réponse à cette question demanderait un temps considérable, je ne suis pas certain que ça en vaille la peine.

Je fronçai les sourcils.

— Oui, oui, bien sûr. Bon, cela signifie qu'il y a un mois, Kim avait des projets et qu'elle était fan de ta musique.

— Pas vraiment, corrigea Jess, sinon, elle n'aurait pas attendu le dernier moment pour acheter un billet. Il y a un mois, il ne restait que quelques places disponibles.

— D'accord, donc, elle n'aurait pas remué ciel et terre pour assister à ton concert, mais elle comptait quand même faire acte de présence.

— Oui, les étudiants sont souvent fauchés et un siège comme celui de Kim coûte quand même dans les quarante dollars, une dépense qui compte pour un petit budget.

Je fus un peu surpris que Jess le réalise encore. Toutes ces dernières années, après tout, il n'avait pas eu de problèmes financiers. Je n'en fis pas la réflexion à haute voix, surtout alors qu'il s'efforçait de m'aider… Non, il m'avait bel et bien fourni un indice important. Il n'était pas question que je l'en remercie par des remarques acerbes.

— Tu meurs d'envie que je te demande comment tu as obtenu cette information, dis-je.

Quand il répondit, j'entendis un sourire dans sa voix.

— C'est vrai, mais je ne peux pas te dire. Es-tu impressionné ?

— Oui. Une chance qu'elle manque de goût en musique.

— Une chance aussi que la moitié de Calgary ait acheté des billets pour mon spectacle, rétorqua-t-il.

En entendant les draps bruisser, je compris qu'il appelait de mon lit. Enfin, du lit de ma chambre d'amis.

J'avais très, très envie d'y être avec lui.

— Tu devrais dormir, dis-je d'une voix un peu rauque.

Je terminai mon café en éloignant mon téléphone pour éviter que Jess m'entende déglutir.

— Je m'ennuie, répondit-il.

Il ne se plaignait pas, il se contentait d'énoncer une vérité.

— Dommage, mais le mal est sans remède.

Le soupir de Jesse retentit à travers le téléphone.

— Je suis au lit, pas sur scène. Je n'ai pas envie de regarder mes médias sociaux. Laisse-moi traquer ta disparue sur Google.

— D'accord, fais ce que tu veux, à condition de rester au lit.

— Si tu savais le nombre de fois où j'ai entendu…

Je jetai un coup d'œil à ma montre et déclarai :

— Prends tes antibiotiques dans une demi-heure. À midi, tu devrais entendre sonner la porte d'entrée. Ce sera le livreur pour ton déjeuner.

— D'accord, dit Jess. Et merci. Merci pour tout. Je le pense vraiment.

Comme la veille, au Baxter, il semblait soudain éteint.

— Dors, répondis-je. Je le pense vraiment.

L'ADRESSE DE Kimberly correspondait à un petit immeuble sans prétention pas loin de l'université de Mont-Royal. La bâtisse était de la même époque que ma maison, mais d'aspect plus miteux, vu qu'elle n'avait jamais été repeinte. Une balustrade métallique qui semblait prête à se décrocher flanquait d'un côté les marches en béton écaillé. Les étudiants qui logeaient là ne devaient pas s'en soucier, mais moi, je me demandai s'il y avait eu des travaux de réparation ou d'entretien depuis les années soixante.

Kim louait l'appartement A, au rez-de-chaussée. Le béton du couloir menant à sa porte avait tous les trente centimètres environ des fissures dans lesquelles les mauvaises herbes avaient pris racine. J'arrivai devant la porte. Le couvercle de la sonnette était cassé, mais elle marchait encore, car j'entendis un «*ding-dong*» sonore à l'intérieur.

Après avoir attendu quelques minutes sur le paillasson, je décidai de contacter Lauren. Avant que j'aie le temps de sortir mon téléphone de ma poche, j'entendis des pas approcher. La porte s'entrouvrit et un œil lourdement maquillé apparut. La chaîne de sécurité était enclenchée.

— Oui ?

— Ben Ames. Je suis détective privé. J'ai été engagé par Lauren Courtney pour retrouver Kim Moy.

— Oh. Oui. D'accord. Vous avez une pièce d'identité ?

Je lui montrai ma licence professionnelle. Elle n'y jeta qu'un vague coup d'œil et sembla satisfaite.

La porte claqua, un glissement métallique m'indiqua que la jeune fille enlevait la chaîne, puis elle ouvrit à nouveau.

— Entrez.

Je la reconnus à ses cheveux violets et à sa tenue sportive, sweat gris et jogging blanc, je l'avais vue sur les photos de Kim : Siu Trinh, sa colocataire. D'après les médias sociaux, Siu était l'amie de Kimberly, mais aussi sa confidente, donc en cas d'ennuis, Kim se serait en principe confiée à elle. Quand Lauren l'avait interrogée, Siu avait affirmé ne rien savoir, mais n'était-ce pas le rôle d'une confidente digne de ce nom de garder les secrets qu'on lui racontait ?

Je suivis Siu jusqu'à une pièce carrée dotée de grandes fenêtres, avec une demi-cloison qui la séparait du coin-salon. Le mobilier était dépareillé et des piles de livres et de documents encombraient la table sur laquelle étaient posés un écran et une console de jeux. Une assiette contenant les restes d'une livraison Kraft Dinner trônait au sommet d'une pile de tee-shirts pliés. À mon avis, elle s'apprêtait à tomber.

Pourtant, le ménage avait été fait et, à part la boîte KD, il n'y avait pas d'autres détritus. Ce n'était pas une zone sinistrée ou dangereuse, qui nécessitait d'appeler d'urgence les services sanitaires, juste un classique logement étudiant.

Siu agita la main et me désigna le siège le plus solide de la pièce, un long divan bas adossé au mur du fond.

— Puis-je vous offrir, euh… j'allais faire du café.

— Je ne veux pas vous déranger, dis-je. Faites votre café, je n'ai besoin de rien.

— D'accord, dit-elle. J'en ai pour deux minutes.

Pendant qu'elle se ruait vers la cuisine, j'étudiai la pièce dans laquelle je me trouvais à la recherche d'indices. Je vis des manuels scolaires dans les piles de livres, des photos sur les murs dans des cadres IKEA, le dernier docteur Who – avec Matt Smith, que je jugeais tout à fait baisable – et Alexander Skarsgard en costume de vampire. Les deux filles avaient des goûts sains de jeunes nerds.

Au moins, elles n'avaient pas de poster de Jack Lowe. Il m'était déjà arrivé d'en trouver au cours de mes enquêtes. Je n'aimais pas du tout.

L'appartement était petit. La cuisine n'ayant pas de porte, je voyais Siu penchée sur sa cafetière. La salle de bain était au bout du couloir et les deux portes fermées devaient correspondre aux chambres des filles.

La chambre de Kimberly… C'était sans doute l'endroit où je serais le mieux à même de juger de la personnalité de son occupante.

Siu revint, une tasse à la main, et elle s'assit les jambes croisées à même le sol. Elle avait un tatouage Snoopy sur le tibia.

— Que puis-je faire pour vous ? demanda-t-elle.

— Eh bien, je cherche à confirmer ce que vous avez déjà dit à Lauren. Reprenez-moi si je me trompe : la dernière fois que vous avez vu Kimberly, c'était au Boston Pizza, devant le campus, vers vingt et une heures mercredi dernier. C'est bien cela ?

Siu haussa les épaules.

— Oui.

— Vous vous demandez sans doute pourquoi je vous oblige à vous répéter, dis-je pour obtenir sa coopération.

— Un peu, admit-elle.

— C'est parce que la mémoire fonctionne par à-coups. Il arrive que l'on se rappelle avec un temps de décalage. De plus, il est plus facile de raconter des détails embarrassants à un étranger qu'on ne reverra jamais qu'à la famille de sa colocataire. Par exemple, sauriez-vous quelque chose susceptible de m'aider à retrouver Kimberly que vous n'oseriez pas révéler à Lauren ou à la police ?

Une fois encore, Siu haussa les épaules.

— Non. J'ai vu Kim chez BP. Moi, j'étais juste passée chercher une pizza. Elle était au bar, elle buvait avec des filles que j'avais déjà croisées, sans trop connaître leurs noms.

— D'accord, dis-je. Alors, vous n'avez pas parlé à Kim ?

— Non. Je l'ai déjà dit dans le dossier que Lauren a ouvert sur la disparition de sa sœur.

— Je sais, je l'ai lu. Et vous n'avez pas vu Kim le lendemain ? Même pas de loin ?

— Non, mais ça n'a rien d'étonnant, je savais qu'elle avait beaucoup de cours et une Paint Nite jeudi soir. Je suppose qu'elle a aussi laissé tomber ce cours ? Oui, c'est ce que j'ai entendu dire. Le vendredi matin, elle se lève avant moi parce qu'elle commence plus tôt, alors, je ne me suis pas inquiétée de ne pas la croiser. Et le soir, je la croyais chez Lauren, où elle devait faire du baby-sitting. Il lui arrivait d'aller directement chez sa sœur en sortant de cours, quand elle n'avait pas le temps de repasser à la maison. J'ai appris qu'elle avait disparu quand Lauren m'a téléphoné pour me demander pourquoi Kim n'était pas venue, comme prévu. Dès le lendemain, le samedi, Lauren a ouvert une page spéciale sur les réseaux sociaux pour savoir qui avait vu Kim et où… C'est là que j'ai répondu : *mercredi au BP.* Alors, Lauren est allée voir les flics et comme elle craignait qu'ils ne fassent rien, elle a parlé d'engager un enquêteur privé. Vous…

— Exactement, confirmai-je d'un ton solennel.

Siu me dévisagea sous ses lourdes paupières. Elle avait des trous de piercing vides sur tout le visage. Soit elle avait récemment décidé d'abandonner ce type d'ornements faciaux, soit elle n'avait pas encore eu le temps de les poser.

— Sauriez-vous ce que Kim buvait au BP ? demandai-je. Était-ce de l'alcool ?

Siu fronça les sourcils.

— Hé, elle est majeure, putain ! Elle est en âge de boire si ça lui chante, comme moi ! Et c'est quoi ces conneries, si une fille disparaît, c'est parce qu'elle a bu ? D'ailleurs, c'est même pas sûr qu'elle ait disparu !

— Je sais, je cherche juste à comprendre ce qui s'est passé.

— Elle avait une bière, d'accord ? Juste une pinte ! Ça ne fait pas d'elle une alcoolo !

Si Kim buvait de la bière, elle ne devait pas être enceinte. Bon, je ne pouvais en être certain à cent pour cent, mais je le pressentais.

— Je suis sûr que Kim et vous buvez toujours avec modération, mentis-je pour amadouer Siu. Dites-moi, Kim avait-elle l'habitude de vous laisser une note sur le frigo quand elle s'absentait de manière imprévue ? Vous qui la connaissez bien, auriez-vous une idée de ce qui a pu la pousser à couper les ponts ?

— Non, grogna Siu, elle me tenait pas au courant de ses allées et venues. J'étais pas chargée de la surveiller. Et elle allait où elle voulait ! On est dans un pays libre !

— Donc vous n'avez aucune idée de l'endroit où elle peut se trouver ? Ou de celui avec qui elle est partie ?

Siu roula des yeux.

— Non, ça ne regarde qu'elle, mec. En fait, Kim est une intellectuelle, elle aime réfléchir, alors, je me dis qu'elle a juste pris une pause pour penser à un truc, même si je ne sais pas à quoi.

Intéressant.

— Aurait-elle eu des soucis ces derniers temps ?

— Je sais pas, répondit Siu. Et si c'était le cas, elle les aurait gardés pour elle, elle aime pas discuter tant qu'elle a pas pris sa décision.

— D'accord, dis-je. J'aimerais visiter sa chambre. C'est par là ?

Je pointai la première porte.

Siu hocha la tête.

— Oui, allez-y. Lauren m'a demandé de vous laisser regarder.

Elle ne paraissait pas convaincue que c'était judicieux, mais je n'attendis pas plus longtemps pour profiter de cette permission donnée à contrecœur. Siu resta au salon et ne montra aucun intérêt à mes recherches. Sans doute ne s'inquiétait-elle pas à l'idée que j'emporte l'argenterie. Ou alors, son dédain marquait aussi sa prise de position.

La chambre de Kim sentait l'encens, les bougies et les parfums. Je compris pourquoi Siu tenait sa porte fermée, j'aurais fait pareil à sa place. J'imaginai des formes vaporeuses de nature différente s'affrontant dans les airs. Visuellement, je ressentais la même exagération luxuriante.

J'avais déjà vu cette chambre en arrière-plan sur certaines des photos et des vidéos de Kim, mais de visu, l'ambiance était très différente. Des guirlandes de Noël blanches et bleues étaient suspendues au-dessus du lit et le long du mur du fond ; des foulards colorés étaient drapés un peu partout ; le lit disparaissait presque sous une montagne de coussins de toutes tailles, de toutes les couleurs et de tous les tissus ; les tiroirs de la commode béaient ; des vêtements traînaient sur le dossier du fauteuil papasan dans un coin.

La première impression était chaotique, mais peu à peu, je discernai une conception. Les couleurs des coussins étaient un dégradé qui passait du bleu au vert via le jaune et le orange. Les vêtements étaient drapés, pas jetés au hasard. Le bureau, un modèle vintage en bois peint en blanc, était bien rangé. Je vis l'endroit où aurait dû se trouver l'ordinateur portable et le support sur lequel Kim chargeait son téléphone. Le câble était toujours branché, mais cela ne voulait pas dire grand-chose. Sans doute en avait-elle un autre dans sa voiture ou dans son sac.

Je m'intéressais davantage au fait qu'il manquait le cordon d'alimentation de l'ordinateur portable. Il était plus volumineux et vu que Kim l'enfilait probablement dans le trou creusé à l'arrière de son bureau, le retirer n'était pas si simple.

Je repassai dans le couloir pour demander à Siu :

— Kim emporte-t-elle souvent son câble d'ordinateur à l'école ?

Elle répondit depuis le salon :

— Non, elle en a pas besoin, sa batterie tient au moins dix heures.

— Sauriez-vous s'il manque des vêtements ?

— Non.

Bien sûr. En toute sincérité, le déterminer aurait été difficile. En revanche, la disparition du câble d'ordinateur indiquait une absence prolongée.

Une mallette près du placard était remplie de maquillage, essentiellement des produits bon marché, certains un peu plus chers au logo orange vif. Dans ce fouillis, je ne pus juger s'il manquait quelque chose. Un K-Tel dessiné sur du carton était collé sur le bord du miroir.

Des bouteilles de parfum, des contrefaçons pour la plupart, étaient posées sur la table, une seule paraissait authentique : *Euphoria for Men* de CK. J'ouvris le placard de Kim et humai. Oui, c'était la principale odeur des vêtements. Son parfum habituel, semblait-il.

Je ressortis de la chambre pour interroger Siu.

— Kim garde-t-elle de l'argent quelque part ?

Je m'attendais à un autre non, mais je me trompai. Avec un soupir, Siu se leva pour me rejoindre. Elle avança jusqu'au lit et ramassa un coussin en velours bleu océan avec des vagues en passepoil vert. Quand elle me le tendit, je le retournai et vis une fermeture éclair au dos.

— Elle garde des affaires là-dedans, déclara Siu.

Elle ne paraissait pas curieuse de savoir s'il y avait de l'argent. Avait-elle déjà vérifié ? Quand je glissai ma main à l'intérieur, je ne trouvai à l'intérieur qu'un coussin.

— C'est vide.

Elle haussa les épaules.

— Ah, en général, il y a au moins cinquante dollars.

Je crus voir un reflet sur les murs, des lettres calligraphiées. Avaient-elles été repeintes au changement de locataire ? Ou…

Levant les yeux au plafond, je vis que l'ampoule était violet foncé. Dès que j'appuyai sur l'interrupteur, le mur s'illumina de motifs, une collision de science et d'art qui évoquait les croquis de Léonard de Vinci. Il y avait des dessins de bâtiments cernés d'arcs et de nombres ; une énorme créature marine qui ressemblait à un escargot géant, dont la coquille était découpée en segments numérotés ; un visage coupé par des lignes en tiers réguliers. Dans un coin, je retrouvai le logo K-Tel près d'un oiseau qui me rappela le tatouage de Kim. Un nom était peint en dessous sur une bannière : Moi L'Oiseau.

Je sortis mon téléphone et photographiai la scène avant d'éteindre la lumière.

Siu plissa le nez.

— Elle adore les maths. Elle en est obsédée.

— C'est sur ces questions qu'elle réfléchit souvent, c'est ça?

Elle se contenta de hausser les épaules. Merde, quoi! Elle venait juste de commencer à parler!

— Arrive-t-il souvent à Kim de partir comme ça? insistai-je. De s'absenter quelques jours pour avoir la paix?

— Parfois. Mais pas longtemps, au pire deux jours.

— Cinq, ce serait la première fois?

— Euh, oui.

Et d'après Lauren, jamais Kim n'avait laissé tomber sa nièce qui l'attendait. Pourquoi aurait-elle agi différemment cette fois-ci?

— J'ai cours, déclara Siu. Je vais devoir y aller… euh, tout de suite.

— Je sais, répondis-je.

Quand elle me jeta un regard interloqué, je réalisai que ma formulation avait de quoi lui paraître effrayante.

Je me hâtai donc d'expliquer :

— Lauren m'a donné votre emploi du temps. Vous l'avez affiché sur le frigo et Kim lui avait envoyé une photo.

Siu hocha la tête comme si, pour une fois, j'avais dit quelque chose de sensé.

— Puis-je utiliser vos toilettes avant de partir? dis-je encore.

— Oui, oui.

J'étais toujours surpris que les gens acceptent cette demande aussi facilement. Ne devinaient-ils pas mon intention de fouiller leur armoire à pharmacie et leur poubelle?

La récolte fut peu productive, une brosse à dents et un tube de dentifrice, un stick de déodorant, une brosse à cheveux. Je vis sur le comptoir la trace attribuée à un autre exemplaire de tous ces articles, y compris l'emplacement du verre à dents. Un autre signe que Kim avait embarqué ses affaires avant de quitter son logement.

Parmi les médicaments, rien ne paraissait manquer. Cela ne signifiait pas que Kim ne prenait aucun traitement, parce qu'elle aurait pu garder ses flacons et pilules dans la cuisine, dans sa chambre ou dans son sac pour les avoir à portée de main. Je ne vis aucun intérêt à fouiller le reste de l'appartement pour vérifier ma théorie, puisque lesdits médicaments, s'ils existaient, avaient sans doute disparu avec Kim.

Je vérifiai la corbeille à la recherche d'un flacon vide ou d'un test de grossesse. Je ne trouvai qu'un mouchoir sale et un coton-tige.

Lauren ne m'avait pas signalé qu'il manquait le cordon d'ordinateur portable et des articles de toilette.

Je revins vers Siu.

— Lauren a-t-elle remarqué que la brosse à dents de Kim et son ordinateur n'étaient plus là ?

— Oui.

— Et qu'en a-t-elle dit ? insistai-je.

Siu haussa les épaules.

— Elle a voulu savoir pourquoi, j'ai dit que c'était pas significatif.

Je haussai les sourcils et attendis la suite avec patience.

— Quand on a cours tard le soir, suivi d'autres tôt le lendemain, il nous arrive de dormir sur le premier canapé dispo, déclara Siu. Alors, on garde sa brosse à dents dans son sac.

Elle regarda dans sa tasse, fronça les sourcils, et y repêcha quelque chose. Un cheveu ou un débris, je ne savais trop, c'était trop petit pour que je le distingue clairement. Elle essuya sa main sur son tee-shirt.

— Nous n'avons ni le même âge ni le même caractère, reconnus-je, mais j'ai été à l'université et je sais que si mon coloc avait disparu, je me serais inquiété. Pourquoi êtes-vous si peu concernée par la disparition de Kim ?

— Parce que je pense pas qu'elle ait disparu ! Elle a oublié une fois un baby-sitting, c'est pas un crime fédéral ! Lauren devrait arrêter la caféine, ça la rend parano !

— Vous jugez sa réaction exagérée ?

— Oui, Lauren en fait toujours des caisses. Je parie que Kim se pointera d'ici un jour ou deux et alors, tout rentrera dans l'ordre.

— J'aimerais beaucoup que vous disiez vrai, dis-je avec conviction.

Après un dernier haussement d'épaules, Siu me raccompagna à la porte. En vérité, elle partit en même temps que moi. J'aurais pu lui proposer de la déposer à l'université, mais un, Mont Royal était à deux pas, deux, cette fille me gonflait et je n'avais aucune envie de lui rendre service.

V

EN COMPARANT les noms de la classe de Kim et une carte du campus, je décidai d'errer aux endroits propices en tentant de dénicher des amis à elle, ou des professeurs. Grâce à un des dossiers ouverts par Lauren, j'avais aussi une longue liste de numéros de téléphone spontanément fournis. Les contacter tous me prendrait du temps. Alors que je réfléchissais à la meilleure façon d'aborder le problème, je fixai mon téléphone, pensif. La tâche était contraignante, mais Jesse s'ennuyait et il occupait ma chambre d'ami. Il n'était pas enquêteur, d'accord, mais il était loin d'être bête. Poser des questions simples et prendre des notes ne lui poserait aucune difficulté.

Je l'appelai.

— Salut, dit-il.

Il semblait fatigué, mais pas contrarié.

— J'ai du travail à te proposer.

— Je suis là depuis douze heures à peine et déjà tu veux me faire payer mon loyer?

Je trouvai cette réflexion d'un goût douteux, parce que des années plus tôt, nous avions plus ou moins rompu sur une histoire de loyer.

— Comment tu te sens? Ça me rendrait service que tu passes des appels pour moi. Tu es partant?

— J'adorerais.

Une idée me vint soudain.

— Penses-tu que les gens pourraient connaître ta voix et savoir qui tu es vraiment?

Il rit et se mit à tousser, mais je ne m'inquiétais pas. D'après Luna, la toux était bénéfique, elle indiquait que les poumons de Jesse se dégageaient.

— Dans un autre contexte, peut-être, déclara-t-il. Quand je passe une interview à la radio, oui, il arrive que les auditeurs reconnaissent ma voix. Si je me présente au téléphone comme ton employé, non, sûrement pas. Même mon plus grand fan ne penserait pas à moi.

J'avais du mal à le croire, vu que je l'aurais reconnu n'importe où et dans n'importe quelles circonstances, mais sa voix parlée était moins distinctive que son chant. D'ailleurs, qui imaginerait qu'une célébrité l'appelle pour poser des questions sur une étudiante disparue ?

— D'accord. Je vais t'envoyer par texto une liste de numéros de téléphone. Ce sont des amis de Kim, je voudrais que tu les contactes. J'ai déjà vu Siu, la colocataire, mais j'aimerais en interroger autant que possible. Je voudrais aussi savoir le nom des filles qui ont bu un verre avec Kim mercredi soir au Boston Pizza. Et pose toutes les questions qui te viennent à l'esprit ; par exemple, Kim avait prévu de s'absenter ; si oui, avec qui et pourquoi ; si elle avait quelqu'un dans sa vie ou un nouveau souci… Bref, tu te souviens de ce que je t'ai dit hier soir ?

— Comment ça s'est passé avec la colocataire ?

— J'ai noté qu'il manquait des affaires de Kim dans l'appartement, l'ordinateur, sa trousse de toilette. Kim a pu les emporter si elle prévoyait de s'absenter quelques jours. Et cinquante dollars qu'elle gardait de côté ont disparu. D'après la colocataire, Kim dort souvent chez une amie, alors, elle n'est pas inquiète, mais moi, j'ai un doute. Au fait, j'ai vu la chambre de Kim, la décoration est assez particulière. Je t'enverrai les photos que j'ai prises.

— Avec une carte de ses cachettes secrètes ?

— Malheureusement, non. Mais ça va te plaire, c'est tout à fait ton genre.

Jess rit encore.

— Mon *genre* ? Je meurs d'envie de voir la vision que tu en as !

Je ne relevai pas.

— Pas de folies pendant mon absence, Jess, déclarai-je d'un ton guindé. Prends tes médicaments, surveille ta température et utilise l'oxymètre.

— Oui, oui. Tu es une vraie mère poule !

— Si tu meurs chez moi, je serai dans de sales draps.

— Et je sais combien ton image compte pour toi, railla Jess.

C'était un autre point d'achoppement entre nous autrefois. Jesse s'obstinait dans l'idée saugrenue que j'étais mal dans ma peau, sinon franchement coincé. Tout ça parce que j'insistais pour avoir un comportement décent en public.

— Va te faire foutre !

Il se tut. Et le silence s'éternisa sur la ligne.

Bon, j'avais un autre sujet sous la main,

— Au fait, repris-je, je me rends à Mont-Royal pour tenter de rencontrer des camarades de Kim et voir ce qu'ils racontent sur elle. J'y vais un peu au hasard, alors, n'hésite pas à m'appeler si tu as des pistes.

— J'ai l'impression d'être un des frères Hardy [8] !

J'entendis un sourire dans sa voix.

Nous raccrochâmes peu après, car nous avions tous les deux du travail et pas le temps de papoter. Je fixai mon téléphone un moment et vis mon doigt bouger pour rappeler Jesse. Mon index agissait de lui-même, ce n'était pas un ordre conscient de ma part !

Je jetai mon téléphone sur le siège passager, hors de ma portée.

MONT-ROYAL NE faisait pas partie des grandes universités mondiales. Les bâtiments en béton, sans fioritures, visaient plus le fonctionnel basique que l'esthétique architecturale. L'image générale correspondait plutôt bien au choix des études proposées, toutes essentiellement pratiques et simples. L'Histoire de l'Art, la matière patchwork choisie par Kim, était ce qu'il y avait de plus extravagant.

Contrairement au fouillis tentaculaire de l'université où j'avais fait mes études, ce campus compact était d'un accès facile. À Toronto, Jess et moi étions dans les mêmes locaux pendant les mêmes périodes, pourtant, si nous nous voyions, c'était uniquement parce que nous le voulions. Dans cet espace plus restreint, les étudiants devaient constamment se croiser.

La nouvelle de la disparition inexpliquée de Kim s'était répandue. Tous les gosses que j'interrogeai en dehors des cours étaient au courant. Et je compris pourquoi en voyant des affichettes avec la photo de Kim placardées sur tous les panneaux d'affichage, les portes et les distributeurs automatiques. En bas, je vis la page Facebook de Lauren, le hashtag et un numéro de téléphone pour ceux qui préféraient envoyer des SMS. Ne reconnaissant pas le numéro, je le pris en photo et l'envoyai à Jess pour qu'il vérifie son origine.

Je reçus presque aussitôt un texto

C'est du rapide. Les étudiants seraient-ils devenus efficaces ?

Je répondis :

Ce ne sont que des gamins !

---

8 Titre original, *The Hardy Boys,* série télévisée d'enquêtes pour la jeunesse basée sur les livres du même nom.

Il répondit par une émoticône sourire et le hashtag *oùestKimMoy*.

La photo était une de celles que j'avais vues sur les médias sociaux. Kim portait un sweat-shirt noir et, bizarrement, un bandeau pailleté avec des antennes d'insectes. Le pouce levé, elle sortait d'une *escape room* et arborait le panonceau « échec » avec un grand sourire heureux. Elle avait perdu, mais elle s'était bien amusée. À son âge, j'aurais été incapable de perdre avec le sourire. Surtout en public. Non, en privé, c'était pareil. Je me la pétais vraiment !

Maintenant qu'elle avait officiellement disparu, personne ne dirait du mal de Kim, mais j'eus vite l'impression qu'elle était réellement appréciée par ses camarades. Tous ceux que j'interrogeais au hasard de mes pérégrinations semblaient concernés, mais de façon distraite, comme si Kim était une préoccupation de plus parmi cent autres et qu'ils étaient déjà en retard pour leur prochain cours...

Les enseignants eurent encore moins à dire, à part les banalités habituelles – *mais où va le monde ? On ne se sent plus en sécurité !* La plupart décrivirent Kim comme une gentille fille, bonne élève, mais pas exceptionnelle. À mon avis, ils ne savaient même pas qui elle était et ne l'auraient pas reconnue si je leur avais sorti plusieurs photos. C'était triste, mais compréhensible. Au fil des années, les étudiants finissaient par former une masse sans individualité.

Je venais de terminer une interview quand mon téléphone sonna. C'était Jesse.

— Tout va bien ?

Il rit.

— Je ne suis pas mort au cours de la dernière demi-heure, si c'est ce que tu veux dire. Veux-tu parler à la personne qui a posé les affichettes ?

Le cliché comme quoi un assassin cherche souvent à interférer dans une enquête menée sur son crime a un certain fondement dans la réalité. Parler à ceux qui paraissent un peu trop intéressés ou trop présents était une nécessité pour un enquêteur.

— C'est le numéro inscrit en bas ?

— Oui, répondit Jesse. Elle s'appelle Katie Aland. Je viens d'avoir au téléphone. Elle n'a qu'un cours commun avec Kim, elle la connaît surtout via Paint Nite parce qu'elles sont toutes les deux instructrices. La piste te paraît intéressante ?

— Peut-être. Merci.

J'entrai dans une salle vide et composai le numéro en question. Après deux sonneries à peine, une femme répondit, elle avait une voix forte et claire.

— Oui ?

— Je suis Ben Ames, madame. Je suis détective privé et j'enquête sur Kimberly Moy. Auriez-vous quelques minutes à m'accorder ?

— Oui, je viens d'avoir votre assistant, il m'a dit que vous me contacteriez. Un moment, s'il vous plaît…

J'entendis un bruissement, puis plus rien, comme si elle avait mis son téléphone en pause. Elle revint en ligne au bout de quelques secondes.

— Voilà, M. Ames, je vous écoute.

— Je me demandais pourquoi vous aviez pris la peine de poser ces affiches et d'y mettre votre numéro personnel.

— J'ai proposé de m'en charger quand Lauren m'a contactée, comme tous les autres amis de Kim, pour m'exprimer son inquiétude.

— Seriez-vous proche de Kim ?

— Euh…

Le changement brutal de ton était surprenant, la jeune cadre dynamique avait disparu pour laisser place à une gamine incapable de s'exprimer.

— Nous nous connaissons, bredouilla Katie. Nous sommes tous les deux dans le groupe Paint Nite, il nous arrive de parler.

— Vous vous êtes donné beaucoup de mal pour aider Lauren, insistai-je.

Je m'efforçai de garder une voix neutre, mais j'étais à peu près certain qu'elle trouverait le moyen d'en tirer des conclusions.

— C'est la moindre des choses, rétorqua-t-elle sèchement. Je tenais à me rendre utile.

J'avais peur qu'elle raccroche si je la poussais dans ses retranchements, mais je sentais bien qu'elle ne me disait pas tout.

— La plupart des gens parlent beaucoup et ne font rien, vous savez, déclarai-je.

— Oh, non, je… je ne crois pas.

Instinctivement, je choisis de me taire. Après quelques secondes de silence, elle soupira et continua d'elle-même :

— Kim m'a appelée mercredi soir, juste après vingt-deux heures. Je regardais un spectacle qui n'était pas tout à fait terminé et j'avais hâte d'aller au lit. Je n'avais pas envie… d'être dérangée.

— C'est tout à fait compréhensible.

— Elle n'a pas dit qu'elle avait des problèmes, insista Katie. Je vous le jure, c'est juste... eh bien, elle paraissait agitée. Elle m'a demandé de la remplacer jeudi pour son cours Paint Nite.

— Elle ne vous a pas dit pourquoi ?

— Non. J'aurais dû le lui demander, c'est ça ? J'aurais dû m'inquiéter qu'elle soit si nerveuse ?

De toute évidence, Katie le pensait et elle s'en voulait de ne rien avoir fait. Je ne tentais pas de répondre à sa question rhétorique.

— Kim avait-elle l'habitude de faire ça ?

— Quoi au juste ? Se faire remplacer à son cours Paint Nite ou me contacter aussi tard dans la nuit ?

— Les deux.

— Non, elle ne rate jamais un cours et elle me téléphone rarement.

— Était-elle du genre à s'agiter pour un rien ? À faire une montagne d'une taupinière ?

— Non, répondit Katie. Kim est une fille très calme, très stable.

Elle avait retrouvé son assurance. Je la remerciai de sa coopération et refusai ses propositions répétées que nous nous rencontrions pour élaborer ensemble notre stratégie. Elle était efficace, ses affiches étaient bien pensées, mais j'avais déjà un assistant, alors que jusqu'à ce matin, j'avais travaillé seul.

En parlant d'assistant...

Je trouvai une place près de l'étang dans le parc du campus et passai commande au traiteur d'à côté de chez moi pour faire livrer à Jess un déjeuner : un potage et des fruits, ce qui me paraissait un menu adapté pour un convalescent encore affaibli. Après avoir raccroché, je décidai de me sustenter également. Je trouvai un petit bar qui vendait des sandwichs maison et faisait de l'excellent café.

Je me remis ensuite à la tâche. L'emploi du temps de Kim commençait à m'épuiser. Intercepter de parfaits inconnus pour leur poser des questions sur les allées et venues de la disparue était aussi long et ennuyeux qu'une planque policière. En plus, je devais rester alerte et concentré pour ne manquer aucun indice, aussi minime soit-il. Une hésitation par exemple, ou un regard détourné pouvait signifier que le gosse que j'interrogeai me cachait quelque chose. Ce pouvait être insignifiant, bien entendu, mais les jeunes, manquant de vue d'ensemble et de maturité, étaient incapables de discerner si ce qu'ils savaient était important ou pas. Et moi, comment diable pouvais-je en juger avec un témoignage incomplet ?

Je savais n'avoir aucune chance de les convaincre en le leur expliquant, aussi en étais-je réduit à surveiller de près leur langage corporel et leurs expressions faciales.

En fin d'après-midi, mon téléphone sonna. C'était encore Jess.

— Merci pour la soupe, déclara-t-il de prime abord.

— De rien.

— Bon, j'ai trouvé avec qui Kim était mercredi soir.

— Je suis tout ouïe !

— Allie et Hannah m'ont dit avoir pris un verre avec Kim dans un endroit appelé le BP. S'agit-il du Boston Pizza ?

— Oui, répondis-je. Nous en avons un à chaque coin de rue.

— Pas étonnant, vu que Calgary n'est pas très loin de Boston. Et je sais que la Nouvelle L'Angleterre apprécie la cuisine italienne.

— C'est vrai, reconnus-je. Sinon, que disent ces filles ? Tu les as prévenues que j'étais là ? Acceptent-elles de répondre à mes questions ?

— Oui, répondit-il, elles sont tout excitées à l'idée de rencontrer *un vrai détective privé* !

Je résistai à l'envie de me cogner la tête contre le mur le plus proche.

— Tu es sûr qu'elles ont vu Kim mercredi, Jess ? Et elles n'affabulent pas pour participer à l'enquête ?

— Elles m'ont semblé sincères, déclara-t-il, et dans ce cas, ce sont les dernières personnes à avoir vu Kim avant sa disparition. Enfin, d'après ce que nous savons. Bien sûr, plus tard dans la soirée, Kim a aussi téléphoné à Katie.

— D'accord, dis-je. Envoie-moi par SMS leurs numéros de…

— J'ai fait mieux, coupa Jess. Elles t'attendent à la porte principale, je leur ai promis que tu leur offrirais un verre au BP – ou une soupe de palourdes, si tu préfères.

— Oui, c'est la spécialité du Boston Pizza, admis-je. Merci.

— De rien.

LES DEUX filles, une brune et une blonde avaient le même look : queue de cheval, sweat bleu au logo Mont-Royal et legging noir.

— Je suis Allie, la brune. C'est vous, Ben ?

Son amie, les yeux vissés à l'écran de son téléphone, leva à peine les yeux.

— Oui, répondis-je. Merci d'avoir accepté de me voir.

— Aucun problème. De toute façon, nous passons notre vie au BP. Ajouta-t-elle avec un signe de la main en direction de sa voisine, c'est Hannah.

La geek blonde m'adressa un bref signe de tête. Nous nous mîmes en marche, Hannah traînait à deux pas derrière Allie, sans regarder devant elle, mais grâce à son amie, elle évitait de télescoper les obstacles placés sur son chemin. Tant que le sweat-shirt était dans son champ de vision périphérique, elle ne risquait rien.

— Des nouvelles de Kim ? demanda Allie. Sa voiture a-t-elle été retrouvée ?

— C'est la police qui s'en occupe, répondis-je. Ils sont mieux équipés que moi pour ce genre de recherches.

C'était également vrai dans le cas des personnes disparues, ce que j'omis de préciser.

Allie entra la première au restaurant et fonça tout droit jusqu'à une stalle située au fond de la salle.

— C'est à cette table que nous étions mercredi avec Kim, précisa-t-elle. Je ne sais pas si c'est important.

Hannah se glissa sur la banquette à côté d'elle et posa son téléphone sur la table, écran caché.

— Kim était tout à fait normale jusqu'à vingt et une heures, déclara-t-elle. Après, elle est devenue bizarre.

Je pris place en face des deux filles et regardai Hannah.

— Bizarre ? Comment ça ?

Avant qu'Hannah ait le temps de répondre, une serveuse apparut.

— Que voulez-vous boire ? s'enquit-elle. Voulez-vous un menu ?

— Non, pas besoin, répondit Allie.

— Que voulez-vous boire ? demandai-je aux filles ? Un Pop soda ? Une bière ? Un café ?

— Une Harp [9] lager, répondit Hannah.

Allie ouvrit de grands yeux surpris, puis elle s'empressa de dire

— Moi aussi !

— Pour moi, un café noir, dis-je à la serveuse. Je voudrais aussi savoir si la personne qui a servi cette table mercredi soir est en service aujourd'hui.

— Hein ?

---

9 Bière irlandaise à fermentation basse.

La fille regarda par-dessus son épaule. Elle était rousse et pâle, avec des cheveux bouclés qui jaillissaient de sa barrette en strass. Son tee-shirt délavé vantait un album de Gorillaz sorti avant sa naissance.

— Je vais vérifier, dit-elle d'un ton hésitant. Il y a un problème ?

— Pas au restaurant, la rassurai-je. J'ai juste quelques questions. Je suis détective privé et je cherche des informations sur une jeune fille qui a disparu. Elle s'appelle Kimberley Moy.

La serveuse ôta de sa bouche son crayon mâchouillé et secoua la tête.

— Merde ! Elle est venue ici mercredi ?

— Oui.

Je lui montrai une affiche de Katie. Les yeux de la rousse s'agrandirent.

— Vous pensez qu'il lui est arrivé quelque chose ici ?

— Pas forcément, mais c'est le dernier endroit où quelqu'un se souvient de l'avoir vue.

— Je vois, dit la serveuse.

Elle parlait comme si elle avait compris, bien que son expression indique le contraire.

— Je vais vérifier, ajouta-t-elle, je vous apporte aussi vos boissons.

— Très bien, dis-je. Merci.

Une fois la serveuse partie, je regardai Hannah. Elle avait récupéré son téléphone, mais elle releva la tête quand Allie lui donna un coup de coude.

— Quoi ?

— Vous avez dit que Kim était devenue bizarre, repris-je. Que s'est-il passé exactement ?

Elle possédait un visage figé et inexpressif où on pouvait lire tout ce qui vous passait par la tête. Je la jugeai… méfiante, mais sans doute était-ce juste mon imagination.

— Je n'ai rien remarqué, intervint Allie.

Hannah cligna des yeux, sans doute pour ne pas les lever au ciel.

— Tu étais distraite, dit-elle.

— Et toi, rétorqua Allie, mécontente, tu as passé tout ton temps sur ton téléphone. Comme d'habitude !

— Ça ne m'empêche pas de noter ce qui se passe, déclara Hannah.

Sa voix basse était aussi inexpressive que son visage. Je me demandai soudain ce qu'elle regardait constamment sur son écran, car elle ne semblait pas du genre à être accro aux médias sociaux.

— Kim aurait-elle dit quelque chose d'inhabituel ? insistai-je.

Hannah secoua la tête.

— Non, elle est juste devenue nerveuse d'un coup. Elle était si agitée qu'elle a déchiré sa serviette.

— Cela lui arrive-t-il souvent d'être ainsi ?

Allie haussa les épaules et regarda Hannah.

— Non, répondit Hannah.

Je continuai mes questions :

— À votre avis, pourquoi ce changement de comportement ? A-t-elle reçu un appel ? Quelqu'un est-il venu s'asseoir à votre table ?

— Euh…

Allie plissa le front et ferma les yeux. Je devinai qu'elle cherchait à se remémorer la soirée de mercredi, à revoir les personnes qui se trouvaient dans la salle.

— Certains étudiants sont partis peu avant dix-huit heures, déclara-t-elle, d'autres sont arrivés à vingt heures. Pas plus tard, car ils avaient une conférence jusqu'à dix-neuf heures trente et ils sont venus ici directement.

Je me tournai vers Hannah.

— Vous êtes sûre que le comportement de Kim a changé à vingt heures trente, pas une demi-heure plus tôt ?

— Certaine, répliqua-t-elle. Et personne ne s'est assis avec nous, Kim n'a vu entrer personne en particulier. Peut-être est-ce quelque chose qu'elle a entendu ?

— Je ne pense pas, déclara Allie. Je n'ai pas remarqué qu'elle était bizarre, comme tu dis, mais si quelqu'un l'avait effrayée, quand même, ça m'aurait marquée. Je suis dans le groupe qui travaille sur l'inclusion universitaire. J'ai tout à fait conscience de l'altérisation [10].

— Pardon ? dis-je, perplexe. De quoi parlez-vous ?

Le sourire à la fois chaleureux et compatissant qu'elle m'adressa était éloquent : si je n'avais pas compris, c'était à cause de mon âge avancé.

— L'altérisation, répéta-t-elle, c'est faire sentir aux gens qu'ils ne rentrent pas dans la « norme ». Ils sont désinclus.

— Si Kim avait été altérisée, déclara Hannah, elle l'aurait été dans sa globalité.

Était-elle sarcastique ? Je n'en savais rien et d'après la tête que tirait Allie, elle aussi se posait la question – sans trouver de réponse.

---

10   Processus par lequel on présente un groupe de personnes comme fondamentalement différentes.

L'arrivée de la serveuse interrompit ce moment délicat. Elle posa nos boissons sur la table et nous désigna un garçon d'une vingtaine d'années qui l'accompagnait. Il portait un jean, des bottes éraflées et un tee-shirt en flanelle grise à carreaux rouges. Il ressemblait plus à un randonneur s'apprêtant à escalader le Mont Hood qu'à un employé du BP.

— Lui, c'est Zack, annonça notre serveuse dont le nom restait un mystère. Il s'est occupé de cette table mercredi soir.

— Exact, confirma Allie. Salut !

— Salut ! répondit Zack.

Quand il hocha la tête, une mèche de ses cheveux blonds hérissés lui retomba sur l'œil. Il la remit en place.

Je lui montrai la photo de Kim, il hocha la tête une nouvelle fois. La mèche retomba.

— Oui, je me souviens d'elle. Elle a disparu, hein ?

— Oui. Auriez-vous remarqué quelque chose d'inhabituel la concernant ? Par exemple, s'est-elle disputée avec quelqu'un ?

— Oh, non, répondit-il. Pas du tout. Mais je l'ai vue regarder son téléphone dans le salon fumeurs et elle m'a semblé un peu tendue.

— Le salon fumeurs ? m'étonnai-je.

Je regardai autour de moi. J'étais à peu près sûr que fumer dans un endroit public était illégal de nos jours.

Allie sourit.

— Il parle de la ruelle derrière le restaurant. Quand il fait beau, la porte reste ouverte la nuit pour permettre aux fumeurs d'aller prendre une clope.

Kim fumait ? Je ne le savais pas.

— Kim était fumeuse ? demandai-je.

Allie et Hannah secouèrent la tête à l'unisson.

— Je n'ai pas dit qu'elle fumait, précisa Zack. Juste qu'elle regardait son téléphone.

— Elle avait reçu un appel ? insistai-je.

Zack secoua la tête.

— Non, je crois pas, elle le tenait devant elle comme ça…

Il esquissa un geste à hauteur de son estomac.

— A-t-elle dit quelque chose ?

— J'ai rien entendu, mec.

— Savez-vous quelle heure il était ? demanda Hannah.

— J'étais en pause, donc, vingt heures quarante-cinq.

Cette fois, je n'eus aucun mal à déchiffrer l'expression d'Hannah : *Ah, j'avais raison !*

J'aurais apprécié d'avoir accès au téléphone de Kim, ou à son historique, pour savoir si elle avait reçu un texto entre vingt heures trente et vingt heures quarante-cinq, ou si elle avait fait une recherche Google ou visité un site Internet. Mais pour obtenir ces renseignements en principe non accessibles aux particuliers, il me faudrait verser une très grosse somme à des personnes peu recommandables. Sur ce point précis, Kent refuserait de m'aider : nous n'avions encore aucune preuve qu'il y avait eu crime. Merde, même moi, je me demandais encore si Kim n'était pas partie de son plein gré.

— Elle ne nous a rien dit, déclara Allie, l'air un peu vexé.

Hannah haussa les épaules.

— Donc, c'était personnel.

— Est-elle revenue à table après être sortie dans la rue ? demandai-je.

Zack n'en savait rien, il était en pause. En revanche, Hannah et Allie hochèrent la tête.

— Oui, déclara Allie, elle est restée avec nous jusqu'à vingt et une heures. Nous avons quitté le restaurant ensemble.

Je me tournai vers Zack.

— Vous ne voyez rien d'autre de significatif ?

— Non, désolé. Je peux y aller ? Vous n'avez plus besoin de moi ?

— Non, merci.

Allie versa sa bière dans une chope. Hannah, elle, en sirota une gorgée à même la bouteille. Je regardai mon café avec dégoût : j'en avais un peu abusé depuis mon réveil. Malheureusement, la journée était loin d'être finie, aussi décidai-je de le boire quand même.

Je reportai mon attention sur les deux filles assises en face de moi.

— Comment avez-vous réagi en apprenant que Kim avait disparu, qu'elle a été votre première pensée ?

— Qu'elle était vraiment bizarre mercredi chez BP, répondit Hannah.

— Moi, j'ai cru qu'elle était partie au Manitoba, mentionna Allie. Peut-être parce que sa mère ou son père était malade, ou quelque chose du genre, mais non, c'est Lauren, sa sœur, qui nous a dit qu'elle ne savait pas où était Kim, or, elle aurait été au courant d'un accident ou d'une maladie de ses parents…

Je repris mes questions habituelles :

— Savez-vous si Kim avait un nouveau petit ami ? Ou si elle s'était récemment disputée ?

Elles secouèrent la tête.

— Non.

— Et en classe, comment était-elle ? insistai-je. Ses notes avaient-elles chuté ? Vous a-t-elle paru déprimée ?

— Oh ! s'écria Allie. Vous pensez qu'elle s'est suicidée ?

Sa voix aiguë était à mi-chemin entre l'incrédulité et l'outrage.

— Je ne pense rien, dis-je avec sincérité. Je ne connais pas Kim. Vous, si. Et à vous entendre, Allie, elle n'est pas du genre à mettre fin à ses jours, c'est ça ?

Ce fut Hannah qui répondit :

— Elle n'était pas déprimée. En tout cas, rien dans son comportement ne l'indiquait.

— En plus, insista Allie, elle ne prenait pas d'antidépresseurs. Un jour, je lui ai dit que moi... enfin, ça m'arrive... et Kim a été... Je m'en souviens parce que ça m'a mise en colère. Elle a dit qu'elle n'en avait pas besoin, parce qu'elle était normale.

— Je doute qu'elle ait délibérément cherché à te blesser, intervint Hannah.

Les yeux baissés, Allie frotta le verre dépoli de sa tasse.

— Peut-être, mais quand même, ce n'était pas très sympa.

— Beaucoup de gens prennent des antidépresseurs, la consola Hannah. Mais Kim, sûrement pas. Même si elle est souvent plongée dans ses pensées, elle n'est pas du genre à geindre.

— Moi non plus, merde ! protesta Allie.

Hanna soupira.

— Je ne parlais pas de toi.

— La question n'est pas là, je sais ce que tu penses, c'est aussi ce que pensait Kim. Et comme toi, elle n'hésitait pas à le dire à qui voulait l'entendre ! Merde, quoi !

Allie repoussa sa bière, elle se leva d'un bond, malgré l'étroitesse de la banquette et me jeta un regard fulgurant.

— Vous avez mon numéro si vous avez besoin de moi !

Elle s'enfuit aussi vite qu'elle le put en direction de la porte en zigzaguant parmi la foule qui bloquait son chemin. Notre serveuse, qui sortait de la cuisine, faillit se faire renverser.

Hannah termina sa bière, déposa son verre vide sur la table et soupira.

— Il faut toujours qu'elle fasse des drames ! Bon, je ferai mieux d'aller m'excuser avant que ça dégénère en vraie dispute.

— Appelez-moi si quelque chose vous revient.

Une fois Hannah partie, je réglai la facture de nos consommations et laissai sur la table un bon pourboire et quelques cartes de visite. Je n'avais pas perdu mon temps avec les filles, mais il était inutile que je m'attarde ici : je n'apprendrai plus rien.

UN VENT violent s'était levé pendant que j'étais au BP. Le mois de septembre avait à peine commencé, pourtant, on sentait déjà l'hiver. Les feuilles tombaient comme des rafales de pluie. Je les écartai de mon visage en retournant vers ma Jeep tout en me demandant ce que Kimberly avait bien pu regarder sur son téléphone mercredi dernier à vingt heures quarante-cinq. Une menace ? Une photo d'elle nue envoyée par un ex vindicatif ? Ou une adorable vidéo de chaton facétieux ? Comment savoir ?

Tout en marchant, j'envoyai aussi un texto à Jess pour lui dire que j'étais en route. Peut-être aurait-il des idées. Je comprenais mal pourquoi je me sentais aussi à l'aise avec lui. Après tout, je ne l'avais pas revu depuis des années, c'était la première fois qu'il mettait les pieds chez moi, à Calgary et voilà qu'il m'attendait pour discuter de mon enquête en cours. Il avait passé la journée avec Frank, à manger de la soupe que j'avais commandée pour lui.

Oh, il m'était arrivé de fantasmer sur le fait de le revoir, mais je voyais plutôt des retrouvailles spectaculaires, avec lampions et feux d'artifice. Ou alors du bruit, des cris, des revendications, des accusations. Je n'avais jamais réellement espéré que nous nous remettions ensemble, mais parfois, comme une scène de film, je m'étais imaginé courir dans une rue animée ou sur un quai de gare pour rattraper un train. Avec de la musique, un orchestre peut-être, des sonorités fortes qui effaceraient le bruit ambiant pour mettre en valeur la seule vraie connexion que...

Quelle connerie !

Je délirais, bien sûr, mais les images restaient gravées sur mon écran mental. Comme si je vivais un conte de fées.

Aucun de mes scénarios n'avait prévu une pneumonie ou une rencontre avec deux filles d'une autre génération que la mienne dans une minable pizzeria. Pas à dire, la réalité était décevante !

VI

EN OUVRANT ma porte d'entrée, je fus accueilli par Frank. Je lui tapotai la tête. Une odeur de nourriture émanait de la cuisine.

— J'ai commandé pour deux, cria Jesse depuis le salon.

Il n'était pas dans son lit, là où il était censé se trouver, mais quand j'allai vérifier, je le vis allongé sur un divan, caché sous la couette qu'il avait emportée de la chambre.

Je laissai tomber ma veste sur la console entre la porte et le salon, et avançai jusqu'à la porte-fenêtre dans le but de laisser sortir Franck dans le jardin. Il m'ignora. Sans doute avait-il sollicité Jesse toute la journée.

— Au fait, déclara Jesse, ta cheminée ne fonctionne pas.

Le canapé faisait face à la cheminée et Jess me regardait par-dessus le dossier.

— Je suis désolé que mon modeste logement ne corresponde pas à ton standing ! persiflai-je.

Il fit une grimace.

— Je pensais juste que peut-être, tu n'avais pas remarqué.

— Si, si, mais le propriétaire refuse d'effectuer la réparation.

— Oh, tu es locataire ?

Ce n'était pas vraiment une critique, Jess paraissait juste un peu surpris. Pourtant, je me hérissai.

— Après avoir fait fortune dans les enquêtes privées, j'achèterai une maison de deux cents mètres carrés à Calgary, c'est promis, grinçai-je. En attendant, je loue.

Il soupira et je devinai qu'il ravalait pas mal de répliques potentielles à mon sarcasme.

— Pourquoi ton propriétaire refuse-t-il de réparer ta cheminée ?

— Il prétend – avec raison, d'ailleurs – que rien dans le bail que j'ai signé ne précise que la cheminée doit être en état de marche. D'après lui, qu'elle ait marché la première année n'était qu'un coup de chance. Donc, un bonus.

Jess hocha la tête, l'air pensif.

— Un enfoiré, quoi ! Les proprios le sont souvent.

— Oui, il paraît.

77

J'allai dans la cuisine et vis deux grands sacs bruns posés sur le comptoir. De la fumée épicée en émanait encore, aussi avaient-ils dû être livrés juste avant mon arrivée. Je reconnus le logo d'un petit restaurant vietnamien à quelques rues de chez moi. Jesse avait passé sa commande dès qu'il avait reçu mon dernier texto. C'était de bonne stratégie. Nous aimions tous les deux la cuisine vietnamienne et venant d'aussi près, la livraison n'avait pas le temps de refroidir.

— Tu aimes toujours les mêmes plats, hein ? cria Jess du salon.

À la fin de sa phrase, il s'étouffa dans une quinte de toux.

— Oui, oui, répondis-je. Ne bouge pas, j'apporte tout ça au salon.

Frank me voyant occupé avec de la nourriture à proximité de son bol, il restait sur mes talons. Croquettes ou vermicelles chinois, il était partant pour les deux options. Je lui donnai une ration de croquettes et emportai notre dîner au salon. Si Jess avait commandé ses plats préférés, c'était bon signe : sans doute se sentait-il mieux si l'appétit lui revenait. Luna serait ravie de l'apprendre.

Je posai les sacs sur la table basse, devant le canapé, et Jess se déplaça un peu pour me faire de la place à ses côtés. Il était encore plus pâle que d'ordinaire, ses yeux restaient cernés, mais à part ça, il paraissait plutôt en forme pour un convalescent. Il sortit les plats du sac, le regard vif et les mains agiles. Je participai au déballage et notre chorégraphie pour ce genre de situation était bien rodée. Et ni lui ni moi n'avions oublié qui prenait quoi : nuoc-mâm pour moi, sauce chili pour lui ; les cacahuètes rien que pour lui… C'était comme si notre dernier repas vietnamien datait de quelques jours à peine. Puis nos mains s'effleurèrent et nous figeâmes une seconde, avant de continuer comme s'il ne s'était rien passé.

— Comment a été ta journée ? demanda Jesse.

— J'ai appris pas mal de choses, admis-je, mais je n'ai toujours rien de déterminant.

— Je pensais que ton boulot, c'était de suivre une piste après l'autre, chacune menant à une nouvelle étape de ton enquête.

Je décapsulai une des bières que j'avais prises dans le frigo de la cuisine et empêchai Jesse de prendre la seconde.

— Non, idiot ! dis-je sévèrement. Tu ne peux pas mélanger l'alcool et les médicaments. Tu as le choix entre de l'eau, du jus d'orange ou du déca.

À son air dégoûté, on aurait dit que je lui proposais de boire dans le caniveau.

— Du *déca* ? hoqueta-t-il.

— Oui, tu es censé dormir, la caféine ne t'est donc pas conseillée. Et pour en revenir à ta question concernant le travail d'un détective, j'ignore ce que font les autres, mais moi, je tente d'interroger le plus de personnes possible dans l'entourage de la victime et de trier les renseignements récoltés. La *piste*, comme tu dis, ce n'est jamais une belle ligne droite.

Jess attrapa une bouteille de jus d'orange et la secoua comme il le faisait autrefois, en la renversant plusieurs fois à cent quatre-vingts degrés afin de faire remonter la pulpe.

— Alors, qu'as-tu appris de nouveau ? demanda-t-il.

Je lui racontai ma journée, du moins ce qui se rapportait à l'enquête, j'omis bien évidemment les réflexions qui m'étaient venues concernant ma vie sexuelle – ou son absence. Il m'écouta en silence et avec attention, ne détournant le regard que pour se nourrir et avaler ses antibiotiques.

Puis Frank nous rejoignit et se planta devant la porte-fenêtre. Je me levai pour le laisser sortir. Je le regardai un moment renifler les feuilles mortes et faire le tour des buissons, cherchant l'endroit parfait.

— Depuis quand as-tu ce chien ? demanda Jesse.

— Depuis mon installation ici, répondis-je, il y a quelques années. Le précédent locataire m'a demandé de garder son chien le temps qu'il s'installe dans son nouveau logement. Comme un con, j'ai accepté et bien entendu, il n'est jamais revenu. Alors, voilà, Frank et moi sommes ensemble depuis ce moment-là. Pourquoi tu me regardes comme ça ?

Jess souriait, mais une lueur étrange brillait dans ses yeux. Serait-ce… de l'émotion ? Cela ne lui ressemblait pas ! Je commençai à m'inquiéter. Il semblait dangereusement proche de devenir sentimental.

— Tu n'as pas changé, Ben, dit-il enfin, tu recueilles toujours les canards boiteux !

Je haussai les épaules.

— Hé ! Ce n'est pas comme si je l'avais trouvé errant dans la rue ou prisonnier à la fourrière ! Franck vivait ici avant moi ! C'est sa maison !

Quand Frank revint, je refermai la porte-fenêtre et le regardai s'installer sur le tapis devant la cheminée éteinte.

— Revenons-en à ton enquête, déclara Jess. Tu as été au BP, avec Hannah et Allie…

Je repris mon récit et une seconde bière. Jess emballa les restes et empila la vaisselle. Il esquissa le geste de se lever pour rapporter le tout à la cuisine, mais d'un regard sévère, je l'en empêchai. Alors, il retomba sur le canapé.

Je me chargeai de débarrasser la table et de ranger la cuisine. Jesse en profita pour passer aux toilettes. Ma vessie me rappela qu'après avoir bu deux bières, je pouvais le faire aussi. Dans le couloir, je croisai Jess qui revenait et surveilla sa démarche. Pour n'importe qui, elle aurait paru normale, mais moi, je savais qu'en pleine forme, il avançait bien plus vite.

Une fois dans la salle de bain, je vis sa trousse de toilette posée sur le comptoir, ouverte, bien entendu, parce que Jess n'était pas du genre à perdre du temps. En me lavant les mains, j'hésitai à refermer sa trousse et à la ranger sur l'étagère, juste pour marquer le coup. Puis je fronçai les sourcils en fixant un flacon dans la trousse : à l'intérieur, les pilules étaient orange, pas bleues comme les antibiotiques que j'avais pris pour lui à la pharmacie la nuit dernière.

Étant enquêteur de métier, c'était ancré chez moi de remarquer des détails, des anomalies. Je ne pouvais pas changer de comportement à volonté, comme on éteint un interrupteur. Je pris le flacon et regardai l'étiquette : PrEP – pour prophylaxie préexposition. Bien, sûr, j'aurais pu deviner tout seul : Jess ne tenait pas à attraper le Sida. Dessous, il y avait un second flacon, du Lexapro.

Quand la sœur de Kent avait fait une dépression, elle prenait aussi ce traitement.

Un médecin de Toronto avait prescrit ces antidépresseurs à Jesse *un an plus tô*t et il continuait à en prendre ?

Je remis les flacons dans la trousse, que je laissai ouverte exactement à l'endroit où je l'avais trouvée, et je m'assis sur le bord de la baignoire pour réfléchir. Des souvenirs me revenaient en masse brouillonne, si rapides que j'eus du mal à m'attarder sur les premiers avant de passer aux suivants. Je revis toutes les fois où Jess avait été «malade», du moins, c'était ce que je croyais. Je le traitais de paresseux quand il s'enfermait des jours entiers dans sa chambre. J'évoquai la façon délibérée dont il consommait drogue et alcool pour faire briller ses yeux et afficher un sourire de circonstance, surtout avant de monter sur scène, comme si *ne pas* se doper lui aurait été fatal…

En sortant de la salle de bain, je veillai à afficher un visage impassible pour retourner au salon. Je ne savais trop que penser de cette trousse ouverte. Soit c'était une inattention de la part de Jess, mais il ne tenait pas à ce que je connaisse la vérité et dans ce cas, je n'avais pas le droit d'en parler, soit il avait fait exprès de laisser ses pilules en évidence, parce qu'il voulait me mettre au courant sans se sentir le courage de m'en parler. J'aurais cru Jess plus franc, ou plus direct, mais de toute évidence, je ne le connaissais pas aussi ben que je le pensais : ces antidépresseurs le prouvaient.

Jess regardait son téléphone quand j'entrai au salon. Il le posa sur la table, écran caché.

— Encore des courriers de *haters* ? demandai-je avec une grimace.

— Des *courriers*, j'aimerais bien ! Si ceux qui me détestent devaient prendre un papier et un crayon pour écrire à mon agent – encore faudrait-il qu'ils découvrent son adresse ! —, mettre un timbre sur leur enveloppe et aller jusqu'à une boîte aux lettres, peut-être en cours de route changeraient-ils d'avis sur la nécessité de me faire part de leur opinion me concernant.

— Je doute que les gens se donnent tout ce mal pour des insultes basiques du genre : *sale pédé, suceur de bite…*

— Oui, sans doute. Au fait, je t'ai piqué un bloc dans ton bureau. Tu ne m'en veux pas ?

— Non, bien sûr. Si je te fais travailler au noir, la moindre des choses est de te fournir du matériel.

Son téléphone sonna. Il n'y jeta même pas un coup d'œil. En revanche, il se pencha pour récupérer un bloc-notes et un stylo posés par terre à côté du canapé.

— Je n'ai pas trouvé grand-chose, admit-il, mais maintenant que je sais ce que tu as appris de ton côté, il serait intéressant de comparer nos notes. J'ai donné ton numéro à tous ceux à qui j'ai parlé.

— D'accord, répondis-je. Qu'as-tu découvert ?

— Tout le monde a la même version : Kim est une fille stable, pas du tout le genre à faire des caprices ou des drames. Et tu as eu le même son de cloche. Certains m'ont dit que Kim aimait bien s'isoler parfois, pour réfléchir. Sa colocataire te l'a confirmé. Personne ne sait si Kim avait un endroit de prédilection ni même si elle allait toujours au même endroit. Tous ceux qui l'ont vue mercredi soir parlent d'un comportement anormalement distrait, nerveux ou agité. Une fille l'a vue tirer de l'argent à un distributeur vers vingt-deux heures trente, donc juste après avoir appelé Katie pour lui demander de la remplacer à Paint Nite.

— C'est intéressant, dis-je en bâillant.

Jesse éclata de rire.

— Oui, clairement. Tu t'endors en m'écoutant parler !

— Désolé, répondis-je. J'ai eu un hôte inattendu la nuit dernière et j'ai dû veiller plus tard que d'habitude. Bon, tout indique que Kim a bel et bien quitté la ville de son plein gré : elle a annulé ses cours, tiré de l'argent et emporté ses affaires de toilettes et son chargeur d'ordinateur.

Perplexe, Jesse fronça les sourcils.

— Alors, elle voit un truc bizarre sur son téléphone et elle file illico. Pourquoi ? Pour y réfléchir ?

— Je ne sais pas. Le hic, c'est surtout qu'elle ne soit pas revenue garder sa nièce le vendredi comme elle l'avait promis. Cela ne lui ressemble pas.

Jesse soupira et laissa tomber le bloc sur la table.

— Pourquoi dramatiser ? Elle a pu oublier, ça arrive.

Il avait l'air sincèrement concerné, pourtant, il ne connaissait pas Kim et cette enquête, au fond, ne le concernait pas. Mais comme il n'était pas un client, je pouvais être sincère avec lui.

— Non, elle n'a pas oublié, elle adorait sa nièce… hum, elle l'adore. Elle l'a dessinée sur ce mur de sa chambre. Enfin pas la gosse, mais l'oiseau. *Moi l'Oiseau*, son tatouage !

— Oui, dit Jess, c'est la seule chose qui n'était pas de Fibonacci.

J'écarquillai les yeux.

— De *qui* ?

Jess récupéra son téléphone, jeta un regard noir à son écran et chercha les photos que je lui avais envoyées de la chambre de Kim.

— Tu vois tout ça ? C'est la suite de Fibonacci.

— Je ne comprends pas un mot à ce que tu racontes, annonçai-je avec humeur.

— Qu'est-ce que tu préfères ? Je t'explique ou tu cherches tout seul sur Wikipédia ?

Je posai les pieds sur la table basse et m'enfonçai dans le canapé.

— Je t'écoute.

Jesse sourit.

— Bien, Fibonacci était un mathématicien qui s'intéressait à l'arithmétique appliquée aux calculs commerciaux. Il a laissé son nom à une séquence appelée *La suite de Fibonacci,* c'est une suite d'entiers dans laquelle chaque terme est la somme des deux termes qui le précèdent. Ce calcul en lui-même est un exercice parfaitement ennuyeux, mais il donne une bonne approche du Nombre d'Or [11] et s'applique à la croissance des êtres vivants, comme ces coquillages que Kim a dessinés ici, à cette fougère et à cette pomme de pin. Aussi bizarre que cela paraisse, tous ont des ratios

---

11 Proportion idéale entre deux longueurs définie initialement en géométrie qui apparaît dès l'Antiquité (dans les *Éléments d'Euclide*) et s'érige au fil des siècles en théorie mystique comme une clé importante des structures du monde physique, particulièrement en ce qui concerne les critères de beauté et d'harmonie.

mathématiques assez simples. Et regarde ces traits, ces arcs, ce sont les bases mêmes de l'Art dont parlait de Vinci : une image ainsi divisée sera agréable à l'œil. Une maison aussi. Et tout cela est lié à Fibonacci !

— Bon, Kim aurait filé avec Fibonacci, c'est ça ?

Jesse sourit.

— J'ai l'impression que tu n'as rien écouté.

— Si, si, c'est intéressant, mais cela n'a rien à voir avec mon enquête. Je préfère m'en tenir aux faits : Kim aime sa nièce, elle assume ses responsabilités, alors, pourquoi n'est-elle pas revenue ? Pourquoi n'a-t-elle pas au moins téléphoné ? Elle doit bien savoir que sa sœur se fait un sang d'encre !

Jess soupira et reposa son téléphone sur la table.

— Je comprends. Ça ne me plaît pas, mais je comprends.

Je ricanai.

— Si j'écris un jour mon autobiographie, ce serait un chouette titre.

Jesse me regarda droit dans les yeux.

— J'ai envie de baiser.

Ma gorge sut avant mon cerveau que le regard de Jess était sexuel, parce qu'elle se contracta, presque à m'étouffer. La panique monta en moi, suivie par d'autres puissantes émotions. Le regard hypnotique de Jess avait toujours un sacré effet sur les gens. Chez moi, c'était encore pire, parce que je savais d'expérience ce que ce regard promettait.

Mais je n'étais pas fou, je ne pouvais me risquer à retomber dans cette ornière. Pas ce soir. D'abord, Jess était malade.

Je respirai un grand coup en espérant m'exprimer d'une voix calme et polie :

— Chut… écoute, tu entends ? Ta queue elle aussi a le souffle rauque.

Jesse cligna des yeux. Il paraissait… surpris, presque sidéré. Sans doute n'avait-il pas l'habitude de voir ses propositions repoussées. Très vite, il se mit à rire, si fort qu'il s'étrangla dans une quinte de toux. Pour tenter de me le cacher, il tourna la tête et plaqua des kleenex devant sa bouche.

Je posai la main entre ses épaules et frottai doucement. La peau dorée avait retrouvé son élasticité habituelle, perdant la sécheresse fiévreuse de la nuit passée. Cependant, Jesse avait une forte raucité dans la poitrine, ses épaules tressautaient violemment, c'était assez effrayant. J'accentuai la pression de mes doigts pour tenter de le réconforter.

— Super sexy ! persiflai-je.

Il rit encore, il toussa plus fort et me fit un doigt d'honneur sans relever la tête.

Nous sursautâmes tous les deux quand Frank aboya, une seconde avant que la sonnette retentisse. Frank m'accompagna jusqu'à la porte d'entrée et s'assit pendant que j'ouvrais, sa queue balayant le tapis.

Luna était déjà accroupie pour saluer Frank. Elle avait soulevé les bords de son manteau rose vif pour éviter qu'ils traînent sur le sol. C'était un geste plutôt sensé, me sembla-t-il.

— Voilà mon tout beau ! dit-elle.

— N'importe quoi ! dis-je.

Elle et Frank m'ignorèrent et continuèrent à bêtifier. Je tournai les talons et me rendis dans la cuisine.

— Quand vous aurez fini de pervertir mon chien, Luna, criai-je par-dessus mon épaule, entrez et refermez la porte. Il commence à faire frais !

En revenant au salon, je la vis penchée sur le canapé et occupée à vérifier les signes vitaux de Jesse. Le téléphone posé sur la table basse, écran caché, bipa. Jesse y jeta un coup d'œil furtif, comme s'il préférait qu'on ne le voie pas faire.

— … considérablement mieux, déclara Luna. Vous vous sentez comment ?

— Très, très bien. Je pourrais danser toute la nuit.

— Il n'en est pas question, rétorqua-t-elle avec entrain. Mais votre pneumonie régresse et vous serez sur pied en un rien de temps.

— Génial, marmonna Jess d'une voix éteinte.

Luna lui tapota la tête comme elle le faisait avec Franck, mais sans l'appeler « mon tout beau ».

— Je tiens à ce que vous évitiez de prendre l'avion ou de conduire pendant encore une semaine. Si vous tenez absolument à quitter Ben, vous pouvez monter en voiture en tant que passager. Il y a des Uber à Toronto, non ? Quand on a les moyens, tout est possible.

Jesse se tourna vers moi :

— Veux-tu que j'appelle un Uber ?

— Je peux tenir une semaine si tu te sens capable de me supporter, répondis-je. Ça n'est pas désagréable d'avoir un secrétaire.

— Un secrétaire ? protesta Jesse. Je suis monté en grade, je me sens tout à fait détective.

Luna haussa les sourcils et me toisa.

— Vous êtes sérieux ? Vous l'avez fait travailler ?

Ce fut Jesse qui répondit :

— Rien de fatigant, docteur. J'ai juste regardé des noms en ligne et passé des coups de fil.

— D'accord, dit Luna, puisque votre état s'est amélioré, je présume que vous n'avez pas abusé de vos forces. Bien entendu, vous irez vous recoucher dès que je serai partie.

— Aurai-je droit à une histoire et à une collation avant de faire dodo ? demanda Jesse. Ou au moins à un verre de l'eau ?

— Vous deviez être adorable étant enfant, dit Luna avec un sourire. Oh, prévenez-moi si vous avez besoin de mon témoignage. J'ignore comment ces choses-là se passent.

Jesse la dévisagea, l'air interloqué. J'étais tout aussi perplexe.

— Votre *témoignage* ? De quoi parlez-vous ?

— En bien, concernant votre pneumonie. J'ai lu qu'un certain ZZGold comptait vous traîner en justice pour avoir annulé le spectacle.

— Oh.

Jess ferma les yeux et laissa retomber sa tête sur le canapé.

— Je doute qu'il aille jusque-là, déclara-t-il. Il est juste en colère. Nous avons un différend concernant la promotion de mon dernier single et il cherche à mettre tous les atouts de son côté en prenant la presse à partie.

— Il m'a paru très décidé à vous faire un procès, déclara Luna.

Jess sourit sans ouvrir les yeux.

— Il n'est que bassiste. Qu'il aille se faire foutre !

Sur ces derniers mots, sa voix était devenue venimeuse.

Je m'assis sur l'accoudoir du canapé.

— Jess, a-t-il des arguments valides contre toi ?

Jesse renversa la tête et entrouvrit les yeux.

— Quels arguments veux-tu qu'il ait ? Vas-tu me dire que je ne suis pas vraiment malade ?

— Tu ne me parais pas beaucoup l'apprécier.

— Si tu le connaissais, déclara Jess, tu ne l'aimerais pas non plus.

Je sentis une pression familiale me comprimer la poitrine. Pourquoi Jess s'acharnait-il à s'attirer des ennuis ?

— Sait-il que tu ne l'aimes pas ? demandai-je.

— Il s'en doute, oui, répondit-il.

— Merde, Jesse ! Pourquoi es-tu aussi direct avec les gens, surtout pour leur dire des vacheries ? Qu'est-ce que cela t'apporte ? Et s'il te traîne vraiment devant les tribunaux ? Et si ta régie te laisse tomber ?

— Putain, marmonna Jess. J'avais oublié ce discours. Oui, oui, je sais, pour toi, il faut endurer en silence et quand quelque chose ne va pas, surtout ne pas faire de vagues. C'était ton modus vivendi, pas vrai inspecteur ? Oh, c'est vrai ! Tu n'es plus inspecteur !

— Mon Dieu ! jeta Luna, parlant très vite. Comme il est tard déjà !

À la hâte, elle récupéra son thermomètre et son stéthoscope, et les jeta dans son sac.

— Je dois y aller, ajouta-t-elle. Jack, pardon, Jesse, vous devriez retourner vous coucher.

— Oui, docteur, dit-il.

Il se leva, prit son téléphone et se dirigea vers la chambre sans un regard en arrière. Il fredonnait entre ses dents et il me fallut quelques secondes pour reconnaître la chanson : *Reste assis, sinon, le bateau va chavirer* [12].

Je me tournai vers Luna.

— Je vous prie d'excuser cette scène ridicule.

Elle ouvrit la bouche pour répondre, puis changea d'avis et de sujet :

— Il va beaucoup mieux, vous savez. Je ne repasserai pas demain, sauf si vous me téléphonez.

— Bonne nuit, docteur.

Elle me tapota l'épaule.

— Bonne nuit, détective.

Je laissai Frank la raccompagner jusqu'à la porte. J'étais assez fatigué pour dormir, mais il était encore tôt et j'avais du travail. J'appelai Lauren, elle n'était pas couchée et répondit à la première sonnerie, ce qui ne me surprit pas. Sans doute avait-elle espéré, en reconnaissant mon numéro, apprendre que sa sœur avait été retrouvée en bonne santé.

Je lui rapportai les progrès de mon enquête et l'interrogeai sur ce qui avait tant troublé Kim, mercredi soir chez BP. Lauren ne sut me répondre. Fait intéressant, elle me confirma ce que j'avais appris des amis de Kim concernant son tempérament et ses habitudes. J'étais certain que les parents de Kim et Lauren avaient dû trouver leur cadette, une artiste aux goûts vestimentaires si tranchés, à la limite du caractériel, mais la sœur aînée, qui agissait pourtant *in loco parentis* [13], était d'un avis différent. Et elle connaissait très bien Kim.

---

12 *Sit Down, You're Rockin' the Boat*, chanson de Frank Loesser.

13 Locution latine, « à la place d'un parent », principe de droit surtout exercé en responsabilité civile et scolaire.

— C'est une fille adorable, déclara Lauren.

C'était comme si elle me suppliait de continuer mes recherches. *Ma sœur mérite qu'on la retrouve. Elle ne s'est pas enfuie, il lui est arrivé quelque chose.* Si j'avais été le personnage d'un film classique, un vieux dur à cuire, j'aurais répondu d'un ton bourru que tant qu'elle payait, je continuerais à enquêter, parce que mon boulot, c'était de trouver des réponses, pas de ménager l'émotivité des familles.

Mais être aussi brusque n'était pas dans ma nature, aussi répondis-je à Lauren que je la croyais.

En revanche, je ne lui précisai pas que la belle nature de Kim aggravait la situation. Une garce capable de filer à Las Vegas avec un amant en oubliant sa nièce avait de bonnes chances de réapparaître tôt ou tard, saine et sauve. Dans le cas présent, ce silence prolongé me laissait un très sinistre pressentiment.

VII

Puisque Luna avait confirmé l'amélioration de l'état de santé de Jesse, je dormis dans ma chambre. C'était d'autant plus souhaitable que ni lui ni moi ne tenions particulièrement nous retrouver face à face.

Quand la sonnette de la porte d'entrée m'arracha à un sommeil presque paisible, je sursautai, certain d'avoir dormi quelques minutes à peine. Luna aurait-elle oublié quelque chose ? Découvrir que le soleil brillait derrière mes stores me surprit beaucoup.

Je me ruai sur mes vêtements, pressé d'aller ouvrir. À peine un pied dans le couloir, je découvris que ma précipitation avait été inutile. Jesse, déjà debout, lavé et habillé, avait accueilli l'inspecteur Kent Hauser et lui servait du café dans la cuisine. Jess arborait un tee-shirt couleur prune qui lui seyait au teint – et que je ne lui avais encore jamais vu porter – et un jean plus foncé que celui de la veille. S'était-il fait livrer des vêtements chez moi pendant la journée qu'il avait passé seul ? Ou les avait-il achetés ? Je ne pus le deviner. S'il avait été pris d'une folie de shopping sous prétexte qu'il s'ennuyait, peut-être allais-je découvrir un belvédère dans mon jardin.

— Tu ouvres à de parfaits inconnus, Jess ? persiflai-je.

— L'inspecteur Hauser m'a montré son badge, répondit-il. Il a été ton partenaire, je n'ai pas voulu le laisser poireauter devant la porte.

Il parlait d'un ton calme, poli, et son visage figé n'exprimait absolument rien. En revanche, Kent me parut... gêné, sinon coupable.

— Ton nouveau majordome me rappelle quelqu'un, Ben, remarqua-t-il.

— Ha, dit Jesse.

Il ne riait pas, il se contenta de ce « ha ».

Kent s'adressa directement à lui.

— Quel effet cela fait-il d'être reconnu partout ?

— C'est beaucoup moins agréable que vous semblez le croire, répondit Jess.

Kent hocha la tête avec un sourire affable et décontracté. Le connaissant bien, je vis autre chose dans ses yeux, une lueur spéculative. Il étudiait Jess, cherchant à l'évaluer.

Puis Kent reporta son attention sur moi.

— Tu ne vas pas aimer ce que je suis venu te dire, Ben. C'est professionnel.

Une crampe me serra l'estomac. D'instinct, je devinai la nouvelle qu'il allait m'annoncer. Je le scrutai, les dents serrées.

Kent fixait mon « majordome ».

Jesse comprit l'allusion muette avant moi.

— Je me demande ce qui retient Frank dans le jardin, déclara-t-il. Je vais aller vérifier.

Il me tendit une tasse de café et sortit par la porte-fenêtre qu'il referma derrière lui. Une fois seul avec moi, Kent leva un sourcil.

— Il est aussi magnifique au naturel que sur scène, déclara-t-il. Ce n'est pas toujours le cas des célébrités. Un jour, j'ai vu Pamela Anderson à l'aéroport, je n'y aurais pas touché pour tout l'or du monde.

— Je suis sûr qu'elle serait ravie de l'apprendre, dis-je. Il s'agit de Kimberly Moy, c'est ça ? Vous l'avez retrouvée ?

— Oui, sous une chute d'eau du parc Peter Lougheed. Elle est morte.

Je posai mon café sans y avoir touché.

— Et merde !

— Elle est tombée entre lundi soir et tôt ce matin, d'après le légiste. La GRC [14] ne nous a pas encore envoyé le dossier, mais d'après ce que j'ai compris, ils vont conclure à un suicide. Ils n'ont même pas envisagé la thèse de l'accident, je me demande bien pourquoi.

— La GRC, dis-je.

Kent pinça les lèvres et hocha la tête.

— Oui.

— Quel détachement ?

— Kananaskis.

— Je vois.

Je n'avais rien contre cette fameuse police, mais Kananaskis était à peine un village, c'était plutôt une vaste zone de la taille d'un pays d'Europe située en pleine nature et rattachée, pour d'obscures raisons administratives, à un petit centre de villégiature. Je doutais fort que les policiers en poste là-bas aient l'habitude de gérer des cadavres.

Kent parut lire dans mes pensées.

— Peut-être vont-ils réclamer du renfort, déclara-t-il. Surtout s'ils ne sont pas sûrs de leurs conclusions.

---

14 La « Gendarmerie Royale du Canada », police fédérale et territoriale.

— Oui, peut-être.

Je repris mon café et le sirotai en silence, Kent fit la même chose. Tous les deux, nous pensions à Kimberly Moy alors que son décès ne nous concernait ni l'un ni l'autre. Moi, j'avais été engagé pour la retrouver et d'une certaine façon, c'était le cas. Kent travaillait dans la police de Calgary, il n'était pas impliqué dans l'enquête de la gendarmerie de Kananaskis. En principe, nous n'avions plus qu'à terminer notre café et vaquer à nos affaires du jour.

— Qui a identifié le corps ? demandai-je.

— La sœur, répondit Kent, ta cliente. Les gendarmes ont d'abord dû ressortir le corps de l'eau. D'après mes sources, cela leur a pris du temps, ils ont été obligés de s'encorder pour descendre là-dedans… Ils ont envoyé le corps à Calgary. Comme ils n'ont pas réclamé d'ambulance ou d'hélicoptère, elle était déjà morte quand ils l'ont trouvée.

— Rien d'étonnant, dis-je, si elle est tombée d'une falaise…

— Oui, admit Kent. Et le corps a séjourné plusieurs heures dans l'eau. Ce ne devait pas être joli à voir.

J'imaginai Lauren à la morgue, accrochée à la bandoulière de son sac à main, les doigts crispés de tension tandis qu'elle avançait dans les couloirs, sous la lumière crue des néons blancs, puis alors qu'elle affrontait le spectacle de sa sœur étendue, morte…

— Ils vont faire une autopsie, quand même, dis-je. Quel que soit l'état du corps, ils doivent vérifier ce qui s'est passé !

Kent s'appuya contre le comptoir dans une pose faussement décontractée. Je reconnus cette attitude : il s'apprêtait à m'interroger.

— Aurais-tu recueilli des indices susceptibles d'indiquer qu'il y a eu meurtre ? s'enquit-il. La sœur aînée jalousait-elle la cadette ?

— Non, non, au contraire, elle semblait… beaucoup y tenir. Pourquoi cette question ? As-tu eu d'autres échos ?

— Non. Et toi, as-tu des pistes après tes premières investigations, un suspect peut-être ?

— Non, rien. Juste… Zut, c'est tellement tenu que cela ne veut sans doute rien dire.

Je regardai par la fenêtre : Jess était dans le jardin, il jetait une balle à Franck. D'où venait cette balle inconnue ? À dire vrai, je ne connaissais pas la moitié des jouets qui se trouvaient dans le jardin.

— Quoi ? insista Kent.

Je reportai mon attention sur lui.

— Kim était au BP mercredi passé, il s'est passé quelque chose vers vingt heures trente, vingt et une heures, tous les témoignages concordent sur le fait qu'elle était agitée, nerveuse… mais aucune de ses amies ne sait pourquoi. À la suite de cet incident, Kim a annulé des cours, ce qui n'était pas dans ses habitudes, et le vendredi, elle ne s'est pas présentée pour garder sa nièce, ce qui une fois encore ne lui était jamais arrivé.

— Cela conforte la thèse d'un suicide, déclara Kent. Une fille bouleversée qui agit étrangement et s'enfuit sans prévenir personne…

Je secouai la tête.

— Sur le papier, oui, tu as raison, mais je ne le sens pas. Cette fille n'était pas du genre à se suicider. Jess est d'accord avec moi…

Je m'interrompis en voyant le sourire de Kent.

— Jess, tu parles de Jack Lowe ? s'exclama mon ex-partenaire. Qu'a-t-il à voir dans cette histoire ?

— Il m'a aidé dans mes recherches, admis-je.

J'étais sur la défensive, cela s'entendait dans ma voix.

— N'est-il pas censé souffrir de phtisie en étant cloué au lit ?

— Non, Luna lui a donné des antibiotiques et elle lui a juste interdit de monter en scène tous les soirs.

— Je vois, dit Kent. Bien, s'il est au courant, rappelle-le.

Je n'en crus pas mes oreilles.

— Hein ?

— Je ne suis pas censé te donner des détails de cette enquête, souligna Kent, alors une personne de plus dans le secret ne changera rien. Sauf si… Rassure-moi, il n'est pas du genre à raconter sa vie sur Internet, au moins ?

Je secouai la tête.

— Non, bien sûr que non. D'ailleurs, il est assez fâché avec les médias en ce moment.

— Oui, j'ai vu ça, admit Kent, ils ne sont pas tendres envers lui. J'ai vérifié s'il y avait des rumeurs de Jack Lowe avec un *nouveau compagnon*, mais c'est toujours l'annulation de ses spectacles qui fait la Une.

Je posai ma tasse et passai au salon faire signe à Jess de revenir.

— Tu sais, Kent, je commence à comprendre pourquoi les artistes sont si souvent en *burnout*, ils subissent constamment une énorme pression ! Pas étonnant qu'ils finissent par s'effondrer sur scène. Jess a beau dire que le spectacle paie bien, je trouve que…

Je me tus, car Jess avait fini par remarquer mes gesticulations. Il revenait avec Franck. Il ouvrit la porte et demanda en me regardant :

— Ses pattes ne sont pas très propres. Dois-je les essuyer avant de le laisser entrer ?

Il tentait de bloquer le chien dans le jardin, mais il avait du mal. Il était de petite stature et Frank était une bête solide.

— Non, c'est bon, répondis-je.

Dès que Jess s'écarta, Frank courut vers Kent comme si leur séparation avait duré des années au lieu de quelques minutes. Kent lui ébouriffa la fourrure.

— Tu es un brave chien, déclara-t-il.

Jess nous jeta un coup d'œil.

— Vous avez fini vos affaires top secrètes ? demanda-t-il.

— J'ai dit à Kent que tu m'aidais dans mon enquête, déclarai-je. En plus, il est venu me parler sans autorisation officielle, ne l'oublie pas.

— Je ne suis jamais venu, déclara Kent.

Quand il leva les mains comme pour une commande hypnotique, il me fit penser au gosse de *Karaté Kid*.

— D'accord, dit Jess.

Kent retrouva son sérieux.

— Je viens d'annoncer à Ben que la gendarmerie a trouvé le cadavre de Kim la nuit dernière.

Jess se tourna vers moi.

— Quoi ? s'étrangla-t-il. Elle est morte ? Kimberly est morte ?

Il semblait aussi bouleversé que s'il avait perdu une amie de longue date.

— Oui, confirmai-je sombrement. Son corps était dans le parc Peter Lougheed, à une heure d'ici environ, à l'ouest, au pied d'une cascade. Les gendarmes pensent qu'elle s'est suicidée.

Jess s'assit sur le dossier du canapé.

— C'est horrible, vraiment. Je suis désolé, Ben.

Maintenant, il agissait comme si Kimberly avait une amie à moi. Comme si j'avais le droit de m'apitoyer sur mon sort.

— Je doute que Lauren m'ait engagé pour lui annoncer la mort de sa sœur, dis-je, d'un ton contraint. Elle voulait retrouver Kimberly vivante.

— Tu ne pouvais pas le lui garantir ! déclara Jess avec feu. Ta mission, c'était de la chercher. Quand tu m'as parlé de cette enquête, la nuit de mon arrivée ici, tu disais déjà que pour une disparition, cinq jours, c'était déjà trop tard. Tu avais un mauvais pressentiment, rappelle-toi. Peut-être Kim était-elle déjà morte quand Lauren est venue te voir.

Il se tourna vers Kent et ajouta :

— Qu'en pensez-vous ?

Kent haussa les épaules.

— Il a raison, Ben, tu as fait ce que tu pouvais. Même si cette fille n'était pas encore morte, tu n'avais aucun moyen de la retrouver plus vite. Tu es bon enquêteur, pas magicien.

— Qui va enquêter sur la mort de Kim ? voulut savoir Jesse. La police montée ?

Ses yeux passaient de Kent à moi. Mon ex-partenaire me regarda fixement avant de répondre :

— Je ne sais pas.

— Cela dépendra des résultats de l'autopsie, je pense, ajoutai-je. Mais il est difficile de savoir ce qui s'est passé après qu'un corps ait chuté d'une falaise et séjourné dans l'eau.

— Peut-être y a-t-il des témoins, insista Jess. Peut-être Kim a-t-elle parlé à quelqu'un ? Dis-moi, va-t-il seulement y avoir une enquête ?

— Je l'ignore, admis-je.

Jess ne dit plus rien, mais il n'en avait pas à besoin : son expression était suffisamment éloquente.

— Vous avez raison, intervint Kent, il y a des zones d'ombre. Cette mort peut être accidentelle ou… malheureusement, ce genre de crime est délicat à prouver. Je ne dis pas qu'il y a eu crime, hein, vous êtes les seuls à le croire pour le moment. J'aimerais juste savoir pourquoi la GRC est tellement convaincue qu'il s'agit d'un suicide. Oui, si j'étais chargé de cette affaire, c'est par là que je commencerais.

— Avez-vous vu le compte Instagram de Kimberley, inspecteur ? demanda Jess.

— Non, répondit Kent. Je n'ai pas enquêté sur sa disparition.

— Eh bien, c'était une fille authentique, très expressive, sans chiqué. Elle a collé ce qu'elle aimait sur les murs de sa chambre. Et rien n'indique un chagrin ou un état dépressif, encore moins suicidaire ! D'ailleurs, avant de s'absenter, elle a demandé à une amie de la remplacer à son cours Paint Nite. Depuis quand un suicidaire se préoccupe-t-il des autres ? Non, ces gens-là s'enfuient sans un regard en arrière !

Il cracha ses derniers mots avec beaucoup de sentiment. Et il paraissait sincèrement s'intéresser à l'opinion de Kent.

— Vous savez, répondit Kent, certains dépressifs réussissent à donner le change à leurs proches. Les psys ont des termes spécifiques pour ce déni, cette simulation, ce masque. La dépression est bien plus compliquée que les gens le pensent, elle a différentes facettes. Mais je comprends vos doutes, j'en ai également.

Quand Jess hocha la tête, je compris qu'il avait délibérément testé Kent – tout comme Kent cherchait à se faire une opinion sur lui. Peut-être Jess s'interrogeait-il sur la façon dont mon ex-partenaire m'avait soutenu pendant mes ennuis avec ma hiérarchie au temps où j'étais dans la police.

Je me sentis tenu d'intervenir :

— Je ne suis pas certain de continuer cette enquête, vous savez. Lauren m'a engagé pour retrouver sa sœur, c'est fait. Je dois maintenant passer la voir et faire un bilan.

— Oh, mon Dieu ! s'écria Jesse. Tu dois aller la voir, c'est vrai. Je comprends. C'est juste… ça va être une sacrée épreuve !

Oui, effectivement. J'aurais préféré me planter un couteau dans la poitrine.

— L'épreuve que Lauren traverse est bien pire, rétorquai-je.

— Je viendrais bien avec toi, dit Jesse, mais vu ma notoriété, c'est impossible.

Il avait raison. Lauren n'était certainement pas d'humeur à recevoir des visites, fussent-elles celles d'étrangers attristés. Me présenter chez elle accompagné de Jack Lowe aurait été le comble du mauvais goût. Il était aussi voyant qu'un ours dansant.

Soudain, Jess demanda :

— Ont-ils trouvé la voiture de Kim ?

Kent secoua la tête.

— Non, elle n'était pas dans le parking au pied du sentier de randonnée, celui qui monte aux chutes.

Jess le fixa.

— Et ça ne vous semble pas suspect ? Je doute qu'il y ait un arrêt de bus à cet endroit, pas vrai ? Comment Kim s'est-elle rendue là-bas ? Pourquoi aurait-elle abandonné sa voiture et pris un Uber ?

Kent esquissa un sourire.

— Il peut y avoir une explication toute simple, une panne par exemple. Mais une fois encore, je comprends vos doutes.

Jess se tourna vers moi.

— Tu ferais quoi, Ben ? Tu conduirais, non ? Si tu avais une voiture, tu conduirais !

J'aurais pu me creuser la cervelle pour trouver d'autres options, mais je savais qu'elles seraient toutes improbables, sinon franchement ridicules.

— Oui.

Jess hocha la tête.

— Bon, d'accord. Tu dois prendre contact avec Lauren. Vas-tu attendre un peu ou le faire sans délai ?

— Je vais l'appeler.

Jess posa la main sur mon bras et pressa doucement. Sa main était chaude, mais pas fébrile. Ce contact était réconfortant. Pour me sentir mieux encore, j'aurais pu le prendre dans mes bras. Il se serait laissé faire, souple et docile, sans parler, sans poser de questions. Je n'avais pas oublié cette caractéristique : il était doué pour donner l'impression qu'il comprenait, qu'il était plein d'empathie.

Je fis l'effort de sourire comme si ça allait, comme si j'allais bien. C'était faux, archifaux. Puis je sortis mon téléphone et passai dans mon bureau.

Lauren répondit à la troisième sonnerie. Elle avait beaucoup pleuré, de toute évidence, car sa voix était rauque et cassée. Mais elle s'était calmée à présent et elle me répondit avec résignation.

— Vous êtes au courant, je présume ? s'enquit-elle.

— Oui, je vous présente toutes mes condoléances.

Elle ne répondit pas, ce que je pris pour une condamnation. Le silence chez un interlocuteur me faisait toujours cet effet-là, même à l'époque où j'étais dans la police, quand je devais annoncer aux familles la mort d'un enfant ou d'un conjoint dans un accident de voiture.

— Souhaitez-vous que je passe vous voir ? demandai-je. Pour répondre à vos questions, pour un conseil peut-être, ou autres choses dont vous auriez besoin.

Une fois encore, elle resta silencieuse. Je m'apprêtais à la laisser tranquille en promettant de rappeler plus tard quand elle dit enfin :

— Oui, venez, Ben, venez le plus vite possible, j'ai à vous parler. Avez-vous mon adresse ?

Oui, bien sûr, elle était sur le chèque d'acompte que Lauren m'avait donné. Encore une raison qui justifiait la disparition des chèques ! Quelle femme sensée tenait à ce que tous ses commerçants connaissent son adresse ?

— Oui, dis-je. Je peux être chez vous dans une demi-heure, si cela vous convient.

— Très bien, merci. Je vous attends.

Sa voix était atone. Lauren aurait répondu sur le même ton pour réclamer un café noir ou un reçu.

Je soupirai et raccrochai après les banalités d'usage.

Quand je revins au salon, Jess était sur le canapé, une tasse fumante à la main. Je vérifiai l'étiquette en papier qui pendait sur le côté. De la camomille. Luna aurait approuvé.

Kent était assis sur le dossier du canapé et leur conversation était si absorbante que mon retour passa inaperçu pendant un moment. Puis Jess leva les yeux, son visage était d'un blanc crayeux. Apparemment, il avait abusé de ses forces ce matin en jouant au majordome. Au moins, il avait eu le bon sens de s'asseoir.

— Alors ? demanda Jesse. Tu vas aller la voir ?

— Oui, elle m'a demandé de passer. Je vais tenter de répondre à ses questions ou encore… En vérité, je ne sais comment l'aider, avouai-je.

— C'est toujours dur, mec, déclara Kent. Au moins, tu n'as pas eu à lui annoncer la mort de sa sœur.

J'acquiesçai, sans me sentir tellement réconforté.

— Rappelle-toi qu'elle est ta cliente depuis quarante-huit heures à peine, insista Kent. Tu es intervenu bien après la bataille.

Je me tournai vers Jess.

— Qu'est-ce que tu fais debout ? Tu as une mine à faire peur.

— Toi aussi, répondit-il. Ben, si Lauren te demande d'enquêter sur la mort de sa sœur, dis-lui que tous les frais sont déjà payés.

Surpris, je clignai des yeux. Je n'avais pas envisagé la possibilité que Lauren tienne à prolonger son contrat avec moi. Après tout, qu'avais-je accompli de tellement brillant jusqu'ici ?

— Je doute que ce soit son intention, dis-je. Pas avec moi, en tout cas.

Jess afficha une expression que je ne sus déchiffrer.

— Je paierai tes factures, déclara-t-il. Dis-lui que c'est *pro bono*.

Je me hérissai.

— Je n'ai pas besoin de charité ! Je peux faire du *pro bono* tout seul !

— Il ne s'agit pas de charité, déclara Jesse. Je t'engage parce que je veux des réponses. J'aurais aimé connaître Kim, je pense que nous nous serions bien entendus. Mais si Lauren préfère laisser tomber, je n'irai pas contre ses volontés.

— Je… je…

Je m'interrompis, ne sachant que dire. Je n'osais pas regarder Kent. Je craignais trop ce que je risquais de voir sur son visage. Je me raclai la gorge et repris :

— Je n'aurais jamais imaginé t'avoir un jour comme client, Jess !

Il esquissa un sourire, un vrai sourire bien que ses yeux soient tristes.

— C'est Lauren, ta vraie cliente. Ou Kim, si c'était encore possible. Mais tu as raison, c'est à toi de décider.

— D'accord, dis-je. Je vais chez Lauren.

— Bon courage, dit Jess à mi-voix.

Kent se leva.

— Dans ce cas, je prends congé, déclara-t-il. Jack, j'ai été ravi de faire votre connaissance.

— Pareil pour moi, rétorqua Jess.

Tous les deux semblaient tout à fait sincères. Kent tendit la main, Jess la serra.

LAUREN HABITAIT une jolie maison sur deux niveaux à Cranston, dans une rue où toutes les habitations se ressemblaient beaucoup aussi bien comme architecture que comme volume. Les chambres se trouvaient à l'étage, le garage en longueur accueillait deux voitures, la porte d'entrée était blindée et insonorisée, les trottoirs silencieux et déserts.

J'avais mis moins d'une demi-heure à faire le trajet, malgré des travaux routiers et le fait que je ne m'étais nullement pressé.

Quand je sonnai, la porte s'ouvrit sur une blonde de l'âge de Lauren au visage sévère, ses cheveux bouclés tenus sur la tête par un foulard rose et vert. Elle semblait triste, mais pas désespérée. Une amie, peut-être. Elle me toisa en silence.

— Bonjour, madame, je suis Ben Ames. Lauren m'attend, j'ignore si elle vous a prévenue.

Elle resta figée quelques secondes, les yeux braqués sur moi. Ses iris étaient du même vert que son foulard. Soudain, l'inconnue fronça les sourcils avec méfiance. En cas de malheur, il fallait un bouc émissaire et j'étais le détective qui n'avait pas réussi à retrouver Kimberly à temps. Donc, je faisais l'affaire. Après réflexion, elle décida de garder pour elle son avis négatif à mon sujet et se contenta de reculer pour me laisser entrer.

Le salon était à droite dans le hall, Lauren s'y trouvait. Assise sur le canapé, elle fixait des photos encadrées sur le mur en face d'elle en tordant un mouchoir en papier entre ses mains. Elle en avait déchiqueté plusieurs qui s'éparpillaient sur le tapis, près de ses bottines.

J'étais certain qu'en temps normal, jamais Lauren ne permettait qu'on entre chez elle sans quitter ses chaussures. Je me débarrassai donc des miennes avant de la rejoindre au salon. Le mobilier était délicat, les sièges trop petits et trop bas, couverts d'un tissu soyeux à imprimé rose. Je pris un fauteuil près du canapé, inquiet en m'asseyant qu'il s'effondre sous moi, me projetant sur le sol. Même si je n'avais pas su, d'après son dossier, que Lauren était divorcée, j'aurais deviné qu'aucun homme ne vivait dans cette maison.

La blonde était toujours là, près de la porte, comme pour surveiller que ma présence ne bouleverse pas davantage Lauren. En vérité, je ne savais pas ce que j'étais censé dire ou faire.

— Je suis profondément désolé, dis-je.

Lauren acquiesça, les yeux toujours devant elle. J'attendis.

D'un mouvement lent, elle tourna enfin la tête pour me regarder.

— La police prétend que Kim... s'est tuée.

Sa lèvre inférieure trembla.

— C'est aussi ce que j'ai entendu, oui. Je n'ai pas eu accès au dossier, alors, j'ignore ce qui a poussé la GRC à cette conclusion... étrange.

Elle eut un petit cri haletant.

— Vous n'êtes pas d'accord avec eux, c'est ça?

Je pesai mes mots avant de répondre. Faire part de ma théorie à Lauren alors que je n'avais pas connaissance de tous les faits n'apporterait rien de bon.

— Comme je vous le disais, je n'ai pas eu accès aux premières constatations. Je sais simplement que Kimberley a été retrouvée dans le parc Peter Lougheed, non loin de Kananaskis, et que sa voiture n'était pas sur le parking au pied des chutes. D'après moi, il reste beaucoup de questions sans réponse. La GRC est chargée de l'enquête. Il faut lui faire confiance.

Lauren resta silencieuse. M'avait-elle seulement écouté? me demandai-je. Son regard était vide, perdu dans le lointain. Puis sa main bougea lentement...

Lauren se pencha et sortit son téléphone de son sac. Elle me montra la photo d'une lettre dactylographiée de quelques lignes.

Pardon,
J'ai essayé de tenir le coup, mais je n'en peux plus.
Je préfère m'en aller.
Adieu.
Kimberly Jane Moy.
La signature était manuscrite.

— Comment avez-vous eu ceci? demandai-je à Lauren.

— C'est la police qui l'a… trouvé là-bas, répondit-elle. C'était dans les rochers.

— Est-ce la signature de Kim ?

Lauren serra les lèvres.

— Oui, admit-elle, mais elle n'utilisait son nom complet que sur des documents officiels ou des chèques, jamais sur un message à mon intention ! On l'a forcée à signer !

C'était possible, même si d'après moi, une fille aussi brillante que Kim aurait réussi sous la contrainte à lancer un SOS, d'une façon ou d'une autre. D'un autre côté, peut-être était-elle totalement paniquée…

— N'y avait-il rien d'autre sur le site ? insistai-je. La police vous a-t-elle dit quelque chose ? Excusez-moi de vous obliger à ressasser cette pénible épreuve, Lauren, je cherche juste à comprendre.

Elle acquiesça, les yeux fermés.

— Je sais. Non, ils m'ont juste montré le message. Et ils l'ont gardé.

En fait, c'était plutôt bon signe. Cela voulait dire que l'enquête continuait. Parce que si la PRC avait cru à cent pour cent au suicide, elle n'aurait pas eu besoin de conserver une pièce à conviction. Bien sûr, j'ignorais si le *modus operandi* des gendarmes était le même que celui de la Criminelle, peut-être gardaient-ils tout, par principe.

— Ont-ils trouvé autre chose ? répétai-je. Le téléphone de Kim par exemple ? Ou son ordinateur portable ?

Lauren secoua la tête.

— Non, d'après eux, elle a dû les laisser là où elle s'était réfugiée. La femme qui m'a parlé prétendait que c'était souvent le cas avec les désespérés, ils laissent tout derrière eux… C'est particulièrement vrai chez les jeunes, disait-elle, parce qu'ils sont incapables de se séparer de leur téléphone. Elle m'a parlé d'un autre cas, une fille du même âge que Kim, qui avait laissé son téléphone chez elle avant de se jeter d'une tour voisine…

Elle s'interrompit avec un petit hoquet de désespoir. J'étais impressionné qu'elle ait réussi à tenir un aussi long discours sans s'effondrer en larmes.

— Je suis vraiment désolé, répétai-je

De quoi au juste ? Du fait que Lauren ait lu ce message, du fait que les gendarmes ne le lui aient pas rendu ou de toute cette sinistre affaire ? Je ne le précisai pas, laissant le choix ouvert.

Elle ouvrit les yeux et se tourna vers moi.

— Ce n'est pas vrai! s'écria-t-elle. Je refuse d'admettre que Kim se soit tuée en me laissant ce... ce message. Et vous, vous y croyez?

Ses mains tremblaient.

La blonde la rejoignit et lui posa sa main sur l'épaule.

— Lauren, arrête, tu te fais du mal.

Lauren se dégagea d'un geste brusque.

— Je ne veux plus entendre ces conneries!

Cette vulgarité, pourtant banale, me parut choquante venant d'elle. Pourquoi? Je n'en avais aucune idée.

— Ma sœur n'était ni bizarre ni désespérée! enchaîna Lauren, furieuse. Même si elle avait un look particulier, elle n'était pas *comme ça*! Elle ne s'est pas suicidée!

La blonde pinça la bouche, l'air agacé, puis elle s'éloigna sans rien ajouter. Selon moi, c'était une sage décision.

Je n'avais jamais envisagé que Jess m'accompagne pour cette visite délicate, même si j'aurais apprécié renfort et réconfort, mais a posteriori, je compris aussi que son look aurait posé problème. Comme Kim, Jess était anticonformiste, comme Kim, il portait du noir.

Sans doute Lauren l'aurait jugé «comme ça», quelle que soit la signification exacte qu'elle donne à ces termes.

— Je n'ai pas assez d'éléments pour avoir un avis étayé sur ce qu'il s'est passé, Lauren, répétai-je.

Je ne pouvais lui donner l'avis de Jess comme quoi Kim, si elle avait eu des problèmes, en aurait parlé au lieu d'opter pour le suicide. Jess ne connaissait pas Kimberley Roy, moi non plus.

Ce matin même, j'avais découvert qu'il était possible de fréquenter un être de très près sans se douter qu'il était dépressif. Alors, comment me fier à un compte Instagram?

Lauren inspira un grand coup.

— Justement! s'écria-t-elle. Les gendarmes pensent tout savoir, vous, vous doutez. C'est une énorme différence à mes yeux.

— Parfois, dis-je, on ne trouve pas toutes les réponses, vous savez.

— Peut-être, concéda-t-elle, mais vous pourriez en découvrir quelques-unes.

Elle paraissait agacée, mais était-ce contre la PRC ou contre moi? Je n'en savais trop rien.

— Bien sûr.

— Alors, dites-moi tout! jeta Lauren.

La blonde était revenue à l'entrée du salon. Au regard qu'elle me jeta, je compris qu'elle me voyait comme un monstre sans cœur prêt à arracher des honoraires exorbitants à une cliente effondrée par un décès récent. Et c'était très injuste ! Je n'avais même pas présenté ma facture à Lauren, je ne lui avais pas encore fait part de mon intention de ne rien ajouter aux trente heures payées en acompte. D'ailleurs, le contexte n'incitait pas vraiment à parler gros sous. Peut-être ferais-je mieux d'attendre qu'elle se plaigne de la somme dépensée. Si elle n'en faisait rien, ce serait parce qu'elle ne se considérerait pas volée.

— Hier soir, au téléphone, dis-je d'un ton prudent, je vous ai rapporté ce que j'avais appris, Lauren. Je ne vois pas ce que je pourrais ajouter, à moins d'entrer dans les détails de mon investigation...

— Non, non, coupa-t-elle, je veux savoir ce qui est arrivé à ma sœur.

— Je vois.

Elle se pencha en avant.

— Acceptez-vous de vous charger de cette enquête, Ben ? Je vous paierai, bien entendu. L'argent n'a plus aucune importance à présent. Je veux savoir !

— Ne vous souciez pas des frais, répondis-je, il n'y en aura pas. Si vous tenez à ce que je continue à chercher, je le ferai sans rien vous facturer.

Du coin de l'œil, je vis la mine méfiante de la blonde s'accentuer, sans doute cherchait-elle où était l'arnaque. Si elle envisageait des explications à ma décision, combien de chance avait-elle de tomber sur la bonne : le détective se sentait coupable d'avoir merdé et il allait travailler aux frais de son ex, une rock star.

Le visage de Lauren se plissa et ses yeux s'emplirent de larmes. Son expression n'était pas de la gratitude.

— Lauren, dis-je, vous m'avez donné une avance. Ça va aller ?

— Non, répondit-elle. Je ne dirais pas ça. Mais si vous enquêtez, je peux vous payer.

— Non, merci, je ne prendrai pas votre argent, mais comme vous, je tiens à savoir ce qui s'est passé. Nous sommes d'accord ?

Elle baissa la tête et se remit à déchirer un mouchoir. Elle acquiesça sans mot dire. J'attendis un peu, histoire de voir si elle avait quelque chose à ajouter. Ou si elle changeait d'avis. Ou si elle me demandait pourquoi je n'avais pas trouvé Kim avant qu'elle tombe dans cette chute d'eau. Elle n'en fit rien.

Voyant qu'elle restait prostrée, je posai les mains sur mes genoux et je me relevai de ce siège trop bas. En passant devant Lauren, j'hésitai à lui effleurer l'épaule, puis je m'en abstins. Elle ne paraissait pas attendre ce genre de réconfort de ma part. Je quittai donc la maison sans rien ajouter.

J'ÉTAIS DANS la rue, devant ma voiture, quand une jeune voix retentit derrière moi. Ce n'était pas celle de Lauren.

— C'est vous le détective ?

L'adolescente sortait d'une porte située sur le côté de la maison. Je la reconnus grâce aux photos que j'avais vues d'elle dans les dossiers de Kim, c'était Emma, la fille de Lauren. Elle n'était pas jolie, mais son petit visage avait du caractère avec un nez fin, des petits yeux noirs et une expression qui disait… qu'elle savait sur moi des choses que je ne comprendrais jamais.

— Oui, répondis-je. Et tu dois être Emma.

Elle me toisa, l'expression sévère. De toute évidence, je ne faisais pas bonne impression sur elle. Quoi qu'elle ait attendu d'un détective, elle ne le trouvait pas chez moi.

— Kim n'aurait jamais sauté, déclara Emma.

— C'est possible, admis-je. Ta mère m'a demandé d'enquêter pour savoir ce qui s'est passé.

Elle s'appuya contre la maison. Elle portait un tee-shirt gris un peu trop grand et un jean déchiré. Ses courts cheveux noirs étaient attachés en couettes d'à peine cinq centimètres de long. Comme Jess, elle portait du vernis à ongles noir.

— Kim devait m'emmener au zoo pour mon anniversaire ! jeta la gamine.

— Je suis désolé.

Je me répétai, pensai-je, je commençai à ressembler à un perroquet.

— Pourquoi m'aurait-elle promis cette sortie pour sauter juste après ? cria Emma.

D'où j'étais, je n'arrivais pas à voir si elle avait les yeux rouges ou pas. Sans doute avait-elle pleuré, surtout si elle aimait sa tante. Mais chez les jeunes, il arrivait que la colère dépasse le chagrin. Chez les adultes aussi, en y réfléchissant.

— Quelle est la date de ton anniversaire ? demandai-je.

Elle ne chercha pas à savoir pourquoi je lui posai cette question.

— Lundi, répondit-elle.

Je tiquai. C'était dans quelques jours à peine. Emma avait raison : pourquoi Kim aurait-elle parlé d'aller au zoo si elle comptait se suicider ? Et même si elle était désespérée, pourquoi ne pas sauter *après* l'anniversaire ?

— Je vois, dis-je. C'est effectivement un point important. Aurais-tu d'autres informations susceptibles de m'aider dans mes recherches ?

— J'ai rien compris, bredouilla-t-elle.

Et là, sous mes yeux, l'adolescente boudeuse disparut, laissant à sa place une gamine apeurée.

— Emma, ajoutai-je, je suis détective privé et mon travail, c'est de comprendre ce qui est arrivé à ta tante. Je m'appelle Ben Ames, tu trouveras les coordonnées de mon agence sur Google. Si tu as des choses à me confier, envoie-moi un texto. Ne me cherche pas sur les réseaux sociaux, tu ne m'y trouveras pas.

C'était la vérité, elle ne me trouverait pas. Oh, j'avais des comptes, et même plusieurs, mais pas à mon vrai nom. Je n'y allais pas à titre professionnel, non, je traquai de façon anonyme une célèbre rock star, mon ex. Et c'était un secret que je comptais bien emporter dans ma tombe.

— J'ai de l'argent, déclara Emma. Si ma mère n'a pas assez pour vous payer, je vous donnerai ce que mon père m'a donné pour mon anniversaire.

— Ne t'inquiète pas pour ça, répondis-je, tout est réglé.

Elle se redressa et fit quelques pas vers moi. Elle s'arrêta à une dizaine de mètres, comme pour se donner l'option de filer si la situation s'avérait plus dangereuse que prévu.

— Vous êtes un *bon* détective ?

Non, j'étais un raté, n'était-ce pas évident ? Mais puisqu'elle s'était donné la peine de poser la question, je me sentis tenu de lui répondre aussi sincèrement que possible.

— Il y a des détectives meilleurs que moi, il y en a aussi des pires. J'ai été policier, j'ai étudié la criminologie à l'université, je fais mon travail avec sérieux, du mieux que je peux, et j'essaie d'être honnête avec mes clients.

Mon petit discours n'entrerait jamais dans le Livre des records, pourtant, Emma se détendit et s'approcha de moi. Elle sortit un dollar de la poche arrière de son jean et me le tendit.

— Voilà, si je vous donne un dollar, je suis votre cliente, c'est ça ?

— En principe, répondis-je, ce truc est réservé aux avocats, il leur permet d'invoquer la clause de confidentialité. Les enquêteurs privés opèrent différemment.

— Mais je suis quand même votre cliente, hein ? insista-t-elle.

J'acceptai son dollar.

— D'accord, tu es ma cliente.

Que Dieu nous aide tous les deux ! Je sortis de ma poche une carte professionnelle et la lui remis. Elle afficha un air aussi émerveillé que si je venais de lui donner un morceau de roche ciselée.

— Tu m'enverras par texto ton numéro de téléphone, Emma, ajoutai-je, comme cela, je te ferai un rapport quotidien. Y a-t-il une heure qui t'arrange ?

— Oui, dix-huit heures quarante-cinq, répondit-elle, c'est le moment où je promène mon chien tous les soirs. Si vous m'appelez quand je suis dans la rue, maman ne le saura pas.

— Entendu.

Pour sceller notre accord, elle me tendit la main. Je la serrai avec précaution. Elle avait des petits doigts chauds et secs. Après un dernier signe de tête, elle retourna sur ses pas et disparut dans la maison.

Je montai dans ma voiture en me disant que techniquement, je devrais facturer à Jesse le double.

VIII

— Salut, lança Jesse quand j'entrai chez moi.

Il parlait d'un ton distrait tout en rangeant des vêtements dans un sac de voyage neuf. Il faisait ses bagages ? J'eus la sensation de devenir ce gars que j'avais vu sur une carte de tarot, allongé sur le sol avec dix épées plantées dans le corps. Parce que Jesse s'en allait ? Avais-je vraiment cru qu'il resterait ? Quel con, j'avais vraiment perdu la tête !

Je déglutis et tentai d'oublier les épées.

— Salut.

Il leva les yeux et repoussa ses cheveux derrière son oreille. Il portait ses lunettes. N'avait-il pas vieilli d'un jour depuis l'université ? S'il l'avait fait, cela ne se voyait pas.

— Il faut que tu appelles Luna, déclara-t-il.

Je consultai ma montre.

— Elle doit déjà dormir. Elle est en service de nuit, actuellement. Pourquoi cette urgence ? Quelque chose ne va pas ?

— Elle m'a dit qu'elle attendrait ton appel.

Il me tendit son téléphone et je vis le numéro de Luna affiché sur l'écran. Je n'avais plus qu'à presser l'icône verte. J'aurais pu le faire sur mon propre appareil. Agacé, j'arrachai d'un geste un peu brusque le téléphone des mains de Jesse et appelai Luna.

Au lieu de me saluer, elle jeta sèchement :

— Il n'est pas encore rentré ?

— Si, répondis-je, mais il utilise un téléphone qui n'est pas le sien. D'après Jess, je suis censé vous appeler. Pourquoi ?

Était-ce parce qu'il comptait s'envoler pour Toronto alors qu'elle lui avait déconseillé de prendre l'avion ?

— Il a prétendu que pour y croire, vous deviez l'entendre de ma bouche.

— Pardon ? Je suis censé croire *quoi* ?

— Quelle amabilité ce matin ! Vous vous êtes levé du mauvais pied ou quoi ? J'ai accepté que Jesse vous accompagne à Canmore, c'est tout.

Quoi? Jess serait-il devenu médium? Écartant le téléphone de ma bouche, je demandai :

— Pourquoi as-tu demandé à Luna l'autorisation d'aller à Canmore?

— Au cas où, répondit-il. J'espérais que Lauren nous autoriserait à poursuivre l'enquête.

Je repris ma conversation avec Luna :

— Il veut aller à Canmore?

— Oui, et je suis d'accord. De toute façon, il est déjà à Calgary, cela ne le changera pas tellement.

— Pourquoi Canmore? insistai-je.

Elle ricana.

— Je suis médecin, pas détective, répondit-elle. Si vous tenez à le savoir, interrogez-le. Je lui ai interdit l'escalade et la randonnée, il doit encore se reposer.

Elle bâilla bruyamment. Peut-être le faisait-elle exprès. Mais quand même, elle avait travaillé toute la nuit.

— Bien, merci, docteur Fares, dis-je d'un ton contraint, je vais vous laisser dormir.

— Excellente idée!

Elle raccrocha immédiatement.

Je me tournai vers Jesse, appuyé contre le dossier du canapé, les yeux fixés sur moi.

— Alors? demanda-t-il. Lauren t'a-t-elle engagé?

— Oui, admis-je. Elle veut savoir ce qui est arrivé à sa sœur. Elle a parlé d'argent, je lui ai dit qu'il n'y aurait pas d'autres frais. La nièce de Kim m'a intercepté devant ma voiture, elle m'a donné un dollar en me disant qu'elle était dorénavant ma cliente.

— D'accord, dans ce cas, où va-t-on? À Canmore ou ailleurs? Je ne connais que Banff.

— Moi, je vais à Kananaskis, répondis-je. Toi, tu restes ici si tu le souhaites. Ça me rendrait service que tu t'occupes de Franck.

Jess s'affaissa un peu contre le canapé. Il tenta de la jouer décontracté, mais je devinai qu'il s'affaiblissait. Il était resté debout durant la dernière heure, à courir partout, à préparer ses bagages et à passer des appels ineptes.

— Tu as entendu Luna? Elle a dit que je pouvais venir.

— Je ne travaille pas pour Luna.

Il ferma les yeux et inspira un grand coup. Du moins, il essaya. Je vis sa poitrine se contracter.

106

— Ben, as-tu déjà enquêté sur une mort suspecte ?

— Quand j'étais avec la police ?

Il secoua la tête.

— En ce temps-là, tu avais un partenaire. Non, depuis que tu es à ton compte. Cela t'est-il déjà arrivé ?

— Non, admis-je. La vraie vie n'est pas comme à la télé.

Jess semblait étrangement serein. C'était peut-être dû à l'épuisement.

— Je le sais très bien, rétorqua-t-il calmement. Luna et moi sommes tombés d'accord : tu ne devrais pas aller là-bas tout seul.

— Quoi ? Merde !

Je ravalai la suite de ma phrase. Je comprenais mal que Luna, censée être mon amie, ait pu discuter de moi avec Jess qu'elle connaissait à peine. Une fois un peu calmé, je repris :

— Luna est un excellent médecin et tu es une rock star à succès, je le reconnais, mais aucun de vous deux ne sait mener une enquête. Tu es en convalescence, Jess, que pourrais-tu faire sur le terrain ? Comment espères-tu m'aider ?

— Si quelqu'un essaie de te tuer, c'est ça que tu veux dire ?

Il souriait, ce qui attira mon attention sur sa bouche. Il avait mis du gloss. Quel vaniteux ! Toujours prêt à se pomponner !

— Je peux appeler le 911, déclara Jess. Je connaîtrais tes destinations et le nom de tes interlocuteurs. Je ne peux pas t'accompagner partout, je le sais bien, mais je ne veux pas que tu disparaisses sans que personne ne sache ce que tu es devenu. Au fait, tu as une arme ?

— Tu n'aimes pas les armes, lui rappelai-je.

Quand Jess était enfant, il vivait en Suisse à l'époque, son père avait insisté pour lui apprendre à tirer. À Toronto, à l'université, Jess hésitait encore sur ce qu'il haïssait le plus : les armes, son géniteur ou la Suisse.

— Je changerais d'avis si grâce à elles, tu ne te fais pas tuer.

Une petite voix perfide dans mon cerveau me signala que Jesse s'inquiétait pour moi, ce qui devait avoir une signification. D'un autre côté, le matin même, il avait très mal pris la mort de Kim, une fille qu'il ne connaissait même pas. Sans doute sa pneumonie et son sentimentalisme inhabituel étaient-ils liés.

— En tant que détective privé, déclarai-je, je n'ai pas le droit de porter ou d'utiliser une arme pour exercer mon métier. Pire encore, si je me trouve dans une situation où une arme me serait utile, c'est que j'aurais sacrément merdé. Pour le moment, cela ne m'est jamais arrivé. J'espère continuer sur cette voie.

— Très bien, admit-il. Je suis d'accord.

— Je suis un pro, Jess.

Il haussa les épaules.

— Je voudrais quand même venir avec toi. Au cas où

— Je ne suis pas cet agent que tu as viré il y a deux jours sans savoir pourquoi, Jess, ni une ado qui a collé ta photo sur mon étui de téléphone. Alors, pourquoi penses-tu que je vais céder à un caprice ? J'ai encore mon libre arbitre, tu sais, ça marche comme ça dans la vraie vie.

— Je veux juste t'aider ! déclara-t-il.

Son ton était agressivement calme. Cette fois-ci, je ne parviendrai pas à le faire sortir de ses gonds.

— D'après toi, ça m'aiderait d'arriver avec Jack Lowe ? demandai-je. Tu sais très bien comment ça se passe dès que tu entres quelque part, tout se concentre sur toi. Descends de ton nuage, Jess, tu n'es pas le centre du monde, même si c'est ce que tu crois.

Cette fois-ci, ma flèche atteignit sa cible, je vis la douleur dans ses yeux, la tension sur ses tempes, la crispation de sa mâchoire. La même petite voix dans ma tête chercha à me faire honte de ma brutalité. Je l'envoyai se faire foutre.

— Je ne serai pas Jack Lowe, déclara Jesse. Je sais voyager incognito, je l'ai déjà fait.

— Je ne veux pas de toi, rétorquai-je. Primo, tu es malade, secundo, tu risques de me déconcentrer. Combien de fois faut-il que je te le dise ? Je ne suis ni ta groupie, ni ton employé, ni ton dernier joujou en titre !

Il eut à nouveau cet étrange sourire.

— Oui, je sais. J'en suis même très conscient.

Il baissa les yeux sur le tee-shirt qu'il avait dans les mains et le jeta dans son sac avec beaucoup plus de vigueur que nécessaire.

Puis il me regarda bien en face. Son expression était si intense que j'en ressentis l'impact – et je me sentis perdre ma consistance.

— Tu vas là-bas parce que tu n'es pas du tout certain que Kimberley ait sauté de son plein gré, Ben, déclara-t-il. Tu penses que le message de suicide est un faux. Il s'agit peut-être d'un remake à la con de *Week-end chez Bernie* [15], mais j'en doute fortement, alors, c'est un meurtre et pour le

---

15 Film américain sorti en 1989.

moment, l'assassin croit s'en être tiré sans attirer l'attention des autorités. Il n'appréciera pas du tout te voir débarquer dans ses montagnes en posant des questions. Crois-tu vraiment que tu devrais y aller tout seul?

— Je persiste à dire que tu n'as pas la formation pour enquêter.

Les yeux verts de Jesse brillaient de larmes.

— Il ne s'agit pas d'un caprice, Ben, je n'exige rien, je veux juste venir avec toi, s'il te plaît. Je ferai toutes les recherches que tu me demanderas, je ne serai pas dans tes jambes. Tu as été policier, tu sais bien qu'il est plus sage d'être deux. Et puis, je vais devenir fou si je reste là à faire les cent pas en me demandant si tu n'as pas été poussé d'une falaise.

Sa voix se brisa sur le dernier mot et il cacha ses yeux sous sa main. Je ne l'avais jamais vu aussi effrayé et tendu. Dans ce qu'il avait dit, une phrase m'avait marqué : *je vais devenir fou si je reste là.* Oui, Jess gérait mal l'anxiété. C'était le cas depuis que je le connaissais. Et les moyens qu'il avait employés pour contourner son handicap s'étaient tous avérés plus catastrophiques les uns que les autres.

Il laissa retomber sa main et me fixa. Et je lui rendis son regard, les nerfs de plus en plus à vif, au fur et à mesure que les secondes s'écoulaient.

— Et Franck? marmonnai-je enfin. Il ne peut pas rester tout seul.

Jesse eut un sourire d'enfant à Noël.

— C'est arrangé, répondit-il. Kent a promis de passer tous les jours.

EN MOINS d'une heure, mes bagages étaient prêts et j'avais raconté à Jess mes entretiens du matin avec Lauren et Emma.

En quittant Calgary, nous prîmes vers l'ouest. Un mardi, un jour de semaine, la circulation était fluide, le temps sec et ensoleillé. Jess vilipendait la police qui ne cherchait ni l'ordinateur de Kim, ni son téléphone portable, ni sa voiture. De temps à autre, une toux épaisse lui coupait la parole.

— Du calme, dis-je. Tu as raison. Je suis d'accord avec toi. D'ailleurs, je compte en priorité retrouver sa voiture.

Il hocha la tête et tenta de reprendre son souffle. Un panneau sur le bord de la route annonçait un embranchement pour Cochrane.

Quand Jesse le remarqua, il le pointa du doigt.

— Tes parents vivent-ils toujours là?

Je fus surpris qu'il s'en souvienne. Quand nous vivions ensemble, il m'avait parfois posé des questions sur ma famille, mais je les avais toujours esquivées. J'avais peut-être mentionné une fois ou deux avoir grandi à Cochrane.

— Non, ils ont déménagé en Colombie-Britannique.

Il eut le bon sens de ne pas demander s'ils me manquaient ou pourquoi je n'allais jamais leur rendre visite. À dix-huit ans, quand j'avais reçu les dossiers d'acceptation des universités qui enseignaient la criminologie, j'avais choisi d'aller à Toronto, parce que c'était à quatre mille kilomètres de chez mes parents. Ce n'était pas sans raison.

Nous parlions tout aussi rarement de la famille de Jesse. Lui et moi étant fils unique, nous n'avions pas de petite Emma à emmener au zoo. Et pour des raisons différentes, nous n'avions pas gardé de bons souvenirs de notre enfance.

Jesse opta pour un autre sujet, pas plus gai, certes, mais plus intéressant.

— As-tu une chance de mettre la main sur les résultats d'autopsie? demanda-t-il. Et Kent, les aura-t-il?

— Peut-être, cela dépendra du légiste qui s'en chargera.

— Vont-ils chercher de la drogue?

— Probablement. Vu que Kim était une étudiante au look un peu spécial, ils penseront sans doute qu'elle consommait.

Manifestement en colère, Jess fit tambouriner ses ongles noirs contre le tableau de bord. Il n'avait pas remplacé son vernis sur l'index que Luna avait examiné le premier soir, à l'hôtel. Le remarquant, Jesse fronça les sourcils et ôta la silicone de ses autres ongles. Il les jeta dans le gobelet qui faisait office de poubelle entre nos deux sièges.

— C'est Jack Lowe qui porte du vernis, déclara-t-il. Pour être franc, c'est un soulagement de ne pas être lui pendant quelques jours.

En l'écoutant, je me demandai comme évoluait son matraquage médiatique. Un jour, à Toronto, alors que nous prenions un verre dans un bar de Front Street, il m'avait raconté que Loretta Lynn [16] passait pour une ivrogne alors qu'elle souffrait de migraines. «Les gens jugent sans rien savoir!» J'avais exprimé ma sympathie, bien entendu. J'avais aussi ajouté que ceux qui enviaient les célébrités se délectaient à les rabaisser en les disant addicts à la drogue ou à l'alcool. Jesse, les yeux rivés à son verre de vodka – c'était l'*happy hour* –, avait marmonné : «Et ils n'ont pas toujours tort».

_____

16 Auteur-compositeur-interprète américaine de musique country née en 1932

C'était six mois avant qu'il signe son premier contrat, mais il y avait déjà des mois qu'il se produisait en concert et rentrait à la maison dans un état lamentable.

La voix de Jesse me ramena au présent.

— Maintenant qu'elle est morte, vont-ils au moins se donner la peine de tracer son téléphone et ses appels ?

Ce n'était pas une mauvaise question.

— Je l'ignore, Jess. Cette affaire ne cesse de se compliquer. Et je te rappelle que la GRC pense à un suicide, pas à un crime.

— Le fournisseur d'accès de Kim a dû enregistrer son historique de navigation, non ? Ce serait intéressant de savoir si elle a cherché à se renseigner sur certains hôtels.

Je le fixai plus longtemps qu'il n'était prudent de le faire en conduisant.

— Jesse ! As-tu écouté ce que je viens de te dire ?

Il renversa la tête contre l'appui-tête.

— Oui, oui, je sais, excuse-moi. C'est tellement frustrant ! Il nous manque tellement d'informations indispensables !

Je jetai un coup d'œil à l'horloge du tableau de bord : moins cinq. Peut-être les médias allaient-ils évoquer la mort de Kim. J'allumai la radio pour écouter les actualités. Nous eûmes droit aux derniers problèmes politiques de la province, à un débat local concernant la limitation de vitesse sur les routes de l'Alberta, au fait que le jackpot de la loterie n'était toujours pas réclamé et à l'annonce qu'un chauffard avait provoqué un accident à Airdrie avant de s'enfuir... Soudain, l'annonceur mentionna que le corps d'une femme de dix-neuf ans avait été retrouvé à Peter Lougheed. Il donna même le nom du sentier menant au sommet des chutes, détail que je n'avais reçu ni de Kent ni de Lauren. Le rapport concluait que la police ne jugeait pas le décès « suspect ».

— C'est leur code pour un suicide, expliquai-je à Jess. S'il s'était agi d'un accident, ils l'auraient précisé.

— Crois-tu qu'ils vont s'en tenir à leur théorie vaseuse maintenant que les médias en ont parlé ?

Je haussai les épaules.

— Non, s'ils trouvent de nouveaux éléments, ils peuvent changer de version, mais s'ils croient vraiment à la thèse du suicide, je doute qu'ils se donnent beaucoup de mal.

— Tu as raison.

Je laissai la radio allumée. La station passait essentiellement des vieux tubes des cinquante dernières années, rien de moderne, mais je ne pensais pas que Jess s'en plaindrait. Quelle que soit l'image publique qu'il se donne, il abordait la plupart des musiques avec l'enthousiasme d'un Labrador se jetant dans un lac.

— Ai-je déjà été interviewé sur cette station ? demanda-t-il, un peu comme s'il se parlait à lui-même. Je ne joue pas au con, je t'assure, c'est juste que tout est un peu flou dans ma tête.

— Quel cauchemar d'être riche et célèbre ! persiflai-je.

Il me tapota le bras.

— Tu détesterais la vie que je mène, affirma-t-il. Je t'assure, ce serait un vrai cauchemar pour quelqu'un dans ton genre. Tu ferais un *burnout* sur *YouTube* en moins d'un an.

— Non, mentis-je, je la jouerai cool, comme Harrison Ford. J'aurais un ranch isolé où je bâtirais des poulaillers de mes mains.

— Et tu ferais semblant de croire que les gens les achètent à cause de leur qualité intrinsèque !

Je souris, mais il y avait un fond de vérité dans cette vanne. Pour attirer l'attention d'une maison de disques, Jess avait dû se créer un fan-club, quitte à forcer son jeu. Il s'était donné à fond dans l'excès, le scandale, le voyant. Il avait attiré son public, oui, et déclenché un effet boule de neige. Plus sa renommée enflait, plus il se posait des questions : « pourquoi les gens étaient-ils si gentils avec lui ? Que voulaient-ils lui soutirer ? »

Un soir, dans notre appartement, il avait eu une crise de paranoïa en disant ne plus pouvoir se fier à personne. Moi, en bon terre-à-terre, je lui avais lancé une barre de Mars en lui conseillant d'y aller mollo sur la marijuana. « « Pour moi, tu restes Jesse », avais-je dit. Jamais je n'aurais pensé qu'il allait bientôt me rayer de sa vie pour se jeter dans les bras de ses milliers d'adorateurs !

Et aujourd'hui, il avait un sacré culot de ramener le sujet sur le tapis en se foutant de moi.

— Quel enfer ce doit être le succès ! persiflai-je. Quand je pense à toutes les stars de cinéma qui rêvent de s'afficher avec toi !

Je m'en voulus à peine les mots sortis de ma bouche. Je tenais à ce que Jess n'apprenne jamais que pendant ses trois mois d'idylle avec Matt Garrett, je m'étais saoulé tous les soirs. Pire encore, j'avais passé mes soirées à beugler contre mon écran d'ordinateur. Le reste du temps, je commandais des hamburgers chez Harvey et tapais comme un sourd sur un punching-ball au gymnase.

Une étrange expression lui traversa le visage. Elle disparut avant que j'aie pu la déchiffrer. Jesse se tourna vers moi et haussa les sourcils.

— Tu n'y as quand même pas cru ?

Je dus tirer une drôle de tête, car il m'éclata de rire au nez. Il posa la main sur mon bras et me secoua légèrement.

— Tu n'es pas le seul à avoir gobé ce bobard, tu sais, ça prouve juste que j'ai bien joué mon rôle, il fallait qu'on nous croie ensemble.

Je fis un très gros effort sur moi-même pour ne pas lui laisser voir combien cette nouvelle insignifiante me faisait plaisir.

— De toute évidence, annonçai-je, je ne comprends rien aux règles qui régissent le monde factice des stars.

Jess rit encore.

— Oh, il est factice, c'est certain ! Tu n'imagines pas à quel point ! Les médias ont prétendu que je vivais comme une vraie rock star, avec des plans Q tous les soirs, un nouveau mec dans chaque ville…

— Oui, répondis-je, en essayant de contrôler mon expression.

— Réfléchis un peu, Ben, c'est physiquement impossible ! Mon agent racontait des conneries à la presse, c'est tout. Je n'ai jamais eu une vie sexuelle aussi débridée !

— Ton agent, dis-je d'un ton contraint, n'a pas été le seul à raconter ces *conneries*, je te le rappelle.

J'avais écouté toutes ses interviews !

Jesse sourit.

— C'est vrai, j'étais censé soigner mon image de rock star et tu sais très bien comment je l'avais bâtie. C'est quand la régie a décidé de m'envoyer conquérir l'Amérique profonde que ça a coincé. Apparemment, là-bas, les serials baiseurs passent mal, alors, je devais mûrir, afficher une liaison durable. Et ce, avec une célébrité, bien entendu, histoire d'attirer l'attention.

— Tu as brillamment réussi, admis-je.

Cette année-là, Jack Lowe avait sorti plusieurs tubes et le dernier film de Matt Garrett, l'acteur vedette, cartonnait au box-office. Les photos de l'heureux couple étaient placardées à la Une de tous les magazines people. Personne ne le savait mieux que moi, j'en étais certain.

— Oui, nous avons donné le change, déclara Jesse. Au départ, je pensais qu'ils allaient me faire sortir avec une fille, comme si je pouvais paraître… moins gay ! Mais les homos avaient la côte, alors, ils ont choisi Matt, un gay BCBG qu'on peut présenter à ses parents. J'étais censé me ranger des voitures !

— Tu… *quoi* ? Qu'est-ce que ça veut dire ?

— Être en couple, rester fidèle, passer Thanksgiving en famille, parler mariage et enfants. Bref, être adorable au lieu d'évoquer une menace contre le monde civilisé.

— Euh…

Il acquiesça.

— J'aime à penser que j'ai toujours été adorable.

— Ça se discute, grinçai-je. Si tu devais vivre un conte de fées avec ta star, pourquoi avoir simulé une rupture ?

Il eut encore cette étrange expression, cette fois assez longtemps pour que je puisse lui demander :

— Pourquoi tu me regardes comme ça ?

— Garrett n'est pas du tout ce que tu crois, celui que tout le monde croit ! Je l'ai découvert très vite. D'après lui, si nous prétendions être ensemble, nous pouvions aussi bien coucher ensemble. Pour moi, il n'en était pas question. Mon agent m'a conseillé d'y passer, parce que Matt avait le pouvoir de me ruiner. Je ne voulais pas, alors, j'ai demandé à Gia de régler le problème. Elle l'a fait. Elle est géniale !

Je le fixai si longtemps qu'il pointa le doigt sur la route devant nous.

— Tu conduis !

— Tu es dingue, Jess ! lançai-je. Tu as refusé de coucher avec Matt Garrett alors que tu en avais l'opportunité ? Si tu veux mon avis, c'est bien la première fois qu'il prenait un râteau.

Jesse soupira et sembla à nouveau épuisé.

— Sincèrement, je n'en sais rien.

— Comment est-il ?

— Seigneur, tu veux son numéro de téléphone ? grinça Jesse, d'un ton plus agacé que moqueur. Je peux te maquer avec lui si tu y tiens tellement, mais je doute qu'il te plaise plus qu'à moi.

Je lâchai le volant une seconde pour lever les mains.

— Hé, oh, du calme, c'était juste une question. Je suis curieux, tout le monde le serait à ma place.

Jess s'appuya en arrière et ses cheveux s'étalèrent contre le cuir de l'appui-tête comme pour une séance photo.

— Parfois, vaut mieux ne pas rencontrer les stars.

Ses yeux étaient infiniment tristes et clairs. Je n'étais pas préparé au regard qu'il posait sur moi, comme s'il s'était noyé depuis un bail et qu'il me fixait à travers une masse d'eau, au-delà de toute salvation possible.

— Jess, es-tu sûr d'aimer ce que tu fais ?

Il sourit.

— J'adore la façon dont tu le dis, Ben, comme si j'avais l'option de claquer la porte et de m'en aller.

Je fis l'effort de garder les yeux sur la route.

— Tu ne peux pas ? Serait-ce un problème d'argent ?

— Non, je garderais mes droits sur tout ce qui est déjà sorti. Et j'ai aussi vendu des textes qui ont été chantés par d'autres. Tu connais sans doute ces chansons, même si tu ignores que je les ai écrites.

— J'ai lu ta page sur Wikipédia, rétorquai-je.

Il se mit à rire.

— Oh, Ben !

— Si tu as de quoi vivre, Jess, insistai-je, tu peux tout arrêter.

— Un jour, quand nous serons devant un verre au bar, je t'expliquerai les points communs entre la mafia et une grosse maison de disque, Ben. On ne peut pas rompre un contrat avec ces gens-là.

Je fus heureux d'apprendre qu'il envisageait de me revoir et de prendre un verre avec moi.

— Peut-être vont-ils te lâcher suite à ces annulations, suggérai-je.

Il rit, s'étrangla et se remit à tousser. Ses poumons n'étaient pas encore guéris, loin de là.

— Non, Ben, cela n'arrivera pas. Je leur rapporte beaucoup trop.

Il se remit à tambouriner sur le tableau de bord, une habitude qu'il avait déjà, autrefois. Nous n'avions pas de voiture à Toronto, bien entendu, mais Jess tapait ses doigts sur les tables, les bureaux, ses jambes ou les miennes. Et j'avais toujours pensé qu'il avait choisi son premier bassiste parce que c'était celui qui possédait une camionnette.

Trois kilomètres plus loin, Jesse demanda :

— Où irons-nous en premier ?

— Voir les gendarmes, répondis-je. Par courtoisie, même si je doute qu'ils acceptent de me communiquer des informations. Techniquement, je suis un civil, même pas parent de la victime, donc, ils ne me doivent rien. Mais, qui sait ?

Jess prit un ton sentencieux :

— Il faudrait que tu isoles le mouton noir du groupe, le rebelle, celui qui ne suit pas aveuglément l'avis général, celui qui pense que la Justice a plus d'importance que la Loi.

— Je crois que je vais te déposer au bord de la route, répondis-je. Tu es suffisamment remis pour faire de l'auto-stop.

— Quel effet ça te fait de ne plus être flic ? demanda-t-il. Ce n'est pas trop bizarre de ne plus être parmi les initiés ?

— Non, répondis-je, je préférais la Justice à la Loi.

Il ricana et garda le silence pendant un moment.

Nous passâmes devant un cerf de Virginie arrêté dans un fossé, en bordure de la route, insouciant du fait que nous étions deux fois plus rapides que lui en vitesse de pointe. La plupart des animaux n'avaient pas peur des voitures. En comprenaient-ils le concept ou les prenaient-ils pour des congénères aux formes étranges ?

La question de Jess restait en suspens dans l'habitacle. Soudain, j'y répondis.

— Je n'ai jamais regretté d'avoir quitté la police. Bien sûr, c'était plus facile d'être fonctionnaire. Je touchais un salaire régulier et quand je posais des questions, les gens se sentaient le plus souvent tenus d'y répondre, ils reconnaissaient la nature de mon travail. Maintenant que je suis à mon compte, c'est plus délicat. Je dois gérer la curiosité, la bonne volonté, les intérêts personnels, ce que les flics font aussi, mais je n'ai pas les mêmes pouvoirs qu'eux.

— Peux-tu procéder à une arrestation ?

— Oui, comme tout citoyen, même toi.

Jesse souffla pour écarter une mèche de cheveux de son visage.

— Merde alors ! Moi qui pensais que le Far West et ses règles sauvages avaient disparu ! Et tu me dis que j'aurais pu arrêter qui je voulais pendant toutes ces années ? Je suis désespéré !

— Tu ne peux pas arrêter n'importe qui n'importe quand, rectifiai-je avec patience, mais si tu tombes sur un quidam occupé à un acte incontestablement illégal, tu en as le droit, sinon le devoir. Bien entendu, penser qu'un barman a dilué ta boisson ne suffit pas.

— Merde alors ! répéta Jesse.

— Le problème, en tant que détective privé, c'est que contrairement au citoyen lambda, je n'ai pas le droit de traiter un délinquant de sale con pendant que je lui passe les menottes.

116

— Je doute que la société apprécie que tu empiètes sur le travail de la police, déclara Jesse. Sérieusement, pourquoi s'embêter à prendre une licence ?

— Parce qu'il est imprudent d'engager un enquêteur non licencié, expliquai-je. On risque de tomber sur un truand.

Jesse me sourit comme si nous étions encore étudiants et que les dernières années s'étaient effacées.

— Non, tu n'as rien d'un truand.

Soudain, comme toujours par temps clair, les Rocheuses apparurent tout autour de nous, nous encerclant. On aurait cru à une animation plutôt qu'à de vraies montagnes. Nous vîmes d'abord leurs contours dessinés d'un trait blanc qui contrastait avec le bleu du ciel, puis les formes se remplirent d'un brun brumeux et enfin, les arbres et les plaques de neige devinrent plus nets. Les plus hauts sommets restaient dans le lointain, de simples esquisses. Nous étions déjà engagés dans la route du parc national et quelques pics, au sud, étaient presque sur nous. Nous n'avions que quelques kilomètres à parcourir pour arriver au carrefour menant au village Kananaskis.

En plissant les yeux, je devinai le départ du sentier de randonnée.

Je pointai le doigt.

— Le poste de gendarmerie est au prochain carrefour, annonçai-je. Pendant que je me présente à la PRC, jette un coup d'œil aux voitures garées sur le parking.

Il acquiesça.

— D'accord. J'ai apporté des masques.

Je haussai les sourcils.

— Hein ?

Il esquissa un sourire.

— Pour ne pas qu'on me reconnaisse, expliqua-t-il, il me suffit de porter un masque et une casquette, et de prétendre être malade.

— Tu ne prétends pas, rétorquai-je, machinalement. Tu es vraiment malade.

— Je sais, mais ma toux n'est pas contagieuse, aussi n'ai-je pas vraiment besoin d'un masque. Mais depuis le Covid, les gens sont nerveux concernant les virus et les postillons, alors, le masque passe facilement. Tu n'auras pas à brandir un test en me proclamant positif !

— Parfois, déclarai-je, je me demande pourquoi tu n'as jamais été choisi pour animer la célébration des Juno [17]. Ensuite, tu ouvres la bouche et je comprends mieux.

— Anne Murray [18] est aussi sur la liste noire du comité, déclara Jesse en riant. Elle jure comme un charretier.

— Concernant ton idée de masque, j'ai comme un doute, enchaînai-je, nous ne sommes pas à Vancouver ou à Toronto et les locaux ne portent pas de masque au moindre petit rhume.

— Et alors ? Ils penseront que je ne suis pas du coin, c'est tout. Je serai un petit citadin malingre qui a peur des microbes. Qu'ils me regardent est sans importance, tant qu'ils ne pensent pas à Jack Lowe.

Je trouvais étrange de l'entendre évoquer Jack Lowe comme s'il s'agissait d'un tiers. En mon for intérieur, j'avais toujours fait la distinction, mais Jesse endossait la personnalité de son alter ego tous les soirs sur scène.

— Jess, tu faisais encore la une de *sCene* la semaine dernière !

Il rit.

— Ah, tu as vu cette photo avec l'eye-liner fumé ? On aurait dit un coquard, non ? Comme si je sortais d'un ring après avoir rencontré Mike Tyson. Je te ferai remarquer qu'aujourd'hui, je ne suis pas maquillé !

— C'est vrai et la plupart des gens ne sont pas très observateurs, mais quand même, Jack Lowe est archiconnu, maquillé ou pas.

— Ben, reprit Jess d'un ton sérieux, pour devenir Jack Lowe, il ne suffit pas de mettre du mascara et du vernis noir, c'est surtout un rôle de composition, une performance d'acteur. Tout ira bien, tu verras.

Je ralentis pour tourner vers Kananaskis.

Très vite, Jess tendit le bras pour me montrer, sur notre gauche, un immense parking en terre battue qui entourait un bâtiment de deux niveaux, un restaurant et un poste d'essence.

— Qu'est-ce que c'est ?

— Nous sommes sur la réserve des Nakodas, répondis-je. Ils exploitent un casino et un hôtel. Ils sont chez eux, ici, aussi est-il possible qu'ils touchent également quelque chose sur ce que rapportent les touristes.

— Tu ne t'arrêtes pas ? Nous devrions peut-être leur parler ?

_____

17 Cérémonie canadienne pour la remise des prix Juno, honorant les réalisations musicales.

18 Chanteuse et actrice canadienne qui a contribué au succès de la chanson canadienne à l'international.

Je pris à gauche.

— Je doute que Kim ait eu les moyens de séjourner dans un établissement aussi huppé, mais nous pouvons vérifier si sa voiture est dans le parking.

— Elle a pu aussi mettre de l'essence, déclara Jess. Ou demander son chemin. Il n'y a pas tellement d'autres endroits sur cette route paumée où elle aurait pu s'arrêter.

Paumée ? Le qualificatif était un peu sévère, parce que la chaussée qui s'étalait devant nous était aussi large qu'une autoroute et son revêtement up-to-date supportait les températures les plus extrêmes. De plus, la région était une zone de villégiature recherchée. En général, les touristes ne s'arrêtaient pas aussi tôt, sachant très bien que des boutiques de luxe les attendaient quelques kilomètres plus loin.

— D'accord, dis-je. Viens avec moi si ça te chante, mais laisse-moi poser les questions.

— Merde ! s'exclama Jesse. J'ai besoin d'un pseudo. À moins que je garde Jesse, tu en penses quoi ?

— Tu n'as pas besoin de pseudo, répondis-je avec patience. Sinon, Jesse conviendra très bien. Si un de tes fans reconnaît ton vrai nom, c'est que ta couverture est grillée.

— Ça n'arrivera pas.

Il glissa ses cheveux derrière ses oreilles, enfila un masque uni de coton noir et une casquette de baseball. Elle n'était pas ni flashy ni branchée, ce n'était qu'une banale casquette en jean bleu foncé sans logo.

Je lui jetai un regard surpris. Son déguisement, bien que simple, était excellent. Jess n'avait pas essayé de passer pour un local en portant une casquette John Deere – d'après les Torontois, tous les Canadiens de l'ouest en portaient. D'un autre côté, il avait beaucoup voyagé ces dernières années, il avait appris les bienfaits de l'anonymat. Peut-être m'étais-je inquiété pour rien.

— De quoi j'ai l'air ? demanda-t-il.

— D'un connard de Vancouvérois.

Même avec cette casquette, je l'aurais volontiers abordé dans un de ces bars ruineux où je n'allais jamais pour lui proposer un verre.

Jess regarda autour de lui.

— Waouh ! Il y a beaucoup de pick up ! s'écria-t-il avec entrain. Certains sont énormes. Je n'en vois presque jamais à Toronto. Il est vrai que la plupart du temps, je reste au centre-ville.

Les véhicules garés dans le parking étaient plus des SUV que des pick up, mais je compris ce que Jess voulait dire. Il y avait effectivement fort peu de gros 4x4 à Toronto. Quand j'étais étudiant, chaque fois que j'en voyais un, je réalisai avec un léger vertige combien j'étais loin de chez moi.

Nous eûmes beau explorer les rangées de voitures, nous ne trouvâmes pas de Mitsubishi avec un sticker floral. Les rares berlines étaient des BMW et des Audi.

Sans doute Jess avait-il évalué le prix des voitures stationnées, car il demanda soudain :

— Pourquoi ouvrir un hôtel ici ?

Une fois garé devant le magasin adjacent au poste d'essence, je me tournai vers lui.

— Tu disais être allé à Banff, non ?

— Oui, une fois, à l'hôtel Springs, une autre au Centre des Arts.

Je fis le calcul dans ma tête. Avec son spectacle à Calgary en 2019, un précédent quelques mois après notre rupture et ses deux déplacements à Banff, Jess s'était trouvé au moins quatre fois pas loin de chez moi et jamais il n'avait tenté de me contacter.

Oh, je ne m'y attendais pas, bien sûr. Il ne me devait rien.

— Durant l'intersaison, c'est-à-dire maintenant, à l'automne, les chambres sont à cent vingt dollars la nuit, répondis-je fraîchement. Rien de luxueux, bien sûr. Les touristes aisés préfèrent venir nager en été ou skier en hiver. Je ne connais pas les tarifs des hôtels de Banff.

Il haussa les épaules.

— Mille euros la nuit, je dirais, je ne gérais pas les factures, tu sais.

— L'été finit à peine, remarquai-je, beaucoup d'hôtels n'ont pas encore baissé leurs prix.

— Oui, répondit Jess, tu as raison, ça fait cher pour une étudiante.

Il détacha sa ceinture et posa la main sur la poignée de porte.

— Allons enquêter ! jeta-t-il avec entrain.

Il était passé incroyablement vite du « je veux t'aider et ne pas te laisser risquer ta vie tout seul » à « allons enquêter, j'ai ma casquette, je suis prêt à apprendre sur le terrain ».

Je secouai la tête et sortis à mon tour de ma jeep.

IX

— OH, OUI, elle était là jeudi ! Je me souviens du jour parce que nous avons parlé de la pluie qui ne tombait pas ! La météo s'était encore trompée !

La fille derrière le comptoir était aussi lumineuse qu'un rayon de soleil avec ses joues rondes, son sourire amical et ses yeux pétillants derrière ses lunettes aux montures bleues. Ses cheveux bruns attachés en deux tresses lâches avaient des reflets blonds, comme s'ils gardaient une trace de la lumière d'été.

Quelques mètres derrière moi, Jesse tenait deux gobelets de café qu'il avait pris au distributeur. Je ne l'avais pas présenté à Miss Sourire, elle n'avait pas demandé qui il était. Elle ne semblait pas non plus le reconnaître.

— A-t-elle pris une chambre ici ? demandai-je.

— Elle voulait, mais nous étions complets. Je lui ai proposé une chambre plus tard dans le mois, avec un rabais intéressant. Elle disait venir de Calgary, alors, ça ne fait pas tellement loin en voiture.

Mon téléphone était posé sur le comptoir, avec le visage de Kim sur l'écran. J'avais l'impression qu'elle me regardait.

Je rangeai mon appareil dans ma poche.

— Qu'a-t-elle dit quand vous lui avez offert de repasser ?

Miss Sourire secoua la tête.

— Elle a refusé, elle voulait une chambre tout de suite et pour une seule nuit. Ce jeudi-là, nous avions un spectacle au casino et les clients préfèrent dormir sur place plutôt que rentrer en voiture tard dans la nuit. Nous étions complets de chez complets.

Je jetai un coup d'œil à Jesse et vis une lueur dans ses yeux. Sans doute jugeait-il que nous récoltions des indices comme deux vrais détectives. Je ne savais si je trouvais sa réaction adorable ou agaçante.

— J'espère que vous la retrouverez, déclara Miss Sourire.

Je faillis lui dire la vérité, que plus personne ne pouvait plus rien pour Kimberley Moy, puis j'y renonçai. Elle apprendrait la nouvelle bien assez tôt, autant ne pas assombrir sa journée.

Jess attendit que nous soyons retournés dans la voiture pour parler.

— Donc, Kim envisageait de ne rester qu'une nuit. Comme sa sœur nous l'a dit.

— Oui, on dirait, déclarai-je. Mais il ne faut jamais rien prendre pour argent comptant. Kim a pu mentir ou changer d'avis.

Sans répondre, Jess retira les couvercles des gobelets et me tendit un café.

— Tu as droit au café ? demandai-je avec suspicion.

— C'est du déca. Tu vois, je suis les instructions.

— Si c'était vrai, tu serais resté dans la voiture.

Il eut un sourire suave.

— Pour toi aussi, j'ai pris du déca.

— Enculé !

Il acquiesça.

— Oui.

Sur les premiers kilomètres, l'autoroute longeait un ranch. Les chevaux à l'état sauvage broutaient, leurs queues battant leurs flancs pour chasser les mouches. Parmi eux courraient des poulains nés durant l'été, ils avaient de longues jambes fines et osseuses, et atteignaient déjà presque la taille des juments. Jesse les regardait, la tête contre la fenêtre, les yeux mi-clos.

Il s'était endormi quand j'arrivai au carrefour menant au village de Kananaskis. Soulagé qu'il suive les conseils de son médecin traitant, je le laissai se reposer et gardai le silence, tout en concentrant mon attention sur la route sinueuse. Une fois devant la gendarmerie, je coupai le moteur et quittai la voiture aussi discrètement que possible.

Le bâtiment brun avec un toit bas et pointu pour supporter la neige hivernale ressemblait plus à un chalet de montagne qu'à un poste de police. Il y avait pourtant des règles dans la police, en particulier sur l'image à donner à la population. Selon moi, la PRC y dérogeait ici, ce qui me choquait un peu. Néanmoins, j'appréciais la vue qui s'étalait devant moi, y compris les flancs rocheux bien arborés qui montaient juste derrière le chalet et les pics pointus qui formaient un cadre digne d'une carte postale.

Je poussai la porte et entrai. À l'intérieur, une femme en uniforme gris et bleu assise derrière le comptoir travaillait sur son ordinateur.

Sa tenue aurait beaucoup déçu un touriste, car tous s'attendaient, d'après les dires de leurs guides, à ce que la police montée canadienne soit vêtue de façon plus flamboyante. Étant du pays, je savais que les uniformes en serge rouge étaient réservés aux cérémonies.

En m'entendant arriver, la femme releva la tête. Elle ne sourit pas, mais elle n'était pas hostile non plus.

— Puis-je vous aider, monsieur ?

Je sortis ma licence de détective de mon portefeuille.

— Je l'espère, déclarai-je. Je m'appelle Ben Ames et j'ai été engagé pour enquêter sur la mort de Kimberley Moy.

— Oh.

Elle afficha une mine attristée de circonstances et hocha vigoureusement la tête. Ses cheveux blonds, relevés en tresses serrées et attachées au sommet de son crâne, ne bougèrent pas.

La jeune femme reprit :

— Je ne vois pas très bien ce que vous espérez trouver, M. Ames. D'après nos premières constatations, la mort de cette jeune fille n'a soulevé aucune question.

Je vis un nom sur une petite plaque en étain posée sur le bureau : « constable McKay ».

— Bien sûr, dis-je, mais vous savez comment sont les familles, elles veulent comprendre pour faire leur deuil.

— Oui, je sais.

La gendarme n'en dit pas plus, mais je devinai qu'elle avait rencontré Lauren et que l'entretien avait été un peu tendu.

— Je veux juste confirmer les faits, insistai-je. Cela ne peut pas nuire, après tout.

En entendant ces mots, un flic plus expérimenté m'aurait toisé d'un œil noir, comprenant que j'avais une autre théorie que le suicide, ou éventuellement, que c'était le cas de ma cliente et que j'étais là pour démonter celle de la PRC, non la confirmer. Mais la constable était jeune et encore naïve. J'étais même surpris qu'à peine entrée dans la gendarmerie, elle ait déjà été affectée à une agréable sinécure comme Kananaskis, à moins d'une heure de Calgary, au milieu des montagnes, dans une brigade exclusivement anglophone en plus. Les bilingues les plus proches étaient sur la route de Canmore.

— Auriez-vous gardé le message que Kimberley a écrit avant de se suicider ? demandai-je.

— Oui, il est dans le dossier, répondit-elle.

— Si l'enquête est terminée, pourriez-vous me le remettre ? Ma cliente aimerait le récupérer.

— Nous le remettrons à la plus proche parente de la victime.

— Ainsi que le rapport d'autopsie ?

— Nous ne l'avons pas encore reçu, répondit-elle.

Puisqu'elle semblait parler librement sans me dire que rien de tout cela ne me regardait, je continuai :

— Pourquoi avoir si vite opté pour la thèse du suicide ?

Elle fronça les sourcils. Peut-être avais-je choisi une approche trop directe.

— J'aimerais comprendre… ajoutai-je.

Elle semblait tiraillée. Elle *pouvait* me répondre certes, mais le *ferait*-elle ? Je crus qu'elle allait me renvoyer…

Ce ne fut pas le cas. Et sa réaction me surprit.

— Je sais qui vous a engagé, déclara-t-elle, la sœur de la victime m'a dit ce qu'elle comptait faire. Alors, demandez-lui de vous répéter ce qu'elle sait. Pourquoi ne pas l'avoir déjà fait ? Je lui ai raconté tout ce que nous avions.

— Lauren Courtney traverse une épreuve très difficile, répondis-je. Je préfère la déranger le moins possible. De plus, elle était en état de choc, je ne suis pas certain qu'elle ait retenu vos paroles. Et même si c'est le cas, peut-être n'était-elle pas encore prête à les accepter.

Elle acquiesça.

— Je vois. Nous avons de bonnes raisons de croire à un suicide.

— Ma cliente a surtout retenu qu'à vos yeux, Kim était goth parce qu'elle portait du noir et des tatouages. Primo, je ne suis pas convaincu qu'un jeune goth soit plus suicidaire qu'un étudiant classique, secundo, Kim n'était pas goth. Elle se qualifiait plutôt de rockabilly ou de Derby Girl.

— Elle était différente. Et pour un gosse, ce n'est pas toujours facile à gérer.

Cette assertion me paraissait un tantinet simpliste, mais je gardai mon opinion pour moi. Je ne tenais pas à braquer la jeune gendarme.

— Avez-vous retrouvé sa voiture ?

— Non, admit le constable McKay. Elle l'a probablement laissée dans un endroit sûr avec ses affaires à l'attention de sa famille. C'est ce que font les suicidés. Nous pensons que Kimberley a fait du stop pour être déposée quelque part sur le sentier. Il y a beaucoup de circulation sur cette route.

C'était la vérité. Je l'avais constaté moi-même, en ce mardi de septembre.

— C'est une chance que le message d'adieu ait été retrouvé, dis-je, d'un ton délibérément détaché, surtout si elle l'avait laissé en plein air.

— Oui, mais il faisait beau, répondit la gendarme. D'abord, il n'y avait pas de vent, ensuite, elle avait posé un caillou dessus.

— Pas de vent? dis-je négligemment, pour détourner l'attention de mon vis-à-vis. Vous avez de la chance, nous avons eu une vraie tornade hier soir à Calgary! Quand le message a-t-il été trouvé?

— La nuit dernière vers minuit, par un couple de promeneurs. Le sentier était fermé, mais ils ont escaladé la barrière pour regarder les étoiles.

— Hum, ils cherchaient peut-être un endroit discret pour batifoler.

Elle eut un bref éclat de rire.

— Eh bien, cette découverte leur en a coupé l'envie, reprit-elle, car ils sont redescendus pour nous prévenir. Et ils n'ont jamais vu le corps, bien entendu. Nous avons donc dû attendre le lever du jour pour descendre le chercher dans le bassin sous les chutes. Cela a pris du temps.

— Je le crois sans peine, déclarai-je. Bien, je vous remercie de m'avoir reçu. À présent, je vais vous laisser pour enquêter, puisque je suis payé pour cela. Je vous laisse ma carte au cas où quelque chose vous reviendrait.

Elle prit la carte que je lui tendais, la lut et la retourna. L'arrière était vierge. Imprimer une carte recto verso coûtait deux fois plus cher.

— Où comptez-vous loger? demanda-t-elle.

— Je n'en sais rien. Pourquoi? Auriez-vous un hôtel pas trop cher à me recommander?

— Non.

Elle posa ma carte à côté de son téléphone fixe et je jetai un coup d'œil à ces deux pièces de musée appelées à disparaître sous peu.

— Je peux vous appeler si vous le souhaitez, proposai-je, et vous tenir au courant de mes recherches.

Elle haussa les épaules. Dans un autre contexte, son indifférence aurait pu me vexer. Là, j'en étais ravi. Pour un détective privé, c'était une bénédiction de ne pas avoir les flics sur le dos. Je saluai donc la constable McKay et tournai les talons pour quitter la gendarmerie.

JESS ÉTAIT réveillé quand je revins à ma voiture. On aurait cru qu'il parlait tout seul, mais sans doute était-il au téléphone. Comme Kent me l'avait fait

125

remarquer un jour, la mode des écouteurs sans fil était assez déroutante : comment distinguer un aliéné d'une personne au téléphone ? De plus, rien n'empêchait d'être à la fois fou et en communication.

En entrant dans la voiture, je vis que Jesse ne portait pas d'écouteurs, il était sur haut-parleur avec une femme dont la voix m'était familière. Elle discourait de la promotion d'un single et le visage de Jess était plissé de dégoût. C'était son assistante, compris-je soudain, cette femme que j'avais affrontée dans la suite de Jess à l'hôtel. Gia, qui tenait tant à tout régenter !

— Gia, tu sais très bien pourquoi il fait ça et…

— Oui, coupa-t-elle vivement, et j'ai refusé. Mais ça ne nous aidera pas à déblayer les merdes.

— Oublie les merdes, soupira Jess. Pourquoi avoir refusé ? Je pensais que tu tenais à ce single.

— Seulement dans les interviews, déclara Gia, pas en sa compagnie, parce qu'il va tenter de faire oublier le single et de se promouvoir, lui, ce qui ne nous rapporterait rien.

Je perçus sa frustration, même à travers le haut-parleur et malgré les kilomètres qui nous séparaient.

— Je pourrais le baiser, suggéra Jesse.

Il s'adressait au téléphone comme s'il était sur *Facetime*, ce qui n'était pas le cas. Il se disait sans doute, à juste titre d'après moi, que si Gia le voyait dans un cadre de montagnes et non au lit, elle n'apprécierait pas.

— Laisse Ava le baiser si elle en a envie, rétorqua Gia.
MeToo et
HerToo, ce n'est pas pareil.

— Tu as raison, reconnut Jess. D'accord. Je te laisse gérer les gens, moi, je vais faire du social. Quant à cette grande gueule de bassiste, je ne sais pas quoi faire, je l'avoue. Il me déteste, ce connard. C'est un peu excessif, non ? S'il se contentait de ne pas m'encadrer, je comprendrais mieux.

— C'est un con, déclara Gia, aussi calmement que pour dire « le ciel est bleu ».

— Cette tournée m'a créé des tas de problèmes, grogna Jess.

— Tu as été très pro, déclara Gia. C'est tout ce qui compte.

— Je suis un pro ? Merci de ce compliment exceptionnel, Gia !

La ligne resta silencieuse. Je connaissais peu cette fille, d'accord, mais je me doutais qu'elle n'était pas du genre à se taire souvent. Elle semblait toujours avoir une réponse prête, du tac au tac.

— Si je ne dis rien, dit-elle enfin, c'est que tout va bien pour toi.

D'après l'expression ébahie de Jesse, elle venait de lui offrir l'équivalent d'une douzaine de roses et d'une ode écrite en son honneur.

— Rappelle-moi si tu as besoin de moi, Gia.

— Veux-tu que je te décharge de tes activités sociales ? demanda encore son assistante. Un des gars peut le faire à ta place.

— Ce serait sans doute mieux que je le fasse moi-même, non ?

— Tu es censé te reposer au fond d'un lit, lui rappela-t-elle avant de raccrocher sans même un au revoir.

Jesse me jeta un coup d'œil.

— As-tu besoin de ton chargeur à la minute ?

— Non, c'est bon, j'ai encore de la batterie.

Jesse brancha son téléphone à mon chargeur.

— Qu'as-tu appris chez les gendarmes ? demanda-t-il ensuite.

Je lui fis un bref rapport : la GRC n'en savait pas beaucoup plus que nous, mais elle s'accrochait à la théorie du suicide. Plus j'y réfléchissais, plus ce raisonnement me paraissait peu étayé, alors, d'où diable venait cet étrange entêtement ?

— Kim n'était pas goth, affirma Jess. Et Derby Girl, c'est bien trouvé.

— Toi et moi sommes du même âge, déclarai-je. Je ne suis pas certain que tu sois en position de juger des jeunes d'aujourd'hui et leurs codes vestimentaires.

Jesse soupira.

— D'accord, qu'est-ce qu'on fait maintenant ? On grimpe le sentier ou on vérifie les hôtels à proximité ?

Si la GRC avait poursuivi l'enquête concernant la mort de Kim, j'aurais dit qu'elle était mieux placée que nous pour vérifier les hôtels. Cependant, les gendarmes ne cherchaient plus.

— On va se partager la tâche, déclarai-je, tu téléphoneras aux hôtels pendant que je fais un tour sur le sentier. Si tu es fatigué, continue à dormir.

— Je n'ai pas prévenue Gia qu'elle m'avait réveillé. Elle aurait eu des remords.

— Oh, Terminator aurait des émotions ? raillai-je.

Jesse me lança à la tête son gobelet vide.

— Bien entendu ! N'as-tu pas vu le film dont tu parles ? Gia est une fille formidable !

— Je pensais qu'elle était juste ton assistante et qu'elle gérait ta tournée.

— Entre autres, elle a d'innombrables casquettes. La régie sait que je l'aime bien, alors, elle est souvent avec moi. Pauvre Gia !

— Pourquoi a-t-elle parlé de

MeToo ?

Jess détourna les yeux.

— Tu n'avais pas dit que nous chercherions la voiture de Kim ?

— Nous pouvons le faire pendant que tu m'expliques, déclarai-je. Sauf si tu ne veux pas me raconter.

— Si j'ai un différend avec ZZGold, déclara Jess d'un ton contraint, c'est depuis que je l'ai vu tripoter une de nos doublures dans les coulisses. En me voyant arriver, il l'a libérée, mais j'ai averti la fille que je la soutiendrais si elle voulait quand même porter plainte.

En temps normal, cela m'énervait que Jess s'occupe des affaires d'autrui et se mette dans les ennuis. Cette fois, il avait bien agi, je ne pouvais le nier.

— ZZGold est un porc, enchaîna Jess, mais il aime l'argent et il tient beaucoup à ce que je fasse de la promo de mon dernier single, dans lequel il est bassiste. Entre nous, c'est devenu un bras de fer.

— Le monde de la musique rap s'en prendrait-il à nouveau aux femmes et aux gays ? persiflai-je.

Jess fit une grimace.

— Non, tu exagères. C'est la première fois que je tombe sur un truc pareil. Bien sûr, les homophobes m'approchent rarement et jamais je ne ferais affaire avec un d'entre eux, alors, ça filtre pas mal de connards.

Je reculai pour sortir du parking de la gendarmerie, puis j'arpentai les rues avoisinantes à petite vitesse. Kananaskis se voulait un centre de villégiature, pourtant, le village évoquait surtout une base militaire : tout était utilitaire, propre et bien rangé. Et tout était clôturé et fermé, car ni la neige ni les ours n'obéissaient aux panneaux de signalisation. Les routes contournaient les rares bâtiments en suivant le dénivelé du terrain.

Jess discourait toujours :

— Maintenant, mon bassiste raconte des conneries sur mon compte ! D'après lui, je me la pète tellement que je parle à peine à mes musiciens. Quel con ce ZZGold ! À sa place, ce serait d'être vu avec moi qui m'inquiéterait !

Pour examiner une voiture de plus près, j'avais ralenti, mais c'était une Coccinelle. Avec un soupir, je me garai le long du trottoir et me tournai vers mon passager.

— Qu'est-ce que tu racontes, Jess ? Sur quoi ces accusations se fondent-elles ? Depuis quand évites-tu ton groupe ?

Il inspira plusieurs fois et ferma les yeux.

— Depuis peu, admit-il. En ce moment, j'ai besoin d'être seul, voilà. Je t'en parlerai plus tard, d'accord ?

— Si ça te pose un problème, tu n'es pas obligé de te confier à moi, déclarai-je. C'est ta vie, tes choix, cela ne me regarde pas.

Je me remis en route, roulant toujours aussi lentement afin de scruter les alentours. Jess aussi cherchait la voiture de Kim d'un œil somnolent.

Quand je revins sur la route principale, il récupéra son téléphone et se mit à taper sur son clavier virtuel. Je compris, à ses sourcils froncés et à ses grommellements, qu'il mettait à jour ses médias sociaux ainsi qu'il l'avait dit à Gia.

Répondre aux attaques de *haters* ne devait pas être une tache très agréable. J'aurais bien proposé à Jesse de le faire à sa place, mais la seule réponse qui me venait à l'esprit était : « si vous n'êtes pas content, allez vous faire foutre ! » et j'étais presque certain que Gia jugerait mon style déplorable.

Jess finit par se détendre, sans doute était-il enfin satisfait de sa réponse. Il lâcha son téléphone sur ses genoux.

— Qu'allons-nous chercher sur le sentier ? demanda-t-il.

— Toi, tu finis ta sieste interrompue, répondis-je. Moi, je n'en sais rien, je compte juste regarder, fouiner quoi !

Il rit, puis s'interrompit dans une quinte de toux.

— Je me souviens des soirées où nous allions jadis chez des potes étudiants, déclara-t-il. Quand nous rentrions à la maison, tu savais exactement ce qu'il y avait dans les placards de cuisine ou l'armoire à pharmacie du logement que nous venions de quitter. Tu avais même vérifié sous les lits !

— Tu m'accuses d'indiscrétion chronique ?

— Non, j'admire plutôt la façon dont tu as utilisé tes atouts pour te bâtir une carrière.

Je lui fis un doigt d'honneur avant d'emprunter le chemin menant au départ du sentier. Rouler sur de la terre et du gravier n'était pas facile, aussi dus-je me concentrer sur ma conduite pour ne pas déraper. En passant, je jetai un bref coup d'œil à la barrière métallique peinte en jaune et rabattue sur le bas-côté. C'était sans doute celle que le couple de randonneurs avait escaladée pour accéder au sentier, fermé la nuit.

Le chemin de terre donnait accès à plusieurs départs de randonnées et un petit parking était aménagé près de chacun d'eux. Je compris qu'il allait me falloir les vérifier tous pour m'assurer que la voiture de Kim ne s'y trouvait pas. Elle avait pu se garer plus loin et ensuite marcher, la distance était raisonnable.

Je ne vis rien d'intéressant sur les premiers parkings à part des pick up et des SUV. Jesse, qui somnolait à moitié, ne me demanda pas si je m'étais perdu. Si un grizzli s'était mis à danser la java devant nous avec un chapeau de clown sur la tête, je doutais même que Jess le remarque. Je m'en voulus de ne pas avoir prévu pour lui un oreiller et une couverture.

Le parking des chutes était tout petit, six, huit places à peine, et ma jeep était le seul véhicule en vue. Au fond, je vis une cabane au toit vert avec, placardée à l'avant, une carte détaillant le chemin jusqu'au sommet et sur le côté, une poubelle verrouillée pour que les ours n'y aient pas accès. Je coupai le moteur, descendis sans faire de bruit et allai étudier la carte. Il y avait deux options à partir de ce parking, soit marcher le long de la rivière jusqu'au pied des chutes, soit monter en épingle à cheveux jusqu'au sommet de la falaise – environ trois kilomètres – et descendre sur le côté des chutes avant de faire le tour pour revenir à son point de départ. Si le seul but de la montée était de regarder les étoiles la nuit – et de batifoler –, il était aussi possible de retourner au parking par le même chemin qu'à l'aller.

La carte suggérait de prendre la boucle de la rivière sans préciser pourquoi. Pour la vue des chutes d'en dessous, peut-être. Chaque partie du sentier avait une couleur différente en fonction de son niveau de difficulté. Je vérifiai la légende et vis que l'itinéraire conseillé était considéré comme « intermédiaire », ce qui ne me disait pas grand-chose. Intermédiaire, ça veut dire moyen, pensai-je, aussi prompt que Sherlock Holmes dans mes déductions. La carte indiquait aussi que la pente était modérée pour atteindre les chutes.

Je revins à la voiture pour voir ce que faisait Jesse, il s'était endormi. Il me faudrait une petite heure pour monter jusqu'aux chutes et revenir, même en prenant le temps d'examiner le chemin à la recherche d'indices. Jess ne risquait rien dans une voiture verrouillée. D'abord, c'était un adulte, ensuite, il faisait jour et le parc était quasiment désert. Il avait un téléphone chargé et la route principale n'était qu'à trois cents mètres. J'avais les clés de la voiture à la main et pas de double. J'hésitai… Bah, je taperai à sa vitre au retour.

J'ouvris la porte et laissai les clés sur les genoux de Jess, à côté de son téléphone. Jess ne broncha pas. J'écartai une mèche de cheveux de son visage et la glissai derrière son oreille. Jadis, j'aurais aussi posé un baiser sur le haut de sa tête ou sur sa pommette.

— Je serai de retour dans une heure, chuchotai-je.

Je sortis en verrouillant la porte.

X

SI J'AVAIS cherché des tamias ou des écureuils, ma randonnée aurait été un franc succès. Les premiers fuyaient devant moi au bruit de mes pas et les seconds glapissaient leur irritation du sommet des arbres. Les oiseaux, eux, faisaient profil bas, je voyais seulement des ombres furtives cachées par le feuillage ou une branche s'agiter.

Le sol était plus moite que dans le parking ou le chemin d'accès. Sans doute l'épaisseur de la futaie conservait-elle l'humidité de la rivière dans ces sous-bois malgré le soleil persistant de cette fin d'été. L'air lui aussi était gorgé d'eau, ce qui était rare en montagne.

Au bout d'une dizaine de minutes de marche, je perçus le bruit des chutes, assourdi d'abord, plus de plus en plus rugissant.

Kim avait-elle pris ce sentier? Avait-elle trouvé la piste difficile? D'après ce que j'avais lu, elle était peu sportive, elle n'était même pas inscrite au gymnase universitaire. Peut-être avait-elle cru la promenade plus courte. Le son étant trompeur, les chutes semblaient toutes proches et comme les arbres qui bordaient le sentier bloquaient la vue, il était impossible de juger la distance restant à parcourir. Était-ce délibéré pour forcer les touristes à se lancer et à continuer à avancer? Si oui c'était efficace.

Kim était-elle venue seule? Ou quelqu'un l'avait-il incitée à emprunter ce chemin? «Viens, ce n'est pas loin, nous arriverons bientôt aux chutes...»

Ou avait-elle été portée, inconsciente ou déjà morte? Kim était une fille solidement bâtie et la piste n'était pas facile, encombrée de racines et de rochers susceptibles de faire trébucher un marcheur, surtout chargé d'un tel fardeau. Et pourquoi un assassin potentiel n'aurait-il pas craint d'être vu? Après tout, le sentier était encore fréquenté en cette saison, surtout le week-end.

Merde, avec le nombre de randonneurs qui arpentaient les lieux le week-end dernier, comment le message signé par Kim avait-il pu rester inaperçu? Serait-elle morte le lundi seulement? Mais si elle était encore en vie le vendredi, pourquoi n'était-elle pas rentrée à Calgary garder sa nièce?

Ou si elle avait été retardée, pourquoi ne pas avoir prévenu Lauren pour la tenir au courant ? Cela n'avait aucun sens.

Il me faudrait parler aux gardes du parc. Peut-être le sentier avait-il été fermé à titre exceptionnel durant le week-end pour une raison quelconque, une session, d'observation, un ours ou un wapiti irritable... Il devait y avoir une explication.

Vingt minutes plus tard, j'émergeai du bois et arrivai aux chutes. Une rambarde de bois avait été placée entre le sentier et la falaise qui le surplombait, assez haute pour arrêter un bambin ou un petit chien. Pour les adultes, c'était surtout un rappel de ne pas s'approcher du bord. Un panneau planté dans le bas-côté indiquait – dessin à l'appui – « danger, risque de chute » en trois langues.

En réalité, rien n'empêchait un suicidaire de se jeter de la falaise. Pire encore, le sol était couvert d'aiguilles de pins et de gravillons, ce qui ne faisait qu'ajouter au danger. Un mauvais pas, une glissade et c'était la chute. Avec un terrain aussi humide et limoneux, se rattraper était presque impossible.

Malgré l'évidence du danger, les gens s'obstinaient à agir avec inconscience, comme toujours. Je le constatai en examinant les traces de pas, des empreintes qui provenaient toutes de la même paire de chaussures. Je sortis mon téléphone et pris quelques photos en gros plan. Les contours boueux étaient un peu déformés par l'humidité, mais l'empreinte restait reconnaissable. Bien sûr, elle pouvait appartenir à un flic ou même à un des tourtereaux amateurs de ciel nocturne, mais peut-être allais-je vivre le conte de fées d'un détective et, pour une fois, résoudre une enquête grâce à un indice.

J'approchai prudemment de la rambarde et regardai le bas des chutes et les environs. Je ne vis pas la piste qui menait au pied de la cascade, elle devait être cachée par les arbres. Je le vérifierai plus tard. Au-delà des chutes, les eaux étaient rapides et peu profondes, avec des jets d'écumes qui jaillissaient autour de gros rochers immergés et des taches blanches signalant les endroits où d'autres se cachaient sous la surface. C'était trop dangereux pour faire du canoë. Je tentais de visualiser un corps arrivant en bas, il était possible qu'il se coince sur un rocher et qu'un randonneur l'aperçoive...

D'après les premières constatations de la gendarmerie, personne n'avait rien vu.

C'était un endroit sacrément bien choisi pour un meurtre! Pas de témoin, peu de chance d'être surpris ou interrompu. Le tueur avait-il su où aller ou bien s'était-il trouvé là par hasard? me demandai-je. S'il connaissait les lieux, s'agissait-il d'un local, d'un habitué du week-end, de quelqu'un vivant à proximité, Canmore, Calgary, Banff ou dans un des hameaux éparpillés entre ces trois villes?

L'assassin connaissait Kim avant ce week-end fatal? Était-il venu de Calgary avec elle? Ou l'avait-elle rencontré ici, à une station-service ou sur le sentier? Ou dans un bar de Canmore?

Et l'assassin était-il un homme ou une femme?

Glissant des arbres, des gouttes d'eau m'aspergèrent le visage. Un humidificateur naturel? Jess aurait apprécié.

Je pris quelques autres photos à titre de précaution, puis je revins sur mes pas jusqu'à la voiture.

QUAND J'ARRIVAI au parking, Jess dormait encore et je répugnai à le réveiller. J'occupai mon temps à arpenter la surface plane pour prendre en photos les traces de pneus, bien qu'elles soient moins nettes que les empreintes trouvées au bord de la falaise. La terre était sèche et tassée. Certaines restaient assez bonnes pour être utilisées. En soi, bien entendu, elles ne représenteraient pas une preuve déterminante. Même si je démontrais qu'un Calgarien était venu sur ce parking, et alors? Ce serait un touriste de plus à aimer la randonnée. Au mieux, cela confirmerait qu'un éventuel suspect – qu'il me restait à trouver – avait été sur la scène du crime.

Une fois cette distraction épuisée, je fis le point des renseignements qui me manquaient et des personnes susceptibles de me les fournir.

Luna en savait bien plus que moi sur les informations à tirer de l'autopsie d'un corps ayant chuté d'une falaise et séjourné dans l'eau. En ce moment, cependant, elle dormait encore.

Lauren saurait me dire quand ses parents arriveraient. C'était certainement à eux que la gendarmerie comptait remettre le message d'adieu de Kim. Je lui demanderai aussi l'opinion de ses parents quant à la mort de Kim : croyaient-ils à un suicide? Je grimaçai, car l'expérience m'avait démontré que la mort subite d'un proche provoquait souvent chez ses proches des réactions imprévisibles. Comme ce n'était pas d'une urgence vitale, je préférais ne pas la déranger en ce moment.

J'aurais aimé connaître l'heure exacte du décès de Kim, ce qui m'aurait permis de vérifier qui dans son entourage s'était absenté durant ce créneau. Pour le moment, je n'en savais pas assez pour enquêter dans cette direction.

Au final, il ne me restait qu'une seule personne à contacter pour avoir des nouvelles. Je vérifiai si mon téléphone avait encore de la batterie. Comme c'était le cas, je pressai le bouton.

— Sans blague! s'exclama une voix joviale. Ce flambeur de Ben Ames pense à moi alors qu'il prend du bon temps en montagne avec une célébrité!

— C'est une vie qui dépasse ton imagination, Kent, déclarai-je. Merci de t'occuper de Frank.

— D'après Jack, il mange de la pizza. Tu confirmes?

— Pourquoi ne pas goûter la nourriture pour chien? Tu pourrais décider de façon plus éclairée.

— Alors, tu t'offres une petite virée à Canmore avec ton mec?

Je levai les yeux au ciel.

— Je n'ai pas de mec, mais effectivement, je vais sans doute rester quelques jours à Canmore. Qu'as-tu appris de plus depuis ce matin? J'aimerais savoir quel jour Kim est morte, même si ce n'est qu'une estimation. Je voudrais aussi les noms du couple qui a trouvé le message dans les rochers.

— Je n'ai rien vu passer concernant l'autopsie, déclara Kent. Je pense que sur ce coup-là, je suis grillé. L'an dernier, je suis sorti un temps avec l'assistante du légiste, ça s'est fini assez mal. Pour être franc, elle était nulle au pieu, alors…

— Arrête! coupai-je. Je ne veux rien savoir de ta vie sexuelle! Combien de fois vais-je devoir te le répéter? De plus, tu connais mon avis sur la question, on ne mélange jamais le travail et…

— Oui, oui, je sais, coupa-t-il, je n'aurais pas dû tremper la nouille.

— Fricoter avec le personnel de la morgue, franchement? grinçai-je. Kent, c'est inconscient de ta part!

— Mon pote, c'est de ta faute! Tu n'aurais pas dû me laisser tout seul, sans surveillance. Quelle idée de démissionner! Mon nouveau partenaire se contrefiche de mes aventures sexuelles.

— Quelle chance il a! persiflai-je. Tu n'as rien d'autre pour moi? Par exemple, le nom du ranger en service hier soir? Et n'oublie pas ma demande concernant le couple qui a trouvé le message. J'ai photographié des empreintes de pas sur la falaise, j'aimerais retrouver la chaussure qui leur correspond.

— Oh, tu cherches une chaussure ? s'écria Kent, hilare. Comme le prince charmant ! Que c'est chou !

Je ne relevai pas sa pitoyable tentative d'humour.

— Je suis passé à la PRC, déclarai-je. Les gendarmes sont convaincus qu'il n'y a pas eu crime. J'ai prévenu la constable de garde que je chercherais de mon côté et ça n'a pas eu l'air de la traumatiser. Elle n'a même pas cherché à me faire changer d'avis.

Kent ne se donna pas la peine de statuer l'évidence. Comme moi, il savait très bien la situation se compliquerait si je réussissais à convaincre la PRC que Kim ne s'était pas suicidée. Les flics aimaient que preuves et indices soient dûment documentés, avec l'endroit précis où ils avaient été récoltés et le détail de leurs pérégrinations depuis lors.

Kent reprit :

— Ce sont des intérimaires qui ont trouvé le message, ils travaillent dans une agence de location de bateaux sur le lac Supérieur. Je n'ai pas leurs noms, mais tu peux engager un détective pour le découvrir.

— Excellente idée !

— Ou alors, tu confies la tâche à ton assistant.

Machinalement, je jetai un regard vers la voiture. Jess dormait toujours.

— Comment a-t-il pu te confier Franck ? demandai-je. Est-il passé par Luna pour obtenir ton numéro de portable ?

— Non, répondit Kent, je le lui ai donné quand je suis passé ce matin, il m'a aussi communiqué le sien. Ne sois pas jaloux, Ben. Il est mignon, mais il est plus ton genre que le mien.

— Je vois, grinçai-je. Ne t'attache pas trop à lui, Kent. D'ici une semaine ou deux, il retournera à Toronto.

— Hmm. On verra.

J'écartai le téléphone de mon oreille et comptai jusqu'à dix dans ma tête. «Ne lui demande pas ce qu'il entend par là. Ne lui demande pas *non plus* de quoi il a parlé avec Jess pendant que tu étais dans ton bureau au téléphone avec Lauren. Ne lui demande *surtout pas* pourquoi lui et Jess ont cru nécessaire d'échanger leurs numéros de portables !»

— Kent, repris-je, la voiture de Kim a-t-elle été retrouvée ?

— Pas que je sache, répondit-il. Plus personne ne la cherche, tu sais. Enfin, chez nous en tout cas. Les gendarmes le font peut-être, mais ça m'étonnerait.

— Moi, je la cherche toujours.

— Je vais voir ce que je peux te trouver, déclara Kent. Salue pour moi ton assistant.

JE FINIS par réveiller Jess en tapant à la vitre. Puis je pris la route vers le lac Supérieur. Encore à moitié endormi, Jess partageait son attention entre son téléphone et le paysage. Il n'avait même pas demandé où nous allions ! Il s'était tout de même enquis de ce que j'avais trouvé sur le sentier. Je lui avais montré la photo de l'empreinte de pas.

— Rendors-toi, suggérai-je.

— Je ne sers à rien, chuchota-t-il. Tu es allé marcher seul pendant que moi, je dormais. Je ne suis pas venu pour dormir !

Il parlait la tête détournée vers la fenêtre. Je l'entendis à peine.

— Tu es malade, bébé !

Le terme affectueux m'échappa sans que je l'aie voulu. Si Jesse remarqua mon lapsus, il ne le montra pas.

Je commençai à m'inquiéter de son mutisme :

— Ça ne va pas, Jess ? Tu veux voir un médecin ? Nous pouvons rentrer à Calgary, tu sais, ou aller à Canmore.

— Non, non, ça va, répondit-il. Je suis juste fatigué. Ce paysage est magnifique, d'ailleurs. Pourquoi personne ne vient jamais ici ?

Ah, ces Torontois !

Je ne pus retenir un gloussement.

— En clair, tu ne connaissais de la région que Banff et peut-être Jasper ?

— Je comptais aller skier à Marmot Basin, mais j'avais toujours une tournée en vue et l'assurance nous interdit les activités « à haut risque ». Il y a des années que je ne suis pas remonté sur un snowboard.

— C'est vrai ? Tu n'as pas le droit de déconner *avant* une tournée ?

Je lui jetai un coup d'œil et le vis hocher la tête.

— Ni pendant, ajouta Jess. Oui, c'est vrai. Et toi qui pensais ma vie hyper glamour !

— Putain ! Ton boulot est presque aussi contraignant que le mien !

— Oui.

— Mais il est nettement plus rémunérateur.

— Je me souviens qu'Elvis Costello [19] disait : «*rien n'a changé, certains sont toujours trop payés. C'est navrant, je le reconnais, j'en ai honte, mais qu'y faire ? La vie est injuste.*»

— La vie est injuste, d'accord, déclarai-je, et je pourrais élaborer là-dessus, mais en toute sincérité, jamais je ne serais capable de faire ce que tu fais, quelle que soit la somme qu'on me fasse miroiter. En plus, je ne sais pas chanter !

Il secoua doucement mon bras.

— Tu te sous-estimes.

Il ralluma la radio – je l'avais éteinte pour le laisser dormir – sur un air de Fleetwood Mac. Au début, Jess tambourina sur le tableau de bord, puis il se mit à chanter. Sa voix était aussi puissante qu'à son habitude et l'entendre d'aussi près me fit frissonner, comme avant… Cela m'avait manqué !

Quand il se tut, je fis remarquer :

— J'ignore comment tu peux chanter comme ça avec une pneumonie, mais je doute que ce soit bon pour ta voix.

Il haussa les épaules et ne discuta pas. Nous passâmes devant un panneau : le lac Supérieur n'était qu'à un kilomètre.

— Quelle folle imagination ont eue les locaux pour trouver ce nom ! railla Jess.

Je pointai du doigt un pic à proximité.

— Lui, là-bas, c'est le Mont Infatigable. Tu préfères ?

Il sourit.

— Arrête ! Tu viens de l'inventer !

— Pas du tout, assurai-je. La moitié des noms du coin viennent des vaisseaux de la bataille du Jutland, pendant la Première Guerre mondiale, quand les Britanniques et les Allemands se sont affrontés au large des côtes du Danemark.

Le visage de Jess s'éclaira d'un sourire ravi.

— C'est tellement bizarre ! Comment a fini l'*Infatigable* ?

— Mal, admis-je, il a explosé. Il ne faut jamais défier le sort quand on baptise un navire.

Jesse explosa de rire pendant un long moment. Puis il s'essuya les yeux et soupira :

_____

19 Auteur-compositeur-interprète anglais d'origine irlandaise et un des premiers membres de la scène Pub rock.

— Oh, Ben, comme tu m'as manqué !

Par chance, nous arrivions à la bifurcation, ce qui m'évita de proférer une ineptie – comme lui demander « à qui la faute ? » Ou pire encore, lui révéler que lui aussi m'avait manqué.

J'AVAIS DIT à Jess qu'une licence de détective donnait assez peu d'avantages. C'était la vérité, mais pas dans son intégralité.

Il le comprit très vite en me voyant montrer mes papiers aux intérimaires Australiens que nous rencontrâmes dans le hangar à bateaux. Sans hésitation aucune, ils me donnèrent les noms de leurs deux collègues. Sur le papier, les gens avaient parfaitement le droit de refuser de répondre aux questions d'un enquêteur privé ; en pratique, peu s'y risquaient. Légalement, il m'était interdit de me présenter comme un flic, mais rien ne m'obligeait à apprendre à mes interlocuteurs la différence entre un détective privé et un inspecteur de police.

Jess était derrière moi, il regardait le lac par-dessus mon épaule. Je comprenais que cette vue ait attiré son regard. L'eau, aussi plate et limpide qu'un miroir, reflétait les sommets alentour, le ciel était d'un bleu profond, les nuages flottaient, léger et mousseux. À la surface, à peine troublée de temps à autre d'un frisson, les couleurs étaient plus profondes, plus émouvantes, comme un tableau qui représentait la nature en y mettant un sens particulier. Jess semblait perdu dans sa contemplation, à peine conscient de la conversation se déroulant à côté de lui.

J'ignore ce que les Australiens pensèrent sa présence. Ils ne posèrent pas de questions.

J'envisageai d'abandonner Jess au bord du lac pendant que j'allais interroger les tourtereaux, mais il resta sur mes talons, tête baissée et casquette en place. Comme l'avaient annoncé les autres intérimaires, je trouvai le couple sur le quai, occupé à nettoyer les canoës qui seraient bientôt entreposés pour l'hiver.

Tous deux portaient la même tenue, bermuda marron et débardeur blanc, avec un hâle profond qu'ils regretteraient en prenant de l'âge. La fille était blonde, lui brun, sinon, ils se ressemblaient. L'un et l'autre avaient un air de santé agressif.

— Chloe McDonald et Thomas Brown ? demandai-je, sur le ton que prendrait un flic.

Ils échangèrent un regard et se relevèrent, abandonnant le canoë sur lequel ils travaillaient. Thomas s'avança avec un sourire inquiet.

139

— Oui, déclara-t-il.

Du coin de l'œil, je vis Jesse tiquer à son accent. Ainsi, il avait suffisamment prêté attention à ce qui se passait autour de lui pour constater que le personnel était presque exclusivement australien. S'il avait passé plus de temps à Banff, il n'en aurait pas été surpris. Chaque été, la moitié de la jeunesse australienne venait chercher du travail dans les Rocheuses.

Je sortis ma licence et la présentai d'un geste rapide.

— Je suis Ben Ames, déclarai-je. J'enquête sur la mort de Kimberly Moy. J'ai appris que vous aviez trouvé hier soir le message laissé par la défunte.

Chloe avança et se plaça à côté de Thomas.

— Nous avons déjà dit à la police tout ce que nous savions, lança-t-elle.

— C'est juste une vérification, dis-je d'un ton apaisant. J'ai quelques questions à vous poser.

Thomas acquiesça. Chloe, elle, paraissait sur la défensive. Elle tourna la tête vers Jess et plissa les yeux, comme pour chercher où elle l'avait déjà vu.

— Vous aviez trouvé le message vers minuit, c'est bien ça ?

Thomas se dandina d'un pied sur l'autre, il portait des boots de randonnées marron assez éculées.

— Écoutez, nous n'étions pas censés être là-haut, je le sais bien.

— Avez-vous dépassé la rambarde érigée au bord du gouffre ?

— Oui, dit Chloe. Du moins, Tom l'a fait ! Je lui ai dit que c'était dangereux. Pourquoi cette question ?

Ses yeux passaient de Jess à moi, sa queue de cheval se balançait au rythme de ses mouvements. Jess s'était figé, comme s'il espérait devenir invisible. Je lui avais bien dit de rester dans la voiture !

Je reportai mon attention sur Thomas.

— Portiez-vous ces chaussures hier soir ? demandai-je.

La fille avait les mêmes, mais sa pointure ne correspondait pas aux empreintes que j'avais prises en photo.

— Oui, répondit Thomas. Pourquoi ? Je suis vraiment navré de ce qui est arrivé, mais il s'agit d'un suicide, non ? Je l'ai entendu aux infos.

— Je tiens à vérifier qu'il n'y avait personne avec elle. Pourriez-vous me montrer vos semelles ?

Je sortis mon téléphone et lui tendis une des photos prises aux chutes. Chloe paraissait à la fois tendue et agitée. On aurait pu croire qu'il s'agissait de culpabilité. Parfois, c'était le cas, mais le plus souvent, c'était juste de la nervosité devant une situation inhabituelle. Les gens craignent la mort, et les flics, et ils apprécient peu les questions d'un inconnu.

140

Sans tenir compte de sa copine, Thomas semblait désireux de racheter son péché véniel d'avoir escaladé la barrière. Il se pencha, ôta une botte et me la remit. Je la retournai et comparai à la photo.

Merde !

Je pris une photo et rendis sa botte à Thomas.

— Merci. L'empreinte correspond.

— Et alors ? Ça veut dire quoi ? demanda Chloe.

— Ça veut dire que Thomas était sur la falaise, ce que nous savions déjà. Si l'empreinte n'avait pas correspondu, j'aurais cherché qui d'autre était là-haut hier soir.

— Si nous sommes montés malgré l'interdiction, déclara Thomas, c'est parce que nous partons à la fin de la semaine.

— Nous pensions passer un moment *spécial*, déclara Chloe.

Elle fit une grimace déçue en prononçant le dernier mot.

— Vous n'avez pas eu de chance, c'est vrai, reconnus-je. Que pouvez-vous me dire d'autre ? Avez-vous été jusqu'au parking en voiture ? N'était-il pas bloqué plus bas sur la route ?

Peut-être n'aurais-je pas dû montrer mon jeu. Chloe, le regard soupçonneux, se demandait manifestement pourquoi je n'étais pas au courant. Pourquoi le ranger ne me l'avait-il pas dit ? Étais-je bien un flic...

Non, Chloe, je n'ai jamais prétendu l'être.

— Oui, déclara Thomas, nous y sommes allés en voiture.

— Avez-vous vu d'autres véhicules sur la route ?

Ils secouèrent la tête ensemble.

— C'est bizarre, ajouta Thomas. Vous avez raison, nous n'aurions pas dû pouvoir passer en voiture. Je ne l'ai pas réalisé sur le coup, mais la barrière était ouverte.

Chloe semblait soulagée.

— C'est vrai, acquiesça-t-elle. C'est bizarre.

— S'il vous revient quelque chose, prévenez-moi.

Je tendis ma carte à Thomas. Avant qu'il la glisse dans sa poche, Chloe la lut et fronça les sourcils. Je fis comme si je n'avais rien remarqué et pris congé d'eux.

UNE FOIS de retour dans la voiture, Jess déclara :

— C'était une perte de temps. Si ce type est un meurtrier, il est le meilleur acteur que j'aie jamais vu !

— Parfois, il faut vérifier des détails pour s'assurer de n'avoir rien oublié d'important. Regarde mes photos, Jess. D'après toi, toutes ces empreintes proviennent-elles des mêmes chaussures ?

Il les examina une par une avec attention avant de hocher la tête.

— Oui, dit-il.

— C'est aussi mon avis. Pourtant, nous savons qu'il y avait quelqu'un d'autre là-haut lundi soir.

Il pencha la tête.

— Eh bien, Chloe y était. Mais elle est restée derrière la rambarde sans laisser de traces de pas.

— Oui, mais notre meurtrier n'a pas pu rester sur le sentier pour jeter le corps de Kim du haut des chutes. Il a obligatoirement laissé des traces. D'ailleurs, si Kim s'était suicidée, j'aurais dû retrouver ses empreintes, pointure 39.

Jess me fixa.

— Ce qui signifie…

Je continuai mon raisonnement :

— Si Kim a été tuée, soit son meurtrier l'a portée jusque là-haut, soit il l'a convaincue de l'accompagner pour une raison ou une autre. Il l'a ensuite jetée ou poussée, puis il a soigneusement effacé ses traces dans la boue. Ensuite seulement, les tourtereaux sont arrivés et Thomas est allé jusqu'au bord de la falaise, laissant ses empreintes. C'est pourquoi je n'ai pas trouvé d'autres traces.

Jess hocha la tête.

— Oui. Cela prouve qu'elle n'est pas montée là-haut seule et qu'elle ne s'est pas suicidée ! À moins que… aurait-elle pu, une fois près du bord, effacer ses traces derrière elle avec un bâton ?

— Non, répondis-je, le terrain est bien trop glissant. Et si elle a laissé un message, pourquoi se serait-elle donné la peine d'effacer ses traces ? Le terrain est vraiment très dangereux là-haut, surtout de nuit, Thomas a eu de la chance de ne pas basculer par-dessus bord.

— Vas-tu parler de ta découverte aux gendarmes ? s'enquit Jesse. Vont-ils rouvrir l'enquête ?

Je soupirai.

— Ils devraient, mais s'ils tiennent vraiment à leur théorie, ils prétendront que Kim a pu sauter une autre nuit, vendredi ou samedi, et que l'humidité ambiante a effacé les traces.

— Est-il possible qu'elle soit morte plus tôt ? demanda Jess. L'autopsie le révélera-t-elle ?

— Je ne sais pas, admis-je. Je poserai la question à Luna, c'est son domaine. Avec un peu de chance, elle connaîtra quelqu'un dans l'entourage du légiste. Pour en revenir à ce message, quelque chose me turlupine. Je ne l'ai vu qu'en photo, c'est vrai, mais je n'ai pas eu l'impression qu'il avait séjourné longtemps dehors, je n'ai vu ni tache d'humidité ni marque de poussière. Je dirais qu'il est resté en place très peu de temps, certainement pas tout le week-end. Sinon, dans une atmosphère aussi gorgée d'eau, l'encre aurait coulé.

Jess ferma les yeux, pas parce qu'il était fatigué, mais pour se concentrer pendant qu'il réfléchissait.

— Si le message a été déposé lundi soir, juste avant que les Australiens le trouvent, c'est qu'elle a été assassinée. Sinon, il y aurait d'autres empreintes derrière la rambarde. On en revient toujours au même point. Si le message a été laissé plus tôt, la thèse du suicide reste une possibilité.

— Cela résume effectivement la situation, déclarai-je. Je n'ai pas suffisamment d'éléments concordants pour retourner à la gendarmerie.

— Je comprends, déclara Jess.

— Nous devons découvrir ce qui s'est passé et établir une chronologie étayée des évènements. Ce serait bien aussi d'avoir un suspect et de trouver la voiture de Kim. Mais avant, nous devons parler aux rangers, c'est même notre priorité.

— Ah bon, s'étonna Jess. Pourquoi ?

— Ma règle numéro 1, répondis-je, c'est qu'une coïncidence n'en est souvent pas une.

— Tu as des règles ?

— Oui.

— Et elle veut dire quoi au juste ta règle numéro 1 ? insista Jess.

— C'est très simple : quand ce qui n'arrive jamais en temps normal se produit *justement* la nuit d'un crime à l'endroit *même* où il a été commis, eh bien… ce n'est pas vraiment une coïncidence.

XI

JE DÉMARRAI la voiture et rebroussai chemin. Pendant ce temps, Jess sortit son téléphone pour découvrir quel ranger avait vérifié et verrouillé, la veille, la barrière du sentier. Nous avions déjà vu tous les hôtels du parc et il était peu probable que Kim, avant de quitter Calgary pour l'Ouest, ait mis une tente dans sa voiture. J'envisageai donc d'enquêter dans les hôtels des villes voisines.

En chemin, nous passâmes devant les Monts Infatigable et Invincible.

— L'*Invincible*, déclarai-je, a coulé comme une pierre après avoir été touché par trois torpilles allemandes.

Toujours au téléphone, Jess rit, puis dut expliquer à son interlocutrice que non, il ne se moquait pas d'elle. Il était en communication avec la réceptionniste du centre d'accueil qui gérait le parc, les touristes et l'application des divers règlements. Il cherchait toujours à savoir quel ranger avait veillé à la fermeture de la piste lundi soir.

Il reprit sa conversation :

— Alors, vous me confirmez que les barrières sont verrouillées à vingt heures tous les soirs et que les sentiers restent fermés toute la nuit ? Il n'y a pas d'exceptions ?

Je ne pus m'empêcher de lever le pouce. C'était une excellente question. Il était important de noter les faits inhabituels, tout ce qui pouvait modifier la routine connue par les habitués. J'étais impressionné qu'une rock star ayant obtenu des prix dans cinq ou six pays apprenne aussi vite les ficelles du métier d'enquêteur. Peut-être Jesse avait-il un don inné…

Jess nota mon geste d'appréciation et m'adressa son sourire d'enfant, si naturel et spontané.

J'étais également surpris qu'enquêter lui plaise autant.

— Je vois, déclara Jess au téléphone. Et ce changement d'horaire est effectif depuis la fête du Travail, c'est bien cela ?

La fête du Travail, c'était lundi de la semaine dernière. Les visiteurs savaient-ils que l'heure de fermeture des sentiers avait changé ? Ce détail était-il important ?

— Comment la porte est-elle verrouillée ? demanda encore Jesse.

Un énorme élan aux bois majestueux traversa la route à cent mètres devant nous. Jess ouvrit de grands yeux ravis et se pencha en avant pour ne pas perdre une miette du spectacle. Très vite, l'élan disparut dans la forêt qui bordait la route.

Alors seulement, Jesse se tourna vers moi et leva le menton, une question dans les yeux.

— C'était un wapiti, chuchotai-je.

— Waouh ! mima-t-il.

Il demanda au téléphone :

— À quel numéro puis-je le joindre ?

Pensant qu'il allait prendre des notes, je lui indiquai par geste que je gardai un carnet et un stylo dans la poche du pare-soleil, côté passager.

Jess secoua la tête.

— Non, je ne connais pas la région. Vraiment, vous feriez ça ? Vous êtes très gentille. Merci beaucoup.

Je commençais à comprendre pourquoi il avait eu tant de succès en contactant les amis de Kim. Il ne doutait jamais de lui, il n'avait peur de rien – et ça, depuis toujours. La plupart des gens redoutaient de téléphoner à de parfaits inconnus, surtout pour leur poser des questions ; ils s'attendaient à se faire envoyer au diable. Jess, tout en sachant que cela pouvait arriver, ne voyait pas en quoi c'était létal, aussi parlait-il d'un ton détendu et amical, ce qui donnait d'excellents résultats.

Il enchaîna :

— Bonjour, oui, Alex me l'a dit. Vous a-t-elle expliqué mon petit problème ? Oh, parfait... oui, je note.

Cette fois, il récupéra le carnet, il l'ouvrit de sa main libre et coinça son téléphone contre son oreille avec son épaule pour libérer son autre main et se saisir du stylo. Il écrivit sur son genou relevé.

— Avez-vous vérifié l'heure qu'il était quand... Et c'est votre horaire habituel ? Oh, je vois... Quelqu'un aurait-il pu passer après vous ? Peut-être pour une ultime vérification des barrières ?

Pour quitter le parc, je dus emprunter un passage canadien, j'eus beau lever le pied, la voiture n'en tressauta pas moins à plusieurs reprises et Jess lâcha son stylo. Il me fusilla d'un regard sévère et se pencha pour le récupérer. Bien sûr, il ne connaissait sans doute pas le principe du passage canadien, ou le fait qu'il était impossible de les traverser sans secousses.

— Et comment les portes sont-elles verrouillées ? demanda Jess une fois redressé. Oui, disons les deux.

La circulation était fluide sur la Transcanadienne. Je pris la bretelle d'accès et me glissai sans à-coup sur la voie principale. Cette fois, Jesse n'aurait pas de raison de se plaindre.

Il terminait son appel, justement en remerciant son interlocuteur – le ranger si j'avais bien suivi. Il coupa son téléphone et le jeta dans la boîte à gants.

— Je préfère oublier *Twitter* pour le moment.

— Les réseaux sociaux sont une regrettable addiction, déclarai-je d'un ton pédant. Alors, raconte-moi ce que tu as appris.

— De la Fête de la Reine [20] à celle du Travail, les sentiers sont ouverts jusqu'au crépuscule, déclara-t-il. Après le premier lundi de septembre, ils ferment plus tôt, à vingt heures. Aux premières neiges, les sentiers les plus difficiles d'accès ferment pour l'hiver.

Il regarda ses notes et enchaîna :

— La porte du sentier qui monte aux chutes de Quartz a été fermée la nuit dernière cinq minutes après vingt heures. Le garde l'a consigné sur son registre, donc, il est certain de l'heure. D'après lui, toutes les portes sont cadenassées, parfois directement sur les montants, quand c'est possible, sinon, via une chaîne enroulée autour des barreaux. La chaîne de la barrière qui montait aux chutes a été coupée la nuit passée, les rangers l'ont découvert après que Chloe et Thomas aient signalé à la gendarmerie avoir retrouvé le message signé de Kim.

— Pourquoi scier une chaîne quand il est si facile de sauter par-dessus la barrière ? remarquai-je.

— Tu as raison, déclara Jess, d'autant plus que d'après le ranger, la chaîne était épaisse. Le meurtrier devait être en voiture et il avait des cisailles avec lui. C'est étrange, non ? Soit il se balade toujours avec sa caisse à outils, soit il savait trouver la barrière fermée et il a apporté le matériel nécessaire.

— Plus ça va, plus j'ai la sensation que le meurtrier, s'il existe, est un local, déclarai-je, ou quelqu'un qui travaille dans le coin, ou un visiteur régulier. Il s'est bien débrouillé ! Il savait que le sentier serait fermé à vingt heures, il avait une cisaille pour la chaîne. Oui, il avait tout prévu !

— Cela violerait encore ta règle numéro 1 ?

---

20 Jour férié canadien célébré chaque année le lundi qui précède le 25 mai en l'honneur de la reine Victoria.

— Ma règle numéro 2 est : quelqu'un qui a trop de chance, c'est louche.

— Je vois. D'après toi, Kim est venue passer le week-end ici pour réfléchir, comme elle le faisait souvent, et elle aurait croisé son assassin par hasard, c'est ça ? Dans ce cas, la raison de son agitation au BP et de son départ précipité n'a plus aucune incidence.

Instinctivement, je n'étais pas d'accord, pourtant, c'était bien ce que les faits démontraient pour le moment.

Jess pointa un panneau routier sur notre gauche.

— Exshaw ! On ne va pas vérifier ?

— Ce n'est qu'un hameau pour les employés de l'usine de ciment, répondis-je. Je doute qu'il y ait des hôtels.

Je ne pris pas la peine de signaler la cimenterie, également à notre gauche, car Jess ne pouvait la manquer.

— D'accord. Le prochain patelin est… Oh, mon Dieu ! Regarde ! Dead Man's Flats. *Les Logements de l'Homme Mort*, franchement ? Comment peut-on donner un nom pareil à un patelin ?

— C'est un vieux panneau, expliquai-je en riant. D'après ce que j'ai entendu dire, le nom a été modifié dans les années 80 pour mieux attirer les touristes.

— S'ils ont des touristes, ils ont des hôtels.

Il avait raison et je pris la sortie. Jess fouilla la boîte à gants pour récupérer son téléphone, sans doute pour vérifier mon histoire.

La rue principale et les commerces n'avaient pas changé depuis ma dernière visite, un jour où j'avais eu une envie pressante alors que Canmore était encore loin. Une station-service, deux restaurants et trois hôtels. C'était bien moins chic qu'à Banff ou à Canmore, mais c'était aussi bien moins cher. Si mes souvenirs étaient bons, j'avais essayé un restaurant de style britannique et son curry n'était pas mauvais.

Je m'arrêtai à la station-service, pensant y faire le plein et montrer la photo de Kim au préposé. Jess sortit aussi, mais au lieu de rester avec moi, il s'éloigna, le regard rivé à son écran. Sans doute avait-il besoin d'un endroit discret pour s'entretenir avec Gia.

Une fois mon réservoir rempli, je vérifiai aussi le niveau du lave-glace et nettoyai mon pare-brise avant d'entrer dans la boutique. J'étais le seul client. Je vis un gamin aux cheveux hérissés derrière le comptoir, lui aussi était sur son téléphone. Il leva à peine les yeux quand je poussai la porte.

Je fis le tour des rayons et sélectionnai des snacks et du thé glacé. D'abord, je n'avais pas pris de petit déjeuner, ensuite, d'après mon expérience, les commis de magasin parlaient plus volontiers aux clients qui achetaient quelque chose. Un échange de bons procédés, quoi.

Je posai mes achats devant la caisse. Le gamin croisa enfin mon regard. Il avait les yeux rouges. Pleurait-il sur le tragique taux de suicide chez les jeunes, était-il allergique aux fleurs de montagne en automne ou complètement shooté ? Ou alors, avait-il connu Kim ?

— Bonjour, dit-il d'une voix qui n'indiquait aucun chagrin. Vous avez trouvé tout ce qu'il vous fallait ?

— Oui, j'ai aussi mis de l'essence dans ma voiture et...

Je posai sur le comptoir mon téléphone avec une photo de Kim affichée sur l'écran.

— ... je cherche à reconstituer les derniers faits et gestes de cette jeune personne.

Le gosse se pencha pour mieux regarder la photo.

— Oh ! Oh merde !

— Vous l'avez vue, alors ?

— Vous êtes de la police ? J'ai entendu qu'ils avaient retrouvé le corps d'une suicidée hier soir.

— Je suis détective privé, déclarai-je. Reconnaissez-vous la femme de la photo ?

— Oui, bien sûr, déclara-t-il. Elle était là jeudi. Oui, jeudi, je m'en souviens parce que le carburant est livré le jeudi et qu'elle a dû attendre que j'aie fini avec le gars.

Je hochai la tête.

— Quelle heure était-il ?

— Euh... le livreur arrive en général vers dix heures.

C'était le second témoin, après Miss Sourire, à me donner un horaire précis des déambulations de Kim. Il ne me restait que quatre jours et demi à remplir.

— Était-elle seule quand elle est entrée chez vous ?

— Oui, déclara-t-il. En tout cas, je n'ai vu personne avec elle. Elle ne s'est pas suicidée, alors ? C'est quelqu'un qui lui a fait du mal ?

— Je n'en sais rien, je cherche, la famille veut des réponses.

— Oui, bien sûr, c'est normal, déclara-t-il. Elle semblait plutôt calme, vous savez, pas du tout triste ou désespérée.

Pendant qu'il parlait, une femme entra. Elle portait une tenue de randonneuse, veste beige avec des poches partout, et chaussures de marche. Elle fila tout droit vers les vitrines réfrigérées et se mit à chercher de la glace au café.

— Et vendredi ? insistai-je ? L'avez-vous revue ?

— Non.

— Avez-vous travaillé ici ce week-end ?

Le gamin secoua la tête.

— Non, mais je connais le gars qui me remplace le week-end. Si vous voulez, je lui demanderai.

— J'apprécierais, déclarai-je.

J'avais d'autres questions, par exemple ce que Kim avait acheté, comment elle avait payé ou s'il avait vu sa voiture, mais le gamin commençait à se désintéresser de moi. Il regardait l'autre cliente qui revenait les bras chargés de crèmes glacées. Je décidai de le laisser tranquille pour le moment, quitte à repasser plus tard.

Quand je sortis, je vis Jess assis sur le capot de ma voiture. Il semblait très satisfait de lui-même.

— Ma voiture n'est pas un strapontin, punk ! lançai-je.

Il sauta sur ses pieds et avança vers moi, son téléphone brandi devant lui. J'y jetai un coup d'œil.

Une Mitsubishi Mirage violet clair s'affichait sur l'écran.

— Putain, je n'y crois pas ! m'écriai-je. Où as-tu pris cette photo ?

— Juste à côté, répondit Jesse. Viens, suis-moi.

LE CREEK Hôtel se trouvait effectivement à l'angle de la rue. C'était un petit bâtiment en forme de L, à deux niveaux. Sur la longueur, les chambres ouvraient directement sur le parking, style motel, et à l'étage, c'était davantage de petits appartements pour les familles. La partie courte du L abritait la réception et un pub restaurant. Dans la cour, des paniers de fleurs suspendus et quelques jardinières suggéraient de récents efforts de jardinage.

La Mitsubishi était bien celle de Kim, l'autocollant floral en témoignait. Elle était garée devant une des chambres du rez-de-chaussée. La plaque d'immatriculation correspondait, bien entendu.

Je la pris en photo avec mon téléphone et l'envoyai à Kent, lui signalant aussi que Ames Investigations avait retrouvé la voiture disparue. Je ne précisai pas le rôle déterminant de Jess.

— Alors, dit Jess, on fait quoi maintenant? On va interroger le réceptionniste?

Je lui tendis le sac de mes achats et mes clés de voiture.

— Retourne chercher ma voiture, elle est toujours à la station essence et je ne voudrais pas qu'elle gêne le passage. Si un semi-remorque la pousse, cela ferait des dégâts. J'ai acheté des bricoles, si tu as faim.

Il vérifia le contenu du sac, puis releva les yeux vers moi.

— Tu as mangé, toi?

— Je n'en ai pas eu le temps, mais je survivrai.

Il fronça les sourcils et me tendit une banane.

— Mange, la situation ne changera pas dans les cinq prochaines minutes!

Il s'attarda le temps de vérifier que je suivais ses instructions. Quand j'eus terminé ma banane, je m'attendais presque à ce que Jess me tapote la tête, comme à un bambin obéissant, mais il se contenta de me tendre une canette de thé glacé avant de tourner les talons.

Le hall du motel était plus lumineux et plus animé que je m'y attendais. D'après les panneaux, les clients avaient le choix entre un «centre d'affaires», un spa – avec piscine et bain à remous – et un pub-restaurant. Deux personnes étaient à la réception, un homme et une femme d'à peu près mon âge, ils se chamaillaient pour savoir qui avait oublié de mettre les serviettes au lavage. Voyant qu'ils ne me remarquaient pas, je finis par tapoter sur le comptoir.

La femme me vit la première, elle attira l'attention de l'homme en lui secouant le bras. Il se rua vers moi.

— Je vous prie de m'excuser, monsieur. Que puis-je pour vous?

Je ne reconnus pas son accent, mais je n'étais pas très bon en ce domaine. L'homme avait la peau foncée et des manières un peu désuètes. Plutôt petit, il portait un uniforme amidonné à l'extrême, polo et bermuda kaki. Si j'avais dû utiliser un seul adjectif pour le qualifier, cela aurait été «soigné». La femme aux larges épaules le dépassait d'une tête.

Je posai ma licence sur le comptoir et déclarai :

— Vous savez sans doute que le corps d'une jeune femme a été retrouvé hier soir au pied des chutes de Quartz.

L'homme et la femme se regardèrent. S'ils avaient entendu la nouvelle, ils ne comptaient pas en parler.

J'enchaînai :

— La famille tient à savoir ce qui s'est passé. J'ai été chargé d'enquêter. Je pense que la défunte a séjourné dans cet hôtel.

Ils affichèrent une mine catastrophée, comme si je venais de les frapper à un endroit douloureux. Un cadavre ne faisait jamais bon ménage avec les affaires. L'homme récupéra le premier et posa les mains sur le clavier de son ordinateur.

— Je veux le vérifier, monsieur. Auriez-vous le nom de cette jeune personne ?

— Elle s'appelait Kimberly Moy, dis-je. M-O-Y.

— Oui, c'est exact, dit-il. Elle est restée de… jeudi soir à lundi soir.

— Auriez-vous une photo d'elle ? demanda la femme.

Je sortis mon téléphone et lui montrai la photo de Kim.

Elle hocha la tête.

— Oui, c'est bien elle. Elle avait un oiseau sur le bras. Un tatouage.

— Était-elle accompagnée ? demandai-je.

L'homme regarda son écran.

— Non, monsieur, la chambre a été réservée pour une personne.

Je rangeai ma licence et dévisageai le couple devant moi – oui, ils devaient être ensemble. Qu'une de leurs clientes se soit suicidée n'était pas très bon pour leur réputation professionnelle, mais les gens oublieraient vite. En revanche, un meurtre marquerait davantage les esprits. Cela risquait même de faire fuir les touristes, la pire des calamités dans une région de villégiature qui promettait à ses habitués de la détente en dépensant l'argent agréablement, pas un assassinat sauvage en pleine montagne.

J'étais triste pour les hôteliers. En vérité, il m'arrivait souvent de compatir au sort de parfaits inconnus, ce qui ne changeait strictement rien à leur situation.

— Je voudrais interroger vos employés pour savoir si l'un d'eux a vu ou entendu quelque chose d'inhabituel pendant le séjour chez vous de Kimberley Moy. J'aimerais aussi voir sa chambre.

— Vous dites travailler pour sa famille… déclara la femme.

— C'est exact. Voulez-vous que je demande à la sœur de Kim de vous contacter ? C'est elle qui m'a engagé.

L'hôtelière sursauta, elle semblait horrifiée. Était-ce parce que j'envisageais de déranger une femme en deuil ? Peut-être.

— Non, non, ce ne sera pas nécessaire ! Allez parler au personnel, si vous voulez, mais la plupart de nos employés travaillent par roulement, vous ne les trouverez pas tous à l'hôtel ce matin.

— Merci, je vais voir ceux qui sont là et pour les absents, je reviendrai.

— Je peux aussi vous montrer la chambre de Miss Moy, proposa l'homme, puisqu'elle… ne reviendra pas.

Il glissa une carte magnétique dans un lecteur posé à côté de son ordinateur et tapota un code, puis il contourna le comptoir et vint vers moi. Je lui tendis la main.

— Je suis Ben Ames.

Il avait une poignée ferme et agréable.

— Dan Diallo. Et voici ma femme, Marie.

— Ravi de vous rencontrer, Mme Diallo, déclarai-je.

Marie sourit. Je trouvai cet accueil plutôt aimable de sa part, puisqu'en toute objectivité, elle aurait certainement préféré ne pas me voir chez elle.

Dan sortit par la porte d'entrée. Je compris que l'escalier situé derrière lui avec un panneau fléché indiquant « chambres » était réservé à celles de l'étage. C'était sans doute une construction postérieure ajoutée au motel d'origine, comme la piscine et le pub.

En sortant dans le parking, je vis un reflet violet foncé et reconnus le tee-shirt de Jesse : il disparaissait derrière le bâtiment. Il avait dû nous voir et préférait se faire discret.

Dan n'avait rien remarqué. Il s'arrêta devant la porte la plus proche de la voiture de Kim et utilisa sa carte-clé pour entrer. Une décharge d'adrénaline me traversa, comme c'était toujours le cas quand j'approchais du but dans une affaire délicate. Dans un film d'horreur, c'était le moment où un monstre sortait de sous le lit ou tombait du plafond.

La chambre était tout à fait banale, avec deux lits jumeaux, une penderie ouverte sur le mur à côté de l'entrée. Au fond, une porte entrouverte donnait sur les toilettes ; dans un coin, une table étroite avec deux chaises et quelques appareils électroménagers – la brochure de l'hôtel devait parler de kitchenette.

Avant même de voir les affaires de Kimberly, je perçus son parfum, *Euphoria for Men* de CK

La chambre était à peu près en ordre, du moins, elle n'avait pas été fouillée et mise à sac par un assassin qui cherchait quelque chose. Le lit était fait.

Je me tournai vers Dan. Appuyé au chambranle de la porte, il dansait d'un pied sur l'autre comme s'il avait envie d'uriner.

— Vous dites que la réservation était de quatre jours ?

— Non, non, au départ, elle avait parlé d'une seule nuit, puis elle a prolongé. Voyez, elle a utilisé sa carte.

Il pointa du doigt un carton blanc sur la table de chevet. Je le ramassai. Format carte postale, il avait un endroit en haut à droite pour indiquer le numéro de chambre et des cases à cocher pour réclamer des services particuliers : le passage d'une femme de ménage, des serviettes supplémentaires, d'autres nuitées…

Dan avança dans la pièce avec précaution, comme si lui aussi pensait aux monstres cachés sous le lit.

— Nos clients utilisent ces cartes quand ils ont besoin de quelque chose, même la nuit, expliqua-t-il. Ils les déposent dans la boîte rouge à l'extérieur de la porte de la réception. En trouvant la carte, le lendemain matin, j'ai vérifié qu'il n'y avait pas d'autres réservations, c'était le cas, alors, j'ai allongé le séjour de Miss Moy.

Je lui demanderai plus tard si pendant son séjour, Kim avait réclamé autre chose. Profitant du fait que j'étais près de la table de nuit, je regardai ce qu'il y avait dessus. Le mot de passe Wi-Fi de l'hôtel, les instructions pour utiliser l'imprimante Bluetooth du centre d'affaires, un chargeur de téléphone, *mais pas de téléphone*, un chargeur d'ordinateur portable, *mais pas d'ordinateur*. Les deux chargeurs étaient encore branchés à la prise située derrière la table de nuit. La lampe avait été débranchée.

— Quand un client reste plusieurs jours, la femme de chambre change-t-elle les draps ? demandai-je.

— Seulement si le client le demande, répondit Dan. C'est pour économiser l'eau.

Il restait près de la porte, manifestement réticent à avancer davantage. Il pointa du doigt la kitchenette : une affichette y était agrafée, expliquant les bases de l'« éco-responsabilité ».

Je retirai les couvre-lits pour examiner les draps. Dan s'empressa d'allumer le plafonnier, ce qui n'était pas du luxe, car la chambre était un peu sombre même par un jour ensoleillé, avec la porte ouverte.

Je ne trouvai aucune trace suspecte dans le lit. Du moins rien qui suggère que Kim n'y avait pas dormi seule. Les seuls cheveux qui traînaient sur l'oreiller étaient longs et noirs avec des racines foncées, ce qui correspondait aux dernières photos de Kim postées sur les médias sociaux.

La poubelle entre le lit et la kitchenette avait été vidée, bien entendu. Le frigo était vide. Un sac besace était resté sur le fauteuil, en vinyle noir imitation cuir, recouvert de dessins de chats aux grands yeux. Il était ouvert. À l'intérieur, je vis une jupe noire et un tee-shirt Henley à rayures noires et blanches, ce qui correspondait également au style vestimentaire de Kim. Il y avait aussi des chaussettes et des ballerines, ces chaussures souples que les femmes portent dans les bars. Quant au tee-shirt Hellblazer et au short en molleton gris, tous deux assouplis par l'usage, c'était sans doute ce qu'elle utilisait comme pyjama. Au fond du sac, je trouvai deux culottes, aucun soutien-gorge.

Le plus significatif à mes yeux était l'absence de foutoir – papiers de bonbons, stylos ou reçus de carte bancaire – qui aurait suggéré que Kim utilisait cette sacoche comme sac à main. Dans ce cas, où était passé le sac à main si indispensable à une femme ? Peut-être Kim l'avait-elle laissé avec d'autres affaires dans la voiture, mais j'en doutais… parce qu'au départ, elle avait prévu de ne passer qu'une seule nuit dans cet hôtel. Elle n'avait donc emporté que la tenue de rechange que je venais de trouver. Oui, elle pensait retourner à Calgary le vendredi soir.

Les vêtements qui se trouvaient dans le sac n'étaient ni abîmés ni salis. Ils sentaient le propre.

Je passai dans la salle d'eau. Près du lavabo, il y avait quelques affaires de toilette appartenant à Kim, une sacoche avec des produits de maquillage, une brosse avec les mêmes cheveux noirs que ceux de l'oreiller, un tube de gel à moitié vide, une brosse à dents et du dentifrice. Les produits ressemblaient à ceux que j'avais trouvés dans sa chambre à l'université, avec ces logos post-apocalyptiques qui semblaient si populaires chez les jeunes actuels. La teinte écarlate toxique du rouge à lèvres évoquait le sang et les vampires.

Une petite serviette froissée avait été abandonnée près du lavabo, le savon avait été ouvert et utilisé. En revanche, les serviettes de bain étaient encore pliées et rangées sur l'étagère, manifestement intactes, Kim n'avait donc pas utilisé la douche, ce que confirmait les échantillons de produits fournis par l'hôtel : ni le shampoing ni le gel douche n'étaient entamés. Ou alors, ils avaient été utilisés et remplacés.

Après cette vue d'ensemble, je fouillai la chambre pour découvrir les principaux éléments manquants : les clés de la voiture, la carte-clé de la chambre d'hôtel, le sac à main, l'ordinateur portable et le téléphone. J'eus beau ouvrir tous les tiroirs, vérifier l'intérieur du four à micro-ondes et

154

jeter un coup d'œil sous le lit et sous le matelas, je ne trouvai rien. J'aurais préféré examiner les lieux avant le passage de la femme de ménage, bien entendu, mais si j'avais eu le pouvoir de me téléporter dans le temps, je serais venu jeudi, à l'arrivée de Kim, je lui aurais demandé pourquoi elle avait quitté précipitamment Calgary et j'aurais insisté pour la raccompagner chez elle, saine et sauve.

La sagesse populaire prétend qu'on finit toujours par trouver au dernier endroit que l'on cherche. Moi, je pense surtout que les paresseux cessent de chercher à la première découverte. En tout cas, j'avais fouillé partout quand je découvris enfin un indice derrière la porte de la salle d'eau, restée jusque-là ouverte : un morceau de papier plié, peut-être tombé d'une poche. Je le récupérai et l'empochai sans que Dan me voie faire. J'aurais bien le temps de l'examiner plus tard.

Je revins vers l'hôtelier.

— J'aimerais parler à la personne qui a fait le ménage de cette pièce.

Il acquiesça.

— Bien sûr, je comprends. Elle travaille aujourd'hui, elle sera là à seize heures.

— Dans ce cas, je repassai. Merci, pour le moment, j'ai fini.

Nous quittâmes la chambre ensemble, puis Dan se retourna pour verrouiller la porte. Il paraissait pensif.

— Auriez-vous quelque chose à me demander?

Il inspira un grand coup par le nez, les lèvres pincées.

— Oui. Nous avons entendu la radio, ils ont parlé d'une jeune femme retrouvée au pied des chutes. Ils n'ont pas donné son nom, mais Mary et moi… eh bien, nous nous sommes demandés… Nous n'étions pas certains, alors… Et maintenant, elle est morte. C'est bien la jeune femme qui séjournait chez nous, vous en êtes certain?

— Oui, la famille a identifié le corps.

— Et sa chambre, alors? Que devons-nous faire?

Oh. Je compris enfin la nature de son problème.

— J'avoue ne pas y avoir pensé. Si c'était un meurtre, il faudrait garder les lieux en l'état, mais la police considère qu'il s'agit d'un suicide. Dans ce cas, rien ne vous empêche de relouer la chambre. Quant aux affaires que Kim a laissées, soit je les emporte, soit vous les gardez pour les remettre à la famille. C'est à vous de voir.

— Je les retournerai, bien sûr, s'empressa-t-il de dire, mais vous disiez enquêter…

Il s'interrompit et me jeta un regard interrogateur.

— Effectivement, la famille aimerait en savoir davantage sur les circonstances de la mort de Kim. Selon ce que je découvre, peut-être la police voudra-t-elle examiner sa chambre. Mais comme je vous le disais, rien ne vous empêche de la relouer, même si dans ce cas, cela limite les chances de retrouver de l'ADN ou des empreintes digitales. Si je découvre que la mort de Kim n'était pas un suicide, ils viendront aussi voir sa voiture. J'ignore ce que je vais trouver, Dan, je ne sais quoi vous conseiller. Encore une fois, c'est à vous de décider.

La mine sombre, il hocha la tête.

— Je vais en discuter avec Marie. À plus tard, Ben.

Sur ces paroles, il carra les épaules et me tendit la main.

XII

LAISSANT DAN retourner vers l'entrée du motel et la réception, je restai appuyé à la porte de Kim, à regarder sa voiture. Si Jesse était à proximité, sans doute en me voyant seul ne tarderait-il pas à se montrer.

Ce qu'il fit.

— Tu me suis partout, persiflai-je. Comme un harceleur !

Il frissonna.

— Ah, non ! Tu n'y connais rien et le harcèlement n'est pas un sujet de plaisanterie. Alors, as-tu appris des choses intéressantes ?

— Peut-être. Viens, je vais te raconter.

Je m'exécutai pendant que nous faisions le tour de la voiture de Kim en regardant à travers les vitres. Sans trop y croire, je tentai d'actionner les portières, mais toutes étaient verrouillées. J'envisageai de forcer la serrure, quitte à prétendre ensuite l'avoir trouvée comme ça, puis je me ravisai. C'était une option que je préférais garder pour plus tard, si je me trouvais dans une impasse.

Jess s'étala sur le capot pour regarder à travers le pare-brise.

— Qu'est-ce que tu fais ? demandai-je.

— Parfois, les gens cachent des trucs sous leurs sièges, déclara-t-il. Mais là, je n'arrive pas à voir.

Je secouai la tête.

— Peut-être n'y a-t-il rien à voir. Je suis quasiment certain que tout ce qui nous manque, sac à main, téléphone et ordinateur sont ensemble quelque part, mais sûrement pas dans une voiture garée au milieu d'un parking.

Jesse descendit du capot et s'appuya contre la voiture.

— D'après toi, elle est morte quand ?

— Je ne sais pas, admis-je. Elle n'est pas rentrée à Calgary garder sa nièce, elle n'a pas prévenu sa sœur et elle n'avait emporté qu'une tenue de rechange, des vêtements qui sont toujours dans sa chambre et qu'elle n'a jamais portés. Je ne pense pas qu'elle soit revenue à l'hôtel après sa première nuit.

— Donc, jeudi.

— Oui.

Je désignais la porte d'entrée du motel et enchaînai :

— Tu vois cette boîte rouge ? C'est là que les clients déposent leurs cartes et desiderata, serviettes, ménage ou prolongation du séjour. D'après Dan, Kim a réclamé d'autres nuitées, mais il ne l'a pas revue, il a juste trouvé une carte dans la boîte. Au départ, ces cartes sont vierges, toutes pareilles, c'est le client qui marque le numéro de sa chambre. L'assassin a très bien pu en piquer une dans une autre chambre, sur un chariot de service ou à la réception et la déposer en prétendant que Kim voulait prolonger son séjour. Comme ça, personne n'a su qu'elle avait déjà disparu.

Jess fronça les sourcils

— Non, la femme de chambre aurait remarqué si le lit ou la salle de bain n'était pas utilisé.

Je haussai les épaules.

— Peut-être, mais pourquoi s'en serait-elle inquiétée ? D'abord, ce n'est pas forcément la même employée qui a fait le ménage de cette chambre, ensuite, les gens sont assez peu observateurs, tu sais.

Examiner la voiture ne nous avait rien apporté d'intéressant. Un gobelet de café vide gisait sur le plancher côté passager, un autre était encore dans son support, sur la console. Un chat en peluche aux grands yeux, qui ressemblait aux dessins de la besace de Kim, était sur la banquette arrière, à côté d'une boîte de Kleenex et d'une couverture grise pliée. Des lunettes de soleil étaient accrochées à la visière côté conducteur. Tout paraissait normal…

Ce qui, dans ce cas précis, était anormal, ou du moins agaçant.

— Et maintenant ? demanda Jess.

— Nous allons déjeuner, déclarai-je. Et réserver une chambre d'hôtel. Nous pourrions retourner à Calgary, bien sûr, mais je pense plus simple de séjourner à Canmore, je te laisse choisir.

Il ouvrit de grands yeux.

— Pourquoi ne pas prendre une chambre *ici* ?

— Tu plaisantes ? Je te rappelle que l'assassin de Kim est déjà venu, il a aussi prouvé qu'il connaissait assez bien les lieux pour dénicher un double des cartes-clés et savoir utiliser la boîte rouge.

— Justement ! s'écria Jess. En restant ici, nous pourrions en apprendre davantage sur lui.

Je grimaçai.

— Pour une meilleure qualité de sommeil, je préfère rester à bonne distance d'un meurtrier.

Jess fit la moue.

— Peuh! déclara-t-il. N'importe qui peut tuer en fonction des circonstances!

Il n'ajouta rien et, quand je tournai les talons pour retourner à ma voiture, il me suivit.

EN PRENANT la bretelle d'autoroute, je tendis à Jesse le papier plié que j'avais trouvé dans la chambre de Kim, la seule chose dont je ne lui avais pas parlé sur le parking du motel.

— J'ai trouvé ça par terre. Je ne l'ai pas encore regardé.

Il l'ouvrit rapidement et le déplia sur ses genoux.

— Waouh! s'écria-t-il.

Je tournai brièvement la tête pour y jeter un coup d'œil. C'était une feuille de papier à lettres de l'hôtel sur laquelle Kim avait dessiné. Je reconnus son style même si le thème, *Moi, l'Oiseau,* était également révélateur. Je tentai de me pencher pour mieux voir, mais Jesse cacha le papier et pointa la route du doigt.

Il se mit à marmonner :

— Des dessins alignés… deux blocs, ou deux colonnes? Hmm.

Il étudia le papier pendant le court trajet jusqu'à Canmore. Aux abords de la ville, il releva la tête et me demanda d'éviter les hôtels les plus chers.

— Prends un milieu de gamme, ajouta-t-il, nous nous ferons moins remarquer. Le personnel des grands hôtels est étonnamment physionomiste!

Je choisis donc un établissement agréable, mais modeste, dans une zone commerciale à la périphérie nord. Jesse resta dans la voiture pendant que j'allai réserver. Le réceptionniste me promit une chambre pour seize heures, une fois le ménage fait.

Jess et moi décidâmes de déjeuner au centre-ville. De prime abord, Canmore me parut plus éteint que d'habitude, puis j'en compris la raison : en temps normal, je venais le week-end en été, pendant la haute saison, pas un jour de semaine au début de l'automne.

Le centre-ville se composait de quelques rues qui se croisaient. De nombreuses boutiques vendaient de l'artisanat local, pulls en laine écrue qui sentaient encore le suint et bottes peintes à la main, ce qui plaisait autant aux femmes aisées voulant jouer à la fermière qu'aux femmes des classes moyennes se poussant du col. Comme ceux de Banff, les magasins de souvenirs étaient remplis de peluches d'ours polaires et de minuscules bouteilles de sirop d'érable, comme si les uns ou les autres étaient des spécialités locales ! Canmore, cependant, visait en général des acheteurs plus avisés.

Jess et moi optâmes pour un chalet-brasserie dont l'arrière-salle paraissait assez tranquille. Ce fut là que nous prîmes une table. Je me chargeai de parler à l'hôtesse pendant que Jess se cachait derrière son masque. Jusqu'à présent, son déguisement avait bien fonctionné. Il garda son masque à table en regardant le dessin de Kim.

Sans même regarder le menu, il me tendit en disant :

— Tu connais mes goûts.

Il ne cherchia même pas à m'adresser une œillade ou à faire un sous-entendu salace, il était trop concentré sur le papier posé sur la table.

Quand la serveuse revint, je lui passai commande. Puis elle s'éloigna et Jess poussa enfin le dessin vers moi pour que je puisse le regarder.

— C'est très intéressant, non ?

S'il le disait…

Je regardai et regardai encore, mais je ne voyais toujours qu'un griffonnage. Il y avait des feuilles et un immeuble, et *Moi, l'Oiseau* assis dans un arbre à l'extérieur.

— Comment ça ? demandai-je.

Il pointa le doigt.

— Regarde ! Le bâtiment est couvert de lierre – *ivy* en anglais. Cela évoque peut-être l'Ivy League ! Et l'oiseau, c'est Emma, elle est dehors, elle regarde. Va-t-elle réussir à entrer ? Ce n'est pas certain. Quant à la montgolfière…

— Cela me paraît aussi nébuleux que lire des cartes de tarot.

Jess continua sans tenir compte de ma réflexion :

— … elle passe au-dessus des montagnes, des océans, je pense que c'est un tour du monde. Comme *Le Tour du monde en quatre-vingts jours*. C'est peut-être pour ça qu'elle a dessiné un ballon plutôt qu'un avion. Et regarde le motif du ballon !

— C'est une spirale.

Son sourire approbateur était celui d'un professeur dont l'élève le plus lent avait enfin une lueur.

— Oui ! Elle en a dessiné partout, dans la pomme de pin sous cet arbre, sur le coquillage de cette plage. C'est un clin d'œil à Fibonacci, mais j'ignore encore ce que cela signifiait pour elle… L'universalité ? Le destin ? La main de Dieu derrière tout acte de création ?

— Où as-tu appris à disserter sans fin sur un simple gribouillis, Jess ? persiflai-je. Était-ce pendant tes études artistiques bidon ?

En vérité, il possédait un BFA [21] en musique, ce qu'il n'avait pas pour habitude d'annoncer sur scène avant un concert.

— Pour Kim, tout avait du sens, insista Jess. Regarde, elle a dessiné sa tête de dos devant un miroir, il y a des produits de maquillage sur la table, mais on ne voit pas son visage dans le miroir.

— Elle se prenait pour un vampire, d'après toi ?

— Je ne sais pas, reconnut Jess. Peut-être se sentait-elle différente, exclue, invisible… Là, elle marche en forêt et tous les arbres ont des yeux braqués sur elle. Peut-être se sentait-elle épiée ou menacée.

— Et elle serait venue ici pour fuir le danger ?

— Peut-être, admit Jess. Et si c'est le cas, son assassin n'est pas un local. Je ne sais pas. Ce dessin parle de sa nièce allant à l'université, d'un long voyage, de son identité, de sa sécurité… Pour Kim, ces sujets étaient très importants. Elle a aligné les côtés positifs d'un côté et ce qui l'inquiétait de l'autre. Comme si…

Quand il s'interrompit, je continuai sa phrase :

— … elle pesait le pour et le contre avant de prendre une décision ?

Il haussa les épaules.

— Comme si elle tentait de forcer la main du destin concernant son avenir.

— Tu ne crois pas que tu projettes ton ressenti sur elle, Jess ? J'ai souvent l'impression que tu en as assez de la vie que tu mènes.

Il afficha un air surpris, puis éclata de rire.

— Ben, chaque fois que je termine une tournée, j'ai l'impression d'être un libéré sur parole.

— Quelle horreur, vraiment, raillai-je, d'avoir un chauffeur, une équipe pour veiller sur tous les détails et des repas servis sans que tu aies à les payer !

— Oh, je paie, déclara Jess. Ça me coûte même un bras ! Et tu détesterais cette vie, je ne cesse de te le répéter. Tu aimes les règles, Ben, mais pas qu'on décide à ta place.

— De toute évidence, rétorquai-je, tu n'as aucune idée de ce que subit un flic. Tout le monde te dit ce que tu dois faire et comment le faire !

---

21 *Bachelor of Fine Arts*, diplôme nord-américain de formation dans le domaine des arts et de l'audiovisuel.

— Pourquoi as-tu démissionné ? demanda Jess.

Je ne m'attendais pas à cette question posée de but en blanc tandis qu'il me fixait droit dans les yeux.

— Je te l'ai déjà dit. J'ai été fortement incité à le faire.

— Oui, je sais qu'un supérieur homophobe t'avait pris en grippe, mais tu aurais pu te battre, non ? Après avoir consacré quatre ans à obtenir un diplôme en espérant gravir les échelons et changer le système de l'intérieur, pourquoi avoir baissé les bras au premier obstacle ?

Je regrettai d'avoir commandé du thé glacé au lieu d'une bière. D'un autre côté, même la bière n'aurait pas suffi à rendre cette conversation supportable.

— Parce qu'il était nettement plus haut que moi dans la hiérarchie.

Jess fit une grimace.

— En entrant dans la police, tu te doutais bien que ce ne serait pas un long fleuve tranquille. Tu avais une vision, Ben.

— Oui. Lui aussi.

Jess me regarda sans rien dire, il attendait la suite.

Je me penchai en avant.

— Écoute, tu ne peux parler à personne de ce que je vais te révéler, d'accord ? À personne ! Jamais.

Il cligna des yeux.

— Oh, mon Dieu ! Dois-je signer un NDA [22] ?

— Arrête de faire le clown ! Tu veux savoir ou pas ?

— Je ne sais pas. Est-ce que je risque ma vie ?

— Jess, je suis sérieux, insistai-je, les dents serrées.

— Je le vois bien à ta tête.

— Alors…

Je me tus parce que la serveuse repassait pour remplir nos verres. Une fois que nous fûmes à nouveau seuls, j'expliquai à Jess ce qui s'était passé.

— Il me faisait suivre. Pas par des flics, non, il avait engagé des détectives privés, ce que je trouve assez ironique, au fond. C'est ainsi qu'il a appris que je fréquentais les clubs gay.

— Et alors ? demanda Jesse avec un rictus. La sodomie serait-elle redevenue hors-la-loi en Alberta ?

— Eh bien, techniquement…

---

22 *Non Disclosure Agreement*, contrat de confidentialité.

Je m'arrêtai à peine avais-je commencé. Ce n'était pas le moment de disserter sur le grand flou des lois canadiennes concernant les mœurs.

— Là n'est pas la question, repris-je. Personnellement, je ne faisais rien d'illégal dans ce club, mais ce n'était pas le cas de tous les clients.

D'un geste discret, Jess désigna la table voisine.

— Regarde ce type assis là-bas. Comment savoir s'il cache sur lui une arme ou une substance illégale ? Cela ne nous concerne pas, même si nous consommons un repas dans la même salle que lui !

— Un flic reste un flic, même s'il est en congé. *Un flic est toujours censé faire appliquer la loi.* C'est l'argument qu'a utilisé mon supérieur quand il a exigé ma démission.

En voyant Jess se redresser, je sentis le danger. « Fais attention ! aurais-je voulu lui dire. Reste dans l'ombre. Ne hausse pas la voix. »

— Quelle foutaise ! Cet argument n'aurait jamais tenu devant un tribunal ! Même avant que la marijuana soit légalisée, aucun flic ne dénonçait les fumeurs qu'il croisait à une soirée privée, tu le sais très bien.

— Oui, je sais, admis-je. Le club CPS LGBT m'a dit la même chose.

— Bon sang, Ben, pourquoi as-tu démissionné ? insista Jess. Que tu en aies eu ras la frange de toutes ces conneries, je veux bien le comprendre, mais nous ne sommes plus en 1960, tu aurais pu te défendre, défendre tes droits.

— Je t'ai donné l'argument *officiel* de mon supérieur, déclarai-je, mais ce n'est pas ça qui m'a fait céder à son chantage.

Sous l'effet de l'irritation, Jess tambourinait la table, les yeux sur sa main. Il ralentit, puis cessa complètement. Et il releva la tête pour croiser mon regard.

— Que t'a-t-il dit ?

— Qu'il avait de quoi faire condamner tous les clients, sauf moi. Cette nuit-là, il y avait des mineurs au club, des gosses de seize, dix-sept ans. Le montant de l'amende à lui seul aurait suffi à faire fermer l'établissement. Mais Fred ne comptait pas en rester là, il m'a promis de passer chez chacun de ces garçons et de détailler à leurs parents ce qui s'était passé. Certains étaient peut-être au courant, aussi n'auraient-ils pas été trop choqués, je n'en sais rien. Fred avait aussi des photos de clients avec de la coke. Au tribunal, ça n'aurait sans doute pas suffi, mais il avait découvert où ces gens travaillaient…

La bouche de Jess s'ouvrit.

— Je vois, il comptait foutre la merde dans tout le quartier !

J'acquiesçai.

— Oui, il a promis de faire tomber tous ceux qui étaient dans ce club avec moi ce soir-là, mais il ne s'arrêterait pas là. Il comptait envoyer ses gars enquêter sur mes collègues au poste, dont Kent, mon partenaire et ami. Il leur pourrirait la vie… si je ne démissionnais pas.

— Quelle ordure ! s'exclama Jess.

À la sauvagerie de ses yeux, je sus qu'il envisageait des représailles contre mon ancien supérieur. Je posai une main sur son poignet.

— Tu as promis de n'en parler à personne, rappelai-je.

— Mais enfin, Ben ! s'écria Jess. Il ne va pas s'en tirer comme ça !

Suite à son éclat, quelques têtes pivotèrent dans notre direction. Un ou deux clients se retournèrent même, le mouvement manquant renverser les grands verres posés sur les petites tables rondes.

— Baisse la voix, Jess ! Oui, il va s'en tirer, il l'a fait.

— Il a délibérément mis fin à ta carrière, il a abusé de son pouvoir, il t'a harcelé, il a fait de toi son bouc émissaire. Tu pourrais le traîner devant les tribunaux et le faire tomber pour ça.

— Oui, je sais, admis-je. J'aurais pu ne penser qu'à moi et laisser Fred s'en prendre à tous ceux qu'il avait ciblés. En plus, il n'attendait que ça ! Il comptait se servir de cette grande purge qu'il projetait.

— Pardon ? Pour faire quoi ?

Jess paraissait ne plus rien comprendre. Et c'était normal. Ce n'était pas son monde.

— Il envisageait de se lancer dans la politique, expliquai-je.

Sans laisser Jess protester que le cas de Fred ne faisait que s'aggraver, j'ajoutai :

— Il avait opté pour le parti conservateur, bien entendu. S'il s'était contenté de beaux discours, il n'aurait impressionné personne, mais en virant un flic gay et en purgeant la communauté de ses brebis galeuses, là, il marquait des points, fussent-ils officieux. Le parti lui aurait demandé de faire profil bas le temps que les esprits se calment, avant de l'accueillir avec les honneurs. Du moins, c'était son plan.

— C'est dégueulasse ! lança Jesse.

Je soupirai.

— Oui, je sais.

— Comment on fait pour gagner dans un bourbier pareil ?

Soudain, il afficha un air malheureux, et une vague de nostalgie me submergea, au point que j'eus du mal à respirer. Jess était aussi imprévisible que la météo : son humeur passait d'un extrême à l'autre à une vitesse incroyable. Il avait l'air si perdu ! J'aurais voulu le prendre dans mes bras et le serrer très fort.

— Bébé, parfois, on ne gagne pas.

Je ne pouvais supporter de le voir aussi triste, alors, je lui révélai ce que je n'avais jamais avoué à personne. Ce que je n'aurais jamais imaginé lui dire un jour.

— Jesse, tu m'avais déconseillé d'entrer dans la police… Tu avais raison. Être flic ne me convenait pas du tout. Merde, *tu avais raison*, même si ça me tue de le dire.

Un peu ragaillardi, Jess me toisa d'un œil sceptique.

— Tu savais déjà que tu n'aimerais pas l'uniforme, déclara-t-il. Tu disais que c'était juste une étape le temps de grimper les échelons et d'être en position d'avoir un rôle à responsabilité.

— Ce n'est pas… Oui, j'aurais préféré enquêter sur des crimes et des affaires importantes, mais le cycle reste le même, on n'en voit jamais la fin. On ne peut pas tous les arrêter. Pire encore, si un criminel est assez haut placé, il s'en sortira quoi qu'il ait fait, parce qu'il a les appuis nécessaires. Et ma seule chance de le voir assis en face de moi, c'est qu'il vienne se plaindre d'un SFD qui par sa seule présence pollue la pelouse devant son gratte-ciel. Il n'y a aucune vraie justice dans notre système, Jess. Je trouve ça déprimant.

Jesse soupira. Du bout des doigts, il dessinait sur le côté de son verre.

— Avec de telles idées, pourquoi ne travailles-tu pas dans le social ?

— Je préfère dépendre de moi, pas d'une organisation hiérarchisée.

— Tu aimes ton métier, déclara Jess.

Ce n'était pas une question. Ce n'était pas non plus une critique quant à mon choix de carrière.

— En général, c'est assez banal et monotone, tu sais, je fais surtout des planques et des recherches sur Internet.

— Oui, mais ça te plaît. Et tu es doué pour enquêter.

Je haussai les épaules en espérant ne pas piquer un fard.

— Oui, j'aime mon métier.

Jess parut satisfait. Une mèche de cheveux sombre glissa de la casquette et vint encadrer un côté de son visage. Un long frisson me parcourut. Je dus fermer les yeux une seconde le temps de me ressaisir. Je me souvenais soudain de lui, penché sur moi, ses cheveux échappant à leur élastique pour caresser ma nudité de leur masse soyeuse.

— Je suis désolé de tout ce qui t'est arrivé, déclara Jess.

En ouvrant les yeux, je croisai son regard intense.

— Je me doutais qu'il s'agissait d'une démission forcée, enchaîna-t-il. J'espérais me tromper. Pourquoi es-tu venu à Calgary ?

— Je ne sais pas, ce n'est certainement pas l'endroit le plus facile pour ouvrir une agence.

Il sourit.

— Plouc-ville !

— Hé ! Nous au moins, nous n'avons pas élu un maire à moitié truand !

Les yeux de Jesse s'agrandirent.

— Tu plaisantes, j'espère !

— Pas du tout, assurai-je. Je lis les journaux.

— Si tu veux mon avis, quand un élu est soupçonné d'envoyer des malfrats pour régler ses problèmes de famille, sans doute vaudrait-il mieux qu'il ne se représente pas.

— Tu ne connais pas les ploucs, Jess, déclarai-je, ici, les électeurs admirent un gars capable de se sortir d'une merde pareille par des moyens... musclés.

Jess couvrit son visage de ses mains et secoua la tête.

— La politique aussi, c'est un spectacle !

Il retira ses mains pour demander :

— Quand le monde est-il devenu fou, Ben ? Était-ce déjà le cas quand nous étions jeunes ? Je ne l'avais pas réalisé...

Pendant que j'essayais de trouver une réponse, il sortit un flacon de sa poche et le posa sur la table. Ses antibiotiques, pensai-je. Il en tira un comprimé qu'il déposa sur la table avec d'autres gélules bleues que je reconnus aussi. Des analgésiques.

Notant mon regard, Jess posa la main sur son poumon droit.

— J'ai mal ici, indiqua-t-il. Apparemment, c'est normal en cas de pneumonie. Le médecin de Winnipeg me l'avait déjà dit, Luna me l'a confirmé.

Une bouffée de colère me monta au cerveau.

— Ce charlatan de Winnipeg devrait être radié pour t'avoir autorisé à continuer à ta tournée ! En revanche, je fais confiance à Luna.

Jesse rit, il termina sur une quinte de toux et prit ses pilules.

166

— Je n'étais pas aussi malade à Winnipeg, protesta-t-il, après avoir repris son souffle. Et le toubib m'a juste dit que si je montais sur scène, j'en n'en mourrais probablement pas. Il ne m'a pas encouragé à le faire.

— Il aurait dû te l'interdire formellement !

— En parlant de Luna, lui as-tu demandé où en était l'autopsie ?

La serveuse revenait avec notre commande. Réalisant son impair, Jess étouffa un rire et regarda la fille poser nos assiettes sur la table en faisant semblant de n'avoir rien entendu. Je pris ma fourchette et me mis à manger, comme si parler cadavre pendant le déjeuner était tout à fait normal.

— Elle peut en savoir plus à l'heure actuelle, admis-je, mais il n'y a pas urgence et je préfère ne pas la réveiller.

Jess réfléchissait.

— Que peut nous apprendre cette autopsie ? La façon dont est morte Kim… par strangulation, peut-être. Ou la date exacte de son décès. Et après, que va-t-il se passer ? Les flics reprennent l'enquête et nous rentrons à la maison ?

Je n'aurais pas dû penser au fait qu'il ait dit « à la maison » en parlant de Calgary et de mon modeste logement. *Reprends-toi, Ben.*

— Je vérifierai ce que mes clientes, Lauren et Emma, attendent de moi. Si elles me le demandent, je continuerai à fouiner.

— Et les flics vont t'y autoriser ?

Je volai une poignée de frites dans son assiette. Outré, Jess récupéra un menu resté sur ta table et le plaça comme un rempart entre nous. Je savais très bien que ma salade ne le tentait pas, aussi n'avais-je aucune monnaie d'échange contre ses frites.

— Aucune loi n'interdit de poser des questions aux gens, répondis-je. Les flics n'interviendront que si je commets un délit comme… retrouver le téléphone de Kim et ne pas les en prévenir. Pendant une enquête, il n'est pas conseillé de cacher des preuves.

— Nous avons déjà trouvé sa voiture, souligna Jess.

— Oui, et je finirai sans doute par le leur dire.

— Tu crois que ça suffira pour qu'ils rouvrent le dossier ?

Je haussai les épaules.

— Non, il est plus probable qu'ils ne m'écouteront même pas. Les gens partagent volontiers leurs idées et théories avec la police. Crois-moi, les écouter est vite très agaçant.

Il ouvrit la bouche, comme pour ajouter quelque chose, puis changea d'avis et commenta ce qui passait à la radio : une chanson produite par

167

un gars avec lequel il avait travaillé. Il me raconta à ce sujet quelques anecdotes amusantes. C'était comme les temps anciens, en quelque sorte, ou comme un tête-à-tête romantique peut-être. C'était difficile à dire parce que Jess et moi n'avions jamais suivi le modus operandi des amoureux classiques. Nous nous étions connus de nuit dans le bâtiment de musique et très vite après, nous passions tout notre temps ensemble avant de partager un appartement. Et je ne me souvenais pas d'un seul échange concernant nos occupations respectives.

APRÈS LE déjeuner, nous retournâmes à l'hôtel déposer nos affaires dans la chambre. Ensuite, c'était déjà le moment de retourner à Dead Man's Flats pour interroger la femme de ménage. Je tentai de convaincre Jess de rester dormir à l'hôtel, mais il refusa en disant que si c'était pour ne servir à rien, il aurait aussi bien pu rester Calgary. Et comme je n'avais pas de temps à perdre à discutailler, je le laissai monter dans le siège passager.

En arrivant à l'hôtel de Dan et de Marie, je dis à Jess :

— Reste dans la voiture.

— Mmm, grogna-t-il.

Ce n'était pas vraiment un oui.

Je trouvai Dan occupé à parler à une femme qui portait une blouse bleu clair et un pantalon noir en polyester. Ses boucles blondes très serrées, qui évoquaient une éponge à récurer, étaient maintenues en place par un bandeau rose et bleu. Elle avait ces rides d'expression que certaines femmes ont à la soixantaine et les filles de bar à la trentaine, déterminer son âge me sembla donc difficile.

— Ben, déclara Dan. Voici Halina.

Je tendis la main.

— Bonjour, Halina, Ben Ames, je suis détective privé.

Elle accepta de me serrer la main, mais sans déclarer qu'elle était ravie de faire ma connaissance.

— Oui, je sais, M. Diallo me l'a dit.

Elle avait un accent... d'Europe de l'Est, sans doute.

— Vous a-t-il aussi expliqué sur qui j'enquêtai ?

Elle serra les lèvres.

— La fille.

— Oui, Kimberley Moy. C'est bien vous qui avez fait le ménage de sa chambre ?

168

— Oui, depuis jeudi. Mais elle n'a pas dormi là.

— Vous avez raison, c'est aussi mon avis.

Caché derrière son ordinateur, Dan faisait semblant de ne pas écouter notre conversation. Je fus tenté de lui faire un petit coucou.

— Et le premier soir, Halina ? insistai-je. Le jeudi ?

— Elle a utilisé le savon, pas le lit.

C'était ce que je pensais : elle s'était enregistrée, elle avait déposé ses affaires et elle était ressortie sans jamais revenir.

— Comment savez-vous qu'elle n'est pas revenue dans sa chambre ?

Halina haussa les épaules.

— Rien n'a bougé, le lit était fait, les serviettes n'ont pas été utilisées, la poubelle est restée vide.

C'était stressant de voir mes soupçons confirmés. Si Luna me donnait d'autres informations concernant l'autopsie, comme des traces de strangulations, ma théorie en serait étayée.

— Une dernière petite chose, déclarai-je.

Halina ne tiqua pas. Une chance pour moi, elle ne connaissait pas l'inspecteur Columbo et sa phrase fétiche.

— Oui ?

— La carte qui se trouve dans la chambre, celle où les clients peuvent demander à rester une nuit supplémentaire, avez-vous eu à la remplacer pour Miss Moy ?

Halina regarda le plafond. Un des flics de mon ancien poste prétendait qu'un témoin avait ce tic chaque fois qu'il s'apprêtait à mentir. D'après mon expérience, ce n'était pas toujours le cas, certaines personnes avaient besoin de fixer un point neutre pour se remémorer des détails, comme s'ils repassaient le film de leurs souvenirs. De plus, je me méfiais d'instinct de ceux qui affirmaient savoir reconnaître un menteur. C'étaient souvent des mythomanes.

Quand Halina reporta les yeux sur moi, elle paraissait troublée.

— Non, admit-elle.

Je comprenais parfaitement pourquoi elle affichait cet air horrifié, elle venait de comprendre –, et c'était assez évident, une fois le fait souligné. Si la carte de Kim était toujours dans sa chambre, qui avait réclamé des nuitées supplémentaires ? D'où venait la carte déposée dans la boîte rouge ? Pas de Kim, où l'aurait-elle trouvée ? Quelqu'un avait pris une carte vierge dans une autre chambre peut-être, ou sur un chariot de femme de ménage ou même à la réception. Et ce quelqu'un connaissait les lieux et leur fonctionnement. Peut-être avait-il été client, peut-être avait-il travaillé ici. Peut-être y travaillait-il encore.

J'étais tout aussi troublé, pour être honnête. Attraper les méchants, c'était satisfaisant, mais j'appréciais peu de les savoir à proximité, surtout quand j'ignorais leur identité. Et la présence de Jess ajoutait à mes inquiétudes. Peut-être m'avait-il écouté et était-il resté dans la voiture, mais peut-être pas. Il ne prenait pas cette affaire aussi sérieusement qu'il l'aurait dû.

Je remerciai Halina et me tournai vers Dan pour lui demander si la police était passée le voir. Ce n'était pas le cas. Nous échangeâmes un regard tendu, puis je le saluai et retournai à la voiture.

À MA grande surprise, Jess était là où je l'avais laissé, sur le siège passager. Sa position était abandonnée, sa tête renversée, ses yeux ouverts. Il ne bougea pas quand je pris place derrière le volant. Je lui répétai ce que je venais d'apprendre d'Halina. Il respirait calmement, de façon presque imperceptible, ses yeux cillaient à peine.

Quand je me tus, il demanda :

— Comment expliques-tu le message de Kim avec sa signature ?

— Son assassin a pu la menacer d'un pistolet sur la tempe et lui ordonner de signer. D'un autre côté, s'il ignorait à quoi ressemblait sa signature, elle aurait pu faire n'importe quoi. J'ai du mal à imaginer sa réaction…

— Je ne crois pas qu'elle aurait pris des risques. Le gars avec le pistolet devait être du même avis.

— Je vais demander alentour si quelqu'un a vu Kim ou lui a parlé…

— Tu penses qu'elle est allée au bar ? demanda Jesse.

Il fixait la porte du bar de l'hôtel comme s'il envisageait de s'y rendre. Je levai bas une main.

— Tu restes là. Je n'en ai pas pour longtemps. Ne quitte pas la voiture.

Même s'il voulait discuter, il ne le put, car il était bien trop fatigué pour bouger. Je revins à la réception. Dan était encore sur son ordinateur, Halina était partie faire son travail : nettoyer des chambres dont les occupants étaient parfois des fantômes.

— Désolé, Dan, j'ai encore une question, cela concerne le bar. J'aimerais parler au barman de service jeudi soir.

— Le pub est autonome, répondit Dan. C'est Derek le gérant, il est souvent au bar aussi. Il vous répondra mieux que moi.

170

Je désignai la porte du restaurant.

— Est-il là en ce moment ?

— Non, déclara Dan, le pub est fermé l'après-midi. Parfois, Derek reste faire sa comptabilité, mais pas aujourd'hui, il est retourné chez lui, il vit dans une caravane.

— D'accord, dans ce cas, je vais passer chez lui. Vous avez son adresse ?

Dan pointa le doigt vers la montagne qui surplombait l'hôtel sur l'arrière. Il souriait. Et c'était la première fois que je lui voyais une expression aussi détendue.

— Il habite tout en haut, c'est un long chemin, vous savez. Avant il y avait une route, mais il a eu un éboulement l'an passé. De gros rochers sont tombés.

J'acquiesçai.

— Si je comprends bien, il est impossible de monter en voiture ?

— Exactement, il faut marcher. Quand Derek travaille tard et qu'il nous reste des chambres, il dort parfois ici.

— C'est une idée sensée, déclarai-je. Vers quelle heure revient-il ouvrir le pub ?

Dan leva une main à plat devant lui et l'inclina à droite et à gauche.

— Dix-huit heures, s'il a des réservations pour dîner. Sinon, plus tard. L'été est fini et le plus souvent, Derek ferme le restaurant à la morte-saison. Il rouvrira cet hiver, une fois la neige tombée.

— Je reviendrai plus tard, déclarai-je. Qui d'autre travaille ici ?

— En ce moment, il n'y a que Marie, Halina et moi. En été, nous prenons des intérimaires.

— Comment faites-vous pour entretenir la piscine et le jardin, ou pour les petits travaux de plomberie et d'électricité ?

— Nous engageons au coup par coup, déclara Dan.

— D'accord, merci. Oh, encore une question. Je l'ai déjà dit, je sais.

S'il l'avait remarqué, il était trop poli pour le montrer.

— Oui ?

— Auriez-vous un exemplaire de la signature de Kimberly ?

— Oui. Tous nos clients en arrivant signent la chartre de l'hôtel pour marquer qu'ils l'ont lue. Un moment…

Il sortit d'une corbeille en osier une pile de documents et la feuilleta une fois, deux fois, puis trois. Il fronça les sourcils et secoua la tête. Sans conviction, il vérifia dans un classeur, puis revint vers moi, les mains écartées.

— Je ne comprends pas, elle a signé, je le sais, j'étais là. Et j'ai déposé l'exemplaire avec les autres dans cette corbeille, comme nous le faisons tant que nos clients restent à l'hôtel. Je me suis dit que le document avait peut-être été rangé par erreur dans le classeur des notes réglées, mais ce n'est pas le cas.

Je jetai un coup d'œil autour de moi et ne vis pas de caméras. Je posai néanmoins la question – elles étaient peut-être bien cachées.

— Avez-vous des caméras de sécurité ?

— Non, nous n'avons jamais eu de soucis, déclara Dan.

Je comprenais qu'il fasse des économies : il gérait son hôtel après tout, il n'était pas le salarié d'une grosse franchise. En plus, il était de nature confiante. Moi, pas. Je savais que le monde était rempli de crapules et d'assassins.

XIII

JESS N'ÉTAIT plus dans la voiture quand je revins, mais il était juste à côté, assis sur une souche d'arbre. Les yeux fermés et la bouche entrouverte, il respirait l'air de la montagne comme s'il goûtait un vin inconnu. Il ne portait pas son masque.

Il releva la tête en entendant mes pas.

— Comment ça s'est passé ?

— Cette fois, j'ai enfin une confirmation, déclarai-je. La femme de ménage affirme que Kim n'est jamais revenue dans sa chambre depuis jeudi. Elle n'a pas eu à refaire le lit ou à changer les serviettes… et je l'ai interrogée sur la carte des nuitées, elle ne l'a jamais changée. Pas même une fois.

— Oh, dit Jess. Merde !

— Oui, et si tu penses comme moi que le personnel de l'hôtel devient plus que suspect, figure-toi que Kim a signé une charte en arrivant. Et comme par hasard, le papier avec sa signature a disparu.

D'après son attitude, Jess était prêt à charger à la réception. Quand je me raclai la gorge, il se détendit un peu.

— Ben, tu as réclamé leurs enregistrements de sécurité, j'imagine ? Ne me dis pas que chaque nouvelle journée efface la précédente ?

— Non, parce qu'ils n'ont pas de caméras, déclarai-je. Pour être franc, je ne soupçonne pas Dan, Marie ou leur femme de ménage. C'est le pub qui m'intéresse. Le barman en est le propriétaire, donc techniquement, il ne fait pas partie du personnel, mais il peut sans difficulté entrer dans le bureau de Dan et se servir quand ça lui chante. Et c'est probablement le cas de tous les habitants du coin.

— Pourquoi as-tu éliminé Dan et Marie de la liste des suspects ? demanda Jesse. Ils sont sympathiques, je veux bien l'admettre, mais il nous faut quand même des preuves de leur innocence, non ?

— Je doute qu'une femme ait pu traîner Kimberly sur le sentier jusqu'à la cascade, déclarai-je. Quant à Dan, il est assez petit et Kim était une fille solide.

— Il fait interroger le barman, Derek, déclara Jess.

— Oui, mais d'après Dan, il ne revient qu'à dix-huit heures au plus tôt.

— Oh, je…

Jess s'interrompit avec un bâillement.

— Excuse-moi, reprit-il. Qu'est-ce qu'on fait en attendant ?

— Toi, tu dors, déclarai-je. Moi, je vais traîner en ville, voir qui se souvient d'avoir vu Kim. J'aimerais surtout savoir qui a été vu avec elle.

— Hmm.

Jess paraissait franchement malheureux.

— Quoi ? demandai-je.

— Nous ne savons toujours pas pourquoi quelqu'un s'est donné la peine de la tuer. À mon avis, connaître le mobile du crime nous aiderait à comprendre ce qui s'est passé ?

— C'est une simplification des séries télévisées, déclarai-je. Les tribunaux se fichent des mobiles, Jess, les jurys s'y intéressent davantage, je te l'accorde, mais d'un point de vue légal, il suffit de trouver le coupable. Et s'il y a assez de preuves pour l'incriminer, découvrir son mobile devient caduc. Sauf s'il plaide la légitime défense, bien sûr, ce qui peut changer la donne. Bref, ce qui m'intéresse, ce sont les preuves, pas le mobile. Peut-on au moins en discuter dans la voiture, comme ça au moins, tu pourras te reposer ?

Je lui tendis une main pour l'aider à se relever, il l'accepta.

Une fois dans la voiture, il cligna des yeux, l'air endormi. Pourtant, il avait encore des questions.

— Alors, si tu mets la main sur le coupable, cela ne te gênera pas d'ignorer pourquoi il a tué Kim ? Tu ne voudrais pas savoir aussi s'il l'a suivie depuis Calgary ou si elle est tombée sur lui en arrivant par un mauvais coup du sort ?

Je faillis répondre que non, mais dès que j'ouvris la bouche, la vérité en émergea :

— Si, j'y tiens. J'aimerais vraiment savoir.

Il hocha la tête et se détendit contre son siège, comme si je venais de le soulager d'un fardeau.

— Continue, alors, à interroger les gens.

JE NE prétendrai pas avoir interrogé en quelques heures toute la population de Dead Man's Flats, mais je fis de mon mieux. Avant de me mettre en chasse, je laissai un message sur le répondeur de Luna, plus un SMS et un mail, en lui demandant de me transmettre les résultats de l'autopsie… si elle avait les contacts nécessaires dans l'entourage du médecin légiste. Puis j'usai mes chaussures en cuir en me rendant dans tous les bâtiments publics du coin, ainsi que dans les bâtiments privés qui acceptaient de m'ouvrir leur porte.

J'appris ainsi que Kim avait été vue le jeudi soir, bien que personne ne se souvienne de l'avoir recroisée par la suite. Elle avait pris un verre au bar du pub, mais sans chercher à attirer l'attention ou à se faire de nouveaux amis. À la morte-saison, une étrangère se remarquait davantage. En plein été, elle aurait été noyée dans la masse des touristes.

Mes efforts finirent par payer quand je tombai sur trois ouvriers du bâtiment en pause qui tiraient sur une cigarette près d'un bâtiment carré. Environ vingt-cinq ans, une coupe moderne rasée sur les côtés, ils portaient un sweat-shirt gris sous leur salopette de travail. L'un d'eux en me voyant approcher me salua en levant la main. Je fus un peu surpris que ses deux clones ne suivent pas le mouvement.

De près, je vis de quoi les différencier. L'un avait au menton des poils qu'il ne rasait pas ; le second arborait le logo des Oilers sur son sweat-shirt, un choix courageux dans la région des Flames ; le troisième n'avait aucun signe distinctif.

— C'est vous, Sherlock ? demanda celui qui avait levé la main.

— Je suis détective privé, répondis-je.

— Venez, venez, nous avons entendu dire que vous posiez des questions concernant la fille morte dans les chutes.

— Vous l'avez vue ? demandai-je.

Je sortis mon téléphone et leur montrai la photo de Kim. Ils se penchèrent tous les trois pour loucher dessus.

— Oh, oui, répondit Mal-Rasé. C'est elle.

Il avait un fort accent rural de l'Ontario, celui que les Américains imitaient volontiers en pensant parler comme un Canadien.

Fan-des-Oilers hocha la tête.

— Oui. Nous l'avons vue au bar. Euh, c'était quand… jeudi ?

— Jeudi, oui, confirma Mal-Rasé.

Sans doute étaient-ils frères, pensai-je, sans doute venaient-ils de l'Ontario. Dans ce cas, pourquoi étaient-ils fans des Oilers ? Peut-être avaient-ils passé un moment à Fort Mac avant de continuer vers l'Ouest. Après le crash pétrolier du Covid, pas mal d'ouvriers récemment virés erraient à travers les provinces à la recherche d'un travail.

— Lui avez-vous parlé ? demandai-je.

Ils échangèrent un regard avant de secouer la tête, mais j'eus l'impression qu'ils disaient la vérité.

— Elle était au bar, déclara Mal-Rasé. Elle y est restée, elle n'est pas allée s'asseoir à une table.

Fan-des-Oilers hocha la tête.

— Oui, elle est restée perchée toute la soirée sur son tabouret.

— L'avez-vous vue parler à quelqu'un ? demandai-je.

Mal-Rasé soupira.

— Pauvre gosse ! Elle a tiré un sacré numéro ! J'ai failli intervenir, mais quand même, ce n'était pas mes oignons.

Une inquiétude soudaine lui crispa le visage, creusant les rides dans son front.

— Hé, c'est lui ? Il a fait du mal à cette fille ?

— Qui est-ce ? demandai-je. Vous semblez le connaître.

Il fit la grimace.

— Pas vraiment. J'ai juste travaillé chez ses parents, c'est là que je l'ai vu.

— Oh, tu parles de ce sale gosse de riche ? s'écria Fan-des-Oilers. Merde ! Qu'est-ce qu'il foutrait à Dead Man's Flats ?

— Je sais pas, déclara Mal-Rasé. C'est Noah qui m'a dit.

Fan-des-Oilers afficha un air sceptique.

— Ça m'étonnerait. Je l'aurais vu.

— T'étais aux chiottes.

— C'était quand ?

Pressentant que le débat allait s'égarer dans des considérations d'ordre scatologique, je préférai intervenir et recentrer la conversation.

— Lui a-t-il parlé longtemps ? Et sauriez-vous de quoi ?

— Au moins une heure, répondit Noah. Ils étaient au comptoir quand nous sommes arrivés au bar et ils sont partis un peu avant nous.

Je cachai mon excitation.

— Attendez, vous êtes sûr qu'elle est partie avec lui ?

— Oui, déclara Noah. Et si elle l'a trouvé sympa, c'est qu'il avait fait un effort, parce que c'est sacrément rare qu'on pense ça de lui !

Je tentai de me calmer. Que Kim ait été vue quittant le bar avec un petit con ne signifiait pas que l'affaire était résolue. Je devais avancer avec prudence et circonspection, un pas après l'autre.

— Parlez-moi de ce garçon, demandai-je aux trois jeunes gens.

— C'est un gamin, déclara Noah. Il a dix-huit, dix-neuf ans, il vient de se faire virer de l'Université de Calgary, alors, il est retourné chez ses parents. Il est censé poursuivre sa scolarité en ligne, mais quand j'étais là-bas, il passait son temps à rien branler devant des jeux vidéo.

— Comment tu le sais ? demanda Fan-des-Oilers. T'étais toujours avec lui, peut-être ?

— Bien sûr, lança Noah, gouailleur, sur le canapé du salon, à lui faire des câlins ! Ah, ah, ah !

Ah, l'humour homo des hétéros ! C'était hilarant, mais je n'avais pas le temps d'en profiter.

— Savez-vous pourquoi il a été expulsé de l'université ?

Noah haussa les épaules.

— Non, mais il a dû déconner une fois de trop, sûrement une histoire de fille. Ce petit con n'en rate pas une !

— Pourquoi dites-vous ça ?

Après un nouveau haussement d'épaules, Noah sortit un paquet de cigarettes de sa poche.

— Je l'ai entendu parler des filles. C'était à vomir ! Vous voulez une clope ?

Je secouai la tête.

— Non, Merci. Savez-vous où je peux trouver ce brillant spécimen de la gent masculine ? Et pendant qu'on y est, auriez-vous son nom ?

— Il s'appelle Ethan McCann. Ses parents ont une maison à Banff, près du parc. Attendez.

Il posa sa cigarette sur un rocher à ses pieds et chercha sur son téléphone.

— Comme je vous disais, enchaîna-t-il, sans lever les yeux de son écran, j'ai travaillé là-bas, c'était pour construire un solarium à l'arrière de la maison. Le père dirige une boîte qui organise des séminaires à Banff. La mère, si j'ai bien compris, travaille au Centre. Il y avait une putain de harpe dans leur salon, je déconne pas, c'est vrai !

Le Centre ? C'était le Centre des Arts où Jess était venu chanter deux fois sans même me prévenir qu'il passait non loin de chez moi. Ce constat n'apportant rien à la conversation, je le gardai pour moi et dévisageai Noah.

— Ah, voilà ! s'écria-t-il. Je savais bien que j'avais gardé l'adresse !

Il me tendit son téléphone avec un texto.

— Merci, Noah. Pourriez-vous me le transférer ? Voici mon numéro de portable.

Je lui tendis ma carte professionnelle et il s'exécuta, m'envoyant l'adresse d'Ethan McCann avec l'orthographe exacte du nom.

Il récupéra sa cigarette et y tira une fois ou deux avant de jeter :

— Ce gamin est à baffer. Chopez-le, Sherlock.

JE RETOURNAI vers ma voiture quand mon téléphone sonna. C'était Luna. Elle s'était levée tôt, compte tenu de son horaire de nuit.

— Ames Investigations, déclarai-je en décrochant.

Je savais que ça l'agaçait que je ne la salue pas par son nom.

— Ben, c'est moi ! s'emporta-t-elle. Vous ne regardez pas votre écran avant de décrocher ? D'ailleurs, pourquoi n'ai-je pas droit à une sonnerie personnalisée ?

— Hein ? On peut faire ça ?

Elle émit un son bizarre, comme un cheval irrité.

— Voulez-vous les résultats de l'autopsie ou non ?

— Oh, oui ! Kent s'est grillé à la morgue et vous êtes désormais mon seul espoir.

— Grillé, vraiment ? railla-t-elle. J'aimerais bien savoir quelle folie il a commise. S'agit-il d'un problème médical dont il n'a pas cru bon de me tenir au courant ?

Appuyé contre une borne, je regardai les montagnes, mais elles n'avaient rien à me révéler.

— Qu'est-il arrivé à Kimberly ? demandai-je.

— Cause du décès, violent coup au pariétal droit. Il est possible qu'elle ait heurté un rocher en tombant dans les chutes. Ou alors, elle a été frappée avant d'être jetée dans le vide. Le corps est resté au maximum vingt-quatre heures dans l'eau, le légiste penche plutôt pour douze, mais après une longue immersion, il est difficile d'être plus précis, car l'eau et le froid faussent les analyses.

Kim était donc vivante durant le week-end ? Un frisson me parcourut. Une mort rapide me semblait un sort plus enviable que trois jours passés, enfermée, terrifiée, à se demander ce qu'elle allait devenir.

— Le légiste n'a pas envisagé qu'elle n'ait pu mourir plus tôt ?

— Si, répondit Luna, c'est possible. Dans ce cas, le corps a été conservé dans un endroit froid. Il n'avait aucun signe de décomposition.

— Plusieurs jours, c'est possible ? Tout le week-end ?

— Oui, absolument.

La tension qui me raidissait les épaules s'allégea un peu et je pus recommencer à respirer.

— D'accord. Rien d'autre ?

— Aucun signe d'activité sexuelle. Un léger taux d'alcool dans le sang, mais rien de probant. Cela peut venir d'une réaction naturelle après la mort. Si le décès date de plus de quarante-huit heures, on ne peut s'y fier. Et comme je n'ai pas oublié vos premiers soupçons, je vous signale que la défunte n'était pas enceinte. Voilà, cette fois, c'est vraiment tout.

— Merci, Luna, dis-je.

— De rien. Oh, encore une chose ! J'ignore si c'est important.

— Dites-moi et nous verrons.

— C'est Brittany qui m'en a parlé, vous savez qui elle est ?

— Je ne suis plus dans la police, déclarai-je, mais je connais le nom des légistes de Calgary. C'est elle qui a pratiqué l'autopsie ?

— Oui. Les flics qui lui ont apporté le corps ont clairement annoncé qu'il s'agissait d'un suicide en lui demandant de faire au plus rapide. « *Pas comme la dernière fois !* »

Mon instinct s'éveilla.

— Pardon ? Quelle dernière fois ?

Tout en parlant, je me remis à avancer et passai devant un chariot abandonné devant un motel. Deux squelettes se trouvaient à l'intérieur, style décorations d'Halloween – de bonne qualité, d'ailleurs.

— L'été dernier, expliqua Luna, une adolescente a sauté d'une falaise près de Banff et la PRC a crié au meurtre. Cela a provoqué pas mal de remous, vu que les gens du coin craignaient que les touristes désertent les montagnes. Les meurtriers en cavale, c'est plutôt mauvais pour les affaires ! Mais la PRC a refusé d'enterrer l'affaire – et franchement, cela me paraît tout à fait normal.

— S'ils pensaient à un meurtre, bien entendu.

— Sauf qu'après pas mal de foin, c'était bien un suicide. Des campeurs sur le versant d'en face avaient vu la gosse sauter. Ils n'avaient pas de couverture réseau et ils ont mis deux, trois jours à retrouver la civilisation. Leur témoignage a mis fin à l'enquête. La gamine était seule quand elle a sauté.

Oups.

— Je vois, dis-je. Les gendarmes ont dû se faire taper sur les doigts.

— Est-ce une obligation pour devenir flic d'être arrogant et certain de ne jamais se tromper ? railla Luna.

179

— Je n'ai connu que la police, Luna. La PRC, même si on parle de «*Police* Montée», c'est différent, c'est la gendarmerie. Et puis les règles ne sont pas tout à fait les mêmes dans les grandes villes et dans les Rocheuses.

— Si vous le dites, rétorqua Luna. Bref, pour en revenir à votre affaire, la mort de cette petite me semble des plus suspectes. Et je doute que mon intuition vous soit d'une grande aide.

— Si, Luna, plus que vous le pensez, affirmai-je en toute sincérité.

— Comment va mon patient ?

— Il dort.

— Occupez-vous bien de lui. Et prenez soin de vous.

Je la remerciai encore avant de raccrocher. J'avais des courbatures dans le dos, aussi m'étirai-je jusqu'à entendre craquer ma colonne vertébrale. J'étais resté trop longtemps assis en voiture ces derniers jours, je manquais d'exercice.

Je réfléchis à ma conversation avec Luna. La PRC s'entêtait-elle sur la thèse du suicide à cause de l'erreur commise l'année précédente ? S'agissait-il d'un problème politique : les flics contre les riches propriétaires des stations balnéaires ? Autre question plus intéressante encore : l'assassin était-il au courant du suicide de l'an passé ? Avait-il délibérément choisi le même modus operandi pour brouiller les pistes ou parce qu'il se doutait que la police ne voudrait pas refaire la même erreur ? Une fois encore, cela pointait du doigt un local, ou quelqu'un qui venait ici en villégiature.

Le «sale petit con» signalé par les trois ouvriers avait le profil qui m'intéressait.

QUAND J'ARRIVAI à la voiture, toujours garée devant le motel de Dan, Jess regardait son téléphone. Il était réveillé ? Sans le vouloir, j'avais menti à son médecin traitant.

J'ouvris la porte et m'installai derrière le volant.

— Des nouvelles intéressantes sur les réseaux sociaux ? demandai-je.

— Chaque nouveau post est pire que le précédent, déclara-t-il. Pourquoi les gens sont-ils aussi hargneux ? Et toi, comment s'est passée la chasse ?

— J'ai peut-être une piste, répondis-je. Trois témoins affirment avoir vu Kim jeudi soir au bar du pub et elle serait partie avec un type qui a la réputation d'être odieux envers les femmes.

Jess posa son téléphone sur ses genoux et se redressa.

— Odieux ? Qu'est-ce que ça veut dire au juste ?

Je lui fis mon rapport, insistant sur le fait que la mère de notre nouveau suspect travaillait au Centre des Arts, où Jess avait des contacts.

— Tu peux te renseigner, Jess ?

— Oui, mais tu dois aussi parler au barman, non ? Ne crois-tu pas que c'est une piste importante à suivre ?

— Il n'y a rien d'urgent, déclarai-je. Et je suis vanné.

Je me frottai les yeux. Contrairement à lui, je n'avais pas fait de sieste.

Jess me lança un regard noir et pointa du doigt l'entrée du bar. Une lueur jaune filtrait autour de la porte.

— Va parler au barman, insista-t-il. Il est arrivé il y a une demi-heure.

— D'accord, d'accord, j'y vais. Jesse ?

— Oui ?

— Tu restes dans la voiture.

L'ENDROIT ÉTAIT tel que je m'y attendais, avec des lambris sombres, de longues tables contre les murs et de plus petites et rondes au milieu de la pièce. C'était plus facile de les déplacer pour accueillir un groupe. La salle était plutôt clean, elle ne sentait ni l'urine ni la bière rance, et je ne vis pas de machines vidéo.

La musique en sourdine évoquait plus un restaurant qu'un bar, tant mieux pour moi, car cela me permettrait de converser avec le gérant sans m'égosiller. Et j'aurais aussi une chance d'entendre ses réponses à mes questions. Je reconnus la chanson qui passait, *Nautical Disaster. Désastre des eaux* ? C'était tristement de circonstance.

Je contournai un énorme tableau blanc avec le menu du jour écrit au feutre noir, sans fioritures, juste des infos. Le pub Pat servait ce soir une tourte montagnarde à l'agneau, de la salade César et un burger « de l'Homme Mort ». L'emplacement sous l'appellation « dessert du jour » était encore vierge.

Qui était Pat ? Je n'en savais rien, mais je devinai que Derek était l'homme baraqué debout derrière le bar.

Un bon mètre quatre-vingt-dix, bardé de muscles puissants. Jamais je n'avais vu d'homme aussi énorme ailleurs que sur un magazine de culturisme. Ses cheveux noirs avaient une coupe moderne et il portait un tee-shirt bleu marine qui, bien que XXXL, le moulait. Sa peau arborait un hâle foncé, peut-être naturel, peut-être pas. Pareil pour les muscles. Atteindre une telle stature sans l'aide de produits chimiques me paraissait improbable.

Selon moi, il n'était pas gay et c'était dommage, car il n'aurait eu que l'embarras du choix.

Au début, il ne me remarqua pas, trop concentré à taper sur son écran. Quand il me vit, il posa son téléphone et approcha de l'extrémité du comptoir où je l'attendais.

— Excusez-moi, dit-il. Je mettais le menu du jour sur la page Facebook. Que puis-je vous servir?

Son sourire était affable, mais impersonnel.

Je posai ma carte professionnelle sur le bar.

— Je suis détective privé. Auriez-vous quelques minutes à m'accorder?

Il ramassa la carte et la regarda attentivement.

— Waouh! Un vrai détective! Cela doit être génial comme job!

— Je passe l'essentiel de mon temps à poser des questions, vous savez, déclarai-je. Je fais des listes, je cherche des indices.

— Hé, je veux bien vous répondre, mais pas longtemps. Les clients vont pas tarder à arriver, il faut que tout soit prêt.

— Bien sûr. Je cherche le propriétaire du pub Pat. Dan, à l'hôtel, m'a parlé de Derek, c'est vous?

— C'est moi. Derek Bellevue.

Il me tendit la main, je la serrai. Il me broya les doigts.

— Vous étiez là le week-end dernier, Derek?

— Oui, répondit-il. J'engage des intérimaires à la haute saison, mais en septembre, c'est plutôt calme.

J'avais souvent entendu ce couplet. Les Australiens retournaient chez eux, les étudiants reprenaient leurs cours, le pays se vidait.

— Je cherche une femme qui a disparu ce week-end, déclarai-je. Elle avait une chambre au motel et elle a pu passer un moment au bar jeudi soir. L'auriez-vous vue?

En errant dans la rue de Dead Man's Flats, j'avais toujours utilisé ces mêmes phrases d'introduction. En général, mes interlocuteurs rectifiaient d'eux-mêmes : «Disparu? Vous parlez de la fille qui s'est suicidée?» Les ouvriers, après m'avoir appelé «Sherlock», n'avaient même pas attendu que j'ouvre la bouche pour évoquer Kim.

Derek haussa les épaules.

— Je vois beaucoup de monde le week-end, déclara-t-il.

Il dut me voir jeter un coup d'œil à la pièce vide, car il ajouta :

— Là, c'est un jour de semaine et je viens juste d'ouvrir pour préparer le dîner. Les week-ends sont plus animés.

— Voici une photo de la femme que je cherche, insistai-je.

Je sortis mon téléphone. Il hocha la tête.

— Oh, oui, bien sûr ! Elle était bizarrement habillée, un peu rétro – année cinquante, je dirais. Elle était là jeudi. Assise au bar. Et elle aurait disparu ?

Était-il le seul gars du coin à ne pas savoir qu'un corps avait été retrouvé sous les chutes ? Il mentait sans doute, mais pourquoi ? Sans répondre à sa question, je continuai mon interrogatoire :

— L'auriez-vous vue parler à un autre client pendant qu'elle était dans votre établissement ?

Quand il s'appuya sur le comptoir, je sus qu'il jouait un rôle peaufiné au fil des ans auprès de sa clientèle : le brave montagnard un peu ours, accueillant, bon vivant, sans histoire, très heureux que vous ayez eu la bonne idée de venir prendre un verre ou un repas chez lui. Il n'était pas mauvais acteur, mais moi, j'étais loin d'être un client lambda.

— Oui, oui, je me souviens. Elle était avec un jeune blond. C'est lui qui a payé la note. Il en faisait un peu trop en passant la commande, d'ailleurs, il m'a dit : *la dame commande ce qu'elle veut !* Peuh !

— Sont-ils arrivés ensemble ?

— Non, je crois qu'il était déjà là quand elle est arrivée. Oui, j'avais d'autres tabourets vides, mais elle est allée s'asseoir à côté de lui. Tous les goûts sont dans la nature, hein ?

— Oui, effectivement, convins-je. Et ils paraissaient s'entendre ?

— Euh, oui. Ils sont restés jusqu'à une demi-heure environ avant la fermeture et ils sont partis ensemble.

Vraiment ?

— À quelle heure fermez-vous ?

— À deux heures le jeudi, vendredi et samedi, répondit Derek. Le *dernier appel* est à une heure. En semaine, je ferme plus tôt, vers minuit, du moins quand je suis ouvert, c'est-à-dire en été et en hiver, pour la saison de ski. Le reste de l'année, j'ouvre juste les week-ends, et encore, pas tous. Parce que je suis tout seul.

Il dut noter mon froncement de sourcils, car il enchaîna :

— Il y a plus beaucoup de clients, quoi. Ce soir par exemple, je fais tout, les courses, la bouffe, le service, le bar. Et je fermerai juste après le dîner parce que personne s'attarde en semaine.

— Je comprends.

J'aurais aimé avoir une photo d'Ethan McCann pour la montrer à Derek et être certain que nous parlions du même gars.

— Le jeune qui était là jeudi soir, insistai-je, vous disiez qu'il était blond. Vous souvenez-vous d'autre chose le concernant ?

Derek jeta un regard derrière lui.

— Je vais vous laisser une minute, il faut que je vérifie que rien ne brûle dans la cuisine.

— Bien sûr.

Dans les séries télévisées, chaque fois qu'un témoin s'absente pendant un interrogatoire, c'est pour se débarrasser d'une arme compromettante ou vérifier ce que devient la victime ligotée au sous-sol. Personnellement, je n'avais jamais rencontré ce genre de situation. Parfois, mes questions mettaient les gens mal à l'aise, c'était exact. Parfois aussi, mes interlocuteurs avaient réellement à regarder si leurs plats ne brûlaient pas. Ou alors, ils avaient envie de pisser et utilisaient une excuse pour se rendre aux toilettes.

Dans le cas de Derek, un passage à la cuisine me paraissait tout à fait plausible vu qu'il attendait des clients. Je profitai de son absence pour contourner le bar et fouiner un peu, cherchant en particulier une éventuelle caméra de sécurité. Même si Dan avait confiance dans le genre humain, Derek pouvait très bien avoir d'autres idées.

Ma première inspection aux endroits habituels ne donna rien. Si Derek avait des caméras, elles étaient bien cachées. Et ce n'était pas logique, car les caméras en évidence dissuadaient souvent les petits délinquants, non ? Merde, les gens s'amusaient même à poser des caméras bidon avec une batterie et une lumière LED, elles paraissaient authentiques de loin.

Quand Derek revint, il s'essuyait ses mains sur un torchon. Il se figea en me voyant là où je n'étais pas censé être et laissa tomber à la fois son torchon et son masque bon enfant.

— Vous cherchez quelque chose ? demanda-t-il froidement.

Son attitude tout entière, visage crispé, voix dure et larges épaules raidies, annonçait que j'avais intérêt à peser ma réponse.

Je répondis avec désinvolture, comme si je n'avais pas remarqué son agressivité :

— Eh bien, je me demandais si vous aviez des caméras de sécurité. On dirait que non.

— Des caméras ? Peuh ! J'en ai jamais eu besoin !

Il s'était un peu détendu, mais à le voir, je comprenais sans peine qu'un voleur sensé préfère s'en prendre à un pigeon moins imposant.

— Bien sûr, je comprends, déclarai-je. Dommage, j'aurais aimé une photo de ce jeune blond que vous avez vu avec ma disparue. Pouvez-vous m'en dire plus sur lui ? Avait-il un signe distinctif, un tatouage peut-être ?

Il croisa les bras et s'appuya contre le mur derrière le bar.

— Oui, effectivement, une connerie venant d'un jeu vidéo. Ici, ajouta-t-il en montrant l'intérieur de son poignet gauche.

Parfait ! Si Ethan McCann avait un tatouage, je pourrais le prendre en photo et revenir voir Derek pour une identification formelle. Sinon, il me faudrait chercher qui était le tatoué.

— Vous ne les avez pas revus ? insistai-je. Le lendemain matin, peut-être ? D'après Dan, il vous arrive de dormir au motel.

Derek hocha la tête.

— Oui, parfois, quand je finis tard. Mais pas cette semaine, je suis rentré tous les soirs dans ma caravane.

— Vous campez là-haut toute l'année ? Ce doit être un peu dur en hiver, non ?

Il éclata de rire.

— Hé, c'est pas une tente ! J'ai tout le confort, l'électricité et l'eau courante. Avant, je pouvais monter en voiture, mais l'an dernier, il y a eu un éboulement et personne a envie de dépenser du fric pour enlever les rochers qui bloquent la route. Alors, l'été, je marche et l'hiver, j'utilise une motoneige. Du coup, je garde la forme.

Sans doute tenait-il à attirer mon attention sur son physique exceptionnel. Mais comment au juste étais-je censé exprimer mon « admiration » ? C'était difficile à dire. Je me contentai d'un grognement.

Derek enchaîna :

— Jeudi, après avoir fermé, je suis remonté chez moi. J'ai vu personne. Bon, c'est tout ? Les clients vont pas tarder à arriver, il faut que je commence à tout préparer.

— C'est tout, oui, merci. Vous avez ma carte, alors, n'hésitez pas à m'appeler si quelque chose vous revient.

— D'accord, déclara-t-il.

185

Il récupéra ma carte posée sur le comptoir et la glissa dans la poche arrière de son jean moulant. En suivant des yeux son geste, mon regard se posa sur son cul. C'était juste un réflexe.

Sur le plan sexuel, Bigfoot ne m'intéressait pas.

XIV

QUAND JE revins à la voiture, Jess était au téléphone. Il leva la main en me voyant esquisser le geste d'ouvrir la portière et me demanda de patienter un moment. Je lui tournai le dos et regardai vers l'ouest, vers Banff. Le soleil était encore haut, mais ses reflets n'avaient plus la même couleur qu'en plein été. Début septembre, l'air sentait déjà l'automne, sinon l'hiver.

Je sortis mon téléphone afin de tenir Lauren et Emma au courant des progrès de mon investigation. D'abord, je vérifiai d'un coup d'œil que mes paroles ne risquaient pas d'être surprises. Une bordure d'arbres était non loin de là, qui diable pouvait être certain que personne ne se cachait derrière ? Par prudence, je m'éloignai vers le centre du parking.

Que dire à mes clientes au juste ? Je faisais mon travail en toute conscience, je pouvais être franc quant aux avancées de l'enquête, mais je ne pouvais pas leur détailler mes théories tant qu'elles n'étaient pas étayées. De plus, je craignais de leur donner de faux espoirs. Après tout, le meurtrier de Kim m'était encore inconnu.

Je décidai de m'en tenir aux faits. J'avais retrouvé la voiture de Kim ; j'avais retrouvé l'hôtel où elle était descendue ; j'avais retrouvé des témoins qui l'avaient vue jeudi soir. Mes deux clientes, que j'appelai tour à tour, semblèrent satisfaites de ces progrès.

Emma déclara que j'avais raison : oui, Kim avait toujours avec elle un gros sac dans lequel elle rangeait son téléphone et son ordinateur portable, quand elle le prenait.

À contrecœur, Lauren admit que Kim avait pu quitter le bar avec un inconnu qui lui plaisait. Elle n'en faisait pas une habitude, mais cela lui était déjà arrivé… au moins une fois. Contrairement à ce que j'escomptais, elle ne posa aucune question, comme si elle avait deviné d'où venait mon soudain intérêt pour les escapades sexuelles de Kim.

Je terminai mon exposé par le feuillet crayonné que j'avais trouvé dans la chambre en leur demandant, à l'une et à l'autre, si Kim avait eu une importante décision à prendre juste avant sa disparition. Toutes deux répondirent par la négative, toutes deux demandèrent à voir le dessin. Je leur promis de le prendre en photo et de le leur transférer. Je conclus en promettant de reprendre contact dès que j'en saurais davantage.

En raccrochant, je décidai de ne plus les appeler avant d'avoir des preuves formelles. Elles étaient en deuil, elles n'avaient pas besoin que j'ajoute à leur chagrin.

Je RÉFLÉCHISSAIS encore à mon dilemme quand je vis la portière de la voiture s'ouvrir et Jess se pencher pour me faire signe de revenir. Il avait jeté son téléphone sur le tableau de bord.

Je le rejoignis et repris ma place.

— Excuse-moi d'avoir réquisitionné ta voiture, dit Jess, c'est parce que je passai un appel hautement confidentiel.

Je claquai la portière avant de dire :

— Alors, raconte-moi tout.

Il rit. Cette fois, il ne toussa pas.

— J'ai contacté une amie qui travaille au Centre des Arts.

— Oh. Excellente initiative !

— Oui, d'autant plus qu'elle me devait un service. Bref, elle m'a tout raconté : Ethan McCann est une vraie calamité dont sa mère ne sait plus quoi faire.

— Il s'est bien fait éjecter de l'université, alors ?

Jess ricana.

— Disons qu'il a été fortement incité à ne plus y remettre les pieds. Il a été pris en flagrant délit alors qu'il achetait de l'alcool pour des mineures.

Oh, ce n'était pas un crime. Étant déjà majeur, j'avais aussi pris des bouteilles pour des amis qui avaient « presque » dix-huit ans.

— Il rendait service à des copains ? demandai-je.

Jesse secoua la tête.

— Non ! Il comptait de saouler des gamines de quinze, seize ans. L'enflure !

— Là, c'est dégueulasse, admis-je.

— Oui, c'est sûr. Bref, sa mère a décidé de le garder un moment à Banff avant de le renvoyer à l'université. Elle espère qu'il mûrisse.

— En clair, au lieu de pervertir les étudiantes de Calgary, il s'en prend désormais aux filles du coin.

— Oui.

D'un geste preste, je récupérai le dessin de Kim de la poche du jean de Jess. Ignorant le regard outré qu'il me lançait, j'en pris plusieurs photos que je transférai à mes clientes. Après avoir rangé le papier dans ma veste, je tapai sur le GPS de mon téléphone l'adresse obtenue de Noah et démarrai en direction de l'autoroute.

Jesse garda le silence jusqu'à ce que nous retrouvions la route principale.

— Et le barman?

— Quoi, le barman?

— Il est sacrément baraqué, non? Il aurait très bien pu porter Kim sur le sentier.

Je posai la main sur son front. Il se dégagea d'une tape.

— Je n'ai pas de fièvre! protesta-t-il. Pourquoi ce regard inquiet?

— Parce que je viens de te dire que Kim avait quitté le pub en compagnie d'Ethan, un gosse des plus louches, répondis-je patiemment. Derek, lui, est resté dans son pub, il était occupé au bar. Tous ses clients peuvent en témoigner.

Je sentis que Jess avait quelque chose sur le cœur, aussi gardai-je les yeux fixés sur lui, ce qui n'était pas très recommandé au volant. Voyant que finalement, il restait coi, je reportai mon attention sur la route.

Le silence persista, devenant vite assourdissant.

— D'accord, d'accord, cédai-je enfin. Si tu y tiens tellement, j'irai interroger les clients qui étaient au pub jeudi soir. Mais j'ai l'intuition que ce sera inutile une fois que nous aurons entendu la version d'Ethan.

— Ce sale gamin a le profil idéal d'un délinquant sexuel, déclara Jess d'un ton contraint, je te l'accorde.

Je le connaissais trop bien pour gober ce soudain détachement. Il jouait un rôle, j'en étais certain, comme s'il avait enfilé un masque – un masque de carnaval, pas un masque sanitaire anti-Covid.

Il ne mentait pas, pas vraiment, mais il ne me disait pas tout.

— Je ne connais pas encore Ethan, soulignai-je. Je me ferai une opinion après l'avoir rencontré.

— Hmm.

— Quelque chose me turlupine, ajoutai-je, c'est un gosse de riches, il n'a jamais travaillé au Creek Hôtel, il n'y a sûrement jamais pris de chambre, alors, comment aurait-il pu connaître le fonctionnement interne des cartes? Comment a-t-il su où chercher un exemplaire de la signature de

Kim ? Peut-être est-ce un copain à lui ou une simple connaissance qui l'a renseigné. Et puis, je doute que Dan ferme son bureau quand il s'absente.

— Il ne le fait pas, affirma Jess. Pendant que tu parlais au barman, j'ai vu Dan partir en voiture. Et quand Marie a sorti les poubelles, la porte est restée ouverte, je la voyais d'ici.

— Pfutt, fis-je.

Jess ne répondant pas, je vérifiai d'un coup d'œil ce qu'il faisait : il faisait défiler des photos sur son téléphone. Il afficha enfin le portrait d'un jeune blond à l'air arrogant – il méritait des baffes –, planté devant un stand de bière lors d'une fête en plein air. Un festival *Fringe*, peut-être ? Je crus apercevoir le coin d'une tente en arrière-plan.

— À ton avis, demanda Jess, cette odieuse expression lui est naturelle ou il a travaillé son rictus devant sa glace ?

Je secouai la tête.

— Je n'ai pas assez de données pour en juger.

— Je voulais vérifier s'il avait la stature de porter Kim. Je ne crois pas. Bien que grand et jeune, il est plutôt filiforme.

— Si tu veux, persiflai-je, je lui ferai passer un test d'endurance. Peut-être acceptera-t-il de porter sur l'épaule des sacs de patates pour me laisser chronométrer combien de temps il peut marcher avec.

— J'adorerais assister à la scène ! s'esclaffa Jess. Quelle explication lui donnerais-tu pour cette expérimentation ?

Mon côté terre-à-terre intervint :

— Je doute fort de trouver chez lui des sacs de patates.

— Be, je préférerais que tu sois armé.

Je lui jetai un regard interloqué.

— Pour interroger un gosse ? Mais enfin, Jess, tu détestais les armes autrefois, comment peux-tu faire une suggestion aussi absurde ?

— Ce n'est pas un gosse, en tout cas, il n'a pas six ans. Et si tu vas le voir, c'est parce que tu le soupçonnes d'avoir tué Kim avant de la jeter par-dessus la falaise. Tu n'as pas peur ?

— Ce n'est pas la première fois que j'interroge un petit con arrogant, répondis-je. Les jeunes en général, et les étudiants en particulier, sont souvent récalcitrants à l'autorité.

— Jusqu'ici, il s'agissait de petits délits, j'imagine, alcool ou stupéfiant, c'est ça ?

— Oui, convins-je. J'ai eu aussi coups et blessures et tentatives de viol. Le meurtre, c'est nouveau.

— Un assassin aux abois n'est-il pas prêt à tout s'il se sent acculé ? insista Jess. Il n'a plus rien à perdre, après tout.

— Ça dépend, dis-je.

Nous approchions de l'embranchement qui menait aux somptueuses résidences à l'ouest de Canmore, le parc n'était plus très loin. Je ralentis pour consulter les panneaux.

— Jess, repris-je, sais-tu ce qu'ont fait les gens coincés dans les tours du Word Trade Center durant les attentats du 11 septembre ?

Il secoua la tête.

— Non, j'imagine qu'ils ont cherché une sortie, vérifié les escaliers et les ascenseurs ?

— Non, la plupart ont continué à travailler, parce que ça leur permettait de nier une vérité insoutenable. Certains ont même enfilé leurs manteaux, pris leurs affaires et rangé leur bureau.

— D'après toi, la première réaction d'un quidam accusé de meurtre serait de trier son tiroir à chaussettes ?

Puis il regarda par la vitre et s'exclama :

— On est juste à côté du parc ! C'est là que vivent les McCann ?

— Oui, regarde la carte affichée sur mon téléphone. Pour en revenir à ta question, je ne suis plus dans la police, alors les suspects que j'interroge ne sont pas très inquiets. S'ils viennent d'un milieu aisé, ils ont d'excellents avocats et se croient souvent au-dessus des lois.

— Oui, admit Jess, l'argent pourrit tout.

Il parlait comme s'il n'en avait pas. Étrangement, il faisait pareil autrefois, à l'université. Il avait fait fortune par lui-même, certes, mais il était né dans une famille nantie, son père travaillait dans une grosse boîte internationale et Jess, étant enfant, avait vécu dans toutes les capitales du monde.

Suivant les indications de mon GPS, je pris une route qui serpentait vers le nord-ouest, en bordure du parc. J'apercevais parfois le crépi orange d'une maison moderne à travers les arbres. Quant aux immenses chalets, manifestement construits pour loger des géants, leurs rondins se noyaient dans la végétation. Devant l'un d'eux, un panneau disait « À vendre ». Le prix était indiqué, sans doute pour décourager les faux acheteurs : deux millions. Jess sifflota entre ses dents.

— À une demi-heure à l'est, déclara-t-il, le même chalet vaudrait le double.

Il parlait comme si le marché immobilier n'avait aucun secret pour lui. Le couloir Canmore-Banff, à quatre-vingts kilomètres de Calgary, correspondait à sa grande banlieue.

— À cinq minutes à l'ouest, les maisons ne sont pas à vendre, indiquai-je.

Il acquiesça.

— Tu as raison. Mais quand même, ces baraques sont trop serrées les unes contre les autres. À ce prix, on s'attend à un peu plus d'intimité !

Je faillis sourire. Cela m'arrangeait que chaque maison, de ses fenêtres, – en plus de « profiter pleinement de la nature sauvage », comme le vantaient les agents immobiliers – puisse voir ce qui se passait chez les voisins. Sans doute parviendrai-je assez facilement à découvrir l'heure exacte du retour d'Ethan dans la nuit de jeudi.

À moins qu'il ait emmené sa conquête à l'hôtel ?

LA RÉSIDENCE McCann avait un garage pour trois voitures et une allée d'accès sinueuse et pavée. Des lampes solaires plantées sur des piquets de fer forgé cernaient la terrasse de pierres, mais il ne faisait pas encore assez sombre pour qu'elles soient éclairées. La maison elle-même était sombre, seules quelques lampes sur l'arrière indiquaient une présence. Et si je les aperçus dès mon arrivée, c'était parce que la façade était constituée d'une baie vitrée haute de plusieurs niveaux.

Je me tournai vers Jess.

— Bon, toi…

Il compléta ma phrase :

— … tu restes à la voiture ?

— Oui. Si je n'ai pas terminé dans… disons vingt minutes, je te préviendrai. Si tu n'as pas de nouvelles de moi, appelle les flics.

Ses yeux s'écarquillèrent.

— Quoi ? Mais tu disais que tu ne risquais rien !

— En principe, oui, mais la prudence n'a jamais tué personne. Si j'y étais obligé, je me débrouillerais sans cette précaution, mais puisque tu es là, autant en profiter.

Il ne sembla pas du tout rassuré.

— Et je dis quoi aux flics ? La vérité ?

— Oui, répondis-je. Si tu espères les faire venir, il le faudra bien. Sinon, ils ne bougeront pas.

— D'accord.

— Jess, s'il te plaît, ne quitte pas la voiture. N'essaie pas de sonner ou de passer derrière à la maison, ne réalise aucune des idées idiotes que tu auras certainement.

Il pencha la tête.

— Hé ! Je n'ai pas cinq ans ! Ne prends pas ce ton avec moi !

Je m'agrippai au volant si fort que mes articulations blanchirent. Sans doute Jess le remarqua-t-il.

— Excuse-moi, dis-je, les dents serrées. Tu as raison, tu n'as pas cinq ans, mais tu contrôles mal tes pulsions et tu agis souvent sans peser les risques que tu encours.

Il le faisait par courage et par loyauté, j'en étais conscient, mais je préférais ne pas le dire à haute voix. Il m'avait planté sept ans plus tôt, sans un regard en arrière, il m'avait abandonné avec un loyer à payer et il ne m'avait plus donné signe de vie… jusqu'à récemment. Pourtant, j'étais certain qu'il se jetterait sur le chemin d'un éléphant déchaîné pour me défendre, si besoin était. Et il serait piétiné à mort, bien entendu.

Il me lança un regard que je ne pus déchiffrer. Pas fâché. Même pas énervé.

— D'accord, si tu le dis, déclara-t-il enfin. Bonne chance avec ton suspect. Si tu as besoin de moi, crie très fort.

Je quittai la voiture et remontai l'allée avec la sensation bizarre d'être le roi du monde, sans trop savoir pourquoi.

Les portes d'entrée étaient en bois massif sans la moindre ouverture. Une absurdité, selon moi, vu que c'était là qu'une vitre aurait été le plus utile : mieux valait savoir qui se trouvait sur le seuil avant d'ouvrir sa porte, non ? Je ne vis ni interphone ni caméra placée en évidence.

Je tirai la chaîne de la cloche et attendis. Moins d'une minute après, une des portes s'ouvrit sur le petit con que j'avais vu en photo. Il arborait le même sourire crispant, ses yeux étaient rouges et gonflés, ses cheveux trop longs et ébouriffés. Il portait un pantalon de pyjama et un sweat-shirt de l'université, ce qui était plutôt gonflé de sa part après son éviction. J'en déduisis que ses parents devaient être absents.

— Merde ! s'exclama-t-il. C'est pas Skip.

Je compris alors qu'il avait dû commander à Canmore et qu'il attendait une livraison du traiteur Skip Gourmet.

— Ils livrent jusqu'ici ? m'étonnai-je.

— Pour moi, oui, je leur ai fait une offre qu'ils n'ont pas pu refuser.

À l'entendre, il était un parrain de la mafia qui faisait livrer des cargaisons de homards frais dans les restaurants de ses casinos. Je voyais très bien pourquoi Noah le trouvait très antipathique.

À dire vrai, il me sortait déjà par les yeux.

— Si vous attendez une livraison, dis-je, je vais faire ça vite. Vous êtes bien Ethan McCann ?

— C'est de la part de qui ?

J'en tiquai presque. C'était la première fois que j'entendais cette phrase ailleurs qu'au téléphone. Je faillis répondre une vanne, puis je me repris. Inutile de me faire un ennemi de ce petit con, cela ne l'inciterait certainement pas à répondre à mes questions.

— Mon nom est Ben Ames, je suis détective privé, j'ai une agence d'investigation à Calgary.

Je sortis mes papiers pendant que je parlais. Il y jeta un coup d'œil dédaigneux, mais il simulait. Comme la plupart des gens, il se demandait ce que lui voulait un enquêteur, fut-il privé. Je vérifiai son poignet gauche et vis un tatouage noir récent, avec des cercles et des barbelés. C'était assez audacieux.

— Chouette tatouage, prétendis-je.

Il haussa les sourcils, l'air incrédule.

— Vous jouez ?

— Non, j'admirai juste le travail.

— Rien à battre, qu'est-ce que vous me voulez ?

— J'ai été engagé pour retrouver une disparue. Vous lui avez parlé la semaine dernière au pub Pat.

Il resta silencieux quelques secondes, pas inquiet, juste pensif. J'en profitai pour l'examiner, essayant de jauger s'il avait la force physique de porter une fille comme Kim jusqu'au sommet de la falaise. Je décidai que oui, sous le coup de l'adrénaline, il y serait parvenu. Et il aurait eu de sacrées crampes musculaires le lendemain matin.

Finalement, il s'écarta de la porte et me fit signe d'entrer. Je le suivis et refermai la porte derrière moi, mais pas complètement.

Le style intérieur de la maison était agressivement boisé : lambris clairs, charpentes en pin, canapés de cuir fauve, plancher naturel et cheminée en pierre qui montait jusqu'au haut plafond. Noah avait dit vrai, une harpe trônait près d'un piano à queue.

L'air sentait la marijuana bon marché, une vraie infection ! Pas étonnant qu'Ethan ait faim !

194

Je cherchai un indice révélateur de la présence de Kim dans ce salon. On aurait pu penser que les assassins étaient prudents, mais pas du tout. Tous commettaient des erreurs, ce qui finissait par les faire prendre.

Le salon était en ordre, sans doute l'œuvre d'une femme de ménage, mais aussi grâce à une stricte obéissance aux diktats de l'architecte-décorateur. Pas un livre ne dépassait sur les étagères en bois flotté !

En suivant Ethan vers l'arrière de la maison, je me demandai à quoi ressemblait l'appartement de Jess, à Toronto. En toute franchise, je n'en avais aucune idée. Il n'avait jamais donné d'interviews chez lui, aucun journaliste n'avait pu enflammer l'imagination des fans en décrivant le décor dans lequel vivait la rock star, ses meubles, ses ustensiles de cuisine, ses trophées musicaux, ses autres récompenses présentées sur les murs. D'après moi, Jesse travaillait chez lui, c'était là qu'il écrivait ses chansons, aussi son logement n'était-il sans doute pas le sombre donjon qui s'accorderait à son image publique.

Ethan avait colonisé le solarium construit par Noah. Un jeu vidéo était en pause sur un immense écran et, d'après les éraflures qui marquaient le sol, je compris que le jeune oisif avait dû faire glisser la télé du salon. En principe, il n'y a pas d'écran télé dans un solarium.

Une fois Ethan retombé dans son canapé, je sortis la photo de Kim pour la lui monter.

— Vous la reconnaissez ?

— Oui ! aboya-t-il. Je l'ai rencontrée chez Pat jeudi. Quelle foutue salope ! Une vraie allumeuse, je vous le dis ! Ne dépensez pas votre fric avec cette garce frigide ! Elle m'a coûté bonbon, deux Duvel, un putain de whisky exclusif et une assiette d'amuse-gueule qu'elle a boulotté sans même m'en laisser !

— Apparemment, vous êtes resté un moment avec elle ?

— Toute la soirée ! répondit-il. J'ai tout de suite repéré qu'elle n'était pas du coin, alors, je me suis dit : *chouette, de la viande fraîche !* Elle a repéré mon tatouage, j'ai cru qu'elle jouait, et on a commencé à «parler».

Il agita les doigts pour mettre ce dernier mot entre guillemets. Je serrai les poings et me répétai que je n'étais pas censé lui faire avaler ses dents. Il ne pourrait plus parler ensuite.

— Donc, vous êtes partis ensemble. Quelle heure était-il ?

— Une demi-heure après le dernier appel.

Vers une heure trente, donc, ce qui correspondait à ce que Derek m'avait dit.

— Qu'avez-vous fait ensuite ? insistai-je.

— Je l'ai suivie jusqu'à sa chambre, maugréa Ethan, boudeur. Elle n'a pas voulu me laisser entrer, vous y croyez ? Après ce que j'avais dépensé pour elle ? Elle s'imaginait quoi au juste, que je m'intéressais à ses litanies mortelles sur *Chachagall* et à son putain d'art à la con ?

La question étant rhétorique, je n'y répondis pas.

— Vous a-t-elle dit pourquoi elle était dans la région ? Vous a-t-elle montré ses dessins ?

— Oui, elle a dit qu'elle était venue réfléchir parce que… merde, c'était quoi déjà ? Ah, oui, parce qu'elle était à un carrefour crucial où sa vie pouvait changer à tout jamais. Elle a utilisé un terme bizarre, euh… *cuspide* [23]. Elle a dit qu'elle passait son temps à en dessiner. Elle m'a montré un dessin qu'elle avait fait en arrivant au motel.

Je lui montrai le dessin de Kim, il confirma que c'était bien celui qu'il avait vu. Je remis le précieux feuillet dans ma poche et ajoutai :

— Alors, elle a refusé vos avances, qu'avez-vous fait ensuite ?

Il postillonna d'indignation, ce qui fit tomber les miettes de chips accrochées à ses lèvres fines.

— Je suis parti, c'est tout ! Je pouvais rien faire de plus, tout le bar m'avait vu sortir avec cette salope ! Je suis pas fou, quand même !

Mon estomac se serra. Se rendait-il compte de la portée de ses paroles ? Si ce sale con n'avait pas tenté de violer Kim, c'était uniquement parce qu'il savait qu'il serait le premier suspecté.

Le hic, c'était que j'avais du mal à croire qu'un crétin capable de se livrer ainsi au premier venu ait eu l'esprit assez tordu pour monter la mise en scène compliquée du meurtre de Kim, tel qu'elle commençait à se dessiner.

— Où êtes-vous allé ensuite ? insistai-je.

— J'ai traîné, grommela-t-il. Il était trop tard, les bars fermaient. Cette sale garce a foutu ma soirée en l'air et elle m'a même pas taillé une turlutte !

Sans mot dire, je regardai les chips écrasées et la marijuana répandue sur le canapé. Ethan céda en moins de trente secondes.

— Pourquoi toutes ces questions ? demanda-t-il. Elle est où ?

---

23 Éminence de forme convexe, point de rebroussement en géométrie et mathématiques.

Était-il possible qu'il n'ait pas écouté la radio et qu'il ignore qu'une jeune fille avait été retrouvée dans les chutes ? Oui, surtout s'il avait passé la matinée enfermé à fumer et à s'abrutir devant des jeux vidéo.

— Personne n'en sait rien, mentis-je. Elle a disparu et sa sœur m'a engagé pour la retrouver. Kim vous a-t-elle parlé de ses projets ? Envisageait-elle de rencontrer quelqu'un ? Vous a-t-elle paru triste ou déprimée ?

Je lui tendais la perche. S'il était aussi con qu'il le paraissait, il allait se jeter dessus et prétendre que Kim était d'humeur suicidaire jeudi soir.

Il haussa les épaules.

— Non. Au début, nous avons parlé du jeu. Après, elle a embrayé sur l'art et elle m'a fait chier.

— Vous êtes le dernier à l'avoir vue avant sa disparition, dis-je, en durcissant mon ton.

Il sursauta et, pour la première fois depuis son arrivée, son regard s'éclaira un peu.

— Hé, ça va pas ? Quand je l'ai quittée vers une heure et demie, elle était dans sa chambre au motel. Elle m'a même claqué la porte au nez !

— Vous prétendez ensuite avoir traîné. Pouvez-vous le prouver ? Auriez-vous parlé à quelqu'un ?

— Euh, non, pas vraiment. Juste à la pétasse de la PRC.

Je ne m'attendais pas à entendre ça.

— Pardon ?

— Elle m'a collé un putain de PV pour excès de vitesse ! s'égosilla Ethan. En pleine nuit, vous y croyez ? En plus, elle a bien failli me faire passer un alcootest. Ça aurait été le pompon ! Qu'elle salope cette McKay ! Elle est toujours collée à mon cul !

Je tentai de repousser l'affreuse image qui me venait à l'esprit.

— Si je vous suis bien, vous avez échappé à l'alcootest, vous avez écopé d'un PV et vous êtes rentré chez vous. Il était quelle heure ?

— Euh… je sais pas. Deux heures et demie, peut-être.

— Vous avez toujours ce PV ?

Il grimaça.

— Hein ? Non ! J'allais quand même pas le laisser traîner pour que mes parents le trouvent ! Non, j'ai payé.

— Je vois. Dites-moi, Ethan, vous semblez plutôt à l'aise, financièrement parlant, alors pourquoi aller boire à Dead Man's Flats plutôt qu'à Canmore ou Banff ?

— Banff ! s'écria-t-il. Putain, non ! Ça craint !

197

— Je veux bien vous croire, repris-je avec patience. Et Canmore ?

Une fois encore, il haussa les épaules, un tic qui commençait à m'exaspérer. J'envisageais presque de lui péter une clavicule.

— Je supporte mal les rombières qui traînent là-bas, expliqua Ethan, ma mère les connaît toutes. Ces foutues chiennes passent leur temps à m'espionner et à cafarder sur moi !

J'étais raisonnablement certain qu'il disait vrai : les amies de sa mère occupaient leur temps libre à siroter des cocktails et à colporter des ragots tout en mangeant des pâtisseries.

— Pourquoi avez-vous pris le risque jeudi dernier de rouler de nuit en état d'ébriété ? demandai-je encore.

— Parce que mes parents étaient absents. Mon père passe sa vie à ses colloques, ses séminaires et ses conférences.

Oh. Ses parents l'avaient laissé seul avec une voiture dans une grande maison vide. Et personne pour confirmer l'heure de son retour. J'allais devoir interroger les voisins.

— Si vous vous souvenez d'autre chose, appelez-moi, dis-je. Voici ma carte.

Il la prit et l'examina sans trop savoir quoi en faire. Il restait prostré, sans bouger, sans se lever, alors, je l'abandonnai à son hébétude et décidai d'inspecter un peu les lieux. J'eus beau regarder dans les coins et sous les meubles. Rien. J'envisageai de passer aux toilettes, puis y renonçai. Je n'y trouverai certainement pas le sac de Kim ou son téléphone. Mieux valait que j'aille revoir McKay.

Si je découvrais qu'Ethan avait menti concernant son procès-verbal ou l'heure de son retour, ce serait à la police d'agir, parce qu'il faudrait un mandat pour perquisitionner la maison.

Je vérifiai ma montre. Les vingt minutes étaient loin d'être écoulées.

Je sortis et claquai la porte derrière moi, puis je rejoignis Jess.

Il attendit que je reprenne ma place derrière le volant pour demander :
— Alors ?

Son téléphone éteint était posé sur le tableau de bord. Sans Jess avait-il gardé les yeux fixés sur la porte d'entrée pendant toute la durée de mon absence.

— Il a avoué, déclarai-je, pince-sans-rire. J'ai prévenu le juge d'application des peines, Ethan McCann passera le reste de sa vie au pénitencier de Kingston.

Il leva les yeux au ciel.

— Tu es hilarant !

— Je pensais que c'était la réponse que tu attendais.

Je démarrai et repris la direction de l'autoroute. Je reviendrai peut-être dans le quartier interroger les voisins quant aux allées et venues d'Ethan, mais ça pouvait attendre. J'allais d'abord vérifier son histoire de PV.

— J'ai vu qu'il te laissait entrer, déclara Jess. Donc, tu lui as parlé.

— Oui. Il a confirmé avoir quitté le pub avec Kim vers une heure et demie ; il l'a suivie jusqu'à sa chambre, mais elle a refusé de le laisser entrer, alors, il est parti, furieux d'avoir perdu sa soirée. Il a roulé trop vite et s'est fait épingler par la PRC, il prétend être rentré chez lui vers deux heures et demie. Je vais passer à la gendarmerie vérifier cette histoire de contravention. De toute façon, c'est mieux de mettre McKay au courant de ce que j'ai appris.

— Le « petit con » méritait-il sa réputation ?

— Absolument, admis-je. Il parle des femmes comme des salopes, des garces et des pétasses.

— Charmant personnage ! C'est sûrement un délinquant sexuel !

— La frustration pourrait le pousser au viol, je pense, mais je ne suis pas tout à fait certain qu'il ait tué Kim. Il est trop con. Il a peut-être un casier judiciaire, les gendarmes ne me diront rien, mais Kent peut vérifier.

Jesse attrapa son téléphone. Ah, merde, j'avais oublié que Kent lui avait communiqué son numéro. De toute évidence, mon ex-partenaire répondit très vite, je reconnus le son de sa voix.

— Salut, dit Jess.

Après une pause pour écouter la réponse de Kent, que je n'entendis pas, Jess éclata de rire.

— Oui, j'espère qu'il va déduire ma participation de ses honoraires. Écoutez, Kent, Ben aimerait en savoir davantage sur un suspect, en particulier, s'il a un casier.

Une autre pause.

— Oh, oui, reprit Jess, il est de mauvais poil. Il m'a envoyé chier quand je lui ai demandé comment s'était passée son entrevue avec ledit suspect.

— Je ne t'ai pas envoyé chier, objectai-je.

— Il prétend que j'exagère. Oui, exactement. C'est aussi mon avis.

Je perdis patience.

— Donne-moi ce putain de téléphone !

Jess m'ignora.

— D'accord, je le lui dis. Oui, je vous envoie les coordonnées du gamin par texto. Saluez Frank pour moi.

Il raccrocha avec un sourire béatement satisfait et se tourna vers moi pour dire :

— D'après Kent, il est possible qu'Ethan ait un casier, mais ce casier peut être scellé si le gosse était encore mineur au moment des faits. Dans ce cas, Kent mettra un peu plus de temps à l'obtenir. Ah, au fait, il te conseille aussi de penser à te nourrir. Et il m'a demandé de te surveiller.

Je vis rouge.

— Qu'il se mêle de ses oignons !

— Sois gentil avec lui, déclara Jess, je te rappelle que nous avons besoin de lui. En plus, il a raison. Tu n'as pris qu'une banane au petit déjeuner et à midi, juste une salade. C'est bon pour un lapin !

Je soupirai.

— Si tes fans vegans t'entendaient, ils te désavoueraient sur le champ.

Jess me tapota le bras.

— Kent et moi sommes tombés d'accord : la salade ne suffit pas à garder un détective en forme. Je sais très bien pourquoi tu oublies de manger, Ben, tu es obsédé par cette enquête !

Il avait raison. Ce n'était pas la première fois que je sautais des repas pendant que je traquais un meurtrier. En général, je ne m'en rendais pas compte parce que l'importance vitale de découvrir la vérité et l'imminence du danger me poussaient à ne pas perdre de temps. Je parlais de moins en moins. Je mangeais de moins en moins.

— D'accord, d'accord, cédai-je. Nous irons nous sustenter après avoir parlé à la petite gendarme.

McKay était encore de service quand j'entrai dans la gendarmerie, toujours seule à son bureau. La différence était de mon côté : Jesse m'accompagnait et il ne portait pas son masque.

— Bonjour, la saluai-je. C'est encore moi.

Elle leva les yeux, l'air un peu agacé, comme si elle pensait « que nous veut-il encore ! », puis elle se figea, la bouche ouverte, les yeux papillonnants.

J'avais conseillé à Jess d'enlever sa casquette et de ne plus cacher son identité. Bien que surpris, il s'était exécuté sans poser de questions.

— Voici… commençai-je.

Le visage ponceau, la jeune femme me coupa la parole :

— Oh, je sais ! Je… je… suis une fan, une inconditionnelle !

Je sus qu'elle disait la vérité, c'était même une adoratrice de Jack Lowe. Elle n'aimait pas seulement sa musique, son style ou la philosophie de ce qu'il vendait, elle avait sans doute une affiche de lui placardée au mur de sa chambre. Et elle était si jeune ! Assez pour l'avoir découvert à l'adolescence, encore à l'école. Elle avait grandi avec les chansons de Jack Lowe.

Elle frotta sa main sur son pantalon avant de la tendre à Jesse.

— Nicole McKay, se présenta-t-elle. Je suis gendarme, euh… constable.

— Enchanté de vous rencontrer, constable McKay, déclara Jess.

Son sourire était mi-Jack Lowe, mi-Jesse Serik.

— Je vous croyais malade ! s'écria-t-elle. J'avais pris des billets pour votre concert et je… Oh, excusez-moi, je me mêle sans doute de ce qui ne me regarde pas…

— Non, c'est à moi de m'excuser, répondit-il. Vous serez intégralement remboursée, j'y veillerai. Et je suis malade, c'est la vérité, j'ai une pneumonie. Mon médecin m'a interdit de monter en scène. Je connais Ben depuis l'université, nous étions colocataires, aussi ai-je préféré quitter mon hôtel et dormir dans sa voiture pendant qu'il enquêtait, c'est quand même plus distrayant !

McKay le regardait toujours. Jess était pâle, l'air fatigué. Elle crut donc à ses explications.

— Bien sûr, acquiesça-t-elle.

— Vous devez trouver la situation bien étrange, ajouta Jess.

Elle eut un petit rire, authentique, mais fragile. Son excitation ressemblait à de la peur, c'était intéressant.

Je décidai de ramener la conversation à notre enquête.

— Constable McKay, j'ai une question à vous poser : avez-vous arrêté Ethan McCann pour excès de vitesse dans la nuit de jeudi à vendredi vers deux heures du matin ?

Quittant enfin son idole des yeux, elle se tourna vers moi.

— Oui, comment le savez-vous ?

— Ethan m'en a parlé quand je lui ai annoncé qu'il était la dernière personne à avoir vu Kimberly Moy avant sa disparition.

Elle ouvrit de grands yeux.

— Pardon ? Il la connaissait ? Mais comment le savez-vous ?

Je lui expliquai avoir retrouvé la voiture de Kim dans le parking du Creek Hôtel, à Dead Man's Flats, et interrogé des ouvriers locaux qui avaient passé la soirée au pub Pat et vu Kim s'en aller avec Ethan. En revanche, je ne communiquais pas à la gendarme l'opinion que le petit con avait d'elle, ni qu'il l'avait traitée de pétasse.

— Pourquoi ne pas avoir fait passer un alcootest à Ethan? demandai-je. Il était ivre, je vous le garantis.

— Je sais, rétorqua-t-elle. Quel petit crétin! Je ne pouvais pas le laisser conduire, alors, je l'ai raccompagné chez lui en craignant tout du long qu'il vomisse sur mon siège arrière.

Elle avait dit « crétin » au lieu de « con » parce qu'elle était polie, mais de toute évidence, elle partageait l'opinion générale concernant Ethan McCann. De plus, je trouvais amusant qu'il soit toujours qualifié de « petit » alors qu'il avait presque ma taille.

— Il était si ivre que vous l'avez ramené, mais sans lui faire passer un alcootest? m'étonnai-je.

Elle secoua la tête.

— Sa mère a beaucoup d'influence dans la région. En vérité, c'est le père qui compte, mais c'est elle qui utilise ses appuis. Que je mette une contravention au fils – qu'il a pu payer en ligne –, que je le fasse revenir le lendemain afin de récupérer sa voiture, ce n'est pas un problème vu que les parents ne le sauront jamais, mais si j'étais allée plus loin, j'aurais eu tous les avocats de la famille à mes trousses, j'aurais été harcelée par les journalistes au téléphone et sermonnée par ma hiérarchie pour en savoir plus sur mes faits et gestes.

— Je sais, répondis-je, j'ai été dans la police.

— Oui, je sais, répéta-t-elle. J'ai vérifié vos antécédents. Donc, vous savez comme moi qu'il faut parfois choisir ses batailles.

Ce déplorable laxisme envers Ethan McCann me choquait et je fus tenté de faire part de mon opinion à la jeune McKay, mais étais-je bien placé pour déclarer : « un policier est censé accomplir son devoir quitte à se faire taper sur les doigts »? Après tout, j'avais démissionné plutôt que tenir tête à ce con de Fred.

Et Jess, qui se tenait à mes côtés, en était bien conscient.

Je préférai donc changer de sujet.

— Si je comprends bien, ce gosse a des problèmes? demandai-je.

— Oh oui! Beaucoup! Voulez-vous du café? Nous avions aussi des muffins ce matin, mais je doute qu'il en reste.

Jess ouvrit la bouche. Je le frappai doucement sur le bras.

— Je vais prendre un café, déclarai-je, notre convalescent restera à l'eau.

Elle regarda Jess et haussa les sourcils.

— Il est plutôt strict, on dirait ?

Jess se mit à rire.

— C'est exact, c'est dans sa nature. Mais un verre d'eau, ce sera très bien, merci.

Je profitai que la jeune femme avait le dos tourné pour fusiller Jess d'un regard noir : sa réflexion me paraissait totalement déplacée !

Le café que me servit McKay avait tout du décapant, aussi fus-je très satisfait que Jess reçoive plutôt une bouteille d'eau minérale. Nicole McKay, elle, opta pour une canette de Coca light qu'elle sortit de sous son bureau.

— C'est ma réserve personnelle, déclara-t-elle. Je ne partage jamais, désolée, pas même avec Jack Lowe.

Jess éclata d'un rire authentique. Depuis nos retrouvailles inattendues, c'était la première fois que je le voyais aussi détendu et joyeux. Je ne sus déterminer ce qui lui plaisait autant. Était-ce d'être traité en être humain, pas en célébrité ? Oui alors était-il sensible à l'humour de la jeune gendarme : « oui, vous êtes une rock star, mais je garde mes Cocas. » Jess adorait les gens audacieux.

— Ethan McCann est un cas, déclara la constable. Il a été mis à la porte de tous les établissements scolaires qu'il a fréquentés ; il est odieux, toujours, partout, en public, en privé ; il crée constamment des problèmes dans les clubs et les bars qu'il fréquente. Il déteste par-dessus tout qu'on lui refuse un caprice, il n'en a pas l'habitude. Alors, il devient agressif... seulement en paroles, *pour le moment*. Il fait peur à tout le monde et à mon avis, c'est une réaction normale. Dès que j'ai appris qu'une fille avait été retrouvée au pied des chutes, j'ai pensé à lui.

— Pardon ? s'écria Jess. Je croyais que la gendarmerie avait conclu à un suicide !

— Eh bien, oui, parce que nous avons retrouvé le message signé par la morte et que l'autopsie n'a rien apporté de concluant. Ce que Ben vient de me raconter, les empreintes de pas effacées derrière la rambarde et la charte de Miss Moy qui disparaît de l'hôtel, c'est troublant, je vous l'accorde, mais cela ne suffira pas à rouvrir l'enquête. Il faudrait des preuves plus tangibles.

— Ces preuves, persiflai-je, vous ne risquez pas de les découvrir puisqu'il n'y a pas d'enquête.

203

— C'est faux! protesta-t-elle. J'enquête! J'ai passé la journée à Canmore à interroger les passants pour vérifier si quelqu'un avait vu Miss Moy. Je m'en tiens à la thèse du suicide, bien entendu, afin de ne pas créer de panique. Si j'avais commencé par Dead Man's Flats, peut-être aurais-je trouvé avec vous ces ouvriers du bâtiment, ou Derek, le barman du pub Pat.

— Bien, déclarai-je, vous en savez dorénavant autant que nous. Jeudi soir, Kim a quitté le bar avec Ethan McCann. Et je ne sais toujours pas ce qu'Ethan a fabriqué durant l'heure de battement entre sa sortie du pub, vers une heure trente, et sa contravention pour excès de vitesse. Vous pourriez peut-être le convoquer pour un interrogatoire, réclamer un mandat et perquisitionner sa voiture.

Elle secoua la tête.

— Sans motif sérieux? s'exclama-t-elle. Non, certainement pas, ses parents seraient furieux, tout comme les grosses pointures locales qui vivent du tourisme. Je serais vite désavouée et le dossier bouclé.

— Mais enfin, il y a peut-être des preuves irréfutables dans sa voiture! lui rappelai-je. Et plus on attend, plus Ethan risque de les faire disparaître!

Elle me toisa.

— Si Kimberley Moy est bien morte jeudi soir, comme vous le prétendez, Ethan a eu largement le temps de nettoyer sa voiture et d'effacer ses traces. Ce n'est pas certain, je vous l'accorde, parce qu'avant de vous voir débarquer chez lui, sans doute ignorait-il que la thèse du suicide n'avait pas fait l'unanimité.

Merde, elle avait raison! En allant voir Ethan, sans doute lui avais-je mis la puce à l'oreille. Sauf que…

— Je n'ai pas dit à Ethan que Kim était morte! rappelai-je. J'ai parlé de *disparition* et il n'a posé aucune question.

— Eh bien, s'il ignorait sa mort, il l'apprendra tôt ou tard. Il est idiot, c'est évident, mais pas à ce point, quand même. S'il se doute que nous sommes sur sa piste, il va réagir.

— Il est tellement défoncé qu'il a sans doute du mal à aligner deux idées sensées, protestai-je mollement.

— Je préférerais que vous cessiez de lui mettre la pression, déclara la jeune gendarme avec fermeté. Moi, je suis souvent à ses trousses, donc, ce petit connard ne me remarque même plus. Ah, je présume qu'il me croit folle de lui!

— D'accord, cédai-je, je n'approcherai plus d'Ethan. Mais plutôt que ne rien faire, je préférerais travailler avec vous.

Elle passa une main dans ses cheveux, comme si elle avait oublié les avoir nattés.

— Oh. Eh bien, oui, pourquoi pas ? Je vais y réfléchir. Vous pourriez avoir une certaine utilité…

Hilare, Jess se tourna vers moi.

— Ce serait une bonne formule sur ta carte de visite, railla-t-il.

— Va te faire foutre, répondis-je à mi-voix.

Il ricana et me fit un doigt d'honneur.

La gendarme nous regardait.

— On dirait deux collégiens, remarqua-t-elle.

Je repris un air professionnel.

— Je vous recontacte demain, déclarai-je. Il est tard, j'aimerais que Jess se couche sans plus attendre. Sinon, son médecin traitant va me sonner les cloches.

La jeune femme se tourna vers Jess.

— Cette rencontre… a été surréaliste ! Prenez bien soin de vous, Jack. Vos fans espèrent vous revoir très vite !

XV

UNE FOIS de retour dans la voiture, Jess récupéra son téléphone et se mit à taper sur son clavier.

— Tu vérifies ce qui se passe sur les réseaux sociaux ? demandai-je.

— Non, je note d'envoyer à cette charmante dame quelque chose avec ma signature… D'ici une heure, elle s'en voudra mortellement de ne pas avoir pensé à me le demander.

Était-ce de sa part un geste gentil ou un simple protocole ? Je n'aurais su le dire. À mon avis, lui non plus.

— Tu as un effet déconcertant sur les gens.

— Tant mieux ! S'ils sont distraits, ils se méfient moins de toi.

Je ricanai.

— Comme le dirait ton adoratrice, tu pourrais avoir une certaine utilité. Maintenant, allons dîner.

JE TROUVAI un snack pseudo-britannique sur une route secondaire. L'endroit était désert et nous n'avions croisé personne en chemin.

Jesse jeta un coup d'œil alentour et secoua la tête.

— Je n'arrive pas à croire qu'il existe encore des endroits qui ne soient pas envahis par la foule !

— Je déteste la foule, répondis-je. J'aime manger tranquille.

Jess sourit.

— Ben Ames, détective et ermite.

Nous avions opté pour un repas à emporter avec l'intention de dîner un peu plus loin, derrière une rangée d'arbres, où des tables de pique-nique étaient installées.

Jess, fidèle à lui-même, posa le cul sur la table. Après une ultime vérification autour de lui, il ôta sa casquette et passa la main dans ses cheveux. Derrière lui, le soleil se couchait sur les Rocheuses, une légère brise vespérale soufflait, ébouriffant les longues mèches sombres…

C'était une vision à se damner !

Si j'avais proposé à Jess de baiser sur la table, sans doute aurait-il accepté, mais c'était une très mauvaise idée à de nombreux points de vue. Pour commencer, il risquait des échardes à un endroit sensible de sa personne.

— Je pourrais rester ici éternellement, déclara-t-il.

Il regardait la montagne et j'en fus soulagé, car je craignais que mon expression n'ait été trop révélatrice.

— Tu te gèlerais, déclarai-je. Ou tu serais dévoré par un ours.

— Peuh ! Ça m'est déjà arrivé.

Putain, avait-il besoin de me rappeler ses innombrables aventures sexuelles ? Il était vraiment impossible !

— On fait quoi ? grinçai-je. On parle ou on mange ?

Jess se tourna vers moi et m'arracha le sac en papier des mains

— Les deux, répondit-il. À quoi penses-tu ?

— Au fait que notre petite gendarme veut enquêter seule pendant que je suis censé faire profil bas. Et toi aussi.

— D'après toi, c'est Ethan le coupable, hein ?

Son ton m'interpella, aussi le scrutai-je avec attention. Il avait les yeux baissés comme s'il contemplait le contenu du sac. Il me cachait quelque chose, je le savais.

— Jesse ?

— Oui ?

— Pourquoi cette hésitation ?

Jess, la mine crispée, sortait nos plats du sac. Quand il ne répondit pas, je dus insister :

— Jess !

Il souleva le papier d'aluminium qui emballait son *naan* [24].

— Tu ne vas pas aimer ma réponse, Ben.

Ça, je m'en doutais déjà.

— Qu'as-tu encore inventé ?

— Rien. C'est juste… eh bien, pendant que tu parlais au barman, au pub, j'ai vu Maria sortir les poubelles et laisser la porte ouverte. Alors, à titre expérimental, j'ai voulu vérifier si quelqu'un pouvait se glisser sans être repéré à la réception ou dans le bureau de Dan.

J'eus un flash-back… C'était en Ontario, dans un patelin près de Toronto, un jour où j'avais empêché Jess, encombré de sa guitare,

_____

24 Pain rond et plat consommé dans plusieurs régions d'Asie

d'escalader un vieux pont métallique du haut duquel il prétendait faire un selfie, parce que «ça ferait super bien sur les réseaux sociaux!» Bien à l'abri dans la camionnette, ses musiciens l'encourageaient à tenter le coup, le poussaient même à cette folie.

— Je t'avais demandé de rester dans la voiture! Jess?

Il baissa la tête et se remit à fouiller dans le sac. Il en sortit un poulet *tikka* [25] accompagné de riz qu'il poussa dans ma direction. Je n'y touchai pas.

— Jess? répétai-je. J'avais été clair, pourtant. Pourquoi avoir violé mes instructions?

Il releva les yeux.

— Je me suis dit que ce serait utile de vérifier si un randonneur ou un client de l'hôtel pouvait entrer.

— Dans ce cas, pourquoi ne pas m'en avoir parlé plus tôt?

Son plat posé sur les genoux, Jess jouait avec son *dhal* [26].

— Parce que je savais que tu te mettrais en colère.

— Alors, pourquoi me le dire maintenant?

Il serra les lèvres et posa son assiette sur la table.

— Je t'ai entendu parler à Derek, Ben. J'ai même écouté votre conversation.

— Ça ne m'étonne pas! persiflai-je. En revanche, je suis surpris que tu ne sois pas venu te joindre à nous!

Jess fit la grimace.

— Ce Derek, je ne le sens pas. Toi, bien sûr, il t'a fait un effet bœuf, tu le dévorais des yeux, alors, je présume que tu n'as vu que son cul, mais c'est un sale type, j'en suis certain.

Je soupirai.

— Tu exagères! C'est juste un plouc qui joue un rôle! Il ne m'intéresse pas du tout, mais tous les mégalos ne sont pas des meurtriers.

Jess hésitait, comme s'il avait quelque chose à ajouter… Et il s'était figé, quasiment statufié, il respirait à peine. Il finit par secouer la tête.

— Laisse tomber.

Il poussa mon plat vers moi. En repensant à la réflexion de Kent quant à mes habitudes alimentaires, je décidai de me sustenter. Jess parut soulagé. Lui aussi récupéra son assiette et mangea comme si sa vie en dépendait.

---

25 Plat originaire d'Asie du Sud à base d'épices et de yaourt
26 Plat indien à base de lentilles.

Quand nous eûmes terminé, je réunis nos déchets et allai les déposer dans la poubelle, au grand dam des corbeaux qui avaient espéré s'en repaître. Agglutinés dans les arbres voisins, ils nous surveillaient depuis notre arrivée.

— Tu es certain de ne pas rêver de grimper le mont Derek ? demanda Jess.

À son ton, je sus qu'il blaguait. Je pris cette tentative d'humour comme un rameau d'olivier.

— Bigfoot ? Non, répondis-je. Je ne donne pas dans la zoophilie.

Jess eut un petit rire.

— Quelle honte de dénigrer un trésor national !

— C'est une phrase que tu as souvent lue à ton sujet dans les journaux, je présume.

Il rit plus fort et finit par tousser. Il se rassit le temps de récupérer son souffle. Le vent s'était levé, les cheveux de Jesse faisaient un halo autour de son visage. Il finit par s'en agacer et tenta de les bloquer derrière ses oreilles, en vain. Quand nous étions ensemble, j'avais toujours des élastiques sur moi pour le dépanner. Je tirai un bout de ficelle de ma poche et le lui tendis.

Il m'offrit un sourire radieux qui disparut très vite. Il était aussi fluctuant que le climat.

— Et si Derek avait menti, Ben ? Kim a très bien pu retourner au bar après s'être débarrassée d'Ethan.

— Pourquoi l'aurait-elle fait ?

— Je ne sais pas, admit Jess, mais je me demande toujours comment son dessin a pu se retrouver derrière la porte là où tu l'as trouvé. Elle l'a dessiné au bar, non ? Ethan lui-même l'a confirmé. Or, tu l'as ramassé dans sa chambre, par terre, comme s'il était tombé d'une poche. Je te rappelle que le manteau de Kim n'était plus dans sa chambre, donc, elle a dû ressortir.

Bon sang ! Il avait raison !

— D'accord, dis-je en réfléchissant. Mais même si elle est ressortie, pourquoi serait-elle retournée au bar ?

— Je n'en sais rien, peut-être avait-elle oublié quelque chose… Nous pourrions interroger les clients qui sont restés jusqu'à la fermeture.

— Oui, nous pourrions, mais ça ne colle pas… Ce bar, ce restaurant, Derek en est le propriétaire, c'est son gagne-pain. Pourquoi un gars censé prendrait-il le risque de tuer une touriste aussi près de l'endroit où il travaille ?

— Rien ne dit qu'il est censé ! Peut-être est-il comme moi, incapable de contrôler ses pulsions – c'est toi qui l'as dit ! Il faudrait en savoir plus sur son passé, peut-être a-t-il un casier… Si tu veux, je demande à Kent de jeter un coup d'œil.

— Oui, d'accord. Ça ne peut pas faire de mal.

Jess hocha la tête. Le soir tombait, ce qui assombrissait le vert de ses prunelles, mais son regard restait profond et déterminé.

— Ben, ne refuse pas d'emblée mon avis, d'accord ? Si tu retournes voir Derek, je veux venir avec toi. Ça l'empêchera peut-être de t'agresser. Et je pourrai aussi le piéger, histoire qu'il se coupe et…

— Tais-toi !

Je n'avais pas crié. En fait, ma voix était si calme qu'elle en devenait atone, comme toujours quand je contrôlais avec difficulté mon envie de hurler. À l'expression de Jesse, je sus qu'il se souvenait et qu'il comprenait cela que signifiait.

— C'est un jeu pour toi, Jess ? enchaînai-je.

— Quoi ? s'offusqua-t-il. Non ! Je prends cette affaire très au sérieux, je t'assure.

— Comment peux-tu dire ça alors que tu envisages de confronter un meurtrier potentiel et le pousser à se couper ? À ton avis, ne va-t-il pas flanquer un chanteur de pacotille au fond d'une ravine pour éviter la prison ?

— Il y a deux minutes, j'étais un trésor national !

— Le Canada n'est pas très regardant, grinçai-je. Et je disais ça pour te faire plaisir.

C'était mesquin, je ne le pensais même pas, mais j'étais très en colère.

Jess eut un sourire qui n'atteignait pas ses yeux.

— La ravine, rien que ça ? railla-t-il. Ne disais-tu pas qu'un détective a peu de moyens de pression et que les gens quand tu les accuses ne sont pas inquiets, qu'ils se contentent d'appeler leurs avocats ?

— Putain, Jess, ne déforme pas mes paroles ! Des questions d'ordre général n'ont pas du tout le même impact qu'une accusation directe et étayée. Un assassin aux abois est capable de tout ! Et si tu t'avises de lever les yeux au ciel, je t'enferme dans le coffre de la voiture jusqu'à ce que nous retournions à notre hôtel.

Délibérément, il roula des yeux. Je fis claquer mes mains sur la table, ce qui en fit trembler le bois. Jess écarquilla les yeux.

Je lui plaquai une main sur la bouche avec un brin de brutalité.

— Si tu me cherches, tu vas me trouver !

Puis j'ôtai ma main et nous nous fixâmes un moment. Il respirait lourdement. Il semblait fâché, mais aussi pensif. Je m'attendais presque à ce qu'il m'envoie un gnon. C'était possible.

Après un long moment de réflexion, Jess pencha la tête et je sus qu'il s'apprêtait à parler. Alors, je claquai encore la table.

— Tu me prends pour qui ? aboyai-je. Un super héros ? Tu veux provoquer ce barman pour vérifier si je te défendrais ? Parce que ça t'exciterait ou parce que tu trouves normal que le bas peuple prenne des coups pour une rock star ?

Il ouvrit encore la bouche, l'idiot !

Je parlai le premier :

— Tu comptes sur moi pour me ruer à ton secours, Jesse ?

— Bien sûr que non !

Je me penchai sur lui, si près que je sentis son souffle caresser mon visage. Il respirait très vite.

— Je vois, dis-je d'un ton glacé. Alors, après m'avoir détruit il y a sept ans, tu cherches maintenant à te faire tuer sous mes yeux histoire d'anéantir le peu d'âme qu'il me reste encore, c'est ça ?

Une lueur traversa ses yeux, puis disparut. Le silence retomba tandis que Jess paraissait se concentrer sur sa respiration.

Un ricanement amer m'échappa.

— Tu trouves que je n'ai pas de cœur, Jess ? À qui la faute ? Du cœur, j'en avais avant de te connaître, sale petite merde égoïste et prétentieuse ! Mon cœur, tu l'as incinéré. Il n'en reste rien.

Les cris des corbeaux résonnaient dans le ciel couleur d'encre. Cette fois, la nuit était tombée. Du coin de l'œil, je vis une petite forme furtive bouger sous un buisson.

Quant à Jess, sa bouche formait un U retourné – comme dans un cartoon. C'était très expressif ! Et c'était aussi la première fois que je lui voyais un air si malheureux.

— D'accord, souffla Jess.

Je renversai la tête et regardai les étoiles qui apparaissaient une par une, tellement loin, tellement nombreuses, tellement brillantes.

— Jesse…

— D'accord, répéta-t-il. J'ai compris.

Je reportai mon attention sur lui.

— Excuse-moi, dit-il.

De quoi s'excusait-il au juste ? Il ne le précisa pas.

— Je n'aurais pas dû… commençai-je

— Non, c'est dans ta nature, tu vides ton sac sans prendre de gants. Juste un truc : ne recommence pas à jouer les machos en prétendant m'enfermer dans le coffre, d'accord ?

Il me prenait de court.

— Euh…

— Je suis sérieux, insista Jess. Je ne le supporterai pas.

À son expression fermée, je compris qu'il n'en dirait pas davantage.

— Excuse-moi, marmonnai-je. Je ne savais pas.

Le silence retomba, pas franchement oppressant, juste… silencieux.

— Je vais chercher dans les réseaux sociaux si le barman a un compte, déclara soudain Jess. Son nom, c'est bien Bellevue ? Et ça s'écrit comme en français ?

— Oui, regarde si ça te chante. Moi, je vais appeler Kent. J'aimerais aussi vérifier quelques trucs au bar, en particulier, le congélateur.

Jess s'étendit sur la table, accoudé sur le côté.

— Ah, ce vieux cliché du corps caché dans un congélateur !

— La télévision en abuse, convins-je, mais laissé à l'air libre, un mort se décompose très vite. Et la découpe à la scie, c'est salissant, alors on pense vite au congélateur, surtout dans un restaurant.

Jess fit la grimace, mais il ne dit plus rien.

— Je me demande, ajoutai-je, ce que sont devenues les affaires de Kim qui manquent dans sa chambre d'hôtel.

— Il les a peut-être gardées, proposa Jess. Comme des trophées !

Après deux épisodes de *Profilage*, les gens pensaient tout savoir de la mentalité des serial-killers !

— C'est surtout que les déposer dans une benne risquait d'attirer l'attention, répondis-je. Notre assassin espère peut-être les jeter ailleurs lors d'un prochain déplacement. En fait, il a raté le coche en ne les balançant pas dans les chutes avec le corps. Mais c'est en forgeant qu'on devient forgeron.

— Charmant, dit Jess.

— Non, c'est la vérité, pour s'améliorer, quel que soit le domaine, rien ne vaut l'expérience.

Jess cligna des yeux.

— D'après toi, plus un assassin tue, plus il devient bon ? Quelle horrible perspective !

Il semblait le penser vraiment.

— C'est pourquoi il est plus facile de les attraper à leur premier meurtre qu'au dixième. Les néophytes commettent tous des erreurs.

EN APPELANT Kent, j'appris qu'il était chez moi, ou plutôt dans mon jardin, avec Frank. Il me promit de se renseigner sur Derek Bellevue dès le lendemain matin. Il me demanda aussi si j'avais pensé à dîner et parut satisfait que je réponde par l'affirmative.

— Prends soin de toi, Ben ! Et appelle-moi si tu as besoin de quoi que ce soit.

Je trouvais cet excès de sollicitude un tantinet stressant. J'affirmais à Kent que j'allais bien, parfaitement bien même ! En vérité, j'aurais ingéré du décapant avant de lui avouer mes inquiétudes.

— Ton copain a laissé un tee-shirt dans la salle de bain, déclara Kent. Il est super chouette ! Demande-lui où il l'a acheté, je prendrai le même. Les gens nous croiront jumeaux, ça sera hyper sexy !

Je m'étranglai.

— Tu es fou ? Il n'en est pas question !

Je m'étais éloigné pour discuter avec Kent. Quand je revins à la table de pique-nique où j'avais laissé Jess, il leva les yeux de son téléphone.

— Derek n'a pas de compte sur *Facebook*, ni sur *Instagram*, ni sur *LinkedIn*. Il a bien un compte *Twitter*, mais il ne s'en sert que pour présenter son menu du jour et les horaires d'ouverture du pub Pat. Tu le sais, d'ailleurs, puisque c'est ce qu'il faisait quand tu es allé l'interroger. Il est possible qu'il utilise un pseudo pour aller sur les médias sociaux, ou alors, il les évite.

— C'est louche ! déclarai-je, en prenant une mine conspiratrice. C'est toujours ce que font les gars qui fuient leur passé !

Jess pencha la tête et attendit. Je soupirai.

— Non, je déconne. En revanche, je tiens vraiment à examiner son congélateur. Aurais-tu une idée réalisable ?

— Oui, répondit Jess du tac au tac, on attend qu'il rentre chez lui et on crochète la serrure.

— Je préférerais ne pas enfreindre la loi.

— Alors, vas-y pendant que le bar est encore ouvert. Comme la porte de l'hôtel reste constamment sans surveillance, je peux très bien entrer en douce et activer une alarme incendie. Ce n'est pas un gros risque et bien entendu, le bar se videra. On garera la voiture dans un endroit discret et après ma petite virée, j'y retournerai pour t'y attendre, portières verrouillées.

Simuler un incendie, c'est un délit, je sais, mais techniquement, c'est moi qui aurais enfreint la loi, pas toi.

— Je ne peux pas approuver cette idée farfelue !

Jesse soupira dramatiquement.

— Ben…

— Non, je ne peux pas, dis-je avec fermeté. Je ne veux même pas en discuter.

Je regardai ma montre et ajoutai :

— Vingt heures trente, ça me paraît bien. Je n'en aurais que pour dix minutes.

Jess sourit. Ses yeux restaient tristes, mais son sourire était authentique.

— D'accord.

PARFOIS, UN plan qui se déroule parfaitement s'avère pourtant une déception. J'y pensais en regardant le contenu du congélateur de Derek à la faible lueur des lampes de secours. Il était archiplein, donc, il n'avait pas de place pour un corps, fût-ce celui d'un enfant. Par acquit de conscience, je vérifiai si je ne trouvais pas du sang ou des cheveux. Ce ne fut pas le cas.

J'ignorais le temps que mettraient les pompiers de Canmore à arriver, mais pour ne pas prendre de risques, je sortis par la porte arrière qui donnait dans la ruelle. Une Dodge Ram y était garée, un long pick up standard bleu foncé avec un pare-chocs avant en fibre de verre blanc.

Sur une impulsion, je pris le temps de regarder par les vitres et je me figeai en voyant des cisailles. J'avais dit à Jess que personne n'en gardait dans sa voiture, eh bien, Derek le faisait. Sauf que… ce pick up était-il bien le sien ? En principe, oui, car il était derrière son restaurant. Je devais cependant vérifier, ce qui était facile.

Je notai le numéro de la plaque d'immatriculation et, pour faire bonne mesure, je photographiai aussi les pneus. Jusque-là, les empreintes que j'avais enregistrées sur le parking des chutes ne m'avaient pas servi, mais si par hasard l'une d'elles correspondait aux pneus de ce pick up, cela ouvrirait des perspectives intéressantes.

Je suivis la ruelle, elle menait à une route rocailleuse qui montait vers les sommets. Après réflexion, je revins sur mes pas et fis le tour du pub jusqu'à l'endroit où Jess attendait avec la voiture dans un parking. Il était un peu à l'écart, dans l'ombre. Les lumières clignotantes des camions de pompiers qui approchaient se reflétèrent sur son visage, du rouge et du bleu, comme s'il était sur scène.

Il sursauta quand j'entrai dans la voiture. Il était à ma place habituelle, derrière le volant.

— Tu veux conduire ? demanda-t-il.

Je secouai la tête.

— Non, vas-y. Canmore, c'est tout droit.

J'attendis qu'il soit sur l'autoroute pour lui annoncer ce que j'avais trouvé.

— Des cisailles ! s'exclama-t-il.

— Ne nous emballons pas ! Je vais d'abord vérifier que ce pick up appartient bien à Derek. De plus, il n'est certainement pas le seul gars du coin qui se balade avec des outils dans son pick up. Nous ne sommes pas à Toronto, Jess. Les outils, à la campagne, c'est utile.

— Il a peut-être un autre congélateur, proposa Jess. Dans sa caravane, par exemple.

Je haussai les épaules.

— Possible. Il s'est vanté d'avoir l'eau courante et l'électricité. Alors, il a peut-être des dépendances.

— Tu vas aller voir ? insista Jesse. Tu penses que ça vaut le coup de vérifier ?

— Peut-être, dis-je, mais je n'ai pas changé d'avis, tu sais, pour moi, c'est Ethan le coupable. Il a le mobile et l'opportunité. Pire encore, il a le profil. Mais je vais aussi enquêter sur Derek.

Jess n'ajouta rien. Il serra les mains sur le volant et je crus voir des larmes briller dans ses yeux.

— Je n'irai pas ce soir, ajoutai-je. Je ne connais pas la route et de nuit, ce serait du suicide. De plus, Derek a dû rentrer chez lui.

— C'est évident, acquiesça Jess. Tu iras demain.

— Vers midi, enchaînai-je. Au moment où il sera occupé dans son restaurant.

— Je resterai dans la voiture, déclara Jess.

Je ne fis aucun commentaire. Il se tut également et resta les yeux fixés devant lui sur la route jusqu'à notre retour à l'hôtel.

NOUS JOUÂMES pile ou face pour savoir qui utiliserait la salle de bain le premier. Je perdis. Quand je sortis, Jess, en tee-shirt et boxer, était assis par terre devant la porte-fenêtre de notre chambre, il regardait les montagnes. On les distinguait à peine au clair de lune.

— J'offrirais bien un sou pour tes pensées, dis-je, mais elles valent certainement bien davantage aux yeux de tes fans.

— Les amis ont droit à un tarif préférentiel, répondit-il.

Je le rejoignis près de la fenêtre et m'assis à côté de lui, sans le toucher. Mon regard se perdit vers les formes sombres qui se découpaient dans le ciel étoilé.

— Sommes-nous vraiment amis, Jess?

Il ne répondit pas. Il enroula les bras autour de ses jambes et posa le menton sur ses genoux. Comme s'il dessinait une coquille.

— J'ai des aveux à te faire, Ben, chuchota-t-il.

— Tu n'es pas obligé! protestai-je, d'instinct.

— Si, j'y tiens.

Je posai une main sur le sol entre nous.

— D'accord.

Il inspira un grand coup, comme cela lui arrivait souvent. Sans doute une technique qu'il avait apprise pour devenir chanteur.

— Tu as vu les antidépresseurs dans ma trousse? demanda-t-il.

— Oui.

— J'ai commencé à en prendre l'an dernier. J'aurais dû le faire avant, bien avant… Avant même de te connaître, je n'allais pas bien, mais à l'époque, je ne le savais pas.

— Je me souviens qu'il t'arrivait de rester au lit toute la journée. En voyant tes pilules, j'y ai repensé.

— Ce n'était pas les seuls moments, déclara Jess. C'était constamment, à chaque concert, chaque soirée où j'étais censé être vu et rencontrer des gens influents. C'était foutrement interminable, Ben, et j'étais tellement fatigué! Je tenais le coup parce que je voulais signer mon contrat et faire des disques et gagner de l'argent… Oui, j'avais un objectif en vue et je me disais que tant que j'avançais, tant que je réussissais à projeter cette énergie, j'étais déjà une star. À ton avis, quelle solution ai-je trouvée pour lutter contre l'épuisement, hein?

— La drogue, répondis-je.

Une nausée me tordit l'estomac et, à partir de ce point d'impact, une douleur sourde se répandit à travers moi. À l'époque, j'avais cru que Jess s'amusait bien, qu'il faisait la fête… et qu'il était totalement irresponsable!

216

— Oui, la drogue, admit-il, mais aussi les médicaments, tout ce qui me soulageait, fut-ce momentanément. Je n'ai jamais été accro, tu sais. J'arrêtais sans difficulté à condition de ne pas avoir à être… lui.

— Tu penses à Jack Lowe comme à un être à part ? m'étonnai-je. Il n'est pas une autre version de toi-même ?

Il secoua la tête.

— Non ! Pour moi, c'est juste un rôle à jouer, malheureusement, ce rôle se nourrit de mon sang. Jack a une présence, il faut que les gens le sentent quand il entre dans la pièce. Si je n'y déverse pas constamment de l'énergie, les lumières s'éteindront.

— Que penses-tu de lui, alors ? demandai-je.

Sans changer de position, Jess tourna la tête vers moi.

— C'est une machine très efficace.

— Ce n'est pas une façon de vivre !

Il eut un sourire en coin.

— Mieux vaut lui que moi.

Incapable de m'en empêcher, j'étendis le bras et, du bout des doigts, je repoussai les cheveux qui tombaient sur le visage de Jess.

Il se laissa faire sans bouger, sans protester. Et il me fixait.

Il parla seulement quand je retirai ma main.

— Je te demande pardon, Ben.

J'avais attendu une éternité pour entendre ces mots. J'espérais que la blessure se refermerait enfin, que j'oublierais ma colère, que je cesserais de l'aimer. Pour moi, tout était lié : si j'étais libéré d'une émotion, l'autre partirait en même temps.

Jess releva la tête et regarda par la fenêtre.

— Je sais très bien que j'étais pénible à vivre. Tu n'as pas à me le rappeler, je n'ai rien oublié. D'après toi, j'étais très heureux de mes succès la dernière année que nous avons passé ensemble, mais tu te trompes, c'était même le contraire. Ma vie tout entière était axée sur mon travail, du coup, tout était calculé, mes paroles, mes interlocuteurs, mes vêtements, mes allées et venues… Tout, sauf toi, Ben. Quand je rentrais le soir, notre appartement était le seul endroit où je pouvais me laisser aller, rester couché et paresser, afficher mes émotions, faiblesse, tristesse, peur de l'avenir. C'est toi qui écopais de mon pire aspect.

Ses yeux étant pleins de larmes, il renversa la tête en arrière pour les empêcher de couler. Et il continua à parler :

— Je te demande pardon, Ben, répéta-t-il. Tu ne le méritais pas.

J'aurais pu répondre que c'était exact, je ne le méritais pas. J'aurais aussi pu demander s'il espérait tout arranger avec ces excuses tardives. Oui, durant les longues années de notre séparation, ces deux réponses avaient fait partie de mes scénarios préférés chaque fois que j'imaginais qu'un jour, Jess s'excuserait.

Mais ce soir, l'ambiance ne s'y prêtait pas.

— J'ignorais ce que tu vivais, admis-je. Effectivement, je pensais que ta réussite te comblait. Oh, j'avais beaucoup à redire sur ton comportement, mais comme je passais mon temps à te juger, je n'ai jamais pris le temps de te demander comment tu allais *vraiment*.

Il eut un petit rire et ne toussa pas. C'était presque dommage, j'aurais aimé avoir une excuse pour poser ma main sur son dos.

— Même si tu l'avais fait, Ben, j'aurais prétendu aller très bien.

— Je sais, dis-je, mais cela n'excuse pas mon aveuglement.

Il sursauta et se tourna vers moi, aussi sidéré que si j'avais braqué une arme sur lui. Ses yeux écarquillés brillaient de larmes.

— Je ne t'ai pas quitté, tu sais, chuchota-t-il. Enfin si, mais dans ma tête, je restais avec toi.

— Non, je ne crois pas, rétorquai-je avec calme. Tu m'as quitté pour Jack Lowe, tu m'as laissé tomber pour satisfaire l'avidité de ces millions de fans qui te réclamaient. Ne me raconte pas de bobards, connard, tu m'as quitté et je suis resté comme une merde avec le cœur brisé. Je ne l'oublierai jamais.

Jess inclina la tête, dangereusement proche de pleurer.

— Moi non plus je n'oublie pas, parce que moi aussi, j'ai eu le cœur brisé.

Que répondre à cela ? Il m'avait abandonné pour sa musique, oui, bien sûr, mais ses rêves et ses aspirations, je les connaissais, il m'en parlait depuis le jour de notre rencontre. Je me souvins… il disait qu'un jour, il serait connu, et riche, qu'il écrirait des chansons, qu'il ferait des tournées. C'était pour lui une obsession. Oh, il m'avait aimé aussi, mais dans la liste de ses priorités, je passais bon dernier.

— Tu as obtenu ce que tu voulais, Jess, aboyai-je.

Ma voix était plus brusque que je m'y attendais.

Jess cligna des yeux et laissa ses larmes couler.

— Je n'ai jamais cessé de t'aimer, souffla-t-il. Jamais.

Et le silence retomba. Nous nous regardions, assis côte à côte. Il ne faisait pas sombre dans la pièce, la lune était très brillante. Comment disait Bowie ? *Ce sérieux clair de lune.* Jess aimait cette chanson.

— D'accord, dis-je finalement, alors, disons que l'acteur a bien tenu son rôle.

Je voulais le faire rire, j'y parvins. Il rit, même s'il pleurait en même temps.

— As-tu vraiment vérifié avec qui je sortais ? demanda-t-il. C'était du bidon, tu sais, même si parfois, j'aurais bien voulu aimer à nouveau.

— Oui, je sais, dis-je. J'ai fait pareil.

Et c'était la vérité.

— Pour en revenir à cette idylle médiatisée, enchaîna Jesse, Matt Garrett visait un Oscar. Ses agents ont décidé de casser son image trop lisse pour lui ouvrir de nouveaux rôles. De mon côté, je t'ai expliqué pourquoi j'ai été poussé à accepter cette mascarade.

— Tu devais devenir un gay BCBG.

— Ça a été épouvantable du début à la fin, déclara Jess. Matt était… une vraie célébrité, contrairement à moi, un chanteur de pacotille, comme tu disais. Mais moi, mon rôle en public, je le tenais vingt-quatre heures sur vingt-quatre. Lui n'en était pas capable. Les gens s'imaginent que les célébrités mènent une vie de rêve dans des clubs privés, des stations de luxe, des îles paradisiaques, mais ils sont constamment épiés, surveillés. Ils sont encagés !

— Quand tu sortais avec lui, je te voyais tous les jours à la Une des magazines people, déclarai-je. Alors, je ne pense pas avoir un avis très objectif sur la question.

— Ah, les paparazzis ! Pour être franc, la plupart du temps, ils s'intéressent peu à moi. Oh, il arrive que les gens m'arrêtent dans la rue pour prendre un selfie avec moi ou me demander un autographe, mais ça va rarement plus loin. Et comme tout le monde, j'ai eu un ou deux harceleurs monomaniaques.

Quoi ? Jess avait été harcelé ? Bien que tenté de promettre un lent étranglement à ces sinistres enfoirés, je gardai le silence. Je l'aurais fait bien volontiers, mais Jess n'allait-il pas encore se plaindre de « mon côté macho » ? Oui, sans doute.

— C'est surtout en tournée qu'il m'arrive des trucs bizarres, déclara Jess. Certains fans attendent des années que je chante dans leur ville, alors, ils se montrent… agressifs et je suis obligé de réclamer un étage sécurisé.

Quant aux paparazzis, c'est seulement pendant ma liaison avec Matt qu'ils m'ont pourri la vie. C'était l'émeute chaque fois que nous sortions d'un hôtel pour monter en voiture. Après un spectacle, c'est souvent agité, les gens m'attendent quand je sors, mais là, c'était tout le temps. Tu as vu ce film avec des enfants extraterrestres télépathes ?

— Malheureusement, oui, dis-je.

— C'était pareil, comme s'ils recevaient un signal venu de Dieu seul sait où et tous ensemble, ils se tournaient vers moi. C'est vraiment flippant ! Et c'étaient des fans, Ben. J'aime mes fans. J'aime les gens en général, je ne veux pas avoir peur d'eux !

— Si tu étais flic, tu serais plus méfiant, plus cynique.

Il me jeta un regard de côté.

— Je me suis demandé si cela n'expliquait pas en partie ta démission.

Je haussai les épaules sans répondre. Jess eut un sourire secret et détourna la tête vers la fenêtre.

— As-tu vraiment cessé de te droguer ? demandai-je. Et de boire ? Je ne t'ai pas vu prendre une goutte d'alcool ces derniers jours, mais j'ai cru que c'était à cause de ta pneumonie.

Il se déplia et s'appuya contre le mur, une jambe tendue devant lui. *Et ça t'étonne que les gens veuillent des photos de toi !* pensai-je.

— Je ne suis pas toxico, déclara-t-il. Je pourrais avoir tout ce que je veux.

— Mais tu n'en uses pas.

— J'essaie d'éviter les situations où j'ai besoin d'aide pour survivre.

Je m'appuyai sur le mur à côté de lui.

— D'après ce que tu disais, ta carrière ne réclame-t-elle pas toute ton énergie ?

Il inspira un grand coup.

— Non, pas tout le temps, juste en tournée. J'ai essayé de rester au calme entre les spectacles, de me reposer dans ma chambre, mais tu as vu la campagne qui se déchaîne contre moi sur le Net ? Apparemment, j'ai un ego démesuré, je suis un monstre, je me trouve trop bien pour rester avec mes musiciens, etc. Donc, il va falloir trouver une autre solution.

Je posai une main sur son bras et pressai doucement. La peau était chaude, mais pas fiévreuse.

— Combien de semaines as-tu répété pour préparer cette tournée ?

Il plissa le front, l'air perplexe.

— Pas mal, reconnut-il. Pourquoi ?

— Tu as un ego confortable et une haute opinion de toi. Et c'est normal, bien sûr ! Tu as du succès, tu es célèbre et les foules adulatrices se prosternent sous tes pas.

Il roula des yeux.

— Non, certains sont réfractaires à mon charme, ils me traitent de chanteur de pacotille et de connard.

— Je voulais juste te rappeler que tu avais de bonnes raisons pour avoir la grosse tête !

— Mais les médias me traitent de monstre despotique ! s'exclama-t-il. Je suis coincé.

Il avait délibérément repris les termes des réseaux sociaux, pas les miens, *égoïste et prétentieux*. Une fois encore, je pressai son bras.

— Jess, tu t'apprécies depuis toujours, tu t'apprécies même beaucoup et devenir une célébrité n'a fait qu'accentuer ce trait de ta personnalité. Mais après des semaines de travail en commun, ton groupe te connaît bien, alors, si un musicien ou un autre employé te traite de snob qui se croit au-dessus des autres, il ment. Pourquoi ? Je n'en sais rien, peut-être par jalousie, ou pour faire parler de lui, ou juste pour te nuire, mais il ment.

Les yeux à moitié cachés sous les mèches de ses cheveux, Jess me lança un regard un peu timide. Quand je retirai ma main de son avant-bras, il bougea et enroula une fois encore ses bras autour de ses genoux.

— Contrairement à l'image lisse qu'il projette au cinéma, Matt Garrett est une ordure, déclara-t-il. Et Derek… m'a fait penser à lui.

Je lui jetai un coup d'œil. Il fixait la montagne. Je me mis entre lui et cette foutue fenêtre dans l'espoir que ce soit moi qu'il regarde.

— Jess ! Raconte-moi ce qui s'est passé !

— Nous nous sommes battus, répondit-il. Pas verbalement, non, c'était un combat physique. Ça s'est passé dans les coulisses d'un de mes spectacles.

— Quoi ?

Il releva un peu la tête, les yeux fixés sur moi.

— Il voulait me baiser et moi, ça ne m'intéressait pas. Alors, il s'est mis en colère, il m'a empoigné, je l'ai repoussé et ça a vite dégénéré.

— *Quoi ?*

J'avais vu cinq ou six films de Matt Garrett, il jouait toujours le héros qui frappait le méchant, violemment parfois, en le projetant contre un mur, mais c'était du cinéma. D'ailleurs, ce n'était probablement pas lui qui tournait les scènes d'action, mais une de ses doublures, un cascadeur. Sauf que… Matt était souvent filmé torse nu et ses muscles, eux, étaient réels.

Je retrouvai ma voix pour m'écrier :

— Jess ! Il pèse cinquante kilos de plus que toi !

— Je le sais mieux que personne. Et j'ai remarqué qu'il évitait avec soin de me porter des coups au visage. J'en ai déduit qu'il avait l'habitude : ce n'était pas la première fois qu'il se défoulait à coups de poing dans les coulisses.

— Nom de Dieu !

Jesse était plus coriace qu'il n'y paraissait et il savait se battre, mais ça ne donnait pas à une brute dégénérée le droit de lui sauter dessus – surtout sous le prétexte que Jess s'était refusé !

— Je pourrais le tuer, déclarai-je d'une voix létale.

Jess éclata de rire.

— J'y ai pensé. J'ai abandonné cette idée très récemment.

— Dis-moi, j'espère que tu as porté plainte pour coups et blessures…

— Tu es fou ? coupa Jess. C'était impossible. Alors, j'ai tout raconté à Gia et elle m'a sorti d'affaire.

— Discrètement, grinçai-je. Pour ne pas créer de scandale et compromettre les ventes de tes disques.

Jess esquissa un sourire.

— Elle m'a proposé un couteau pour que je fasse de Matt un eunuque. Elle m'a aussi demandé si je voulais porter plainte.

Je n'y comprenais plus rien.

— Pourquoi diable ne pas l'avoir fait ? Je parle de porter plainte, bien entendu, même si l'idée que tu châtres ce porc me plaît pas mal.

— Mon agent n'était pas d'accord, répondit Jess. Il ne cessait de répéter que Matt pouvait ruiner ma carrière et que si je tentai de lui porter tort, ses adulateurs les plus fanatiques chercheraient sans nul doute à me tuer. Ben, il faut que tu comprennes que parmi ces thuriféraires, certains sont cinglés. De plus, je ne possède pas d'arme, Matt, si. Et il est constamment entouré de gardes, eux aussi armés.

Cherchait-il à faire comprendre que la vie d'une star était parfois dangereuse et que le commun des mortels n'en avait pas conscience ? Possible, mais je ne voyais qu'une chose : un baraqué avait empoigné et malmené Jess, une brute armée !

— Dans le meilleur des cas, enchaîna Jess, ses fans m'auraient rendu la vie impossible pendant des années. Et je n'avais pas enduré tous ces mois

222

à sourire et embrasser ce sale con devant les caméras pour me tirer une balle dans le pied en admettant publiquement que c'était du bidon.

Je posai ma tête contre la vitre froide.

— Tu n'as jamais envisagé de tout abandonner?

— J'ai viré mon agent, souligna Jess.

Je lui jetai un regard surpris.

— Oui, il y a quelques jours, c'est-à-dire longtemps après cette histoire, alors, je vois mal le rapport.

— Il voulait que je sorte avec un autre acteur, déclara Jess.

Une bouffée de rage monta en moi.

— Donne-moi son adresse!

Jess jouait avec les franges du tapis.

— Ne sois pas idiot, il est parti.

Bien que tenté d'expliquer qu'un renvoi était très loin d'être une sanction suffisante à mes yeux, je gardai mes mots pour moi. En principe, Jess aurait dû le comprendre de lui-même, non?

Jess revint à Matt – comme si le sujet m'intéressait!

— Matt est un tordu, déclara-t-il. D'après toi, mon succès m'a rendu prétentieux et égoïste alors que je suis de la gnognotte, imagine un peu ce que la célébrité a fait de lui!

— Même si tu étais le chanteur le plus connu de la planète, tu n'en deviendrais pas pour autant un violeur.

Il soupira.

— Il ne m'a pas violé, c'est juste qu'il n'a pas aimé voir ses avances repoussées. Apparemment, ça ne lui était jamais arrivé. Il m'a collé quelques gnons et une fois que je me suis retrouvé par terre, il ne m'a pas touché, il est parti.

— Chaque fois que je t'entends excuser son comportement, grinçai-je, j'ai envie d'aller trafiquer ses freins. J'espère ne jamais le croiser.

— Ça ne risque pas, déclara Jess. Tu ne passes pas tes hivers à Dubaï.

Je comprenais mieux pourquoi Jess se méfiait tant de Derek Bellevue alors que tous nos indices désignaient Ethan McCann. D'abord, le barman avait la même stature que l'acteur, ensuite, même si c'était inconscient, Jess faisait une sorte de transfert. Peut-être était-ce pour lui une façon de régler un compte. Il l'avait déjà fait en devenant une star, parce qu'affronter les foules hurlantes compensait la réprobation de ses parents. Habitué à répandre la magie sur son passage, il espérait ainsi tout arranger.

— Putain, Jess ! Cette histoire t'a vraiment marqué ! Et je sens qu'il y a plus que cet ultime affrontement. Pourquoi as-tu si peur de Matt ? Que t'a-t-il fait d'autre ?

— Ben, je ne t'ai pas raconté tout ça pour que tu te mettes en colère. Je voulais juste que tu saches pourquoi je prends des antidépresseurs.

— Un connard de médecin t'a collé ces saloperies parce qu'un connard d'acteur t'a brutalisé pendant un de tes spectacles ?

Il soupira.

— Voilà pourquoi je me cachais dans ma chambre et que je préférais éviter mes musiciens. Je ne voulais pas qu'ils sachent…

— Pour Garrett ? coupai-je.

— Non, idiot, pour les antidépresseurs. Les gens réagissent mal à la dépression et à ceux qui prennent des médicaments. Comme tu viens de le faire. Tes paroles le prouvent, même si tu vas prétendre le contraire.

Je me souvins de la querelle entre Hannah et Allie, les amies de Kim.

— Je ne comprends pas.

— Je ne prends pas *ces saloperies* à cause de Matt, Ben, je les prends parce que cette dépression, il y a des années que j'en souffre.

— Tu crois ? Je pense plutôt que…

En voyant son regard, je levai les mains et changeai de ton :

— D'accord, d'accord, tu as raison, je n'y connais rien. Et je ne m'en rendais même pas compte… Continue.

— Ce n'est pas Gia qui craignait que le scandale compromette les ventes, expliqua Jess, c'est moi. J'avais peur de tout perdre. Et puis, je me disais que porter plainte ne servirait à rien parce que mon image de mauvais garçon jouerait contre moi. Jack Lowe, le serial baiseur, aurait refusé Matt Garrett ? Qui y croirait ? En plus, je serais passé pour un coincé, un impuissant et une balance. C'était trop risqué.

Il se laissa glisser et s'allongea sur le tapis, les yeux au plafond.

— Pire encore, reprit-il, j'y allais un peu fort à l'époque sur la drogue. Je me réveillais dans des lits inconnus sans savoir comment j'y étais arrivé, auprès de gars que je ne reconnaissais pas. J'avais des ecchymoses dont je ne me souvenais pas. Une fois, je…

Je grimaçai et lui tapotai la cuisse.

— D'accord, j'ai compris. N'en rajoute pas.

— Excuse-moi. C'est juste… je me shootais pour devenir Jack Lowe et monter sur scène, et après, bien sûr, je faisais n'importe quoi. Alors, j'ai commencé à me poser des questions.

— Parce que ton mode de vie ne te plaisait pas !

— J'aurais dû venir te voir, déclara Jess, sans ironie aucune, au lieu de me ruiner en thérapie.

— Et maintenant, tu vas mieux ?

— Oui, sans doute. Il y a un an, je te garantis qu'annuler mes spectacles et lire toutes ces conneries sur les réseaux sociaux, ça m'aurait bien plus foutu en l'air.

— Tant mieux, tu vas t'en sortir.

— J'y travaille.

Il haussa les épaules et, vu qu'il était couché par terre, son mouvement créa un doux frottement sur le tapis. Je m'allongeai aussi et regardai le plafond, comme lui.

Dehors, dans la montagne, un loup hurla. Jess tressaillit, puis sourit.

— Cet endroit est magique !

— Je t'avais invité à découvrir les Rocheuses quand nous étions étudiants, lui rappelai-je.

— Et j'ai refusé, quel idiot !

Après un moment de silence, il ajouta :

— Pourquoi n'y a-t-il pas d'autres hurlements ? Ce loup est-il tout seul ?

— Inscris-le sur *Tinder*, raillai-je. Trouve-lui une copine.

— Pourquoi pas *Grindr* ? Il n'est peut-être pas hétéro !

Je serrai ses doigts dans les miens et savourai le moment, allongé près de Jesse, main dans la main.

— Je n'ai jamais cessé de t'aimer, Ben, souffla-t-il. Je te l'ai déjà dit, c'est la vérité.

Après une pause, il ajouta :

— Je t'aime toujours.

— J'avais compris.

Je parlais avec un calme factice, parce que mon cœur battait fort et que mes mots s'étranglaient dans ma gorge.

— D'accord, dit-il.

— Tu m'as brisé le cœur, soufflai-je.

— Oui.

Il me fallait lui avouer le reste.

— Si j'avais réussi à t'oublier, je ne serais pas aussi en colère.

Il resserra ses doigts sur les miens et chuchota :

— J'avais compris.

Puisqu'il répétait mes paroles, je pouvais le faire aussi.

— Je t'aime toujours.

Le visage de Jess était caressé par un rayon de lune. Du coin de l'œil, je le vis sourire.

— Pardon ? déclara-t-il.

— J'ai dit, je t'aime toujours, grinçai-je.

— Je n'ai toujours pas entendu…

L'enfoiré !

— Je me souviens à peine de toi, mentis-je. Qui es-tu ?

Il rit. Sans tousser.

— Je ne voudrais pas abuser d'un malade, déclarai-je. À ton avis, Jess, dans combien de temps pourrons-nous te considérer comme guéri ?

Il tourna la tête pour me dévisager.

— D'après Luna, c'est bon, je ne suis plus contagieux.

Surpris, je clignai des yeux.

— Quand diable t'a-t-elle dit ça ?

— Tout à l'heure, répondit-il. Je l'ai appelée pendant que tu étais sous la douche.

Mon cœur remonta dans ma gorge. Il battait si fort que d'après moi, Jess devait l'entendre. Même le loup là-haut dans sa montagne devait l'entendre.

— Tu… tu…

Ma voix trop aiguë me fit presque grimacer. Je m'éclaircis la gorge et recommençai :

— Tu ne doutes de rien, on dirait !

Il roula sur lui-même pour me faire face.

— Oui, déclara-t-il, il paraît que j'ai un ego démesuré et une très haute opinion de moi-même. Mais il semble aussi que ce soit justifié.

Je pivotai aussi et posai la main sur sa joue, caressant sa pommette de mon pouce. Comme autrefois. Sa peau était douce et lisse comme de la soie vivante.

— J'aimerais vérifier, soufflai-je. D'accord ?

— Oui.

Il prit mon visage entre ses mains et m'embrassa.

J'aimerais pouvoir dire que je me montrai doux envers un convalescent, mais ce serait un mensonge. La douceur, ça n'avait jamais été notre modus operandi, à Jesse et moi. Et puis, nous étions séparés depuis bien trop longtemps.

Je l'empoignai par les cheveux pour le maintenir en place pendant que je lui dévorai la bouche. Ma main libre glissa sous son tee-shirt, au creux de ses reins, afin de plaquer son bas-ventre contre le mien.

Quand Jess caressa mes pectoraux et mes abdominaux, il poussa un petit grognement d'appréciation. Rien que pour ça, je ne regrettais pas le temps que je passais au gymnase.

Malgré sa petite stature et sa minceur, Jess était plus solide qu'on pourrait le croire, il dépensait une sacrée énergie à galoper sur scène, une guitare dans les bras. Il parvint donc à me retourner sur le dos. C'était un peu de ma faute, bien sûr, j'avais la tête ailleurs. Pour être franc, je cherchais à glisser la main dans son boxer.

Jess s'installa sur moi à califourchon et je me rassis pour garder le contact. Je posai des baisers sur sa mâchoire quand il laissa tomber sa tête contre mon épaule. Alors seulement, je le sentis trembler.

Je me figeai et pris sa joue en coupe.

— Jess ? Ça va ?

Les yeux brillants de larmes, il hocha la tête.

— Tu m'as tellement manqué, Ben !

Je me penchai en avant et posai mon front sur le sien tout en caressant son visage. Il soupira et me tendit les lèvres, et nous nous embrassâmes encore. Quand il s'écarta pour remettre la tête sur moi, je resserrai mon étreinte. Il se redressa, m'attrapa par l'avant de mon tee-shirt et m'embrassa comme s'il se noyait et que j'étais le seul oxygène à sa disposition.

— C'est bon, dis-je. Je suis là. Tout va s'arranger.

Ces mots, je les lui répétai plusieurs fois jusqu'au moment où il s'endormit, blotti contre moi.

JE ME réveillai au milieu de la nuit et consultai ma montre. Il était presque trois heures. Mon cauchemar s'estompait déjà.

Jesse était contre moi, la tête sur ma poitrine et un bras drapé sur mon ventre. Nous n'avions pas pris la peine de nous rhabiller après avoir baisé. Nous avions à peine réussi à changer de lit, l'autre étant tout poisseux.

— Ça va ? demanda-t-il d'une voix endormie.

Je posai un baiser dans ses cheveux.

— Oui. Je t'ai réveillé ? Excuse-moi. J'ai parlé ?

— Mmm. Pas vraiment, juste des sons inarticulés.

Ses doigts sur mon ventre dessinaient des petits cercles apaisants. Il avait des mains d'artiste.

— J'ai oublié de te dire un truc, soufflai-je, dans le noir.

— Quoi ?

— Si tu me brises à nouveau le cœur, je t'en voudrai vraiment.

Je le sentis sourire contre ma peau.

— Je ne le ferai pas, alors.

— J'espère, parce que je ne te le pardonnerais pas.

Il cessa de sourire.

— Je sais.

— Je ne t'ai pas encore tout à fait pardonné le passé, ajoutai-je.

— Oui, je m'en doute. Mais je compte rester avec toi.

Cette promesse, il ne pouvait être certain de la tenir. Le cancer, ça arrivait, les accidents aussi. Les séparations avaient toutes sortes de motifs.

— Je devrai partir en tournée de temps à autre, déclara Jess. Pas longtemps et pas trop loin. D'accord ?

— D'accord. Je t'attendrai quand tu reviendras.

Il bâilla.

— Mm-hmm. Frank aussi. Il s'est attaché à moi.

— Oui, il serait perdu sans toi.

Jess releva la tête pour m'embrasser sur l'épaule et dans le cou avant de se recoucher.

— Pauvre Franck ! Je ne peux pas l'abandonner.

XVI

Le matin, nous n'étions pas pressés de quitter l'hôtel puisque j'envisageais d'inspecter la caravane de Derek au moment du déjeuner, alors qu'il serait occupé à son restaurant. « Foutu temps perdu ! » s'exclama Jess, mais nous trouvâmes sans peine de quoi nous occuper.

Il était onze heures quand, nos bagages faits, nous réglâmes notre note. J'avais prévu, en guise de petit déjeuner, de prendre un encas à emporter au bar de l'hôtel pendant que Jess resterait planqué dans la voiture.

Quand je le rejoignis, je constatai que mon plan avait foiré. Jesse était entouré de gens excités – des fans ? – qui évoquèrent pour moi une meute de chiens sauvages.

Je me figeai à quelques mètres, sidéré par cette scène ayant lieu juste devant moi. Je n'avais jamais vu ça qu'à la télévision. Jess ne portait ni masque ni casquette et d'innombrables téléphones étaient brandis sur lui, le mitraillant de photos.

Puis Jess me vit et se détourna, de toute évidence pour éviter d'attirer l'attention sur moi.

Les gens se collaient à Jess pour prendre des selfies. Ce devait être étouffant et stressant. Une quadragénaire blonde en sweat-shirt et en jean s'accrocha au tee-shirt de Jess pendant que d'autres fans le bombardaient de questions qui s'entrecroisaient. Par-dessus son tee-shirt, Jess portait une ample chemise soyeuse manifestement onéreuse. Le tissu me parut fragile, et sans doute Jess n'apprécierait-il pas qu'il soit déchiré. J'avançai donc.

— Vous n'avez pas l'air malade ! déclara une fille aux lèvres peintes en noir.

Ce n'était pas tout à fait vrai, il était encore pâle, malgré ses progrès.

— Vive les antibiotiques ! déclara Jess, non sans sarcasme.

Elle plissa les yeux et prit une photo. Un homme tendit un exemplaire de *sCene* assez froissé que Jess signa spontanément. D'où diable sortait-il ce stylo ?

Je consultai ma montre. Il était temps de nous mettre en route.

— Le spectacle est terminé, annonçai-je.

229

Je déchiffrai sans peine le regard que Jess me lançait : «s'il te plaît, ne fais pas ça», mais je n'en tins pas compte

J'affichai mon expression de flic la plus rébarbative et écartai la foule de Jesse et de ma voiture. Plusieurs personnes me demandèrent qui j'étais, d'autres me prirent en photo. J'envisageai de confisquer les téléphones, mais Jess le prendrait-il bien? Sans doute pas, et nous venions juste de nous réconcilier.

Et merde !

Je baissai la tête, comme j'avais vu les célébrités le faire à la télé, et fonçai dans le tas. Jess, lui, s'y prit avec bien plus de grâce – il avait de l'expérience ! Il salua ses admirateurs, expliqua qu'il devait s'en aller et se glissa côté passager comme si la tâche était facile. Incroyable !

Il me jeta un sombre regard et alluma son téléphone pour vérifier sur Internet ce qui paraissait déjà sur cet incident. Il ne remarqua même pas le soin que je prenais pour reculer et quitter le parking sans écraser personne, parce que ces excités continuaient à photographier ma voiture !

Jess tendit vers moi son écran où s'affichait le logo de *Twitter*.

— Tout le monde veut savoir le nom de mon nouveau mec.

— Ils le sauront s'ils vérifient mes plaques d'immatriculation, grinçai-je. Ils les ont photographiées, merde !

— Oui, je sais, dit Jesse.

Je vérifiai par-dessus mon épaule si nous étions suivis. Je ne vis personne sur la route, mais sur le parking, les fans se ruaient vers leur voiture, probablement dans ce but. Je pressai l'accélérateur. Il ne fallait surtout pas qu'on nous voie tourner à l'embranchement de Dead Man's Flats, sinon, je pouvais abandonner mon idée de fouiller chez Derek.

— Tu étais censé rester discret, Jess, grinçai-je.

Il soupira.

— Je sais, excuse-moi. Je suis déjà étonné que mon incognito ait duré aussi longtemps.

— Jess, je ne peux pas enquêter si ma tronche apparaît sur tous les réseaux sociaux.

— Pourquoi pas ? Tu donnes ton nom avant de poser des questions, tu ne travailles pas sous couverture.

— C'est vrai, admis-je, mais il m'arrive de planquer devant le domicile d'un suspect. Et je ne tiens pas à ce que tous tes fans connaissent mon adresse.

Il posa la tête sur l'appui-tête et ferma les yeux.

— Oui. Je comprends.

En prenant la sortie vers Dead Man's, je compris qu'il n'y avait rien à ajouter. Il avait sa vie, moi, la mienne, mais si nous voulions nous remettre ensemble, ce serait à moi de m'adapter. Lui ne le pouvait pas.

Pour échapper au silence pesant de l'habitacle, j'allumai la radio. Un petit avion privé s'était écrasé en Colombie-Britannique ; le labyrinthe de maïs à l'est de Calgary resterait ouvert quelques semaines de plus cette année ; le gagnant de la loterie ne s'était toujours pas manifesté.

Désormais certain que personne ne nous suivait, je tournai avant le Creek Hôtel vers une route qui montait, celle qui s'était éboulée l'an passé. En contrebas, je remarquai le pick up bleu de Derek garé derrière le bar, là où je l'avais vu la veille.

Une fois devant l'éboulement, je constatai qu'un petit parking était aménagé sur le bas-côté. Je m'y arrêtai et regardai Jess. Il me fixait aussi, l'air hagard. Il était aussi blême que le jour de nos retrouvailles.

— Je n'avais pas pensé aux contraintes, souffla-t-il.

Toute ma vie, je n'avais rêvé que d'une chose : être avec Jess. Mais lorsque nous étions étudiants, nous avions une vie normale, il était peu connu et donc, peu assailli, sauf à la sortie d'un concert.

Vivre avec Jack Lowe serait totalement différent. Avions-nous entamé une relation condamnée d'avance ?

— Merci, Ben, ajouta Jess.

— De quoi ?

— D'enquêter sur Derek parce que je te l'ai demandé.

— C'est mon boulot de suivre toutes les pistes et de garder l'esprit ouvert.

Il détourna la tête. Peut-être même avait-il fermé les yeux, je n'aurais su le dire. Je pris sa main et posai un baiser sur le bout de ses doigts. Puis je sortis de la voiture.

LA ROUTE n'était pas en si mauvais état et je marchais sans difficulté. Il y avait pas mal de rochers et de schiste, le terrain était parfois boueux, mais sur le côté, il restait un bon mètre de macadam assez stable où je pus passer. Avec une voiture, ce serait impossible, avec une moto, délicat, car il me fallut de temps à autre escalader un amas de cailloux.

Je mis un quart d'heure à monter, mais j'avais parfois perdu du temps à vérifier le meilleur passage à emprunter. En connaissant bien la route, on pouvait aller plus vite. Néanmoins, même pour un homme aussi baraqué de Derek, un tel chemin avec Kim sur le dos serait difficile. La pente était bien plus raide que sur le sentier, destiné aux touristes, qui montait aux chutes.

En revanche, Kim avait pu marcher à côté de Derek, un peu éméchée, sinon beaucoup... Oui, ce scénario était plus plausible. Les quelques bières et le whisky payés par Ethan suffisaient à justifier un état d'ébriété et un manque de discernement. Et même si Kim avait eu le pas incertain, Derek aurait pu la soutenir... en vrai gentleman !

Elle envisageait peut-être une aventure avec lui, un homme du coin, facile à vivre. Derek avait dû lui paraître une vraie bénédiction après Ethan et ses mauvaises manières. Et puis c'était une jeune femme moderne, sûre d'elle, à l'aise dans les médias sociaux, alors que risquait-elle ? Même si Derek n'était pas le meurtrier que Jess voyait en lui, il n'était pas du même milieu que Kim – et tous deux le savaient.

Bien, étudions cependant l'hypothèse que notre brave barman ait des choses à cacher. Après tout, c'était pour le vérifier que je m'infligeai cette montée. Pourquoi Derek aurait-il emmené Kim chez lui ? Parce qu'il comptait la baiser ? Oui, c'était la première raison qui venait à l'esprit, la plus vraisemblable. Avec son look très particulier, Kim ne devait pas plaire à tout le monde, mais elle restait jeune et fraîche, et un gars en rut n'était pas toujours très regardant quand une opportunité s'offrait à lui. Si Kim était montée chez Derek, pourquoi la tuer ? Parce qu'elle avait changé d'avis au dernier moment, comme avec Ethan, et que Derek avait mal pris d'être repoussé, comme cet enculé de Matt Garrett ?

Ou alors, Derek était un dangereux taré, ce n'était pas son coup d'essai et Kent déterrerait probablement quelque chose dans son passé.

Un peu échauffé par la montée, je respirai profondément et appréciai les saines senteurs de la montagne, les épicéas et les pins en particulier. J'étais seul en pleine nature, c'était presque enivrant. Le vent commençait à se lever, ce qui apaisait la chaleur du soleil et me convenait tout à fait. J'avais presque oublié le but de ma randonnée quand j'arrivais enfin devant chez Derek.

La caravane, même si elle était en meilleur état que je l'imaginais, restait un logement modeste. Elle était encadrée par deux remises, une collée à l'avant, l'autre quelques mètres en arrière. Une véranda branlante longeait la roulotte, encombrée de meubles de jardin et d'une jante rouillée et noircie de suie, qui faisait sans doute office de barbecue. Même si le toit n'était pas bien étanche, le mobilier n'en souffrirait guère en cas de la pluie.

Des fils électriques allaient d'un poteau de l'ancienne route jusqu'à la caravane et au cabanon arrière. D'après moi, Derek les avait lui-même installés sans se donner la peine d'avertir la compagnie d'électricité.

Pour commencer, je fis le tour des lieux et regardai par les fenêtres de la caravane. Ce n'était pas illégal. Je n'avais rien contre le fait de crocheter une serrure, mais ce serait ma dernière option. Le nez collé au hublot éclaboussé de boue du cabanon, je vis à l'intérieur une motoneige, des outils, des jerrycans et… un long coffre blanc. Un congélateur !

Les murs du cabanon étaient en contreplaqué, la porte aussi. Et son cadenas pendait sur le côté, même pas enclenché. De toute évidence, Derek n'avait pas peur des cambrioleurs.

Alors, je poussai la porte et entrai. Il faisait trop sombre pour voir à l'intérieur, même avec la porte ouverte. Je voulus prendre mon téléphone dans ma poche et utiliser sa torche intégrée, mais… je poussai un juron. Distrait par Jesse, j'avais oublié ce putain d'appareil dans la voiture ! Tant pis. De toute façon, je pouvais difficilement prévenir la gendarmerie et leur annoncer mon entrée illégale. Mais il me fallait une lampe. En plus, j'aurais bien aimé prendre des photos.

Je me souvins alors avoir une LED plate – format carte de visite – dans mon portefeuille. Sa lumière ne me révéla pas grand-chose, le cabanon était vieux et délabré, le congélateur aussi.

Je l'ouvris avec mon coude, histoire de ne pas laisser d'empreintes en effaçant celles qui existaient déjà. Le coffre était presque vide. Ce n'était pas un crime. Chez moi, c'était pareil. J'inspectai l'intérieur du mieux que je pus, je ne vis aucune trace suspecte.

Peut-être aurais-je dû retourner voir Ethan McCann. D'après McKay, le gosse avait déjà pu nettoyer sa voiture, mais rien n'était moins sûr. Plus je perdais du temps ailleurs, plus les preuves risquaient de disparaître. Et plus Ethan pouvait se fabriquer un alibi. Suivre plusieurs pistes à la fois, c'était plus simple pour un flic.

Je sortis du cabanon et revins vers la caravane. Le vent s'était levé, il soufflait même si fort que j'avais du mal à respirer en l'affrontant de face. La véranda branlait comme si elle allait se détacher et dégringoler vers la vallée en dessous.

Je ne fus pas surpris de la trouver de la véranda ouverte. La porte de la caravane, en revanche, était verrouillée, mais sur ces vieux modèles, la serrure était une franche plaisanterie. Ça tombait bien, car j'avais un jeu de clés Allen dans mon portefeuille. Je me penchai et étudiai la serrure.

Je regrettais presque l'absence de Jess : il aurait été ravi de voir que parfois, même moi, je contournai un peu la loi. De plus, il aurait certainement déclaré que je me comportais *enfin* en « vrai » détective – c'est-à-dire, comme ceux qui passent à la télévision. À la réflexion, je préférais qu'il ne soit pas là. D'abord, c'était plus prudent, ensuite, mieux valait que mes transgressions n'aient pas de témoin.

La caravane était telle que je m'y attendais : avec une kitchenette d'un côté, une mezzanine et un velux. Les parois et le « mobilier » était en plastique marron, soit pour mieux cacher la crasse, soit pour permettre un nettoyage rapide des lieux. Je pressai l'interrupteur du coude et regardai autour de moi.

Ma première impression fut qu'il n'y avait rien à voir. C'était vide et plutôt bien rangé, surtout pour une garçonnière. Une veste en cuir était jetée sur le lit et une boîte de biscuits salés traînait sur le comptoir de la cuisine. Tout à coup, un détail insolite me sauta aux yeux : il y avait une matraque dans l'évier, elle séchait, posée sur un torchon. Je savais que les pêcheurs usaient de ce genre d'outil pour achever leurs prises, mais pourquoi le nettoyer dans la cuisine et pas dans la rivière, ou à l'extérieur ?

Je tournai lentement sur moi-même pour scruter le reste de l'espace. Il y avait deux lampes dans le coin cuisine, deux appliques murales. L'une d'elles était de travers. Je l'inspectai pour y chercher du sang ou des cheveux noirs, je ne trouvai rien. Vu l'âge de cette caravane, l'applique était peut-être cassée depuis des lustres – sans mauvais jeu de mots.

J'étais de plus en plus pessimiste, mais maintenant que j'étais là, autant faire mon boulot sérieusement.

J'ouvris donc chaque placard, chaque porte, chaque tiroir. Je regardai dans le four et dans le frigo. Rien, rien et rien. Je finis par mettre les poings sur les hanches en réfléchissant. Dehors, le vent hurlait, les murs tremblaient et gémissaient. Des branches frottaient sur les parois, des pommes de pin roulaient sur le toit, la véranda grinçait. C'était énervant, j'avais la sensation que tout risquait de s'écrouler d'un moment à l'autre. Non, sûrement pas, car la caravane avait survécu à pire au fil des années.

Bien, reprenons. Qu'est-ce qui m'avait échappé ?

Kim était une fille intelligente, si elle avait disparu dans cet endroit, elle aurait laissé un signe. Je m'assis sur la banquette de la petite table et laissai mon regard flotter. Je vis une éraflure sur le bord du comptoir, mais trop sale pour être récente. Et cette maudite matraque dans l'évier. Et un papier qui dépassait d'une vieille boîte à sucre.

Tiens, comment avais-je pu le manquer ? Il est vrai qu'étant debout, je ne pouvais le voir. J'allai vérifier.

C'était un billet de loterie.

Le tirage datait du mercredi précédent. Et il ne s'agissait pas d'un flash aléatoire, les numéros cochés étaient trois, cinq, huit, treize, vingt et un et trente-quatre. Je fronçai les sourcils. Pourquoi ces nombres me semblaient-ils familiers ? Était-ce…

Nom de Dieu ! Ces numéros, je les avais entendus à la radio toute la semaine ! C'était ceux du billet de loterie dont le gagnant ne s'était pas encore fait connaître.

Tout à coup la voix de Jess résonna dans ma tête : *en mathématiques, la suite de Fibonacci est une suite d'entiers dans laquelle chaque terme est la somme des deux termes qui le précèdent.* Trois plus cinq, ça faisait huit ; huit plus cinq, ça faisait treize ; treize plus huit, vingt et un… et ainsi de suite.

Ces chiffres gagnants étaient une suite de Fibonacci !

Ils s'enroulaient en spirale. Comme une coquille d'escargot. Comme les peintures sur le mur de Kim.

Tout est une suite de Fibonacci.

Le billet me glissa des mains.

Elle avait gagné.

Elle avait gagné à la loterie.

Et elle l'avait appris mercredi soir, à la pizzeria. La publicité le disait d'ailleurs : *un gagnant tous les mercredis !*

Oui, les commentateurs affirmaient tous que le billet gagnant avait été acheté à Calgary. Et personne ne s'était présenté pour réclamer ce gain.

Le dessin de Kim… Côtés positifs, l'université pour sa nièce et un voyage autour du monde. Côtés négatifs, tous ces yeux fixés sur elle, comme si elle devenait une proie.

Elle devait réfléchir, avait-elle dit.

Oh, Seigneur ! Elle avait gagné à la loterie.

Malgré mes doigts engourdis, je parvins à récupérer le billet tombé sur le comptoir. Je le retournai. Il n'était pas signé.

En clair, j'avais sous les yeux des millions de dollars posés sur un vieux formica moisi, un simple morceau de papier caché sous une boîte à sucre plus âgée que moi. Dans le taudis d'un gars qui n'avait nulle part où aller et ne pouvait tomber plus bas.

Pourquoi tuer pour un ticket de loterie ? Oh, pour des millions, bien sûr, j'aurais compris, les assassins agissaient pour beaucoup moins, mais ce billet, Derek ne pouvait l'encaisser. Il y aurait eu bien trop de questions, la loterie tenait à s'assurer de payer le légitime propriétaire.

En clair, il avait tué Kim pour un papier sans valeur.

Pourquoi ?

Était-il assez fou pour espérer tromper l'inquisition ? Gardait-il ce billet en cherchant une solution, en espérant envers et contre tout qu'à la fin, il deviendrait millionnaire ?

Une fois encore, je regardai autour de moi.

Étant enfant, j'avais fait du camping-car en vacances, avec mes parents, j'avais connu ce genre de kitchenette. Le soir, je descendais la table au niveau des deux banquettes qui l'encadraient et cela devenait mon lit. Derrière le dossier des sièges, je rangeais mon oreiller et mes couvertures.

J'enlevai le coussin du banc le plus proche et cherchai la tirette, puis j'ouvris le coffre dont je me souvenais.

Avant même de regarder l'intérieur, le parfum de Kim, *Euphoria for Men* de CK, me monta au nez. Oui, son manteau était bien là, posé sur une couverture militaire grise. Il y avait aussi un sac-besace noir avec un chat porte-bonheur japonais sur le devant. Ainsi, Jess avait vu juste. Et Ethan McCann n'avait pas jeté le sac à main de Kim dans un étang quelconque. C'était une bonne nouvelle, non ?

J'étais mitigé.

Je pris dans la cuisine un mouchoir en papier et m'en servis pour toucher au sac. À l'intérieur, je trouvai le portefeuille de Kim et ses papiers d'identité, un ordinateur portable et un téléphone. Je vérifiai une des cartes de crédit. Elle n'était pas signée.

Je m'assis à même le sol en lino usé, le sac ouvert devant moi.

Je vérifiai d'abord le téléphone, mais la batterie était morte et la carte SIM avait disparu. Quant à l'ordinateur portable, il était dans un sale état : le couvercle était tout cabossé. Un marteau ? Non, plutôt une matraque. Je pressai néanmoins le bouton de mise en arche et, à ma grande surprise, le PC se mit en route. Nom d'un chien !

Il fallait un mot de passe, bien sûr. Je réfléchis... l'appareil était trop ancien pour qu'il utilise une reconnaissance faciale ou une empreinte digitale, donc, il s'agissait d'un bon vieux mot de passe classique.

Qui pouvait être n'importe quoi.

Je fermai les yeux et revis la chambre de Kim, ses dessins sur les murs. La séquence ?

Je l'essayai. Rien.

Je tentai une date de naissance. Toujours rien. Merde, à combien d'essais avais-je droit avant de bloquer l'ordinateur ?

Je refermai les yeux. Le vent devenait violent, presque comme s'il était là, avec moi, dans la caravane. Il passait à travers les fissures des parois et tentait de me cisailler la peau.

Kim adorait sa nièce, Emma. Je tapai « Moi, l'Oiseau » en retenant mon souffle.

L'ordinateur bipa.

L'écran s'alluma sur une photo de Kim et d'Emma, elles souriaient au soleil au bord d'un lac. Je ne vis aucune autre fenêtre ouverte, mais le navigateur était toujours en cours d'exécution, alors je vérifiai l'historique des dernières recherches de Kim.

Que feriez-vous si vous gagniez à la loterie ?

Mes mains tremblaient un peu. Du coup, je fis une fausse manip et dus revenir en arrière. Elle avait bien travaillé, étudié toutes les pistes.

Comment réclamer son gain après avoir gagné ?

Comment prouver qu'il s'agit bien de son billet ?

Les gagnants ont-ils été plus heureux après ?

Elle avait aussi lu les témoignages de gagnants qui avaient tout perdu, famille, amis, ou les récits glaçant de ceux qui s'étaient fait voler.

Certains même s'étaient fait tuer.

Jusque-là, aucun assassin n'avait été assez stupide pour tuer *avant* que le billet soit encaissé, mais n'y avait-il pas toujours une première fois à tout ? Tomber sur un mec idiot, ivre, ou désespéré… C'était vraiment un mauvais coup du sort !

Derek, ne savais-tu pas qu'il te faudrait donner la date, sinon l'heure de l'achat de ton billet ? Ou que les autorités vérifieraient les caméras de sécurité ? Non, sans doute pas. Il croyait peut-être qu'il lui suffirait de se pointer, la gueule enfarinée.

Peut-être avait-il vu le billet gagnant dans le sac de Kim. Ou alors, un peu éméchée, s'était-elle penchée à la fermeture du pub pour chuchoter : « Veux-tu savoir un secret ? »

Une nausée me tordit l'estomac et je regretterai d'avoir mangé ce matin, sinon tous les jours précédents. Je déglutis avec difficulté.

J'éteignis l'ordinateur et le remis dans la besace.

Le vent hurlait. C'était assourdissant.

Vu que j'étais entré par effraction, je ne pouvais emporter les preuves incriminant Derek, elles ne seraient pas recevables en justice. Le sac était trop gros, l'ordinateur aussi, je décidai de les remettre là où je les avais trouvés. En revanche, je pouvais cacher le téléphone et le billet pour que Derek ne puisse s'en débarrasser. S'il remarquait leur disparition, il s'inquiéterait sans doute.

Je glissai le téléphone dans l'interstice entre le haut du placard de la cuisine et le plafond. Il ne le trouverait pas. Il penserait avoir été volé.

Quant au billet… je sortis de mon portefeuille un reçu de la station-service de Dead Man's Flats, déchirai avec soin l'horodatage et glissai le papier sous la boîte à sucre, avec juste un coin qui dépassait. J'avais payé comptant, rien sur le reçu ne menait à moi.

Maintenant, que faire du vrai billet ? Je regardai autour de moi, à la recherche d'une cachette en pleine vue.

Un rouleau de papier adhésif traînait sur une étagère, près de l'évier. Je doutais fort que Derek tapisse régulièrement ses tiroirs de cuisine, aussi ce rouleau devait-il être là depuis longtemps. Et le billet serait parfaitement à l'abri à l'intérieur.

Voilà, j'avais fini.

Le vent hurla, la véranda gémit et une nouvelle crampe me tordit l'estomac. Merde ! Pas question de vomir ici. Mon passage devait rester discret. Les mains glacées, le front moite, je sortis d'un pas trébuchant.

— Tiens, tiens, tiens, c'est le détective, dit Derek.

Me retournant d'un bond, je le vis près de sa caravane, en tee-shirt moulant, jean et coupe-vent. Il avait une arme à la main.

Un grand froid monta en moi et je me mis à transpirer, comme si des glaçons fondaient à même ma peau. J'avais eu beau baratiner Jesse en prétendant ne pas avoir besoin d'une arme, je sus en croisant le regard vitreux de Derek que j'étais mal barré. S'il ne m'avait pas abattu à vue, c'était par manque d'habitude, parce que tirer sur un autre être humain n'était pas si simple, au fond, mais il y viendrait, et même très vite.

— C'est drôle, ricana-t-il, j'ai pas tiqué en voyant une voiture inconnue sur le parking d'en bas. Mais ensuite, j'ai voulu poster mon menu du jour sur *Twitter* et devinez sur quoi je suis tombé ?

Oh, je devinai sans peine. Il avait vu une photo de Jess et moi, et de ma voiture. Merde ! J'aurais pu me garer n'importe où, dans la rue voisine, près de l'autoroute, mais j'avais choisi la solution la plus simple parce qu'il ne m'était pas venu à l'idée qu'on puisse reconnaître ma jeep.

— J'ai trouvé le sac, dis-je. C'est tout. Ça ne prouve rien, sauf qu'elle est venue jusqu'ici et qu'ensuite, elle est repartie. Pourquoi cette arme braquée sur moi? Parce que je suis entré dans une propriété privée? Les journaux paieraient cher pour publier cette histoire!

— Ta gueule, répondit-il.

S'il refusait de discuter, c'était mauvais signe. D'un autre côté, il n'avait pas encore pressé la détente, alors, il hésitait peut-être encore à me tuer. Pourquoi? Y avait-il en lui un point faible sur laquelle je pouvais faire pression?

Derek avait vu ma voiture, cependant.

Il était passé devant en montant.

Jess l'avait-il vu? Avait-il appelé les flics?

Ou alors...

J'imaginai Jess endormi dans ma voiture. Et un coup de feu, dans ce coin paumé, n'aurait pas attiré l'attention, les gens auraient simplement pensé à la pétarade d'une moto mal réglée. Oui, Derek avait très bien pu tirer sans risque. Surtout en sachant qu'il aurait un autre témoin à éliminer en arrivant chez lui. Dans ce cas, s'il n'avait pas encore appuyé sur la gâchette, c'était par cruauté, pour se vanter de ce qu'il avait fait.

Un plan se dessina devant moi comme si j'avais à ma disposition des rayons laser, des règles et un mètre. Comment ce devait être. Où ses yeux devaient aller. Combien de temps j'aurais pour attaquer. Jamais je n'avais été aussi lucide!

Derek était un amateur, il se tenait trop près de moi, il me dévisageait au lieu de surveiller mon centre de gravité.

Soudain, il tourna la tête, distrait par le bruit du vent dans les arbres.

Alors, je lui sautai dessus.

Mon but était de le renverser, de lui arracher son arme. Je plongeai donc entre ses mains tendues et visai son ventre. Il tomba à la renverse et nous roulâmes l'un sur l'autre, les poings volaient, les pieds aussi. Le combat ne fut pas gracieux. Dans la vie réelle, ils ne le sont jamais. L'arme valdingua, mais lui ni moi ne savions où elle était tombée. J'étais pressé de l'assommer pour partir à la recherche de ce foutu flingue. Je ne le vis pas chercher derrière lui de sa main libre.

Quand je repris mes esprits, j'étais à quatre pattes dans les aiguilles de pin et les gravillons, ma tête était douloureuse et ma bouche pleine de bile. Ainsi, j'avais fini par vomir.

Je ressentis une certaine urgence… il fallait que je bouge !

Derek scrutait le sol, à la recherche de quelque chose. Le pistolet ! Il me fallait le trouver avant lui. Je me relevai et me jetai sur lui, les poings en avant. La finesse n'était pas une option. Garder les yeux ouverts m'étant difficile, je les plissai, ma vision était floue, j'avais mal partout et je voulais que ça s'arrête. C'était mon seul plan à peu près concret.

Il y eut des craquements, des bruits de chute, des coups. Au début, nous échangeâmes des cris et des insultes. Peu à peu, cependant, nous économisâmes notre souffle, nous étions fatigués tous les deux. Ou alors, nous n'avions plus rien à nous dire. Va savoir ! Même dans mon état confus, je sentis que j'étais dans une merde noire. Outre l'adrénaline, la panique montait en moi, étouffante, asphyxiante. J'avais la sensation de me noyer.

Puis un bruit éclata, plus fort encore que le hurlement du vent et les cris inarticulés qui résonnaient dans ma tête, un bruit sec et menaçant, un bruit qui nous força à nous figer, Derek et moi.

Un coup de feu.

Ce fut comme une secousse entre l'air et la terre, comme si j'avais un trou dans la tête qui laissait passer le vent. Autour de moi, c'était le chaos. Derek m'avait lâché, j'entendais une voix.

— Lâche-le ! Immédiatement !

Malgré mes yeux enflés, je vis Derek s'écarter. La lumière me frappa au visage et je grimaçai.

Après une seconde ou deux, je compris que la voix, c'était celle de Jesse. Il n'était pas mort. Il avait trouvé et ramassé l'arme. Ou alors, il en possédait une. Bref, il avait tiré. Pourquoi ? Sur qui ? Mes pensées s'embrouillaient.

Des mots me parvinrent :

— … Ben ! Est-ce que ça va ?

J'émis un son, je crois, et tentai de m'asseoir. *Très mauvaise idée !* m'annonça mon estomac. Un râle m'échappa, assorti d'un gargouillis immonde.

— Roule sur le côté, déclara Jess. Doucement… voilà comme ça.

Quand une ombre floue bougea, à quelques mètres de moi, une autre nausée me remonta dans la gorge.

— N'y pense même pas ! grogna Jess.

L'ombre se figea.

Le temps s'écoula. Moi, j'avais du mal à suivre. Mon œil gauche était enflé et quasiment fermé, ma tête traversée de lames de feu peu à peu, pourtant, un début de raisonnement cohérent s'organisa. Ainsi, Jess m'avait rejoint, il était monté à pied ? Alors qu'il se remettait à peine d'une pneumonie ? Impressionnant !

La police était en route, je le savais, j'avais entendu Jess le dire à Derek.

— J'ai prévenu la gendarmerie, alors, arrête les conneries. Tu es cuit !

— Il a tué Kim.

C'était ma voix. En tout cas, les mots sortaient de ma bouche et vu que ma migraine s'intensifiait, parler n'était pas très malin de ma part.

— Oui, déclara Jess, j'avais compris.

— Jack Lowe me braque avec une arme ! railla Derek. Putain ! J'y crois pas !

— Tu délires, manifestement, rétorqua Jess. Repose ton cul par terre et boucle-la.

La masse sombre à côté de moi s'affaissa sur le sol. Je n'avais même pas noté que Derek commençait à se relever.

— J'aurais dû te tirer dessus en montant ! jeta-t-il à Jess.

— Je t'ai dit de te taire !

Jess avait une voix forte et stable, comme s'il sortait de sa limousine pour faire vibrer Montréal, alors qu'il venait de se taper un bon quart d'heure de marche épuisante dans son état.

— … aussi atroce que Marilyn Manson, disait Derek.

Merde ! J'avais encore raté quelque chose.

— Ferme ta putain de gueule ! répondit Jess.

— C'est lui, Jess, dis-je. C'est lui !

— Je sais. Ben, du calme s'il te plaît, d'accord ?

— Il a le billet, insistai-je.

Pourquoi avoir dit ça ? Vraiment, je l'ignorais, puisque je ne tenais pas à ce que Derek ait vent du succès de ma fouille chez lui. En plus, Jess devait se demander ce que je voulais dire. Mais je crachais la vérité, comme si c'était vital, comme si c'était mon dernier legs à la postérité avant de mourir.

Jesse se tourna vers moi.

Non, non, non ! Ah, ces amateurs !

— Ne le quitte pas des yeux, marmonnai-je.

Jesse se raidit, le dos bien droit. Pendant une seconde, il sembla effrayé. Merde ! Il avait oublié que ce n'était pas un jeu. Il fixa Derek.

— Assis ! cria-t-il, sur le ton qu'il prendrait pour un chien.

Derek s'affaissa. Une fois encore, il avait tenté de se lever.

— Il a le billet ? s'étonna Jess. Ça veut dire quoi ?

— Fibonacci, répondis-je.

Jess ne détourna pas les yeux, pas complètement, mais son attention fut distraite une fraction de seconde et Derek en profita pour se jeter sur lui. Pour un tel mastodonte, il bougeait vite. Et moi, je le vis trop tard.

Derek renversa Jesse. Le bras droit de Jesse, celui qui tenait l'arme, vola en arrière.

Malgré mon cerveau embrouillé, je savais une chose : si Derek récupérait cette arme, Jesse et moi étions morts. Et cette perspective me galvanisa comme rien d'autre n'en aurait été capable.

Je réussis à soulever mes membres en béton et fonçai vers Derek – enfin, je doute avoir été rapide ou coordonné, mais je parvins jusqu'à lui, même si j'eus l'impression de mettre un siècle.

Il n'avait pas encore arraché son arme à Jess. Bien que petit, Jess avait une très grande force dans les doigts, suite à ses heures d'entraînement à la guitare.

Alors que je tombai sur Derek, j'entendis un claquement et le cri de Jesse.

Je parvins à renverser Derek. Je lui mis aussi quelques gnons, je pense, grâce à l'effet de surprise. Malheureusement, il récupéra vite et une fois encore, nous roulâmes l'un sur l'autre. Je n'avais même plus mal, j'étais dans une sorte de transe, de l'électricité statique crépitait tout autour de moi. Devenu immatériel, j'étais plus difficile à attraper, mais la prochaine rafale risquait de m'emporter.

Un nouveau coup de feu me rendit mes esprits. Je me tétanisai.

Derek aussi s'était figé. Ensemble, nous nous retournâmes alors que les échos du coup de feu claquaient encore sur les sommets.

— On ne bouge plus ! aboya Jess.

Cette fois, sa voix avait changé. Il serrait les dents, mais ses paroles avaient la puissance d'un Dieu. Je m'éloignai et Derek ne tenta pas de me retenir. Je restai à quatre pattes, les mains et les genoux dans les aiguilles de pin, la tête pendant en avant.

Quand je pus lever les yeux, ma vision était troublée par le sang qui jaillissait de mon arcade éclatée. Je vis néanmoins Jess assis par terre, très pâle, la main droite entre les genoux, le pistolet dans la main gauche. Il tremblait un peu, mais pas au point que Derek essaie de tenter un nouvel assaut.

— Ça va ? demandai-je.

Sans répondre à ma question, Jess déclara

— Kent a cherché à te contacter, tu avais laissé ton téléphone dans la voiture. Derek Bellevue a un casier judiciaire, il a été condamné pour coups et blessures. Il est aussi sous engagement de ne pas troubler l'ordre public.

La voix rauque, Jess parlait avec difficulté. Quand il se tut, il serra les dents. Il paraissait au bord de l'évanouissement.

— Et tu es monté me le dire ? chuchotai-je. Ça pouvait attendre.

— Je me suis dit que tu aurais besoin de ton téléphone.

Je n'avais toujours pas mal. C'était mauvais signe. Lentement, je me déplaçai pour venir m'asseoir à côté de Jess, le bras contre son épaule gauche.

— Si tu veux, je récupère l'arme, proposai-je.

Il ne répondit pas. Il ne protesta pas davantage quand je lui ôtai l'arme de la main. Je la pointai sur Derek.

— Tu n'as pas intérêt à bouger, dis-je.

En le regardant, je compris que ces mots étaient inutiles. Derek était étendu sur le sol, sur le côté, l'œil aussi enflé que le mien, il avait abandonné la lutte.

Nous attendîmes je ne sais combien de temps. Les corbeaux se battaient dans les arbres et leurs croassements renvoyaient des échos sinistres dans la pente. Une chenille orange et noir passa entre mes pieds. Nous attendions toujours. La respiration de Jess devenait sifflante et difficile. Merde, Luna m'avait pourtant dit qu'il ne devait pas faire d'escalade !

Je me mis à parler, à aligner des phrases entrecoupées de silences.

— Kim a gagné à la loterie, Jess.

Une pause…

— Derek a cru pouvoir encaisser le billet.

Une pause…

— Il ne savait pas que c'était impossible, pour lui, en tout cas.

Une pause…

— Il l'a tuée pour rien, pour un bout de papier !

Ma voix se cassa, comme si un sanglot s'étranglait dans ma gorge.

— Il l'a tuée *pour rien*, Jess, répétai-je.

Jess s'appuya contre moi.

— S'il l'avait tuée pour un million de dollars, haleta-t-il péniblement, est-ce que ça aurait été mieux ?

Il avait perdu conscience quand la police arriva enfin.

Nous parlâmes plus tard, à l'hôpital. Quand je redevins moi-même, quand Jess fut sous oxygène et sous antibiotiques, quand nous reçûmes un sermon téléphonique de Luna, très en colère contre nous.

En nous rejoignant devant la caravane, la gendarme McKay nous avait également exprimé son mécontentement. N'avait-elle pas expressément demandé à Jack de prendre soin de lui et à moi de faire profil bas ? Que nous avait-il pris, bon sang, de jouer aux cow-boys ?

Pendant que Jess gisait dans son lit d'hôpital sous son masque à oxygène, je lui racontai tout ce que j'avais trouvé dans la caravane. Il était si pâle que sa peau en devenait translucide. « Il est malade », avait dit le médecin. Le même diagnostic que Luna, la première nuit à Calgary, avec ce ton si spécifique aux médecins.

Je m'en voulais terriblement d'avoir été assez bête pour me garer sur le parking. Pourquoi n'avais-je pas pensé que Derek risquait de repérer ma voiture ? D'accord, je n'avais pas l'habitude d'être reconnu, il me faudra du temps pour m'y habituer.

Par chance, Jess continuait à respirer. Je le surveillais de près, cet enfoiré, toujours prompt à lâcher prise, à filer à la première difficulté, mais cette fois, il s'accrochait.

Jess venait de s'endormir quand la gendarme McKay passa prendre de nos nouvelles. Elle m'annonça que Derek, à peine arrêté, avait tout avoué. C'était souvent le cas des gens vraiment horribles : une fois coincés, ils vantaient volontiers de ce qu'ils avaient fait. Cette confession était une chance pour moi ! Bien sûr, Derek m'avait tout raconté, mais sous la menace d'une arme, et j'avais agi en toute illégalité dans sa caravane, ce qui compromettait les preuves que j'avais découvertes. En vérité, Derek était un idiot. Il avait parlé sans attendre son avocat, alors que même un juriste stagiaire aurait pu lui dire que le dossier contre lui était plus que léger.

Les flics s'en sortaient bien, moi aussi.

La gendarme McKay laissa un cadeau pour Jesse sur la table de chevet : une pièce de vingt-cinq cents, celle qui avait en effigie un gendarme de la police montée. « C'est un porte-bonheur, » dit-elle. Je ne sus s'il fallait rire ou pleurer, alors, je ne fis ni l'un ni l'autre.

Après le départ du constable, les infirmières tentèrent de me renvoyer dans ma chambre, mais je résistai tant qu'elles finirent par abandonner. Je m'endormis dans un fauteuil au chevet de Jesse, la tête sur son bras – celui qui n'était pas cassé. Ce fut seulement à l'arrivée des aide-soignants que je me résignai à quitter la chambre.

POUR UN mois d'octobre, il faisait beau, le ciel était d'un bleu éclatant, le soleil encore chaud, et il n'y avait pas eu assez de neige pour dépouiller les arbres de leurs feuilles. Jess et moi étions sur la falaise, en haut des chutes de Quartz, avec Emma et Lauren.

Nous étions en quelque sorte les émissaires des amies de Kim. Elles avaient fait installer un inukshuk [27], un empilement de pierres avec le symbole de l'oiseau de Kim peint dessus. Emma et Lauren nous avaient appelés en évoquant un pèlerinage pour Thanksgiving. «Avions-nous le temps? Désirions-nous venir?»

En voyant l'inukshuk sur les réseaux sociaux, Jess s'était pincé l'arête du nez en disant : «c'est une appropriation culturelle pleine de bonnes intentions», mais à Lauren, il s'était contenté de répondre : «Oui, bien entendu. Nous vous retrouverons directement sur place, si cela vous convient.»

Nous avions revu plusieurs fois la mère et la fille depuis l'arrestation de Derek. D'abord, elles étaient toutes les deux venues nous voir à l'hôpital, ensuite, bien sûr, il y avait eu les funérailles de Kim.

Les parents Moy avaient touché les gains du billet de loterie, puis reversé la plus grosse partie à Lauren et Emma via un contrat de fiducie.

Lauren, sans écouter nos protestations, à Jess et à moi, avait insisté pour régler ma facture en y ajoutant un énorme bonus. En contrepartie, Jesse avait envoyé le même montant à une fondation qui aidait les enfants de milieux défavorisés à faire des études artistiques.

Ensuite, nous avons tous tenté d'oublier d'où venait cet argent.

Jess aimait beaucoup Emma, qui était vite passée vis-à-vis de lui de l'ado intimidée à la petite sœur taquine – elle se moquait de ses longs cheveux! Il avait même accepté de lui apprendre la guitare, si elle y tenait encore dans un mois sans être passée à un nouveau caprice.

---

27 Coutume des peuples inuit et yupik des régions arctiques.

Personnellement, je me demandais si Lauren et Emma ne finiraient pas par bientôt espacer leurs visites : nous leur rappelions trop la mort de Kim.

Jess et moi en avions parlé en grimpant jusqu'aux chutes, mais maintenant, nous gardions le silence. C'était un moment destiné à la famille de Kim. Très vite, nous décidâmes de retourner à la voiture. En chemin, je passai le bras autour de la taille de Jess.

Une fois hors de portée d'oreilles, il déclara :

— Je dois aller à New York la semaine prochaine. Pour quelques jours seulement. Viens avec moi si ça te dit.

— J'ai un dossier à finir. Ton déplacement ne peut-il attendre ?

— Non, répondit-il en riant.

— Ah.

ZZGold avait fini par abandonner les poursuites. D'après Jess, le « scandale » avait été très bénéfique pour promouvoir son disque, bien plus qu'une publicité classique. D'après moi, il était aussi possible que ZZGold se soit souvenu que Jess pouvait nuire à sa réputation, mais comme Jess n'aimait pas y penser, je ne dis rien.

La régie de Jess, en revanche, avait fort peu apprécié d'apprendre par les journaux que son chanteur vedette, bien que souffrant d'une grave pneumonie, s'amusait à pourchasser un tueur en montagne tout en renouant avec un ex. Et, pire encore, qu'il avait fini avec un poignet cassé.

Gia avait géré les médias et inventé une belle histoire d'amour et d'héroïsme qui laissait Jesse sceptique. Il avait encore moins apprécié les petites corvées dont sa régie l'accablait à titre de punition, par exemple écrire des chansons pour de futurs espoirs, mais il essayait de faire bonne figure.

Il posa la tête contre mon épaule.

— Si tu n'es pas avec moi, la rumeur va prétendre que nous avons rompu.

— Peuh ! Tes fans se lasseront vite de moi. Je suis aussi anonyme que la femme de Matt Damon, dont j'ai oublié le nom. Combien de temps ai-je, à ton avis ? demandai-je.

Jess se mit à rire.

— Je ne sais pas. Je suis bien moins célèbre que Matt et tu es bien plus intéressant que son épouse.

— Tu ne la connais même pas ! protestai-je.

Il rit encore, ce qui me fit frissonner. Alors, je le serrai dans mes bras.

À notre sortie de l'hôpital, il m'avait raconté ses échanges avec Derek pendant que j'étais trop sonné pour les enregistrer. Sur le moment, Jess n'y avait pas trop fait attention non plus, mais il s'en était souvenu.

Derek, aussi amer que furieux, s'était plaint des riches qui ne voulaient même pas ce qu'ils avaient alors que lui n'avait rien. Il semblait haïr tout particulièrement ceux qui lui faisaient miroiter une fortune, ceux qui se moquaient de lui, ceux qui se pensaient mieux que lui.

« Qu'en penses-tu, Ben ? avait demandé Jess. Pourquoi Kim se serait-elle moquée de Derek ? »

Soudain, la scène m'était apparue… « Si vous ne voulez pas de ce billet, donnez-le-moi, » disait Derek et Kim avait ri, pensant à une plaisanterie. Qui dirait sérieusement une folie pareille ?

Oui, cela avait dû se passer comme ça, j'en mettrais ma main au feu. Pour un homme aussi chatouilleux que Derek, ce rire innocent avait déclenché une irrépressible envie de meurtre.

Jess avait lui aussi un sens de l'humour assez particulier, mais il n'avait jamais croisé de cobra sur sa route. Quelle chance il avait !

Mais cela, je le gardai pour moi.

KIMBERLY MOY, grâce à qui Jess et moi nous étions retrouvés, était en paix au paradis – si on avait la foi. Ou pour ceux qui croyaient à la réincarnation, elle était à nouveau un bébé.

Personnellement, je la croyais partie.

J'avais rêvé d'elle à l'hôpital, la nuit où j'avais dormi au chevet de Jesse.

Dans ce rêve, elle regardait son téléphone dans la ruelle derrière BP et criait de joie, non de terreur. Elle retournait auprès de ses amies et leur offrait une tournée. Puis elle téléphonait à sa sœur en lui disant de ne plus s'en faire pour les frais universitaires d'Emma. Elle n'était jamais venue à Dead Man's Flats ; son visage, je l'avais seulement vu à la télévision lors de la présentation du gagnant de la loterie. Cela m'avait un peu agacé, d'ailleurs. *Pourquoi est-ce que je ne gagne jamais ?* m'étais-je demandé. La réponse était facile : parce que je n'ai jamais pris de billet et que je ne le ferai jamais.

Puis Kim était entrée dans une chambre d'hôpital où je me trouvais pour des raisons qui m'échappaient, elle avait posé la main sur ma jambe, juste en dessous du genou.

— Ce sont des spirales, avait-elle dit avant de disparaître en fumée.

Continuez à lire pour un extrait exclusif de :
L'homme qui avait perdu son stylo
Par Gayleen Froese
Les enquêtes de Ben Ames, livre 2

I

BIEN DES gens auraient adoré être à ma place, dans les coulisses d'un grand théâtre, à regarder une rock star faire sa vérification de son pour le spectacle du soir. De cet espace secret, je voyais le vrai Jack Lowe, alors que la lumière des spots les drapait, lui et son piano, d'un voile soyeux. Le tee-shirt immaculé ressemblait à de la glace et la teinte bleutée que Jess avait récemment ajoutée à ses longs cheveux noirs étincelait.

La vue était superbe, je devais le reconnaître.

Là où j'étais, au bord de la scène, la lumière était tamisée et filtrée par les rangées de rideaux. Des techniciens allaient et venaient aussi bien sur scène qu'au stand de la régie, à l'arrière. Une seule personne traînait à mes côtés, une femme qui m'évoquait pour moi un hérisson avec ses cheveux courts et hérissés, ses volumineux écouteurs et les innombrables stylos qui pointaient des poches de son gilet et de son pantalon.

Un vieux Samsung à sa main, elle envoyait un texto tout en menant une autre conversation. Je crus qu'elle ne m'avait pas vu. Je me trompais.

— Vous êtes le copain, je présume ?

— Le nom écrit sur mon permis de conduire, répondis-je, c'est Ben Ames.

Elle eut un rire alerte.

— Je ne voulais pas vous vexer, excusez-moi. Moi, c'est Vic.

Elle me tendit un poing serré, je le touchai du mien.

— Ne vous inquiétez pas pour moi, dis-je, j'ai le cuir épais. Quel est votre rôle au juste ?

— Un peu tout, répondit-elle, assistante de direction, régisseur, bonne à tout faire. Hé, vous êtes détective, c'est ça ? Vous êtes bien ce mec-là ?

Je ne savais pas trop ce qu'elle entendait par « ce mec-là », mais l'an passé, j'avais permis l'arrestation d'un meurtrier et l'affaire avait fait la Une des journaux. Peut-être était-ce ce à quoi Vic pensait.

— Possible, pourquoi ? Auriez-vous besoin d'un détective ?

Elle me regarda des pieds à la tête – et pour ce faire, elle dut renverser le cou, car elle m'arrivait à peine à l'épaule. Dans la pénombre, son visage était presque aussi sombre que les cheveux de Jess. Ou plutôt, de Jack. Quand il était en public, j'étais censé utiliser son nom de scène.

— Pourriez-vous me trouver un technicien du son qui connaît son métier? demanda-t-elle. Votre mec avait raison, le gars que nous avons ce soir distingue à peine un micro d'un piano. Nous avons été obligés de prendre le personnel local et c'est… oh, merde, excusez-moi!

Elle s'écarta dans l'ombre pour répondre à un appel. Je n'entendis qu'une partie de la conversation, ce qui ne me dit pas grand-chose. Un changement d'horaire ou un ajout inattendu. La réponse de Vic aurait pu se résumer à : «vous me faites chier, mais d'accord».

Quand elle revint vers moi, elle fronçait les sourcils tout en tripotant ses lunettes à monture d'écaille.

— Un problème? demandai-je.

— Oui, répondit-elle, mais pas de ceux que vous êtes susceptible de résoudre.

Je hochai la tête.

— D'accord. Dommage. J'aurais préféré m'occuper que me tourner les pouces.

En disant ces mots, je ne pouvais me douter que quelques heures plus tard, nous serions confrontés à un meurtre. Non, je ne pouvais le savoir, mais avant que la nuit soit finie, je m'en voudrais d'avoir proféré une connerie pareille.

Vic se rua sur scène pour s'adresser à Jess, puis elle tourna les talons et s'enfonça dans les allées de la grande salle jusqu'à la plateforme du son. Jesse renversa la tête, les yeux vers les néons, comme s'il cherchait la lumière divine. Il repoussa ensuite son tabouret de piano et se mit debout. Avec les spots en plein visage, il ne pouvait me voir, mais il savait que j'étais là. Alors, il me sourit. Il avait l'habitude, bien sûr de sourire à un public qu'il distinguait à peine. Il escomptait aussi que les gens soient là où il les avait laissés.

Puis il s'approcha, me vit enfin et m'adressa un autre sourire, plus intime, plus chaleureux. Je le pris par la taille et l'embrassai. Il était un peu raide, comme toujours quand il était fatigué ou frustré. À mon avis, il ne s'en rendait même pas compte. Pour moi, c'était comme si son corps me disait «aide-moi!»

— Ça va? demandai-je.

Il répondit par une autre question :

— Tu as trouvé le son correct, toi?

Rien qu'à sa voix, je sus que j'étais censé répondre non. Sauf que…
je n'y connaissais rien et je ne comptais pas lui mentir.

Jess croisa mon regard vide et secoua la tête.

— Oui, bien sûr, ajouta-t-il. Excuse-moi.

Il me prit la main. Je me laissai entraîner à travers le labyrinthe des
coulisses jusqu'aux vestiaires, destination qui fut pour moi une surprise.
J'avais envisagé que Jess se mette à bouder dans son dressing particulier
comme Achille dans sa tente, mais non. Ce soir, il était d'humeur sociale.

Le vestiaire « commun » était destiné aux petites mains et autres
utilités, il n'avait donc pas le glamour de l'entrée ou de l'auditorium. Créé dès
l'origine dans un brut pratique, il avait peu été entretenu parce que personne
ne s'y intéressait – après tout, la pièce ne serait jamais photographiée dans
les magazines pour impressionner les foules, pas vrai ? Le béton des murs et
du sol s'effritait par endroits, le blanc cassé originel était devenu crade, des
ampoules nues pendaient du plafond, prisonnières dans des cages grillagées
pour ne pas qu'elles soient brisées par la manipulation des instruments de
musiques ou des gros amplis.

Sur les murs, des rectangles plus clairs indiquaient sans doute
l'emplacement des panneaux de l'ancien nom du théâtre. Oh, la célébrité
était fluctuante, même pour les mécènes. Mon amie Luna connaissait celui
dont le théâtre, pendant un temps, avait porté le nom : un négociant en
fourrures qui, fortune faite, s'était lancé dans les affaires tout en finançant
les arts. Malheureusement, ses magouilles avaient vite ruiné tant sa fortune
que sa réputation. « Un vrai sac à merdes ! » avait dit Luna. Le théâtre avait
donc divorcé d'un aussi compromettant compagnon. Pour l'instant, son
nom officieux, à défaut de mieux, était « le théâtre de Calgary », le comité
ne s'étant pas encore décidé pour une autre appellation.

La porte des vestiaires était entrouverte et une canette de soda vide la
bloquait pour éviter aux gens d'avoir à utiliser leur carte magnétique pour
entrer. Si j'avais fait partie de l'équipe de sécurité, je n'aurais pas apprécié
ce laxisme et j'aurais passé un savon à tous ces inconscients. Mais s'il y
avait des gardiens, ils se cachaient bien et puis cela ne me regardait pas.
Je ne pus cependant résister à mon envie de claquer la porte sur moi. D'un
coup de pied, je flanquai aussi la canette coupable sous le canapé le plus
proche.

Ce vestiaire commun destiné aux artistes mineurs était appelé « salle
verte », Dieu seul savait pourquoi. Depuis que j'avais retrouvé Jess, j'étais
déjà entré dans ces salles et pour moi, elles se classaient en deux catégories.

Certaines étaient polyvalentes : dressing, lieu de rencontre, espace d'échauffement et autres, c'est-à-dire à peu près tout sauf salle de bain et scène de spectacle proprement dite. Elles étaient en général archi bondées de gens qui cherchaient quoi porter, la moitié d'entre eux restant assis par terre parce qu'il n'y avait pas suffisamment de places devant les tables de maquillage, ou pas assez de sièges, tout simplement.

Ce vestiaire-là était de sa seconde catégorie.

C'était un grand espace rectangulaire encombré de tables et de chaises, avec de petits canapés installés en rond et une kitchenette au fond. Les mets roboratifs arriveraient plus tard. Pour l'instant, il n'y avait sur le comptoir qu'une cafetière Keurig, une boîte de dosettes, des tasses, des gobelets, des canettes de soda et deux saladiers avec dans l'un des fruits, dans l'autre des barres de céréales. D'après Jesse, ce n'était pas un assortiment classique pour un spectacle, cela évoquait davantage un colloque bas de gamme, mais les recettes de ce soir étaient d'ordre caritatif, aussi fallait-il bien faire quelques économies.

Les portes des deux toilettes se trouvaient à côté de la kitchenette, sans différenciation de sexe. Aux rectangles plus clairs qui marquaient les panneaux, je compris que le genre avait été supprimé depuis peu.

Le programme de la soirée était affiché sur un tableau blanc à côté de la porte, avec le classique : «Vous êtes à Calgary, Alberta». Non, mais franchement? Le jour où j'aurais besoin d'un panneau pour savoir dans quelle ville je me trouvais, sans doute serais-je sous surveillance médicale. Mais pour des musiciens constamment en tournée, c'était différent et les responsables devaient le savoir.

— Oh, mon Dieu, c'est vous, les gars !

Un long mec filiforme et dégingandé, avec des cheveux noirs bouclés et un sourire béat, se précipita sur nous et souleva Jess du sol. Jesse lui rendit son étreinte en riant. Moi, j'attendais stoïquement qu'ils arrêtent de jouer aux ados attardés.

Thom Cross et Jess se connaissaient depuis l'université, ils avaient suivi les mêmes cours de musique et souvent par la suite, ils s'étaient croisés aux mêmes castings – *Hedwige, Evil Dead* et d'autres que j'avais essayé d'oublier, vu que le théâtre musical, ce n'était pas mon truc. Désormais, Thom était pianiste dans un groupe de pop/roots/country rock qui aurait dû s'appeler «Incapable de prendre une décision», mais avait préféré «Le Brennan Murphy Twist». Ou juste « le Twist» pour les gens pressés.

Thom finit par lâcher Jess pour se tourner vers moi et me tendre la main – je n'eus pas droit à une étreinte. Je n'en fus pas vexé. Thom ne cherchait pas à me snober, mais moi aussi, il m'avait connu à l'université, j'étudiais alors la criminologie, je sortais avec Jess et j'avais une solide réputation de rabat-joie. En serrant la main de Thom, je forçai sur mon sourire amical pour lui faire savoir deux choses : un, j'étais humain, deux, cela me faisait plaisir de le revoir. C'était un brave garçon.

— J'adore le nouvel album, déclara Jess à Thom. En fait, j'adore qu'il s'agisse d'un album, une pièce conceptuelle sur... je ne sais pas, mec. Pas les ploucs, mais...

— C'est basé sur les subventions de logement, répondit Thom. Brennan et Reiss ont connu ça étant gamins. Bien sûr, Brennan est né au Royaume-Uni, mais quand même.

— Je n'y connais rien, admit Jess.

Il paraissait gêné, presque honteux, et sans doute l'était-il, bien qu'il n'ait pas touché à l'argent de ses parents depuis sa puberté. Son père était dans les affaires et même ado, Jess s'offusquait des conséquences de ses OPA.

Par chance, Thom semblait avoir oublié dans quel milieu Jess était né – ou alors, il s'en fichait.

— C'est du sérieux ! s'exclama-t-il. Nous autres sommes si ennuyeux que c'est ennuyant. Mais c'est Reiss et Brennan qui s'occupent de l'écriture, donc, tout va bien, pas vrai ? Ce recueil de chansons, c'est leur bébé.

Si Thom était amer d'avoir été écarté, cela ne se voyait pas. D'un autre côté, je ne l'avais jamais vu se ronger les sangs bien longtemps. Il posa son étroit séant sur une table – pourquoi diable utiliser une chaise ? – et nous regarda, Jess et moi.

— C'est génial de vous revoir, les gars ! Tous les deux ! Ensemble ! Que s'est-il passé ? Vous avez passé sept ans à vous ignorer ?

— Nous sommes restés ensemble trois ans et demi à l'université, déclara Jess, ensuite, nous avons effectivement été séparés pendant sept ans. Et nous nous sommes retrouvés l'an passé, il y a presque six mois.

Thom leva les mains, paumes vers le haut, comme pour évoquer les deux plateaux d'une balance. Il esquissa des mouvements de haut en bas.

— Quatre ans, sept ans, ça se compense presque, annonça-t-il. D'ici quelques années, vous aurez oublié cette séparation.

— Sûrement pas ! répondis-je sans réfléchir.

D'un coup d'œil, je vérifiai que Jess n'ait pas mal pris ma réponse instinctive. Il paraissait serein.

— Sûrement pas, répéta-t-il. Ces années ont compté. J'ai eu besoin de temps pour savoir ce que je voulais faire de ma vie.

Thom sourit.

— Oui, tu es devenu une célébrité, une rock star !

Jess secoua les épaules, un peu comme s'il essayait de se débarrasser d'un fardeau. Puis sous mes yeux, il endossa la personnalité de Jack Lowe, son alter ego : son charisme devint plus éclatant, son sourire aussi.

— Hé, tu n'as pas à te plaindre, Thom ! s'exclama-t-il. Toi aussi, tu es connu. J'ai écouté cette interview sur *The Current*. Comment ont-ils nommé ton groupe déjà ? *Les chroniqueurs du rock canadien !*

— Oui, c'est cool, déclara Thom. C'est important le respect, tu vois, il n'y a pas que les ventes qui comptent.

— Tu mérites de réussir, déclara Jack Lowe.

Baissant les yeux, je regardai ses chaussures. Elles étaient onéreuses, bien entendu, mais pas faites sur mesure et il ne les porterait pas sur scène ce soir. Alors, je lui écrasai le pied. En vrai pro, il ne cria pas, il se contenta d'écarquiller un peu les yeux en se tournant vers moi.

Et c'était Jesse Serik qui me regardait, pas Jack Lowe.

— Veux-tu boire quelque chose, Jesse ? demandai-je d'un ton poli. Tu dois avoir soif avec cette vérification de son. La réhydratation, c'est important.

— Oh, oui, bien sûr, dit Thom. Après, je vous présenterai aux gars.

Il quitta la table et se rua vers plusieurs gars installés sur les canapés autour d'un jeu vidéo. Jess et moi avançâmes vers le comptoir pour vérifier le choix en matière de boissons. Jess boîtait un peu, l'enfoiré ! Il en faisait trop. Je ne lui avais pas écrasé les orteils à ce point.

Il fouilla parmi les canettes avant de dire :

— Dis, Brutalis, peux-tu me dire pourquoi tu as tenté de m'estropier ? Qu'est-ce que j'ai fait ?

— C'était à Jesse que Thom voulait parler, pas à Jack. Et c'est le cas de la plupart les gens, je pense. Garde Jack pour la scène.

— Oh, vraiment ? Que voulais-tu que je lui dise, alors ? Que j'en ai ras la frange d'être une rock star et que j'envisage de mettre ma carrière en veilleuse ? Ou même de raccrocher pour de bon, parce que j'ai déjà foutu une sacrée merde dans ma vie, c'est ça ? Thom et moi échangions de simples banalités, Ben. Personne ne s'intéresse *vraiment* aux problèmes d'autrui.

— J'aime bien cette formule, persiflai-je, c'est brut de décoffrage. En fait, ça devrait être le thème de la soirée plutôt que : «Au secours de la santé mentale».

— Oui, ça craint, admit Jess.

— C'est vrai, confirmai-je. Dis-moi, je rêve ou il n'y a pas d'alcool du tout? Ce n'est pas que j'y tienne, mais je trouve ça bizarre.

Jess éclata de rire, assez fort pour que quelques têtes se tournent dans notre direction.

— Oh, mon Dieu, je ne t'ai pas prévenu? s'exclama-t-il. Sais-tu ce qu'est cette soirée?

— Oui, une collecte de fonds pour la Croix Rouge Canadienne qui tient à sauvegarder la santé mentale de la population. Je me trompe?

Il agita la main, comme pour repousser un insecte.

— Non, non. Mais ils considèrent tous les artistes comme… mentalement dérangés, c'est pourquoi nous avons été invités. Bien entendu, nous avons trouvé très drôle l'idée d'avoir une maladie mentale. Mon cas les intéresse tout particulièrement parce que j'ai admis en octobre dernier souffrir de dépression. Bon, c'est de la gnognotte, bien sûr.

— Je ne comprends toujours pas, dis-je, perplexe.

Jess pencha la tête et attendit. J'eus enfin un déclic.

— Ah, je vois, ajoutai-je. C'est un problème d'addiction.

— Oui, déclara Jess, à l'alcool, aux drogues. Oh, nous aurions pu apporter nos bouteilles, mais c'est le geste qui compte.

Sachant que Jack Lowe avait la réputation d'avoir tout essayé, quitte à mélanger drogues et alcools, j'avais mis un certain temps à admettre que Jesse n'était pas du tout un toxicomane. Au cours de ces derniers mois passés ensemble, j'avais aussi constaté qu'en privé, il pouvait très bien se passer de substances. En public, en revanche, c'était différent, car pour devenir Jack Lowe, une célébrité qui rayonnait d'une énergie aussi brûlante et dévorante qu'un feu de forêt, Jesse avait besoin de combustible.

Depuis deux ans environ, il essayait de trouver une solution pour arrêter. Les six derniers mois avaient été plus calmes parce qu'après sa fracture, Jess était resté un temps loin de la scène. C'était son premier spectacle de l'année et j'étais curieux de voir comment il allait le gérer.

Il opta pour un Coke Zéro, moi pour un Sprite. Encore aujourd'hui, le logo me faisait penser à ma mère, qui consacrait presque tous ses samedis soirs à gagner à la canasta, avec un verre de gin, citron et Sprite près du coude. Je ne l'avais pas revue depuis un an et le réaliser me donna un petit

pincement au cœur. Je décidai d'aller bientôt lui rendre visite à Kelowna [28].
Peut-être avec Jess.

— Tu vois cette femme ?

La question de Jess me ramena au présent. Il pointait le menton vers
le fond de la pièce où trois femmes exubérantes étaient assises autour d'une
petite table devant une tasse de thé, les yeux rivés à leur téléphone. Toutes
avaient les mêmes cheveux teints en rose barbe à papa, la même tenue en
cuir couleur pastèque, ornée de velours et de tulle. On aurait dit des bonbons
destinés à un géant !

— Laquelle ? m'enquis-je. Je vois triple.

— La plus proche de nous. Rose Cendré.

— C'est son nom ou la couleur de sa teinture ? insistai-je.

— C'est son nom et celui de son groupe, répondit Jess. Eh bien, elle
est borderline. Enfin, je parle de ses troubles mentaux, elle a un trouble de
la personnalité, je ne sais lequel, et elle vit avec. Il faudra que je vérifie sur
Internet avant de monter sur scène. Suis-je catalogué comme un dépressif,
à ton avis ?

— Que de cinéma pour rien ! persiflai-je. Une vraie drama-queen !
Arrête de cogiter, tout se passera bien.

— Tu n'y connais rien, rétorqua-t-il. Tu n'as jamais approché d'un
micro en live. En fait, tous les micros sont en direct. Sérieusement, Ben,
aide-moi. Tu as bien étudié la psychiatrie, hein ?

— Non, c'était la criminologie. Et tu le sais très bien.

— Justement, en criminologie, tu as suivi des cours de psychologie.
Je soupirai.

— Des tas de gens vivent avec une personnalité borderline, Jess,
donc, tout ira bien. Si tu y réfléchis trop, tu finiras par sortir une connerie.
Maintenant, si le cas de cette femme t'intéresse, pourquoi ne pas aller lui
parler ?

— Avant ça, il faudrait que je sache définir mon problème. Je pourrais
lui parler de ma dépression de longue date…

Je regardai les trois femmes.

— Le groupe s'appelle Rose Cendré, hein ? Quel genre de musique
font-elles ?

---

28 Cité de Colombie-Britannique, sur le rivage du lac Okanagan.

— Du *shoegazing* [29], répondit Jesse. Ou de la *dream pop* [30], elles sont plutôt rétro. C'est vraiment spécial et aucun rack de synthé ne peut gérer ça en coulisses, donc, elles devront utiliser des pistes d'accompagnement. Ou alors, se contenter de chanter. Dans ce cas, ce sera plus facile de les faire sortir rapidement. Elles n'ont droit qu'à…

Il se retourna pour regarder le tableau blanc derrière lui,

— … vingt minutes, enchaîna-t-il. Elles seront sur scène de vingt heures vingt à vingt heures quarante. Ce n'est pas si mal, à la réflexion. Moi qui suis tête d'affiche, j'ai quarante-cinq minutes.

— Du *shoegazing*, vraiment? Tu crois que je pourrais leur parler?

Jesse fronça les sourcils.

— Ce serait risqué. Je te conseille le *nu gaze* [31] ou la *dream pop*.

J'aurais volontiers raillé ces termes grotesques qu'il utilisait avec tant de brio, mais j'avais été flic pendant quelques années et, comme Jess l'avait dit, j'avais effectivement suivi de nombreux cours de psychologie à l'université. De ce fait, je connaissais des mots susceptibles de déformer une situation, pour le meilleur ou pour le pire.

— Hé, les gars? Ça vous dit de rencontrer le groupe?

Thom était de retour, il avait même déjà posé un de ses bras autour des épaules de Jesse pour le conduire. Jess se laissa entraîner sans protester, même s'il n'aimait pas beaucoup qu'on le bouscule.

Je les suivis.

Ayant déjà vu jouer *Le Twist*, j'avais une idée de qui était qui. Les deux asperges maigrelettes assises sur le canapé, tous les deux au moins aussi grands que Thom, étaient des guitaristes, du moins l'un était le guitariste en chef, l'autre le bassiste. Ils se ressemblaient avec leurs yeux sombres très enfoncés, même si l'un avait un bouc et l'autre de longues mèches blondes. Quand nous arrivâmes, ils jouaient au même jeu vidéo et tiraient sur des humanoïdes reptiliens tout en portant des armures de combat. Ou alors, c'était l'inverse…

— Connor, Charlie, déclara Thom, voici Jesse et Ben. Nous étions à l'université ensemble.

---

29 Sous-genre de rock alternatif caractérisé par son mélange éthéré de voix, de distorsion et d'effets de guitare.

30 Sous-genre de rock alternatif caractérisé par son utilisation des textures sonores et son chant murmuré.

31 Sous-genre de rock alternatif surtout lié à divers effets sonores et les synthétiseurs pour créer des distorsions.

Sans détourner le regard de l'écran, les deux clones levèrent la main pour nous saluer.

— Salut, dit l'un des deux.

— Salut, répondit Jess avec un sourire.

Les deux derniers membres du groupe étaient sur le canapé d'en face, l'un tenait une guitare acoustique, l'autre un cahier et un crayon. Même sans être un expert, je devinai qu'il écrivait une chanson. Ils parurent amusés que Thom n'insiste pas sur le fait qu'il arrivait avec Jack Lowe sans que les jumeaux l'aient remarqué.

Brennan, celui qui avait donné son nom au groupe et en était le principal chanteur, posa son cahier et se leva pour tendre la main à Jess.

— Comment veux-tu que je t'appelle ? demanda-t-il. Jesse ou Jack ?

Il avait un accent de Newcastle qui avalait les voyelles et accentuait le « k » de Jack.

Jess accepta sa poignée de main.

— Jesse, répondit-il, je ne suis pas sur scène.

Il ne demanda pas son nom à Brennan, vu qu'il le connaissait aussi bien que moi. Je n'étais pas encore habitué à rencontrer des célébrités et l'effet était encore plus étrange avec Jess, parce que tout le monde connaissait tout le monde sans s'être jamais rencontré.

— Lui, c'est Ben, ajouta Thom. Il était avec nous à l'université.

Brennan me serra la main.

— Ravi de te rencontrer, dit-il. Lui, c'est Reiss.

C'était normal qu'il le précise parce que même les fans d'un groupe ne connaissaient pas toujours le nom du batteur. Reiss posa sa guitare sur le sol et avança à son tour pour nous serrer la main, à Jess et moi. À part ça, il garda le silence.

De mon point de vue, des paroles n'auraient rien ajouté à l'impact de sa présence. Il avait des yeux immenses, d'un rare bleu glacier, des traits ciselés de viking et de longs cheveux noirs qui bouclaient jusqu'à ses épaules. Avec un visage pareil, il aurait pu faire la couverture de *GQ*. Mais mieux encore, il avait la musculature d'un batteur.

Sur le plan physique, Brennan était battu à plate couture avec ses yeux ronds, son nez court et ses cheveux ébouriffés, mais il rayonnait de lui le charisme d'un chanteur et quand il me souriait, d'instinct, j'étais tenté de faire pareil. Reiss, en revanche, ne souriait pas. Il avait esquissé un rictus en voyant que les deux joueurs étaient inconscients de la présence de Jess, mais là, il semblait méfiant.

Il s'adressa à Jesse.

— Je t'ai vu une fois, il y a un bail. Oui, c'était lors d'une production étudiante. Tu jouais dans *Hedwi…*

Jess piqua un fard.

— Oh, mon Dieu, non !

Je m'appuyai contre le dossier du canapé des joueurs pour mieux profiter de la scène. Il était si rare de voir Jess rougir ! En général, rien ne le gênait assez pour provoquer cette réaction. Je le trouvais adorable ainsi empourpré.

Brennan riait tandis que Jess enchaînait :

— Je suis vraiment désolé que tu aies vu ça ! J'étais bien trop jeune pour jouer *Hedwige*. J'étais incapable d'entrer dans le personnage.

Brennan lui tapota l'épaule.

— Hé, les étudiants font n'importe quoi, c'est bien connu. Et leurs spectacles sont rarement mémorables. Nous sommes tous passés par là, mais je vais te dire un truc, Jesse, même gamin, tu avais une voix exceptionnelle et un étonnant contrôle sur ton talent. J'étais certain que tu deviendrais une star.

Jess se mit à rire.

— Merci, c'est sympa, mais je te rappelle que j'étais là. C'était une catastrophe ! Enfin, c'est bien loin tout ça !

Moi aussi, j'avais assisté à ce spectacle et j'étais d'accord avec Jesse et Brennan : c'était nul, mais Jess s'était montré exceptionnel. En revanche, je n'avais pas envisagé qu'il deviendrait une star avant de le voir créer son groupe.

— Pourquoi être allé à ce spectacle, Brennan ? s'étonna Jesse. Tu ne connaissais même pas Thom à l'époque.

— J'aime *Hedwige*. C'est un spectacle que je revois chaque fois que j'en ai l'occasion. J'aime aussi les différentes façons dont il est mis en scène.

Brennan se tourna vers moi.

— Et toi, Ben, tu chantes aussi ? demanda-t-il.

En voyant Jess s'étrangler de rire, je dus contrôler mon envie de lui jeter mon Sprite au visage.

GAYLEEN FROESE, auteur LGBT de romans policiers, vit à Edmonton, au Canada. Parmi ses romans, nous citerons *La fille qui n'avait pas eu de chance*, mais aussi *Touch* et *Grayling Cross* (non traduits en VF). Son livre d'histoires destinées aux adultes, *What the Cat Dragged In*, a été présélectionné au concours international de romans et publié par *The Asp*, un groupement d'auteurs basé à l'ouest du Canada.

Gayleen est apparue à la télévision sur *Canadian Learning*, *A Total Write-Off*, elle a remporté la deuxième saison du concours de romans sur *BookTelevision* et, en tant qu'auteur-compositeur-interprète, elle a été acclamée à des festivals à travers tout le Canada. Elle a travaillé comme animatrice de talk-show et écrit pour la radio, elle a été directrice de la création dans la publicité et chargée de communication.

Après avoir résidé à Saskatoon, à Toronto et dans le Saskatchewan du Nord, Gayleen vit désormais à Edmonton avec Laird Ryan States, lui aussi romancier, dans une maison avec des chiens, des geckos, des serpents, des varans et Marlowe, le tégu.

Lorsqu'elle n'écrit pas, Gayleen aime faire du kayak et photographier les animaux sauvages dans leurs habitats naturels. Elle se montre très compétitive aux cartes ou aux jeux de rôle sur table.

Vous pouvez contacter Gayleen sur:
Twitter @gayleenfroese
Facebook @GayleenFroeseWriting
Et sur www.gayleenfroese.com

Par Gayleen Froese

LES ENQUÊTES DE BEN AMES
La fille qui n'avait pas eu de chance

Publié par Dreamspinner Press
www.dreamspinner-fr.com